U0933138

曾少年
かつて少年であった
上册

九夜茴 作品

江苏凤凰文艺出版社
JIANGSU PHOENIX LITERATURE AND
ART PUBLISHING, LTD

谨以此书献给曾经的少年们。

还有，陪伴他们的那些姑娘。

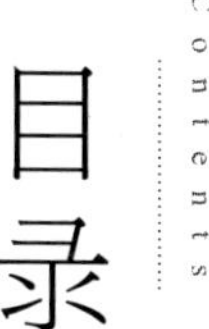
目录
Contents

曾少年

第一章 Chapter one

蕊初

那时，抬起头看天空就觉得外面好大，恨不得长了翅膀跟排成一字的雁一起飞走。

01

我出生那天，北京下了好些天的雨停了，天晴得终于有了盛夏的样子。

院子里紫色的喇叭花都开了，串红也已经能吸出蜜来，枣树和槐树遮住一片阴凉，蝉声一阵一阵的。天空中有蜻蜓飞过，时而还有几只黑白花的天牛。

乘凉的老人们聚在一起，老奶奶推着小竹车，哄着孙子和孙女，老爷爷一边摇着蒲扇一边下着象棋。他们从不观棋不语，常常为了跳马或是支士而争论不休。小卖部里挂出冰镇北冰洋汽水的牌子，小贩在白色的小木箱上盖一层棉被，里面有奶油雪糕，也有小豆冰棍。

胡同里的孩子成堆，男孩们玩弹球、拍画儿，也有抓蛐蛐的，放在玻璃罐头瓶里养起来，罐子上面要糊一层纸，用皮筋捆紧，再扎几个小孔透气。他们会给蛐蛐起名字，什么“常胜将军”“山大王”，再把它们放在一起让它们斗。女孩们玩跳皮筋，缺人抻筋就把皮筋绑在电线杆上。她们也“跳房子”，拿碎红砖或是家里裁衣服用的滑石在地上画线，小沙包都是碎布拼的，灰乎乎的看不出原本的颜色。

虽然出了胡同西口就是繁华的东单大街，但在胡同里面丝毫感觉不到喧嚣，偶尔才有几辆自行车骑过，不是永久就是凤凰，都是黑色的，连车把上的铃都一样。也难怪，不只自行车，那时家家过的日子都差不多。北京的变化尚还细不可闻，也许谁说一句话，这座城便可一模一样起来。

然而就在我生日那天，发生了一件了不得的大事。

我们院东屋的辛伟哥被警察抓走了，说他与西大院那个外号叫猴子的男孩一起在女厕所外面耍流氓。他们早晨偷看了女厕所，还冲里面的人吹口哨，说不三不四的话。辛伟哥的弟弟辛原在一旁觉得不好意思，喊他们俩走，辛伟哥嫌他烦，不但不听他的，还踹了他一脚。辛原一个人哭着回家，正巧碰见居委会的赵主任出来倒尿盆，辛原顺口向他告了状。赵主任脸沉下来，哄了他几句，也不倒尿盆了，急匆匆地转身就走。

中午，警察就来院里抓人了，说他们犯了流氓罪。

有人犯罪了，这可一下炸了窝。正巧赶上礼拜天，大人小孩全出来看。辛伟哥平时是院子里最调皮、最神气的男孩，可那天吓得腿都站不直了，18 岁的大小伙子，被人硬是从屋里架了出来，一边走一边哭，又喊妈又喊奶奶，“呜呜”地也听不清说了些什么。

警察来那会儿，辛原正在院门口跟一帮小孩玩“我们都是木头人，一不许说话二不许动”。他就真像木头人一样，一动不动地站在院墙边上，看着小伙伴们都跑过去瞧热闹，看着他哥被警察拖走，看着他奶奶坐在地上大哭，看着院子被一层又一层的人围住，把他彻底围在了外面。

在我后来的印象里，辛原哥一直不爱说话，总低着头，跟他打招呼，他都不看你的眼睛。有人说就是因为辛伟哥被抓，他被唬住了，所以一下变成了不说话的闷葫芦。可我想，他也许从那天起，就再没有从木头人变回来。

辛伟哥被抓进去没多久就判了刑，因为他在里面交代曾经一起聚众看黄色录像，所以判了流氓罪，15 年。猴子情况更严重，他那时有个女朋友，就是那天在女厕所里的女孩，调查发现他们发生过不正当的男女关系，被判了死刑。执行死刑之前，法院的人还来收了 7 毛钱的子弹费，据说他那个女朋友也因为这事喝敌敌畏自杀了。

他们运气不好，赶上“严打”，为一个恶作剧搭进了一辈子。大人说这就是命。这个命字，既是生命的命，也是命运的命。

当然了，这些我一点都不记得，我才刚刚出生，因为辛伟哥的事，大家都把老谢家新添了一个叫谢乔的小丫头给彻底忘了，以至于院里还有人以为我是立秋以后才出生的呢。

只有我的小船哥清清楚楚地记得我，这些都是他讲给我听的。

我听过一种传说，人之所以记不得一岁以前的事，是因为在婴儿时脑子里还残存着前世的记忆，直到慢慢有了今生的记忆，关于前世的过往才全部忘了，所以那段时间就成为了我们生命中的空白。

我惧怕那段空白，于是就追问我妈，我是从哪儿来的，我怎样被生下来。我妈说，我出生之前是一只小蚂蚁，她从一堆小蚂蚁中把我挑了出来，找医院里的大夫吹了口仙气，小蚂蚁就变成了我。

很长一段时间，我都暗自庆幸是自己而不是别的蚂蚁被挑了出来。我因此对蚂蚁有特殊的好感，从来没故意踩过它们，也没拿放大镜在太阳底下烧过它们。下雨天蚂蚁搬家，奶奶拿开水壶去浇院子里一窝一窝的蚂蚁时，我还狠狠哭了一鼻子。

从那么小的时候开始，我就觉得没有记忆是一件很可怕的事。尽管我后来知道，如果保留了全部记忆，那将是一场无法承受的灾难。而有些记忆，往往被一个人辜负后，才会在另一个人心里深切起来。可我仍然笃定，记忆是一个人存在过的证明，在没有记忆的时候，整个世界都是与己无关的。

即使是最亲密的人，如果不能记住他的话，那么失去了也不会有任何感觉。时间没有了积累的容器，爱没有地方存放，恨也没有地方消解。想一想，简直是彻头彻尾的孤单。那怎么能称之为人生呢？人生呀，就应该是从有了记忆才真正开始的。

所以说起来，小船哥的人生就始于遇见我的那天。

小船哥比我大两岁多，大名叫何筱舟，他的名字是我爸爸给起的，我爸爸是 1978 年恢复高考后的第一届考生，是院子里最有文化的人，所以几乎家家孩子起名都来找他。我爸也很认真，“筱舟”名字的寓意是希望他像小船一样，畅游学海，破浪前行，所以我从小就叫他小船哥。

小船哥说我出生那天，天是很蓝的，云彩也很美丽，在空中延展成漂亮的线。他妈妈正在院里择扁豆，他坐在旁边的小板凳上，被一只小磕头虫吸引住了。就在这时，我爸爸喜气洋洋地走进了院里。

他妈妈抬起头问：“谢老师，你媳妇生了吗？”

“生了！是闺女，6 斤多！”我爸一边说，一边摸摸小船哥的头，“筱舟，你有小妹妹啦！”

后来每每讲起这段时，小船哥也都会笑眯眯地摸摸我的头。

我因此感谢上苍，让我在那一天降临到这世上。

时光匆匆，宇宙洪荒，细小如微尘的我没有早一点也没有晚一点，就那样出现在他面前，打开了他的记忆之门。对何筱舟来说，我总是与别人不一样的吧！一想到这里，我就会觉得温暖，周身充满力量。

因为我是那么喜欢他，也许从他记得我那天起，就宿命般地喜欢了。

小船哥总是干干净净的，眉眼漂亮，连笑容都清透。他的衬衫总飘着一股好闻的香皂味，整齐利落。他不会一个袜筒高，一个袜筒低，也不会把白球鞋穿成灰球鞋。

我们院子里的人都说何叔叔家会生养，有个这么精神、听话、懂事的儿子。的确是，我不记得小船哥和谁吵闹过，他不会和别的男孩子一样去做无聊的恶作剧，也不像辛原哥那样默然笼着一层阴郁。他是恬静疏朗的男孩，天生就有光芒。

何叔叔和李阿姨都是工人，两口子没念过什么书，可是小船哥不知随了谁，从小就喜欢读书。小船哥看过很多小人书，他的零花钱从来不买粘牙糖这样的零食，也不买泡泡胶之类的玩具，都用去租书了。五分钱一本书，他常常租十本回家慢慢看。

我就溜去他家缠着他给我讲故事,《杨家将》《岳飞传》《聊斋》,他都能讲得绘声绘色。我尤其喜欢听《西游记》,每当小船哥一念起“话说唐僧师徒四人……”,我就眉开眼笑起来。

《红楼梦》我也喜欢,知道做小姐要比丫鬟好。小船哥有一副《红楼梦》的扑克牌,他递给我黛玉和宝钗的,我就收下,递给我傻大姐的,我就扔在地上。我们常表演这个节目,逗得院子里的大人们“咯咯”地笑。他们都知道我爱黏着小船哥,有时候我妈故意逗我,说不要我了,我就抱起我的布娃娃,一溜烟跑到小船哥那屋去,他们就笑得更厉害了。小船哥的妈妈李阿姨对我也格外好,每次我去,准给我拿好吃的。她是南方人,会做一种面糖,像小兔子的形状,里面是糯米面,外面裹一层砂糖,眼睛点上山楂红丝,我一口气能吃三个。李阿姨也开过玩笑,说要我给她做媳妇,可他们都不当真,唯独我是认真愿意的。

我们家对门的院子住着一个原先国民党的高官,我管他叫将军爷爷,他在秦城监狱里坐了十几年的牢,后来通过统战工作,被放了出来。他一生没有婚娶,小院里只有他一个人住,养了满院子的花花草草。将军爷爷打仗时落下了病,腿脚不利索,小船哥总去帮他浇花,我便也跟着去。

院里有一个大水缸,灌满了浇花用的凉水,我趴在缸边,把胳膊浸在水里,特别凉快。可将军爷爷和小船哥都不让我这样,怕我掉进去。为此,小船哥还给我讲了司马光砸缸的故事,那可比在小学课本上学到要早多了。

院子里有葡萄架、无花果,也有美人蕉、君子兰。而站在花丛中,笑着呼唤我名字的何筱舟,就是我生命中的第一抹光亮。

我脑子笨，所以不能像小船哥一样分清我的记忆是从什么时候开始的。也许都是因为秦川一直在捣乱，所以我的童年扑面而来，让我也搞不清，哪些是他的，哪些是我的。

我爸说从 1980 年开始，医院妇产科的床位就格外拥挤起来，每张床上都颠倒着个儿躺着两个大肚子的孕妇，远远望去，就像一队排列整齐的西瓜。

秦川比我早出生十几天，他妈妈和我妈妈就躺在同一张产床上。

据说我们俩没出生时就开始了不懈的战斗，临产前曾经隔着两层肚皮互相踢过对方，满月那天就开始打架，会爬的时候互相拱，会走的时候互相推，会跑的时候互相追，会说话的时候互相逗闷子……简直没消停过一会儿。

我妈说，这叫冤家。

秦川是我们院子里的异类，因为只有他不是独生子女，还有个大他两岁的姐姐。

姚阿姨怀秦川的时候还没有《超生游击队》这么有教育意义又风趣的小品，计划生育政策是严肃且不可违抗的。姚阿姨所在的乳胶厂和胡同居委会几乎每天都到院里做他们夫妇的思想工作，因为总是前后脚到，两拨人熟了之后还顺道解决了厂内一个大龄女青年和街道一个丧妻中年男子的婚姻问题。可是直到那两位谈完恋爱结了婚，姚阿姨仍然没把孩子打了，眼瞅着肚子一天天大了起来。

那时候秦叔叔没正式工作，我奶奶说他从小就是胡同里的顽主，什么都不吝，居委会见着他躲都来不及，谁也不愿触这个霉头。姚阿姨是根红苗正的好青年，所以两拨人都从她身上下手，居委会的赵主任说，你多生一个，户口解决不了。厂子领导说，国家下的文，超生就开除公职！可姚阿姨没那么多话，翻来覆去就一句，我要生！

所以尽管这两拨人无比锲而不舍，但最终还是没能阻止秦川的降生。

千呼万唤始出来的秦川小朋友最开始不叫这个名字，秦叔叔给他取了一个让人过目不忘，过耳回头，前确有古人，后肯定无来者的名儿，那就是：秦始皇！！！

我妈说，在医院的时候，大家就都知道有个孩子叫秦始皇了。他名气太大，没法不知道。

抱着秦川的时候，秦叔叔会喜不自禁地四处显摆："我儿子，秦始皇，带把儿的！"

喂奶的时候，秦叔叔会心疼地说："秦始皇，你别咬你妈啊！"

换尿布的时候，秦叔叔会嘘嘘着："秦始皇能吃又能拉！"

…………

可以想象那时协和妇产科里每个人头上要顶多少根黑线。

就这样，姚阿姨一声不吭地隐忍了七天，出院的那天，姚阿姨抱起秦川，握着他的小手向众位孕妇挥了挥："秦川，跟阿姨们再见！"

秦川被迫哼唧着摇了摇胖乎乎的小手腕，整个病房鸦雀无声，秦叔叔说："卫红，你叫咱儿子什么？"

姚阿姨淡淡地说："秦川，八百里秦川的秦川。"

从此，秦始皇成为了历史，秦川闪亮登场。

基本上呢，大多数人早都忘了秦始皇这个名字。只有我记得清清楚楚，每次和秦川打架，我都会在最后使出撒手锏，吊着嗓子高喊一声秦始皇，然后转头就跑。秦川就红着脸咬牙切齿地追我，我们俩能一直跑半条胡同，胜负参半。而每次解救我的，不是小船哥，就是秦川的姐姐——秦茜。

我不知道是不是每个人心里都有个理想的人——喜欢他（她），羡慕他（她），想变成他（她）那样子。我有，我从小就想成为秦茜。

秦茜是我们这条胡同里最招人喜欢的小女孩。她漂亮，大眼睛水灵灵的，红嘟嘟的小嘴唇，一头自来卷，像洋娃娃似的，谁家姑娘站她旁边都会变成陪衬。有好多次，我和秦茜在院门口玩，都有大人走过来伸出长长的手臂，直越过我的头顶，去摸摸秦茜的小脑袋，笑眯眯地说：“哎哟，茜茜越长越好看啦！”那些手从来没在我这儿停留过，一次都没有。

我妈说我从小就臭美，总去照镜子。其实她不知道，我不是在自我陶醉，我是在比对我哪儿和秦茜长得不一样。眼睛比她长点，鼻子比她大点，眉毛比她浓点，嘴唇比她厚点。大人们都说女大会十八变，我坚定地认为，到18岁那年，我一定会华丽变身。那时没有玉女掌门人，也没有国民美少女，我就想，要是一夜之间能变成秦茜那样就好了。当然了，遗憾的是，我这辈子也没能变成她那样。

秦茜特别有人缘，不仅大人们喜欢她，小孩们也都爱和她玩。她是我们大院这边的孩子王，大家要想聚一块玩点什么，肯定都要先喊秦茜去。砍包、跳绳、踢毽、捉迷藏、踢锅、吃毛桃、丢手绢、一网不捞鱼、老鹰捉小鸡……她全部在行。那会儿我们跳皮筋前要分拨儿，先选出俩头儿来，然后泥锅泥碗你滚蛋或者手心手背来挑人，秦茜就永远是我们的头儿，她从小个高腿长，什么五钩五卷跳茅坑七颠颠都跳得特别好，只要和她一拨儿就能玩很长时间，不用被替换下去抻筋。所以大家都期待她能挑自己，眼巴巴地盯着她，被选上的欢欣鼓舞，没选上的沮丧万分。而秦茜特别仗义，因为我们俩是一个院的，所以她每次都会选我。

秦茜还有好多好多优点，但这些都不是最令我羡慕的地方，我最羡慕她的是，她和小船哥一边儿大，他们一起上学了。

9 月 1 日开学那天，一早院子就热闹起来。大伙知道秦茜和何筱舟要上学了，都亲切地招呼着。只有东屋辛原哥他们家没有动静，自从辛伟哥出事，他们家就很少主动和院里的人搭话了，门总是关着，就连最热的三伏天，也很少打开透气。

秦茜上学的事都是姚阿姨一个人操持的。秦叔叔不在北京，因为超生了秦川，他和姚阿姨都没了工作。秦川不到一岁时，秦叔叔就去广东跟朋友一起下海了。他在那边进货，倒腾很多小玩意回来卖，什么力士香皂、电子表、大喇叭腿裤子、女士布拉吉，都是新鲜时髦的东西。姚阿姨在北京做裁缝，她手巧，冬夏衣服都能做，我有好几件小裙子都是她做的，她还用新棉花给我絮过整套的棉袄棉裤。

秦茜开学穿的那一身白底小红圆点的连衣裙就是姚阿姨做的，秦茜看起来就像童话书里走出来的娃娃。小船哥那天也穿了新衣服背了新书包，两个人手拉手站在院里，一副又高兴又紧张的样子。

梳着羊角辫的我和淌着清鼻涕的秦川跟在大人后面傻乎乎地看着，直到把他们送出了院，刚刚消停点的时候，我才忽然醒过懵儿来：小船哥去上学，就不能每天陪我玩了呀！

于是我一把拉住着急上班的妈妈，声音洪亮地嚷：“我也要上学！”

我妈不耐烦地说：“你还不到岁数呢！等着明年和秦川一起上吧！”

那是我第一次体会到时间的神秘强大，我再怎么努着劲儿往前追，一年就是一年，是永远也赶不上小船哥的。我垂头丧气地回过头，看着正蹲在地上揪猫尾巴的秦川，更加觉得悲从中来，“哇”一声大哭起来。

小船哥他们上的小学就在我们灯花胡同里，叫灯花小学。我爸爸和秦叔叔就是在那儿上的小学，不只他们，灯花胡同里只要念过书的，几乎都是灯花小学的校友。传达室里的王阿姨从我爸上学那会儿就在那看门了，我爸管她叫王阿姨，等我上学的时候，还管她叫王阿姨。

最早灯花小学是一个大户人家的祠堂，解放后房子被收归国有，就改成了小学，教室就是原先供牌位的几间青砖大瓦房，那里还有闹鬼的传说。后来学生越来越多，青砖瓦房拆了，在原地盖了三层小楼，因此小船哥和秦茜晚上了一年学。灯花小学是我们胡同里的最高点，大家都以此为地标，给人指路的时候说“还没到小学呢！”或者“过了小学往前走就是！”

不过现在有几十年历史的灯花小学已经不存在了，因为00后的孩子比我们80后少多了，所以小学招不到学生，就并入了附近著名的中学。和大多数北京人一样，我小学的母校消失了。

小船哥和秦茜站在灯花小学最高的三层平台上集合，我和秦川一人搬了把小板凳，和不上学的孩子们一起坐在院门口看。从这里能看到小学楼顶围着的那圈尖尖的铁栅栏，可无论我怎么使劲伸长脖子、踮起脚尖也看不见平台上的人影，只能听见大喇叭广播里变了调的声音。

正在我左顾右盼分外着急的时候，秦川突然站起来：“我看见我姐了！”

“哪儿？哪儿？”孩子们都围向他。

“就在楼顶上呀！我姐站第三排！”秦川煞有介事地指指点点。

大家挤作一团，有的说看见了，有的说没有。

我站在秦川身后，根本就看不见什么第三排，他肯定是为了显摆撒了谎，看着他摇头晃脑的样子，我气不过：“根本就没有！”

秦川回头，瞪着我：“有！就你这个小不点儿看不见！”

我小时候又瘦又小，秦川总叫我小不点儿，周围人哄笑起来，我气得脸通红：“你撒谎！尿床鬼！”

大伙笑得更厉害了，秦川爱尿床，昨晚他尿湿的褥子还在院里晾着呢！

“小不点！”秦川怒吼。

“尿床鬼！”我毫不示弱。

“小不点！”

“尿床鬼！”

“小不点！”

“秦始皇！”

我终于使出撒手锏，这是秦川的死穴，果然他不再吭声，可就在我朝他做鬼脸的时候，他直接出手，把我打了……

由于秦川的存在，我对什么青梅竹马、两小无猜这样的词从来没有过美好的感觉。长大后，当秦川以一副完全可以遮蔽他幼时罪恶的面孔出现时，我的很多朋友都会叫着说:“真好啊！你们一起长大！多浪漫啊！”每每这时，我都望天不语，欲哭无泪。

浪漫?

被揍得灰头土脸浪漫吗?被追着满胡同跑浪漫吗?被抢走冰棍浪漫吗?被弄坏洋娃娃浪漫吗?被揪散小辫儿浪漫吗?被抢走好不容易从沙堆里挖出的胶泥浪漫吗?被推一个大马趴摔掉一颗门牙浪漫吗?被从小到大各种欺负浪漫吗?

秦川是我们这片儿的小霸王，他就是西游记里的黄风怪，是哆啦 A 梦里的大胖，是刺猬索尼克里的蛋头博士，是恐龙特急克塞号里的格德米斯，是七龙珠里的魔人布欧，是蓝精灵里的格格巫，是圣斗士星矢里雅典娜的敌人们，是我能想到所有坏蛋的集合，是我成长中最大的烦恼，是我一直想代表月亮消灭掉的人……

在我年幼无知的时候，我曾经还管他叫过川子哥，从我会说话开始，到我不再大舌头为止。在我心里，只有小船哥那样的男孩才算是哥，秦川如果是哥，那哥就真的是传说了。这肯定是我们胡同里的小孩的共识，因为大家基本都被秦川欺负过。家长带着哭哭啼啼的孩子上秦川家兴师问罪，姚阿姨使劲给人家赔不是，送吃送喝地把人哄走，是我们院的必演剧目，隔三岔五就会 Repeat 一遍。我也向我爸我妈告过秦川的状，可因为是天天见的邻居，抹不开情面，我爸觉得又是孩子闹着玩的事，没必要上门说去。我妈干脆将之上升为阶级矛盾，狠狠地叮嘱我，说秦川他们一家子都是不读书、不好好学习的人，让我少跟秦川玩。

可我倒没觉得秦川家不好，除了秦川，他们家每一个人我都喜欢。秦奶奶热心肠，下水道不通啦、水龙头坏啦、房上油毡漏雨啦……院里的事都靠她张罗。秦叔叔每回从广东回来都给我带有趣的小玩意，姚阿姨总给我好吃的，给秦川、秦茜买冰棍时，肯定少不了给我也买一根。所以我也不长记性，头天刚被秦川推水坑里沾一裤腿泥哭着回家，第二天他跑到我家窗根下喊：“乔乔，出来玩！”我就又应声而出了。

那是一宿觉就能解决恩怨的年纪，不像长大后，爱呀恨呀，要用一辈子来消化。

所以虽然我无比地讨厌秦川，但是和他一起上学那天，我还是挺高兴的。

我们俩是一年级的小豆包，一打一蹦高。老师、同学、桌椅板凳、黑板、国旗、课程表，刚进学校什么都新鲜。可这些都不是我最大的兴趣，我来上学是为了能见到小船哥。

那天中午我就看到他了，他站在他们班讲台前，正带领同学们做眼保健操。小船哥站得笔直，从第一节按摩睛明穴到最后一节干洗脸，他都随着一二三四五六七八的节奏做得一板一眼，所有学生里数他最认真。

我的小船哥即使在这么多人里还是最棒的一个，我内心不由得骄傲着。正这么想着，陪我一起来的秦川突然哼了一声："真没意思啊！"

"啊？"我纳闷地看着摇头晃脑的他。

"所有人都齐刷刷的，每天上学就干和大家一样的事儿，没劲！"秦川似乎一分钟也不想多待，扭头走了。

秦川从小就这样，他总有自己的一套，大人说这叫有主意。而我呢，什么都没觉得不好，但也说不出什么是好的。

他对上学的厌恶很快就付诸行动，一年级他不认真听讲，二年级他搞小动作，到了三年级他就逃课了。

那天英语课老师正在兴致勃勃地教我们唱《ABCD 字母歌》，唱着唱着秦川突然大声说："咦，这不是《星星歌》吗？"说着他就独自唱起来："ABCDEFG，一闪一闪亮晶晶，HIJKLMN，满天都是小星星……"全班同学都被他逗笑了，和他一起大合唱，英语老师气得把他轰了出去，随后几堂课他就都不见了踪影，我们班主任李老师找到他的时候，他正在学校院子里的小圆槐下面用冰棍棍挖蚯蚓玩。

"秦川！你起立！"面对只是抬头看了她一眼，依然无动于衷的秦川，李老师叉着腰生气地喊。

蚯蚓已经爬上冰棍棍了，秦川不舍得放手，犹豫地看了看李老师说："待会儿。"

李老师从没被这么忤逆过，足足愣了半分钟才反应过来，她气冲冲地一把拎起秦川："有你这样跟老师说话的吗？你站好了！"

秦川幽幽叹了口气，他把蚯蚓举到李老师面前，"给你一根还不行嘛！"

这条只剩半截身体的蚯蚓彻底引爆了李老师的小宇宙，她把秦川拉回教室当作错误典型一通批评教育，我至今仍记得她用了很长很长的排比句：秦川是个不折不扣的坏孩子，因为他不听老师的话不学好，所以他长大后也许会成为小偷、流氓、强盗、无赖，成为祖国的蛀虫，成为一个一无是处的人。

全班同学都被李老师慷慨激昂的发言震慑住了，他们坚信秦川不会是个好人了，虽然他没怎么特别欺负过班级里任何一个人，但他们似乎都比我还讨厌他。坐在我身旁的班长使劲喘着粗气，要不是必须手背后坐好，我甚至怀疑她会冲上去跟着老师一起痛斥秦川。尽管我笃定秦川很可恶，却没觉得他应该被这么多人痛恨，他只不过邀请老师一起玩蚯蚓而已。估计秦川自己也是这么想的，因此他一直在李老师的唾沫星子里巍然而立，傲视全班，威武不屈。

这次算是把李老师气着了，光在课堂上批评教育是不够的，她决定要把对秦川的批评教育贯彻到家庭中去。李老师知道秦川的姐姐秦茜也在这里上学，也知道我和他们住一个院，就让我去把秦茜叫来。可我去四年级找了一圈也没找到她，连小船哥都没见着。没办法我只能先回老师办公室汇报，推开门才发现，不用找了，秦茜、秦川、小船哥全都在办公室里站着。但是，秦茜不是为秦川来的，她抄小船哥的作业，被他们班主任发现了，也正挨批呢。

于是李老师又多了一个新判定，秦茜也不是好孩子，她肯定拯救不了她弟弟。最终这艰巨的任务落在了我和小船哥的头上，李老师派我们去他家告状。

我们四个人神色凝重地一起从学校出来，秦茜尴尬地咳嗽了两声："小船……"

小船哥没等她开口，就打断她说："下次你别赶在上课之前抄作业了，晚上咱们一块做作业吧！"

"行，行呀！"秦茜一下子欢欣鼓舞起来，她知道小船哥是不会把今天的事告诉姚阿姨了。

一边的秦川也跟着美得屁颠屁颠的，既然小船哥都不会告状，他就更加不把我放在眼里了。其实我本来想借机参秦川一本的，但是小船哥都表了态，我也不能太不仗义。可看着秦川那样子，我实在牙根痒痒，不由拉住他："喂，你给我买根冰棍去。"

"啊？"秦川纳闷地看着我。

"买冰棍我就不说！"

“谢乔，你讹我是吧？”秦川揪住我的小黄帽。

“乔乔想吃冰棍，你给她买一根去呗。”秦茜打掉秦川的手。

“哼，”秦川不甘心地放开挤眉弄眼的我，“只买冰葫儿啊！”

“我要吃紫雪糕！”我大声说。

“你……”秦川眼睛又瞪起来。

秦茜喊住他：“我也要紫雪糕，小船你吃吗？”

小船哥摇了摇头：“我不要。”

“那买三根，你快去吧！赶紧的，回来咱们玩踢锅。”秦茜支使秦川。

“哦。”秦川不情不愿地往小卖部走去。他不怕他妈不怕他爸，从小就怕他姐。别看秦茜长得跟洋娃娃似的，动起手来毫不示弱，幼年时期我曾经看过她一脚踹飞秦川，动作干净利落，完全是个女侠。他们家大概按攻击力强弱排位，反正秦川在他姐面前老实得像只小白兔。

“你等着！”走过我身边时，秦川还不忘威胁我一下。

“你们去玩吧，我不去了。”小船哥颠了颠肩膀上的书包。

“啊？你又不去呀？”我无比失望，小船哥那段时间总一个人行动，神秘兮兮的。

“嗯，你别给秦川告状了啊。”小船哥笑眯眯地嘱咐我，又转过头对秦茜说，“吃完饭咱们就写作业吧，不会的我教你。”

“哦。”秦茜一听写作业就发蔫。

小船哥一个人从胡同小口走了出去，那不是回家的路，不通往学校也不通往将军爷爷家。

他到底要去哪儿呢？

我疑惑地看着他的背影，怎么也想不出来。

玩踢锅时，我跟秦川分在了一拨儿。

跟他一拨儿一点好处没有，他永远不向着我，只要和我有关，他就会对着干，完全不分敌我。所以从在地上画线开始，他就挑我毛病，踢不到秦茜扔出的回旋包，也全都怪在我头上了。

“再踢不着就不带你玩儿了啊！”

当我再次站在白线画的“锅”前，秦川在一旁凶巴巴地喊道。

秦茜笑眯眯地来回捣鼓着沙包，我眼睛一刻不离，盯着她到底往左扔还是往右扔，汗都快流下来了。

“乔乔，你看好了啊！”

就在秦川指手画脚的时候，秦茜朝左边扔出了包，受秦川影响，我的身子已经往右了，又忙挣扎着向左踢去，结果包没踢出去多远，反倒把鞋高高甩到了旁边的平房上。

那时女生穿的是那种脚背上一条宽松紧带的小白布鞋，又便宜又结实，就是不太牢靠，经常玩着玩着就掉。鞋飞出去，我只能在原地单腿蹦着，秦川毫无同情心地哈哈大笑，被秦茜一巴掌拍在后脑勺上：“笑什么呀，快去将军爷爷家借梯子！”

住胡同的小孩上房够包、够球、够毽子那是家常便饭，将军爷爷家养花，有个木头梯子,我们常去找他借。没一会儿,一群小孩热热闹闹地搬来了梯子,鞋掉在了辛原哥家的房顶上，秦川像只猴子一样爬了上去。要是往常，他捡了我的鞋一定还要在上面耀武扬威一番，假装要给我又不给，看我急得哭他才过瘾。可那天他上了房就没了动静，也不知看见了什么，攥着我的鞋探头探脑朝院子里张望。

“秦川，你干吗呢！快下来！”我单腿蹦着，没好气地喊他。

秦川回过头，朝我“嘘”了一声示意我不要说话，然后使劲摆手，叫我也上去。

好奇心战胜了一切，我也顾不得脏了，光着一只脚就爬上了梯子，秦川拉住我向下指，原来辛原哥正往他养的信鸽小白腿上绑纸条。

辛原哥不爱和人打交道，但是他特别喜欢鸽子，早几年他自己在院子里搭起了笼子，养了一群信鸽。他养的鸽子是我们这片最好的，让飞就飞，让落就落，要是放鸽子时遇见别的鸽群叉了盘儿，他只要拿着挂红布的鸽子竿指挥几下，他那群鸽了就能从鸽群里飞出来，而且每次都能带回一两只。连胡同里的老鸽子把式都夸辛原哥会调教。这群信鸽里，小白是他最喜欢的，白羽短嘴，特别漂亮，我以前常见他抱起小白摩挲，但见他往鸽子腿上绑东西是第一次。

我和秦川正看着，院里北屋门开了，秦奶奶走了出来，她一眼就看见我们俩在房顶上站着，拿着笤帚疙瘩指着我们喊：“川子！你又带乔乔上房！都给我下来！”

秦奶奶一嗓子吓得秦川踩碎了一片瓦，我慌慌张张地拿起鞋穿上，这时辛原哥抬起了头，他看了看我们，什么也没说，只是一撒手，高高抛起了小白。小白带着一群鸽子，扑啦啦地从我和秦川身边飞过，我们呆呆地站在房上，而辛原哥一转身就回了屋。

那天晚上，在家家户户看《包青天》的时候，我和秦川不约而同偷偷溜到了辛原哥的鸽子笼前。

“你……你来干吗？”秦川结结巴巴地问我。

“我还想问你呢！”我毫不示弱。

我们俩大眼瞪小眼地站着，谁也不先动一步。屋里的电视里已经响起“昨日像那东流水，离我远去不可留”的音乐了，我心痒痒想知道小白腿上到底绑了什么，又着急回去看展护卫。可秦川却没有一点要走的意思，还气我似的哼着“昨日你家发大水，你爸变成老乌龟”。

我实在熬不住，拍了拍秦川：“哎，你也来看小白吧？咱俩拉钩上吊，不许让辛原哥知道！”

“一百年不许骗人！”估计秦川也憋坏了，他痛快地跟我拉了钩，迅速打开鸽子笼的小插销，把小白抱了出来。

小白很听话，既没“咕咕”叫，也没乱扑腾，我就着月光，把绑在它右腿上的小纸筒拿了下来，里面有张纸条。

“写了什么？”秦川问我。

“哥，我……”

“快念呀！”

“这字不认识！……我‘什么’钱把东西买齐了，你回来了，这些都给你。”我压低声音念。

现在想想，当时我不认得的字应该是“攒”，辛原哥从那时起就在过另一种人生了。可那会儿我和秦川什么都不懂，只是呆呆地站着，晚风吹过，我们一人打了一个激灵，就匆匆忙忙回家了。但我们都明白，那个自打我们出生就没在院子里出现过的辛伟哥，其实并没远离这儿。我想小白一定是他们之间的信使，辛原哥在和他联系着，兴许有一天，辛伟哥就推开院门回来了。

至于小白是怎么找到辛伟哥的，我不知道。我想偷偷去问小船哥，他一定什么都知道。可转念一想，也不行，我是和秦川拉了钩的，说话不算数不好，他发现又要揍我一顿了。

就在我一直犹豫到底要不要跟小船哥说的时候，小船哥自己就知道这事了。

因为小白死了。

那天傍晚，辛原哥一直在房上招鸽子，平时他只要晃一会儿竹竿，鸽子就全回来了，可是那天他在房上站了很久很久，听他奶奶说，所有的鸽子都回来了，甚至带回了别人家的，可就是没有小白。

在我记忆中关于辛原哥最深刻的印象就是在那天留下的，北京灰暗的夜色里，瘦弱的他望着天空不停地挥动着竹竿，有种悲怆的执着。慢慢地，他的眼神散了，整个人都不如竹竿上拴的那块红布鲜艳有活气。

找到小白是在第二天早上。是何叔叔去倒土时发现的，我们院的人都过去看了，秦茜和我还哭了。小白是被人故意打死的，翅膀被剪断了，丢在墨绿色的铁皮垃圾桶里，白色的羽毛上沾染了灰，脏兮兮的。辛原哥写给辛伟哥的纸条被抽了出来，用图钉钉在了它的身上。

辛原哥小心翼翼地把小白从垃圾桶里捡出来，仿佛它还活着，会歪着头看着我们，咕咕地叫。辛原哥将它捧在怀里，一言不发转身往回走，路过我和秦川时，他微微停了一下，我以为他会骂我们，因为只有我们知道小白的秘密，可是他没有，就那么默默地走了。

这事不是我们干的，我和秦川红了眼，疯了一样地四处找凶手。秦川甚至和隔壁胡同的孩子打了一架，我还帮了忙，往那小孩的眼睛上扔了一把沙子。但还是没用，我们俩小屁孩没能找到一点凶手的影子，反倒因为打架的事分别挨了一顿揍。

那几天我才慢慢知道，辛原哥一直是被欺负的。他不像我，只被秦川一个人欺负。他被很多很多人欺负，有大人，有小孩，有同学，还有老师。虽然是辛伟哥犯了错，赎罪的却是他弟弟。

我为辛原哥难受，也为小白难受，使劲大哭了一场。后来我和秦川一起叠了一只白色的纸鹤，悄悄放在原来小白的笼子里。可那纸鹤也没了，辛原哥把所有家伙什儿都送给了别人，他再也不养鸽子了。

11

没有了鸽子声的院子静悄悄的，小船哥早出晚归的脚步声却愈加清晰起来。

我问过小船哥，他到底去了哪里，可他只是笑了笑，没回答我。晚上睡觉时我偷偷地想，没准小船哥是拥有神秘力量的战士，和秦川这种坏小子不一样，他可以变身，会用长剑，穿着金色铠甲，是能降伏怪兽的圣斗士。他有要保护的公主，而那个公主没准就是我。做着这样的美梦，我真是睡觉都会笑出声来，院子里的大黄猫看不下去，总在我的屋顶上逮耗子，不把我吵醒不罢休。

那天放学，眼见小船哥拐向胡同另一头，我又在幻想自己是雅典娜了。正当我把小船哥代入处女座沙加的模样时，秦川用排路队的路旗一棍子打到我头上，这是他的老招数，我转身就用“让”字路牌回击，他跳开一步，神秘兮兮地说：“我知道小船哥去哪儿了！你来不来看？”

我顿住，连忙乖巧地使劲点头，如果我有尾巴，肯定会欢快地摇晃起来。

“一袋粘牙糖，两块金币巧克力！”秦川丝毫不被我的谄媚迷惑，马上开始提条件。

“行！”我咬牙切齿地答应。

我守着秦川，眼睁睁地看他吃完一袋粘牙糖，两块巧克力。他格外可恶，吃得慢条斯理，嬉笑着看我在一旁坐立不安，表演够了才小声在我耳边说：“小船哥去吴大小姐家了。”

“不可能！”我尖叫，一把揪住他，“骗子！还我粘牙糖！还我巧克力！”

秦川仰起头，“不信现在就去看！”

“走就走！见不着小船哥，你等着瞧！”

说秦川骗人，是因为谁都知道，我们这儿的小孩是不可能去吴大小姐家的。

按理说，我们都应该管吴大小姐叫奶奶，她年纪和将军爷爷差不多大，是位老太太。可是，我们胡同里的人背地里都叫她吴大小姐，几代人下来，就这么称呼惯了。

吴大小姐家里很有来头，她爷爷是天津著名的盐商，当年家财万贯，在北平天津两地都赫赫有名。她爸爸是家里的老四，常年在北平打理家族生意，我们胡同里的这处宅子，就是他在北平的府邸。不过据说在天津他是有大房太太的，这里只是外宅。吴大小姐的妈妈原是在长安戏院里唱戏的青衣，被吴四爷纳入门后，只生养了这一位小姐，虽然比不得天津本家的小姐们富贵，但也是从小被百般疼爱的。

当年的吴大小姐风姿绰约，既有大家闺秀的教养，端庄温婉，又念了新式的教会学校，懂洋文有见地，就像是夜光杯中的美酒，即便深藏在巷子里，也闻香诱人。

彼时将军爷爷是天津警备司令陈长捷手下的少将参谋长，与吴家素有往来。有人说他是在吴四爷的宴席上遇见了吴大小姐。也有人说是他的车在胡同里，剐上了载吴大小姐放学的黄包车。还有新鲜的，说吴大小姐爱听戏，将军爷爷请了程砚秋来唱堂会，生生把吴大小姐从深宅大院里给唱了出来。不管怎么个说法，反正这两个人相遇了。一位是戎马仗剑的翩翩少年，一位是百媚动人的卿卿佳人，就如那唱本戏词里的故事，一见钟情，二见倾心，便暗许了终身。

那时正是解放战争末期，天津吃紧，吴四爷说要回家看看，临走嘱咐爱妾万事小心，那边安顿好就接她们母女俩一起走，可他这一去便再没回来。将军爷爷作为守城的将士自是飞脱不了。城在他在，她在他在。吴大小姐定了心思，她哪儿都不去，只跟着他，在有他的地方。

而后国民党军队节节败退，天津、北平相继解放，将军爷爷作为战犯被关进了秦城监狱。进入新社会，一切大不相同，有人劝吴大小姐不如趁着年轻找个工农兵子弟赶紧嫁了，可她却死拧。既然在月亮下面立誓说好了要等那个人，那么五年是等，十年也是等；年轻要等，年老也要等。

女人大概天生擅长等，可流光最易把人抛，转眼竟是十几年。公私合营了，原先家里的店面都变成了花花绿绿的股票；“大跃进”了，家里的铜壶锡器都捐了出去；三年自然灾害，饿急了扶着老母亲去朝阳门外挖野菜根吃。吴大小姐日日数着，挨过春夏秋冬，秦城监狱的释放名单上终于有了将军爷爷的名字。

被放出来那天，将军爷爷一早就到了吴大小姐家门口。那时的她已不再是月白衫蓝布裙的女学生，也不再是穿着溜肩绲边旗袍的大小姐，而是穿了一身灰绿色的工装，可将军爷爷见了她却激动得不能自持，七尺男儿竟当众哭出了声。

后来我想，那段时间大概是吴大小姐一生中最快乐的日子，她等来她的良人，她绣了大红的被面，她等着携那人的手去中国照相馆拍张照片，盖上大红的喜字，然后在这小胡同里过尽平安喜乐的日子。

可是只差一点点却还是来不及，“文化大革命”来了，她的婚事没了。

先出事的是将军爷爷，他很快被打倒了，胸前挂着“反动军官”的牌子被人按到灯花小学的操场台子上没日没夜地批斗。那时吴大小姐根本见不到将军爷爷，她先还四处奔走，打听人什么时候能放出来，却不知紧跟着她自己也将陷入泥沼。

那是人人兽变的年代，专有人揭疮疤，说吴家老太太是青楼戏子，是旧社会余孽，又抓住吴家大地主、大资本家的身世一通穷追猛打。吴大小姐家的四合院很快被人占了，只把她们赶到西面一间小屋里住。那些红卫兵只要想起来，就到家里来揪人，吴老太太一把年纪，被斗了三天，一口气没上来就过去了，吴大小姐悲愤交加。可这还不算完，刚匆匆忙办完她妈妈的后事，她与将军爷爷的情事又被人摆上了台面。

两家早都被抄了家，几封仅存未烧的书信被翻出来，逼着两人念。涉及家国的，都被说成是一心等着蒋介石来反攻大陆；涉及私情的，都被说成是不堪的男盗女娼。

烈日下，将军爷爷被剃了阴阳头，吴大小姐脖子上绑了一圈破鞋，两人弯腰站着，细数对方“罪行”。起初两人都说些不咸不淡的话，可那些人并不放过他们，硬逼着让他们撂狠话，划界限。

“他说过，就算这仗打不赢，共产党也坐不稳天下！”

“她说过，北京待不下去了，要和我一起潜逃去台湾！”

“他开过枪，打伤过革命群众！”

“她爸爸卷了人民的钱，跑到台湾去孝敬蒋介石！”

“他对国民党反动派忠心耿耿，贼心不死！”

“她不是在等我，不是想嫁我，她是怀念过去，还想当欺压老百姓的娇小姐！”

…………

两人话越说越绝，就像诅咒似的在天空中打下一个个响雷。那天终是下了一场大雨，革命小将们听高兴了，满足了，放过了他们。雨中只剩下没有魂魄的将军爷爷和吴大小姐，雨越下越大，情分却越来越少，两个人都灰透了心。

后来将军爷爷被遣送改造，吴大小姐被调去干工厂里最累最苦的活。等两人分别被平反时，已经又过了十来年。统战部要给将军爷爷安排住处，将军爷爷就选了我们这条胡同。有人说看见过夜半时分，将军爷爷站在吴大小姐窗根前。可是吴大小姐再没同他讲过话，虽然住着相隔不过几百米，但他们俩老死不相往来。

平时我们这些跟将军爷爷好的小孩，自然不会去理吴大小姐，所以我才不信小船哥会在那里。

一路拌着嘴，我和秦川绕到吴大小姐家院前，暗红色的大门虚掩着，门前方形的抱鼓石有一角已经被砸掉了，常年在阴影里，长出了青灰色的霉斑。我不自觉地有点怕这个小院，它经历的时光太久，不知里面装了什么样的光怪陆离。秦川是男孩子，到底比我胆子大些，先一步走了进去。我跟着他躲在影壁后面，探头探脑地往里面看。

院子里搭了葡萄架，未到时节，没有鲜艳的果子。葡萄架下是圆石桌和圆石墩，石桌上摆着一个收音机，正“咿咿呀呀”地放着京剧，吴大小姐立在一旁，虽然已是满头白发的老人，却仍气度不凡，头上戴着黑色的细丝发箍，向后拢起鬓发，穿一件驼色的开司米对襟罩衫，下身是深蓝色的裤子，模样十分齐整，和我们院里的老太太们大不相同。

胡琴声响起，她便开腔哼唱：

对镜容光惊瘦减，
万恨千愁上眉尖；
盟山誓海防中变，
薄命红颜只怨天；
盼尽音书如断线，
兰闺独坐日如年！

吴大小姐身段漂亮，字正腔圆，我听着有趣，往前多探了半个身子，却被她的眼风扫到，冲外喊：“谁在那儿呀？”

我和秦川吓得不行，正转身要逃，却被熟悉的声音喊了回来。

“乔乔？川子？你们俩怎么来了？”

小船哥拿着扫地笤帚走了出来，见到我们，也大吃一惊。

“她非要来找你！”

秦川把事都往我身上赖，我也忙指着他告状："小船哥，是他跟踪你来的！"

"我没跟踪！是碰巧遇见的！"秦川急着解释，"你要是不想来，我才不愿意进这个院呢！"

"那就出去！"吴大小姐关上收音机发了话。

我们都静下来，谁也不敢吵嘴了。

"吴奶奶，他们都是我们院的小孩，是来找我的。"小船哥说。

吴大小姐轻哼了一声收拾起东西转身回了屋，她门前挂了一条竹帘子，"啪"一声响，就把我们隔在了外边。

"你怎么敢来她这儿呀！"秦川松了口气，拉住小船哥问。

"我们班组织照顾街道上的孤寡老人，谁也不愿意来这院，我就来了。"

"嗐！刚才吓死我了，"我拍着胸口，"小船哥，你来这可别让将军爷爷知道，不然他肯定不让你浇花，也不借给你梯子了。"

小船哥笑着摇摇头，我拉着他刚要细说话，吴大小姐却在屋里叫起小船哥的名字。

"筱舟，进来吃点心！"

听见有点心，我和秦川都犯了馋，小船哥叫我们一起去，馋虫战胜敬畏，我们战战兢兢地跟着他进了屋。

吴大小姐家里倒和我们家没什么不同，家具有黄漆的，也有黑木的，并不成套，写字台上养着一盆君子兰，玻璃板下压着几张黑白照片，有她自己的小像，还有一位慈眉善目的老太太，五屉柜上摆放着一个孔雀蓝的花瓶，那是屋里最好看的物件，里面插着鸡毛掸子，旁边那台 14 寸的黑白电视机，比我家里的还小。

床边上有个小木桌，上面摆了一盘点心，里面有牛舌饼、绿豆糕、蜜三刀，还有我最爱吃的萨其马。另外有三个画着梅花的瓷杯，看着像一套的，里面是冲好的浓香的麦乳精。

可见，吴大小姐虽然只喊了小船哥一人，点心却准备了三份。我忽地开心起来，知道她其实并不讨厌我和秦川。

那天我们吃完点心就回了家，以后小船哥再来打扫院子时，我和秦川就吵嚷着一起来，这瞒不住秦茜，很快她也摸上了门。

有了我们，吴大小姐的小院霎时间热闹起来。我搞不清将军爷爷知不知道这件事，反正他还让我们去浇花，摘他家的柿子和大枣。我们与将军爷爷好，也与吴大小姐好，虽然他们俩仍不要好。

那年开春，天气暖和了，我们就更加厮磨在吴大小姐的院子里。

院子东西两边各种了一棵西府海棠，本来是远近闻名地香艳，却好些年不开花了。也怪，自打我们常过去玩，近暮春的时候，它竟然也抽了花骨朵。吴大小姐笑说，海棠花是解语花，不稀罕她这个活死人，是我们带去了些许新鲜气儿，才又愿意活过来。

我们的确有的是新鲜，尤其秦川，秦叔叔只要从广东回来，他就往这边拿小玩意。

流行《红太阳》革命组歌时，秦川抱来了一兜子磁带，吴大小姐院里的京戏胡琴，变成了“北京的金山上光芒照四方”和“毛主席的书我最爱读”。流行港台合辑时，则又变成了“天地悠悠过客匆匆潮起又潮落”和“千年等一回，我无悔啊啊”。

流行呼啦圈时，秦川又拿来了各种直径的呼啦圈，我们一人一个在院子里转。吴大小姐看着我把呼啦圈分别套在脖子上转，胳膊上转，还能从脚踝一路转到腰上，惊得目瞪口呆，这可是她唱戏时做不出的身段。那年儿童节，我就凭着此项绝技，战胜了获得康乐棋冠军的秦川、猜谜语优胜的小船哥、投飞镖大获全胜的秦茜，拿到最多的奖券，换了好几块香味橡皮。

流行三维立体画的时候，秦川又卷来了好几张花花绿绿的纸，用木头夹子夹在院子里晒衣服的铁丝上。吴大小姐和我们几个坐成一排，看秦川像猴子一样在画前抓耳挠腮，然后突然跳起来大喊：“看到了！这张是鹰！”“这张是恐龙！”“这个是苹果！”刚开始秦茜说他胡说八道，不耐烦了就一脚踹过去，慢慢她也能看出来，就跟着他一道嘻嘻哈哈地数。小船哥一早就能看出来，后来就连吴大小姐的老花眼都能看出东西了，可就是我怎么也看不出来，瞪得眼泪鼻涕一起流，那画上也还只是各种点线片，根本没有任何东西“浮现”。

“把画放在眼前 20 公分的位置上。”小船哥温柔地教我，可是，我看不见。

“哎呀，乔乔，你就盯着我指的这地儿，看见没，看见没！这儿是翅膀，这儿是尾巴！”秦茜心急火燎地比画，可是，我看不见。

“笨死你了！对眼会不会，对上就看见了！”秦川一边骂一边替我着急，可是，我看不见。

“等老了，眼睛花了就看见啦。”吴大小姐笑眯眯地结语。

我不知道有没有谁和我一样，时至今日仍然看不出什么三维立体画，好在它只流行了一阵，没有让我沮丧太久。

大概就是从那段日子开始，北京城里渐渐多了许多新奇，而这些新奇又都待不长，一个赶一个的，热闹一会儿就散了。

出了吴大小姐的院子，似乎才是真正的北京城，好玩的东西多了，我们就爱往外面去。虽然秋天里仍然能在这捡到老根，玩拔根时可以赢一圈小朋友，吴大小姐也还会用她家里的旧铜钱和塑料绳给我们做毽子，我的宝毽里放的是乾隆通宝，总能胜过秦川那个嘉庆的，但我们还是慢慢跑出了这个院子。

那时抬起头看天空就觉得外面好大，恨不得长了翅膀跟排成一字的雁一起飞走，直到长大了才明白，真正难的不是走出去、走很远，而是再也走不回去。

可吴大小姐并不往外走，她说这些个新奇都不长久，流行到最后就是流俗，什么都抵不过年头。我问她年头是什么，她笑而不答，后来我才懂，她在那小院里，一回首一投足，那满身风霜，尽是年头。

吴大小姐每个月都计算用度，秦川给她拿来了卡西欧的计算器，还有一种薄薄的不用电池的太阳能计算器，她笑眯眯地看秦川教她摆弄，却一次都没用过。她使惯了自己白色珠串的小算盘，噼里啪啦地拨上一会儿，就把日日夜夜都算完了。

14

快入夏的时候，姚阿姨和我妈带着我和秦川在胡同口的小卖部买粉色的糖葫芦雪糕，顺道花两毛钱在秤上量了身高体重，秦川蹿得快，比我高出大半头，得意得恨不能扬着鼻孔跟我说话。本来我以为那个夏天不会有比秦川长高更大的事了。

学校自然课留了作业，响应号召做“五爱”少年，为北京除“四害”，每个同学都要打苍蝇，凭尸骸领奖，打死苍蝇最多的同学，可以获得一朵小红花。于是那几天成了我们胡同所有苍蝇的末日，随处可见不大点的小朋友挥舞着苍蝇拍聚集在公厕周围，像对暗号似的，互相询问着“你几个了？”“我18个了”，或是通报着敌情“这个厕所的苍蝇都被三班的打死了，咱们去下个厕所吧！”

我实在受不了茅房的味儿，只好守候在西大院的花坛边上，好不容易刚拍死了个绿豆蝇，秦川摇头晃脑地走过来，一把推开我，把绿豆蝇撮到了他手中的铁皮盒子里。

“臭秦川你把苍蝇还我！”我委屈地朝他喊。

“不给。”秦川摇了摇手里的盒子，发出“哗啦啦”的响声，听得我浑身鸡皮疙瘩都起来了。

我知道打不过他，便使出老办法，走离他几步，扭头喊：“秦始皇！”

秦川咬牙切齿地追我，被正好走来的小船哥看见了，他一边拉住我护在身后，一边拦住秦川说：“川子，你又欺负乔乔了。”

“小船哥，他抢我打的苍蝇。”我赶紧告状。

“那有什么好抢的，你打了几个？不够我帮你打。”小船哥笑着说。

“嗯！”我忙点头，跟着小船哥往院子里走，我回头看，秦川在后面还挥着他那恶心的铁皮盒子，眼巴巴地等我们叫上他，我哼了一声，理都不理他。

小船哥帮我打了 5 只苍蝇，总算凑够了数，下午没什么事，我们就喊胡同里的小孩们一起玩“三个字”。那是个追跑游戏，先手心手背单人我倒霉，选出一个人当抓大家的鬼，剩下的人开始跑，快被抓住时只要双手合十喊三个字的词就可以在原地定住，比如“孙悟空”“擎天柱”什么的，其他人跑过来拍他的肩膀救他，被救之后就可以接着跑了。这是我们大院特别流行的游戏，人多就好玩，满胡同都是一边跑一边喊三个字的小孩。

那天秦川比较点背，“单人我倒霉”时总是他输，只好来追大家。来回几次他就有些着急了，我故意招摆他，眼见大家几乎都定住了，我却跑来跑去不救人。秦川果然很生气，也不管别人了，凶神恶煞地朝我扑过来，我脚下一滑眼见要被他抓住，慌乱之中忙双手合十，可就这么一霎，我偏偏大脑短路，喊出了那三个字：

“我爱你！”

秦川愣住了，其他小朋友也愣住了，最愣的是我，呆呆地看着秦川，直到三秒钟之后才反应过来自己喊了什么，脸“唰”一下红到了脖子根，嘴紧紧抿着，恨不得哭出来。其实那时我们谁懂爱啊，不过都知道这是没羞没臊的话，周围人哄笑起来，我见小船哥也笑了，更加悲从中来。秦川也红了脸，一手举着拳头，一手指着我。他直勾勾地看我，那样子怎么瞧怎么让人生气，我愤愤地一把推开他，跑走了。

我没脸回自家院子，干脆拐弯去了吴大小姐家。她的院门半掩着，里面也没有往常的京戏声。我站在影壁后面望了望，看青色的窗纱下似乎有人影，才慢慢走了进去。吴大小姐耳聪目明，平时我们进了院子，她早就打招呼了，可那天直到我挑开了竹帘，她才回过身看我，一双眼睛吓我一跳，竟满满包着泪水。

“怎么就你一人来啦。”吴大小姐若无其事地起身，别过脸抹抹眼角，照常去柜子里掏点心，我盯着她刚坐的地方看，那前面的小桌子上摆着个亮晶晶的小玩意，我从没见过。

“这是什么啊？”

“唱戏戴的头面，瞧你这一脸花，又和秦川闹哄了吧！”

吴大小姐递给我一碟子琥珀花生，我道谢接过来，“他最讨厌啦！我要是和秦茜换换就好了，看他不顺眼就一脚踹过去！”

我嚼着花生，幻想自己成为秦茜的样子，又漂亮，又能和小船哥坐同桌，又能揍秦川，忍不住呵呵地笑。

吴大小姐摇了摇头，“你不要同她换，她没有你命好。”

“什么是命呀？”

“命就是定数，人这一辈子，走多少的路，遇怎样的人，去哪儿留不住，到哪儿停下来，都有定数。”吴大小姐远远地瞄了眼院子问。

“那我是怎么定的？”我好奇，凑到她跟前说。

“等你也像我这么老了，就知道啦。”吴大小姐笑了笑。

“小船哥呢？他的命好不好？”我拣要紧的问。

“筱舟辛苦。”

“那臭秦川呢？”

“秦川啊，他可自在。”

那天的吴大小姐就像个判官，提起笔在宿命簿子上幽幽勾了我们几个人的命数。她的话字字珠玑，我却听得模模糊糊，分心给了她的头面，对那个小东西入了迷。我现在仍能记得，珠花中间是细碎珠子，又环一圈油亮的水钻，比所有古装电视剧里小姐们的首饰都好看。鬼使神差地，我趁着吴大小姐不注意，偷偷把那头面揣在了兜里。她一直心不在焉，没有注意我的小动作，我则胆战心惊的，没坐一会儿就溜了出来。

很多年后我再想，总觉得那天也是命，定了的。

我揣着吴大小姐的珠花头面，急匆匆地往家跑。那时的我不懂这是偷，只知道心里害怕。按说平时胆小的我怎么也拿不出这样的勇气，可也奇怪了，那头面似乎令我着了魔，我攥着它，觉得衣服里都透出水钻的光亮来。

偏巧不巧，拐个弯我就撞见了秦川，我被惊得后退一大步，他也吓了一跳，我们俩脸对脸地愣了几秒。

我下意识地捂住口袋，急吼吼地，“你干吗？快起开！”

秦川眉毛挑了挑，一脸古怪的表情，扭扭捏捏的，既不让开路也不说话。

我看着别扭，推了他一把，“好狗不挡道。”

放在平时他早骂回来了，可那天他却梗着脖子，生生憋了回去，只说了句不疼不痒的话："是你挡着我呢！"

我白了他一眼，闪过身子绕着他走，却又被他喊住了。

"哎……"

"你到底要干吗？"

"你……"

"说啊！"

秦川咳了咳，样子少见地羞涩，好像费了好大的力气，嘴里才迸出了几个字：

"你……以后少胡说八道！"

"你才胡说八道！"

我下意识地和他抬杠，但刚说了半截话就一下顿住了。之前我一直紧张珠花头面，把刚刚玩三个字时大喊"我爱你"的事抛到了九霄云外，现在猛地记起，脑子轰一声炸了，羞愤得恨不得钻到地缝里去。我才明白秦川是特意等着来当面欺负我的，一汪眼泪倾泻而出。

秦川见我哭了，一下着了慌，手忙脚乱地围着我转，嘴里念叨："好了好了，你胡说就胡说，我认倒霉还不行么？"

我更加气，呼吸都不顺溜了，直指着他，"秦始皇！告诉你，这世界上我最恨你！最讨厌你！讨厌你！"

这回换秦川愣住了，我眼见他举起了拳头，知道他是真气急了，我干脆把眼一闭，心想：打吧！把我打死算了！也不用怕吴大小姐找来要珠花头面了。

可我等了很久却迟迟不觉得疼，我微微睁开眼，看见秦川已经放下了手，他低着头站在那儿，身形仿佛小了一圈，竟令我头一次觉得可怜。他没骂我，什么都没说就走了。

那天以后他不打我了，可是也不理我了。

那真是一个苦闷的夏天。

满院子飞蜻蜓的时候，没人来窗根底下喊我一起去抓了。我独自在西大院的花池子里逮到一只红色老子儿，也找不到人显摆，只好讪讪地放了。院里半夜进了一只瘸腿的黄鼠狼，大人们救起来放在纸箱子里说是要养好放到景山去，没人陪着我也不敢去看。无聊至极的我终于学会了翻绳，能翻出降落伞，还能翻出乌龟，可是却不知拿给谁瞧。吴大小姐的珠花头面被我藏在院北墙冬天存大白菜的架子下面，落了一层浮土，因没人欣赏而毫无光亮。

我又沮丧又纳闷，明明那么讨厌秦川，怎么还跟他一起干了那么多事，以至于没有他反倒觉得空落落的呢。

大好的暑假没人找我玩，我就只好在家蹲着。那天是小礼拜，晚上要做炸酱面，我妈在厨房泡黄豆，我无趣地坐在门边的小板凳上，玩帘子上的珠串。奶奶掀帘进来，一把打掉我的手，“又揪珠子！你这小丫头片子手就不老实！早晚那片帘子得让你弄散了架！老跟这儿蹲着干吗？怎么不出去野啦？”

我懒懒地放下手，“热，不想去。”

“嘿！热还拦得住你了！”奶奶接过我妈手里的盆，“不过这几天是挺消停的，倒没见老秦家那小子找你来了。”

“不找好！我就不愿意乔乔和他们家川子混一块，您看看，他们一家子老老小小都算上，哪有踏实念书的！”我妈接过话说。

“对！少跟他们玩啊！”我奶奶也跟着搭腔。

“知道！”我使劲挪了下小凳子，不耐烦起来。平时我看我妈和我奶奶见到秦川他们家人也有说有笑的，背过脸就教训我不让我理他们，理由无外乎他们家大人市侩、孩子不上进。可我们家里人倒是都念了书，我也没见着哪里比他们家要好，却又偏偏瞧不起他们。

“我想来想去啊，丰和他们结婚要定那家具，还是别找人打了，我看秦家的那套组合柜就挺好的，上回我听秦老太太说，他们家建军现在正倒腾这个呢，要是托他弄，街里街坊的，还能便宜点呢！”

我奶奶说的是我叔叔要结婚的事，他之前一直住单身宿舍，现在快领证了，要搬回到院里来，前几天我妈一直在收拾屋，现在正盯着定家具。

“行，那回头我去跟卫红说说。”我妈点点头。

“你们不是说不理他们家人么。”她们刚刚数落了我，我心里又因为秦川憋气，忍不住坐在一旁嘀咕起来。

“嘿！这孩子！”我奶奶皱起眉头。

“大人说话，小孩插什么嘴！”我妈气恼地嚷。

我不想理她们，正要站起来走，珠帘却突然一下被掀开了，秦川跑得喘喘的，钻了进来。

好多天不说话，我眼看着他，竟有点惊喜，一面高兴他又来找我，一面假装仍生他的气，抄起手别过脸去。

可秦川却丝毫没看我，只瞪着我奶奶和我妈说：“谢奶奶，乔阿姨，我妈……我妈让我喊你们去居委会。”

“我也正要找你妈呢，”我妈笑呵呵地摘下围裙，“什么事呀，要到居委会去？”

“您……快去吧。”秦川脑门上一个劲地冒汗，脸色也不好。

我妈和我奶奶一边说话一边往外走，我看秦川一点没有要理我的意思，更加无趣起来，也跟着她们一道出门。

刚掀起帘子，秦川便在我们身后说了晴天霹雳似的一句话：

“吴大小姐没了。”

前面的大人不知是谁松了手，廉价的粉色塑料珠子落下来，噼里啪啦地砸到了我脸上。太阳骤然刺眼起来，整个天都白透了，仿佛宇宙中只有这一颗星球存在，前方都是亮光，漫天遍野地吞噬了世界，我的双眼被晃得盲了，就像无声无息地爆裂了一样。

那个夏天和我的童年一起，从此开始，先后完结。

吴大小姐死在了自己家里。

她一身齐齐整整的，还是那么干净，就像一早知道了大限，丝毫看不出痛苦和狼狈的痕迹。她躺在院子里那个平时常坐的旧长藤椅上，头微微歪向左边，仿若在仔细听石桌上收音机里那一出戏的唱白。灰白色的头发仍像平日里那样整齐地拢到耳后，用乌色的发箍定住，一丝不乱。她穿了件淡青色的锦缎长褂子，那是在姚阿姨店里裁的，斜襟的，领口上绣着几枝兰花。藏青色的棉布裤子浆洗得很平整，黑色的带襻儿布鞋上也没什么灰尘。腕子上没有首饰，只有她平时用惯的雪花膏的淡淡香味。老人家一身清白地来，也一身清白地去了。

最早发现她的是姚阿姨，吴大小姐头些天拿了一块旧布料来找她定做裙子。姚阿姨说那料子虽然看起来有年头，材质却是上好的，一看就是她压箱底收着的好东西。本以为吴大小姐是要出远门才会特意制件新衣，没想到到头来竟是上路时穿了。

姚阿姨今早做好了裙子，怕天热老人出入不方便，就给她送了过来，进门看她坐在院子里，先还以为是睡了，眼看日头越来越低，要照过来了，姚阿姨便轻唤她，想把她叫醒。吴大小姐却没有动静，姚阿姨推了推她的肩膀，她手上的大蒲扇就顺势掉在了地上。姚阿姨这才发现有些不大对劲，吴大小姐孤寡独居，旁边也没有人帮忙看顾，姚阿姨忙喊了居委会来看，可那也晚了，人已经没了。

吴大小姐的院子里少有地热闹起来，大人们忙前忙后的，我站在一旁呆立着。我想走到她正面，去瞧瞧她的脸，却怎么也迈不动步子。我想以后再也见不到她，大约应该是要哭，可眼泪却像结成了冰，怎么也落不下来。我想跟她说句悄悄话，说那个珠花头面是我拿走了，我会还回来的，但嘴巴张开却怎么也发不出声音，好像一切都化在空气里了。

我也不知自己站了多久，就在他们要把吴大小姐抬到屋里去的时候，我突然冲了过去，却被小船哥拉住了。他把我按在怀里，小声说："乔乔，乔乔，别看。"

我终于哭了出来，可是声音还是被更强烈的悲声盖住了，那就是跟小船哥一起过来的将军爷爷。

他单膝跪在院子里，号啕大哭。

慌乱中不知是谁碰响了吴大小姐的收音机，里面播的正是程砚秋的那一段：

对镜容光惊瘦减，
万恨千愁上眉尖；
盟山誓海防中变，
薄命红颜只怨天；
盼尽音书如断线，
兰闺独坐日如年！

那天晚上，我去北墙根放冬储大白菜的架子下面把吴大小姐的珠花头面找了出来，想要把这个还给她。

盛夏天黑得晚，又出了这样的事，左右街坊们都在议论，胡同里倒显得比往常热闹。等到我妈去了姚阿姨那儿说我叔叔的事时，我才以上厕所为借口偷偷蹭了出去。

吴大小姐家围着的人早就散去了，从门口影壁望过去，只有一弯新月悬在半空，一树海棠孤零零地立在那里。我平时胆子极小，但那天也许是有着定心，一定要把珠花送还回去，所以才敢独自一人走进去。

可我不是一个人，绕过影壁，我就看见了站在窗根下的将军爷爷，他就那么静静望着吴大小姐的窗子，仿佛她一会儿就要出来，又仿佛他已经这么等了很多很多年。

我慢慢走近了，将军爷爷还是一动不动，丝毫没发现有人来，我不能待太久，只好轻声唤他："将军爷爷。"

他身子一颤，仿佛梦中人重回到人世间，这才低头看见了我。

"乔乔，大晚上的，你怎么来啦？"

"我……我还东西给吴大小姐。"我喃喃地说。

"什么东西呀？"

"是……她的宝贝。"我摊开手，将珠花头面举到将军爷爷眼前。

那火油的钻在月光下仿佛沾了晶华，更加璀璨，我甚至觉得它发出了光，映得我衣裳上流光溢彩，五色斑斓。将军爷爷看了这物件，竟然轻颤起来，他小心翼翼地接过去，"她送给你了？"

"没有，"我不好意思地说，"是我偷偷拿的，这花实在太漂亮啦。吴大小姐很喜欢这珠花，看它的时候还眼泪汪汪的呢。所以我想应该来还给她。"

将军爷爷欣喜地说："她喜欢呀，那就好。当年我送给她，没来得及问她喜不喜欢就走了，我以为，她早丢了。"

我怔怔地看着将军爷爷，他和平时不太一样，脸竟变得绯红起来。

“乔乔,你回去吧。我帮你把这头面还给她。”将军爷爷握住珠花头面说。

“嗯！”我忙点点头，心里的一块大石放下，舒服了许多。

交付了这事，我便往外走，快走到门口时，我隐约听见了低低的说话声，下意识地回了头。月光下白白一团人影，我分明地看到那里立着两个人，将军爷爷仿佛年轻了许多岁，他一身戎装，英姿挺拔，手里正攥着珠花。而他对面，站着窈窕的吴大小姐，月桂色的小褂，绛紫色的百褶裙子，她梳了两条大辫子，一边低头拨弄着发梢，一边缓缓将珠花头面接了过去。她没说喜欢，也没说不喜欢。

我眨了眨眼，他们便一起不见了。

那天我是疯跑回家的，据说我出去了好久，我爸我妈正到处找我呢。可这些我都记不住了，我只记得我在院门口看见了秦川，然后咕咚一声就晕了过去。

他拖着长长的嗓音喊:“乔乔！”

他又理我了。

19

我连发了三天高烧，说了好多胡话。

大人们说小孩眼净，我是撞见了不该看的东西了。可能怕吓着我，所以将军爷爷去世的事，他们过了一个多礼拜才告诉我。

将军爷爷是当晚因心梗过世的，就在那个院子里，早晨人去的时候，他已经僵了，可据说脸上还带着笑呢。那个珠花头面他紧紧攥在手里，几个小伙子都没掰开他的手指，只好由他拿着去了。

有那么句老话："你我相约定百年，谁若九十七岁死，奈何桥上等三年。"将军爷爷和吴大小姐彼此等了太久，到这一遭，终于不再等了。

小船哥不信鬼神，他说那天我在一片白月光下看到的是幻象。是因为下午在吴大小姐的院子里着了风，已经发烧了却不知道，晚上又跑出去才病得更重。秦茜也不信，她连珠花头面都不信，她说要是有，我早就来向她显摆了。唯独秦川信了我说的，他说其实那就是吴大小姐说的命，那珠花本来是将军爷爷送的，被我偷出来又还回去，是物归原主了。

虽然我觉得秦川说的合我心思，但是我更愿意相信小船哥，一场生死大事，我们吵吵闹闹的，就这么过去了。

农历七月鬼节，秦奶奶喊我们几个过去帮她折元宝。每年逢清明、鬼节、十月初一烧寒衣的日子，秦奶奶都做纸钱和纸元宝到街上卖。她有生意头脑，每次练摊都能瞅准时机捞上一笔。我奶奶私下里还瞧不起她，说只有下九流的人才做这种事，还说她甚至为了挣死人钱，都要等过了日子口才给自己老伴烧纸。可秦奶奶不讲究这个，她也看不上我奶奶的那些规矩，总是说："你奶奶读过书，就认死理，你以为死人在地底下等着钱花开心？他是看到活着的人有钱花才开心呢！"

我不管她们老太太交锋的那一套，反正每次秦奶奶带我们折元宝卖了钱，都会给我们买北冰洋的袋装冰淇淋吃，所以她一喊我，我就跟她走了。

在我们灯花胡同周围摆摊的小贩，都跟秦奶奶好着呢。因为秦奶奶可是摆摊的元老，从建军叔叔小时候，她就开始摆摊贴补家用了。不光纸钱、元宝，还有什么鞋底子、磨刀石、针头线脑的小物件，她都卖过。把东西卖掉换成钱，是她毕生的乐趣。这几年建军叔叔在广东做生意，给她拿回来的一块块力士香皂，也都让她给卖了。而且秦奶奶可厉害，嗓门又大，摆摊的之间讲究地盘，难免有点小摩擦，谁要是和谁吵吵起来，她就去主持公道。大家都知道她是这一带的老人儿，俗话说强龙压不过地头蛇，所以也都听她的。

我们摆摊的地儿就在水果摊的旁边，秦奶奶一过去就吆喝起来了："小朱子，起开起开，往那边点儿！给我腾个地儿！"

小朱子忙答应着挪了挪板车，秦奶奶弓着腰走过去，捏了捏他车上的杏，"哟！都软乎啦！今晚上要卖不出去可就糟践了，把硬的往下摆摆，软的撮个堆儿，便宜着点卖！嘿，还真甜！"

秦奶奶一边说着一边给我们抓了把杏，小朱子按秦奶奶说的，重新码了码堆，不一会儿就来了个骑自行车的阿姨买走了一兜子。

秦奶奶得意地说："看着没？做买卖就得懂人的心思才行呢。乔乔，我不像你奶奶，我不以知识论高低，只用常识打天下！"

"可我奶奶说，就是要多读书才行呢！"

我有点迷糊，秦奶奶胡撸了下我的脑袋，"你奶奶认字认得多，炸酱面有我做得好吃么？"

"没有！"这我倒是可以肯定，秦奶奶家的炸酱面，是我们院最好吃的。

“啧！这不得了。”秦奶奶笑起来。

我们说话的工夫，秦茜已经又折了好几个纸元宝了，她手巧，折得最快，我和秦川两人都赶不上她一个。我照猫画虎地跟着折，却忽然看见秦茜趁她奶奶不注意，往自己衣服兜里塞了一个。我瞪大眼睛看她，她朝我比了“嘘”的手势。坐在她身旁的小船哥冲我眨了眨眼，我便不作声了。

天快擦黑的时候，秦奶奶轰我们回家去。走出她的视线，我就拦住了小船哥：“小船哥，你们干吗偷偷拿纸元宝啊？”

“晚上给吴大小姐和将军爷爷烧去呀！我奶奶连片纸都琢磨着怎么给卖了，可不能被她发现，”秦茜笑着拍了拍口袋说，“我拿了有十个呢！”

“我可拿得多！”秦川把两边的裤兜都塞满了。

“你们怎么不告诉我？”我沮丧地说。

“你那么笨手笨脚，准露馅儿！”秦川嘲笑我。

我们俩又叽叽喳喳吵起来，小船哥拉开我们，“好了好了，你们去胡同小口等着，我回家拿水壶和铜盆！”

等小船哥拿着家伙什儿回来，我们几个已经在大槐树下准备好了。北京烧纸，讲究在十字路口，四面八方好迎鬼神。我们学着大人的样子，用水在地上画了一个圈，朝西开口，是给来拿钱的人留的门。铜盆装上纸钱元宝，放在画好的圈子里，我们几个里就小船哥敢划洋火，他点着火柴，扔到铜盆里，纸钱都是黄纸剪的，特别好烧，火苗一下子就蹿起来了。

望着地上荧荧的火，想着已经不在人世的吴大小姐和将军爷爷，我们都难受起来。

秦茜拿树枝扒拉着元宝，轻轻哽咽："你们说吴大小姐还恨将军爷爷么？"

"她不恨，你们还记不记的，她张罗要给我们腌香椿叶子吃？摘叶子是要找将军爷爷借梯子的，她心里明白，是想让咱们替她去呢！"小船哥说。

"嗯！"我笃定地点点头，虽然我那时不懂爱恨，但想起那晚月光下的人影，哪有什么怨懑忧愁，两人之间尽是世间的恬淡美好。

"他们后半辈子没说过一句话，肯定攒了一肚子的话要说呢！两人一起聊着天，喝着孟婆汤，过着奈何桥，也挺好。"秦川嬉皮笑脸地说。

我瞪了他一眼，一团火苗恰好蹿到他眼前，把他吓得坐在了地上，我们却都笑了起来。

铜盆里的纸渐渐化灰，一阵旋风卷过，纸灰飘向了空中。吴大小姐和将军爷爷的故事，终是成为北京城里的一道飞烟，缥缈而去了。

20

我没记错的话，就是从那个秋天开始，我们胡同里的灰墙上被写上了大大的"拆"字。

灯花胡同是明代就有的老胡同了，老旧城区改造刚一开始，因为危房众多，灯花胡同就被划了进去。

最初我们只是觉得好玩，可慢慢地，胡同里的小伙伴有人搬走了，有人转学了，本来放学排路队一起回家的同学少了好几个。我们常去的吴大小姐家的院子被拆了，那棵西府海棠树被砍掉，葡萄架子被拆散，石桌和藤椅都没了踪影。然后是将军爷爷家，梯子被拆迁的人搬走了，院子里浇花用的大水缸被砸成几瓣散落在地上，房子的墙都被推倒，砖土被拉走了，只剩下我们熟悉的铺着地板革的地面。我们还去那里玩过，每个人站在屋子一角，玩老师学生的游戏。在秋风瑟瑟的时候，“报告”“请进”的声音飘荡在北京上空，随着落叶，落满一地回忆。

再然后辛原哥他们家也要搬走了，我还不懂怎么回事，跟着小船哥一起到他们家道别。辛原哥给我们四个一人买了一根炭烧奶的冰棍吃，我们坐在他的钢丝床上，看着他收拾自己的东西。

秦川手不老实，拿着辛原哥的东西翻来翻去地看，在床头那边，放着一摞黑色的塑料薄片，秦川拎起来问：“辛原哥，这是什么？”

“是磁盘。”

“磁盘是什么？”秦川依然不明所以。

“是计算机存储数据的东西。”

“怎么存储呢？”小船哥接过话。

“就是把电脑里的数据资料拷贝到这里面来。”

“拷贝是什么？”秦茜茫然地继续问。

辛原哥笑了笑，答：“就是复制。从电脑复制到这里面来。”

“它装得下吗？”我惊奇地看着那个磁盘。

“当然，它能存储很多数据。”

“它好厉害呀！”我感叹。

“它只是个存储工具，没有计算机厉害。”辛原哥指了指身后的电脑。

“计算机怎么厉害呢？能算数吗？”

“可不只算数，计算机能编写程序，通过这些程序我们就可以传输信息，资料、图片，以后甚至是声音、动画都可以通过计算机搭载的 Internet 网络进行传输，甚至远在美国的人们都能和我们互相联系。神吗？告诉你们，早晚有一天，计算机能改变世界。”

辛原哥说起这些，眼睛闪闪发光，而我们大眼瞪小眼，谁也没弄明白计算机到底是做什么的，只觉得那黑色的磁盘和那个看上去像是电视的机器很神秘，连接着我们根本无法想象的世界。而我们不知道，那时的辛原哥真的如他所说，已经在用电脑改变他的世界了。

辛原哥搬走后，院子里就开始躁动起来，但我们几个丝毫感觉不到，因为我们躁动得更厉害。那年区里组织了少年儿童文化艺术节，灯花小学要排演儿童剧《白雪公主》，小船哥模样清秀，又是大队委，自然而然被选定演王子，而秦茜虽然功课不行，但是全校女生里数她最漂亮，于是就被选定演公主。秦川也因为个子猛长，被安排出演大树甲，只有我一点份儿都没有，连七个小矮人都轮不上。

其实我自认为自己还是挺会表演的，平时我们胡同的女孩经常凑在一起玩过家家似的游戏。播《新白娘子传奇》的时候，我们都把妈妈的丝巾拿出来，绑在身上做裙子、做披风，我还特别设计了一种古装发型，把纱巾绑在头发上再用发卡固定住，在当时也算我们胡同的 Fashion Queen 了。我们学着电视剧里白娘子和小青的手势，两只手先在胸前转几圈，然后用手指点在两边太阳穴上，再假装向外发射咒语，比起秦川每次只会跟人对打发出类似“底设”这样的大招声音，显然我的扮相更有模有样。不过很可惜，我们学校的老师们没有发现这一点。校长和大队辅导员来班里选小演员的时候，尽管我手背后坐得直直的，下巴颏扬得高高的，眼睛瞪得大大的，他们还是扫都没扫一眼，就从我座位边走过去了。

胡同里有好几个孩子参演了《白雪公主》，这对大家来说是一件顶顶好玩的事。而且这很光荣，按老师的话说，他们是有任务的人，“任务”对那时的我们来说是个伟大的词汇。于是除了在学校里老师带着他们一起排练，回到家里他们还会约好吃完晚饭在西大院集合，继续排练。我本来最喜爱的初秋傍晚，那些皮筋、沙包、毽子、蟋蟀、知了猴、拔根、糖炒栗子、油炒面，统统变成了我根本无法参与的儿童剧。

可我又舍不得不跟着，虽然只能眼巴巴地坐在一旁的小马扎上看他们说和平时完全不同的各种稀奇古怪的话，但是我还是愿意去，起码当看见小船哥救起秦茜的时候，我还能幻想下那个公主是我。

也许是因为我太虔诚，机会真的来了。

那天大家照旧聚在西大院里，准备的工作都已经做好，小船哥像总导演一样，正在跟秦茜叮嘱着什么，只要他说了开始，就可以排练了。我和几个比我小很多的流着清鼻涕的孩子百无聊赖地坐在一边，我给他们用狗尾巴草

折小兔子，秦川不时过来捣两下乱。

小船哥说得差不多了，秦茜一边点头一边往后退，让出了整个场地，招呼着大家准备。就在这个时候，姚阿姨走了过来，喊着秦茜和秦川："先别玩了，家去有事儿。"秦川百般不乐意，姚阿姨叫了几遍，干脆过来拉他，秦茜也没辙，只好跟小船哥说："要不你们等我会儿？"

"筱舟你们玩吧，他们今儿晚上就不出来了。"姚阿姨彻底断了他们的念头，秦川更不乐意了，可被他妈拉得紧，只好跟着往家走。

到这会儿我都还没觉得有我什么事，光顾着看秦川的衰样幸灾乐祸，可秦茜却在临走之前突然说了一句："那乔乔今晚替我演吧，词记得吗？"

我就像被许愿的流星砸中了脑袋，一下子愣在了那儿。

"没问题，乔乔天天看，一定能记得。"小船哥笑着替我答应了下来。

我连忙点点头，急着向别人证明我都记得。大家没什么意见，各就各位准备开始，我熟练地演着那位已经在我心里排练过无数次的公主角色，被后母毒害，被七个小矮人救起，然后安静地等着，等着遇见我的王子殿下。

终于，王子被小矮人们带到了公主面前。西大院没有话剧道具里的花床，我只是象征性地坐在花坛的中间，闭着眼睛，闻着身边月季花的香气，等着小船哥走到我身边，拉起我的手。

小船哥已经无数次地拉起秦茜的手了，那个时候我并不懂什么是嫉妒，只是看到他们手拉手站在一起的样子，会有点小小的难过。总算有一天，终于轮到了我，直到现在我都能回忆起当时满满的期待，以至于在以后很长一段时间，能够拉住小船哥的手成了我最大的愿望，而仿佛从那天开始，一切又都注定难以企及。

“看，她的皮肤像雪一样白！看，她的脸颊像苹果一样红！看，她的头发像乌黑的木头一样！她就是白雪公主！”

小船哥一步步走向我，他离我越来越近了，我能感觉到他已经弯下了腰，向我笑眯眯地伸出了手，我有些迫不及待要睁开眼了，因为我已经看过了无数次，这个时候小船哥的笑容，最好看了。

“筱舟！”

我听见何叔叔的声音。

“筱舟！”

小船哥停了下来。

“回家吧！”

大家都停了下来，我不得不睁开了眼。

小船哥已经从花坛上走了下去，走到何叔叔身旁，他们低声说了几句什么，小船哥就跟着何叔叔走了。

我忘记他是怎么跟我告别的了，也不记得大家是怎样一哄而散，我只记得过了好久，都还是我一个人坐在花坛中央，旁边还有月季花的香气，可我却哭了起来。我演的分明不是白雪公主，而是灰姑娘，比她还可怜的是，我还没遇见王子，午夜钟声就敲响，魔法就消失了。

不知道为什么，那天我就是觉得，我再也拉不到小船哥的手了。

小孩子的预感，真的很灵。

我是回家以后才明白为什么小船哥、秦茜、秦川都被叫回去了——他们都要搬走了。

奶奶家的院子是私房，当年爷爷被划成右派，房子才分出来，分别住进了辛、何两家。秦川他们家原本就在胡同里住，因为人口众多特别困难，又是根红苗正的贫下中农，所以又占了我们家的两间房。爷爷去世之后被平反，这些年奶奶总是跑北京市落实政策办公室，想要解决我们家的房子问题。那个简称“市落办”的地方说，只要能解决这三家人的住房，原本被占用的房子就能退给我们家。这次危旧房拆迁，正好解决了这个问题，奶奶这些天已经分别跟几家人商量好，他们要从我们的小院里搬出去了。

刚知道的那天，我哭得歇斯底里，但是院子里四处都乱哄哄的，没人理我这个小丫头，我妈干脆把我推出了院门，让我少闹哄。

我站在门口抽抽搭搭的，姚阿姨进进出出打包她裁缝店里的东西，抽空塞给我一块大大泡泡糖，秦奶奶怕她媳妇扔了她那些破烂，自己扎包袱皮，见到我也只是像平常那样逗一句：“小妞子又掉金豆啦？”何叔叔和李阿姨抬走了一架钢丝床，要处理给胡同口收废品的，嫌我在门口碍事，我只好讪讪地回到了屋里。

人生这场筵席聚聚散散，怎么也不是我哭两鼻子就能改变的。

北京入了深秋，小船哥他们家先搬走了。临走之前，小船哥把他的小人书都认真地封在一个纸盒子里送给了我。我们并肩坐在院子里的小马扎上，我哭着问他能不能不走，他笑着摇了摇头。

“小船哥，你们要搬到什么地方去？”

“太阳宫。”

“那儿是太阳的家？”就像相信红领巾是战士的鲜血染成的一样，我也相信太阳宫里住着一个太阳。

“大概是吧。”

“离我很远吗？”

“挺远的。”小船哥低头看了看手腕上星球大战的电子表，“乔乔，我走啦。”

“你等等，我问你个问题。”我急忙拉住他，小船哥温柔地望着我，等着我的问题，可我哪儿有什么可问的，我只是想再和他多待一会儿。

“《水浒传》里浪里白条是谁？”我憋红了脸问。

“张顺。”

“那燕青呢？”

“是浪子。”

“还有还有！《家有仙妻》的陈天贵叫什么来着？”

“澎恰恰。”

“哦对，那电脑娃娃呢？”

“是维基呀！乔乔，你……”

我不等他说完，忙打断他，“那夏令时呢，那一小时跑到哪儿去了？”

小船哥从兜里掏出一支圆珠笔，拉起我的手腕，认认真真地在上面画了一块手表，指针指着九点钟的方向。

“等你长大就找到它了。乔乔，我真的要走啦。”

“小船哥，那我怎么能找到你呢？”我小心翼翼地举着手腕，生怕把它蹭掉了。

“我会回来看你的。”

“你一定记得呀！我等着你！”我央求着。

“好！”

“你要是不回来，我就去找你。”

“好。”小船哥抹掉我的眼泪，笑了。

我童年里最重要的少年就这么离开了我。我一直在后面跟着他们，从院子里，转到胡同小口，最后站在西大院高高的花坛上，亦步亦趋地望着小船哥的背影，只要他回头，我就使劲朝他挥手。

从那天开始，我一下子懂得了别离，懂得人与人从相识的那一天起，就要预备说再见了。只不过我还小，所以在算计着怎样找回夏令时丢失掉的那一个小时，算计着长大，算计着在一起，算计着永远在一起。

画在手腕上的表到底还是消失了，可惜没人告诉我，失去的时间不能找回，只能怀念；同样，人们只能在一起，而不能永远。

小船哥走了之后，马上就轮到了秦川和秦茜。

我没有为秦川他们的离去而哭鼻子，但是仍然会觉得失落。秦川走之前也拎了一兜子小玩意来找我，他在我的小床上抖开，叮叮咚咚铺满了一片，好多东西都瞧着眼熟。

“这个，是你去年攒的香味橡皮，你课间去跳皮筋的时候我给拿走了，喏，香蕉的那个我用了，还剩橘子和草莓的，还给你吧。”

“哦。”我想说谢谢，却怎么都觉得有点不对劲儿。

“还有这个，《戏说乾隆》的贴画，程淮秀的我留着啦，四爷的还给你吧，再送你两张喜儿和贾六的。”

“我说怎么哪儿都找不到了！原来被你偷走了！”我愤愤地把贴画揣在了怀里，“还有那些展护卫的呢！”

“抄班长作业，送给她了。”秦川大言不惭地说。

“秦始皇！”我尖着嗓子叫起来，“这些全都是我的！你赶紧搬走吧！我再也不想看见你了！”

我一边嚷一边把秦川往外推，秦川挣扎着不走，我干脆插上了门。

秦川在门外把玻璃窗敲得咣咣响，大声喊：“我真走了啊！走了可就再也不回来了！”

“快走吧！千万别回来！越远越好！”

“行！谢乔！”秦川愤愤地走开，还嘟囔着，“那些是你的，可镭射卡都是我自己的呢！”

我翻开床上的小玩意，发现里面还真有那么几张林志颖的镭射卡，我最喜欢的明星就是林志颖，那时候只要大人给了我一块钱的钢镚儿，我都攒着到胡同小口儿的小卖部里的明星卡片机去摇明星卡，摇出谁来不一定，一般都是普通的硬质卡，只有运气特好的时候才能摇出闪亮的镭射卡，要是再摇到林志颖那张，我就要高兴半天。

这几张镭射卡成功地挽救了我和秦川差点绝交的友谊，但还是不能改变他要搬离这里的命运。

秦川和秦茜搬走的那个下午，我们仨一起跑到了小学顶楼。北京已经入了深秋，着上了特有的昏黄与灰色。秦茜说要好好陪我玩，我想玩什么都可以，秦川也出奇地恭顺，一句都没跟我抬杠。可是跟他抢着玩的时候什么都是好的，他真的让着我了，我倒觉得没意思了。后来我们就一起跳大绳，秦川和秦茜一人站在一边抡绳儿，我在中间，听着他们喊：“小熊小熊你转一下圈儿，小熊小熊你摸一下地，小熊小熊你滚出去！”

我一下下跳着转着，天边的大雁擦着昏黄的云彩排成人字向南飞去，远处胡同里灰色的平房连成了一片，谁家院里的柿子熟了，沉甸甸挂了一树，那棵我们常爬的大枣树也深沉地伸展开了枝桠，时不时有风吹过，窸窸窣窣地掉许多叶子，我们院子里升起了炊烟，奶奶可能在烧饭了，院门开着，戴小白帽的秦奶奶出来倒土，她要喊一嗓子川子，我们在小学楼顶都能听见。

这就是我记忆里童年时代落幕的样子了，北京城在我们脚下沉沉浮浮，最终消失幻化成了别的模样，可就像对要远行的秦川一样，我到最后都忘记了跟它说一声再见。

第二章 萌芽

Chapter two

我们渐渐不同，悄悄萌发着重要的变化，变成彼此不熟悉的样子，却又更加地想相互接近。

01

我念中学的时候，似乎是最好的时候。

20 世纪 90 年代的北京，空气里都飘着一丝繁华的甜味。只要歌星出了磁带，就会立刻红火起来，四大天王、王菲、张国荣、梅艳芳，不光是他们，内地的很多歌手也都有一两首唱遍大街小巷的歌，《朝花夕拾》《同桌的你》《小芳》《纤夫的爱》在街边破了音的大喇叭里一遍遍地放。只要是新拍的电影电视剧就都好看，成龙的动作片、周星驰的喜剧片，还有数不尽的爱情片，国产电视剧甚至能拍到 100 集。一家家个体经营的小商铺小饭馆毗邻而立，大家都有了些小钱，都还吃得起买得起，有钱的未见得多有钱，穷的也未见得多穷，到处呈现出一种足够轻快的繁华。北京就像一个初长大的姑娘，蓬勃而娇艳，她欣喜地发现自己身上的各种美，至于会衰老这样的事，根本连想都不会想。

我的少年时代就搭上了这座城最美的节拍。小升初的时候，我没能像班里那些班干部一样保送到最好的市重点学校，也不像其他大部分同学被“大拨轰”到一般中学。读书与教育是我们家最看重的事，我爸我妈一起请我的班主任老师吃了顿萃华楼，班主任便推荐我上了我们区的区重点——灯花中学。

这次我没能和我爸继续成为校友，他上的可是市重点。为此家里人都再三激励我，要好好念书，争取和爸爸再上同一所大学，反正在我们家里没有比读书更重要的事了。灯花中学离家很近，骑自行车十分钟就到了。我还住在灯花胡同，本来说好的拆迁又搁置下来，据说因为我们胡同在市中心，又有古建，很可能就保护起来不拆了。这事让我懊恼了很久，觉得小船哥、辛原哥还有秦茜、秦川他们都被白白撵走了。可我奶奶就不这么想，把房子要回来对她来说是天大的好事，我小叔不但在院里结了婚，还生了小妹妹，家里照常热闹闹的。可我不喜欢这种热闹，再热闹也没有我的小伙伴们了，我还是喜欢以前那样大杂院的日子，不过我每跟奶奶提起，我奶奶就让我哪儿凉快哪儿歇着去。

还有一件事我也没想到——我的的确确是失去了小船哥，可秦川这家伙却没走远。他就在我旁边最差的四二一中学念书，上学放学总能打上照面。他们学校的学生和我们学校大不相同，从来不好好穿校服，个个流里流气的，梳着分头插着兜，走在路上横冲直撞的，有的甚至还戴墨镜抽烟。我们学校的学生都怕他们，常有他们学校的人成帮成伙儿地聚在我们校门口，听说就有学生被他们劫过钱，所以只要见到四二一中的学生，我都要绕着走。

有那么几次，我在校门口还见到过秦川，他和一帮常在那里的小痞子勾肩搭背混在一起，一副逍遥自得的样子。我骑着车从秦川面前经过，他嬉笑着一边打闹一边嚼泡泡糖吹起个大泡泡。我看见了他但没搭理他，他也没理我，就好像我们从来没认识过似的。擦肩而过的时候有种奇怪的感觉，说不清是遗憾不再亲切，还是庆幸没和他一样，不过那感觉转瞬即逝，我有了新的生活，那里面以后也许都不会再有秦川了。

初一那一年懵懵懂懂地就过去了，想来想去，似乎最大的事就是我当上了从小到大最大的官——学习委员，但又因为期末考试考了第12名没进前十而被抹下去了。我为这事狠狠哭了一鼻子，并从此发誓，再也不当班干部了。当然，那时的我还是天真地赌气，根本想不到我在未来的两年里会有个什么样的名声，而这名声注定我永远会跟班干部绝缘。

上初中和上小学最大的区别之一就是男生和女生不再混在一起胡玩了，男生玩男生的，女生玩女生的，除了交交作业、考考试，两拨人基本无交集，要是有凑到一起玩得好的，那不用说，肯定是谁对谁有意思了。

“有意思”是我们的悄悄话，“情窦初开”这样的词用在我们身上都嫌早，那点意思顶多算是给青春期开了个头，不过这也足够我们蠢蠢欲动了。我们班和“有意思”最相关的人是刘雯雯，因为我们班好几个男生都对她“有意思”。刘雯雯长得好看，虽然我觉得她比不上秦茜，但是其他同学又没见过秦茜，就当她这样的算是最漂亮的了。她比我们发育得都早，过了初一就有一米六几了，在人群中像根青葱似的，特别扎眼。而我那时候还没蹿个，也就一米五几，要是走在刘雯雯旁边，就跟个灰头土脸的小蘑菇似的。

自然没有人对我这个小蘑菇有意思，但小蘑菇也有春天，我对别人有了意思。

我可不是花心的人，在我心里，最最喜欢的永远是小船哥，而遇见孙泰是一场意外。孙泰不是我们班的同学，他是隔壁五班的。上了一年的学，我都对他没什么印象，我们年级有十个班呢，我又不像刘雯雯名气那么大，除了我们班的同学和几个以前的小学同学，其他人我都不认识。

那天是学校的科技日，组织同学们去自然博物馆参观，从我们学校到自然博物馆很近，不过两三站地，所以学校就让同学们自行前往，到门口再按班级集合。天空下着蒙蒙细雨，我穿着雨衣，取车慢了点，等骑出来时班里的同学都走了大半，可想而知我这样的小蘑菇是没谁会特意等我的，至于刘雯雯那辆自行车旁，则至少围了四五个人。我骑车紧着往前赶，孙泰和几个五班的男生就在我前面，我看着孙泰的背影，一下就愣住了。

他好像小船哥。

一样的白衬衫，一样的瘦削，一样的挺拔。

我就像着了魔似的紧紧跟着他们，一路上不错眼珠地看着孙泰，生怕那熟悉的温暖光亮转瞬即逝。兴许是雨天路滑，他们又骑得快，当中的一个男孩没扶好车把，摇晃了几下摔倒在了路上，我跟得太紧，根本来不及刹车就撞了上去，结果一堆人摔成一团，我兜里揣着的“小两口”软糖滚了一地。就在我狼狈地从地上爬起来时，孙泰走到我面前，他伸出手，慌张地问："同学，你没事吧？”

我晕乎乎地看着他，一句话都答不上来。他温柔的样子，也好像小船哥啊。

我半天没有回应，孙泰尴尬地收回了手，他的同伴们纷纷站了起来，不知谁还一脚踩在了我的软糖上，孙泰也扶起了车，跟着他们一起走了。我傻傻地蹲在地上，看着他们走远，只有孙泰一个人，又回头看了看我。遥遥的雨雾中，我看不清他的表情，只觉得自己的心跳出奇地快，脸也烧了起来，快把周遭的雨水化成蒸汽了。

从那天起，我的初中生活，多了一层“意思”。

那时我不知道孙泰的名字，也不敢去问别人。过了好些天才想到一个好办法，我假装没带数学书，在他们班门口徘徊了好几个课间，好不容易等到他一个人，才鼓起勇气走过去，努力假装自然地喊住他。

“那个……同学。”

“什么事？”孙泰一脸茫然地看着我，显然在他的记忆里我就像那天的雨一样消失得干干净净，虽然不指望他会对我印象深刻，但这样干脆的陌生感还是让我有点失落。

“可……可以借我你的数学书用一下吗？我忘带书了。”我结结巴巴地说出准备好的台词，这时的我紧张到了极点，生怕被他一口拒绝。

“哦，那你等一下。”

孙泰完全没有注意到我复杂的心理活动，他转身回了班，不一会儿就拿了一本书皮有点卷边的数学书出来。

“谢谢你！”我接过书，激动得恨不得朝他鞠躬。

“哎，你哪班的啊？”孙泰喊住准备匆匆离去的我。

“四班的！”我指了指他斜对门的教室。

“你叫什么？”他又问。

这是我没能想到的附加问题，我红着脸说："我叫谢乔。"

"哦。"他似乎并不在意，而我却因此兴奋起来，我想我也许没自己想象的那么没有存在感。

"我会把书还给你的！下个课间就还！"我的声音清亮起来，笑着大声对他说。

"好啊。"孙泰挥了挥手，走回了班里。

那天我上了有生以来最天马行空的一节数学课，孙泰的书被我翻了一遍又一遍，封面上他那歪歪扭扭的字迹"初二（5）班 孙泰"，也被我像背课文一样念了一遍又一遍。我把我能想到的美好愿景，在那天都使劲想了一通。我想到同学之间传阅的那些日本少女漫画，那些席娟、于晴的小说，然后把自己和孙泰一一代入，我想自己以后一定也会变成有那样故事的女孩，变成温暖可爱的女主角。

可我不知道，我与孙泰之间发生的最美好的事，也就是借书的那一刻罢了。

后来我如约还了他书，理所当然地，我们就算相互认识了。每天上学、放学、课间、早操，我都会设计好路线去跟他"偶遇"。每次相遇时的对视一笑，都能让我开心许久。

我像积攒邮票一样积攒着这样的瞬间，我还买了一个漂亮的本子，那上面画着美丽的少女，在浅橘色的背景色中，虔诚地交握双手，仿佛祈祷着什么。我把关于孙泰的所有事都记在了这个本子里，在封皮上我写着"ST 日记"，还在旁边画了一颗小小的桃心。这是我最甜蜜的秘密。

然而，这秘密却像泡沫一样，根本来不及升上天堂，便被轻易戳破了。

那天做课间操的时候，我晚回来了一会儿，因为五班在我们班后面，只要我假装磨蹭地系系鞋带，就能和孙泰打个照面。那是如约而至的一个微笑，我很满足，轻快地小跑回班里，想赶紧记在我的小本子上。

可是回到座位上，我却怎么也找不到我的小本，在我斜后面刘雯雯那里照例围了一圈人，他们嘻嘻窃笑着，我却还没意识到与我有什么关系。直到我的本子被他们传来传去，露出那一抹鲜艳的浅橘色，我才明白发生了什么。就像是原子弹爆炸，我觉得全身的气力都升腾成了一朵蘑菇云，直冲到了脑门上。

“还给我！”我颤巍巍地冲到他们面前。

没人理我愤怒的诉求，他们就像接力棒一样互相传递着我的本子，我追在他们身后，可谁也不肯还我。我恳求地看着刘雯雯，希望她能制止这个闹剧，可她只冷漠地看了我一眼，就继续低下头优雅地写作业去了，和平时一样，好像这几个小丑为了逗她开心的恶作剧和她一点关系都没有。我越来越生气了，眼见我就要伸手够到，一个男生把它扔向站在讲台前的另一个男生。

那个男孩接过我的本子，清了清嗓子，翻开念：“ST 日记：2 月 16 日，天气晴，今天，我在操场边看见他了，他穿着一件棕色的毛衣外套，先开始他没瞧见我，只注意看场中间打球的人，为了让他看仔细些，我又凑近了几步，快到他身后的时候，他正巧回过头，终于看到我了，他冲我笑了一下，好开心！”

班里的同学哄堂大笑起来，男生在起哄，女生则在窃窃私语，他后来又念了些什么，我根本听不见了。那颗原子弹终究把我炸成粉末，我未竟的喜欢随之灰飞烟灭。所有秘而不宣的情感，隐藏时是宝藏，而公开时便会成了笑话。

后来我是怎样拿回了本子，怎样回到座位，怎样打了铃，怎样上了课，我统统不记得了，在我耳边只不断响起周遭嘲笑式的“ST”的呼唤声，像魔咒一样，把我束得紧紧的。

很快，ST 就被大家猜出了是孙泰，男主角的出现让这出闹剧更加精彩，谢乔喜欢孙泰这样明明很小清新的事，一下子变成了所有人的谈资。从男生到女生，从四班到五班，从我到孙泰。

日记被发现之后，我的所有“偶遇”和“碰巧”都不再进行了，有好几天我都没有见到孙泰。我不敢见他，我知道这件事很蠢很丢脸，我不知他会不会也因此被取笑，我只敢在夜晚躲在安全的被窝里时偷偷想一想他，就像是给自己包扎伤口，他就是唯一的药。

可是没过多久，我还是遇见了他，偏巧不巧地，我从班里走出来的时候，他也和几个男生走到了我们班门口。最近被热议的男女主角相遇，一下子引起了大伙的围观，有好事的已经开始起哄了。我看见他身旁的男生在不断地捅他，我不由更紧地缩起了肩膀。

“你们家谢乔来啦！”他们嬉笑着。

“谁认识她啊！”孙泰厌恶地说。

那是我听到过的最冰冷的声音，我整个人都好似被冻住了一般，空气凝结在了一起，我无法动弹，也不能呼吸。我抬起头，望向孙泰，那是我最后一次看他，可他根本瞥都没瞥我一眼，跟着那群男生一起，快速地从我身边走过，连飘起的衣裳角都带着轻蔑与不屑。

我终于知道，他不是我的药，是给我的最后那一刀。

善意会被歌颂，而恶意则会被传播。

即便我被孙泰彻底地无视，但仍不能阻止大家时不时开个玩笑。只要我和孙泰出现在同一画面里，此起彼伏的起哄声一定会响起。在一片嘈杂声音中，最安静的就是我和孙泰，我知道他一定不会看我，所以我也不看他。

恶作剧大概最能展示庸人的才华，常围在孙泰旁的那几个男生还编了一整套的歌谣来取笑我们。什么“天堂公园真正好，孙泰追着谢乔跑，见到草坪就卧倒，宝宝就要出生了”；什么“月光柔柔，谢乔上楼，孙泰柔柔，泉水流流”；什么“老猫捉老鼠，谢乔数一数，一二三四五，孙泰也被捕”……

只要我和孙泰经过的地方，就能传出这样的段子，那时的我已经麻木了，平时上学放学都像木偶一样，我只是每天在日历上画一个“×”，倒计时我初中生活的结束。我迫不及待地想要离开，而离开的唯一办法，就是长大。

如果真的就这么一天天挨到毕业，也就好了。

其实学雷锋日那天对我来说不过是又一次集体嘲笑，我已经习惯到麻木的程度了。我推着自行车从校门口走过，被孙泰身边的那帮男孩围起来，他们争着要学雷锋，把我的车推到孙泰面前，装模作样地给车胎打气。一边打一边唱着那些歌谣，有手欠的，还把我车条上的车珠揪下来几个，塞到一旁孙泰的帽衫里。也许那天真的是被闹急了，孙泰烦躁起来，他一把抢过我的车，往地上一摔，大声嚷："你快滚！"

那是我人生中第一次被亲缘范围外的人骂，也是我第一次体会语言的杀伤力。我屈辱极了，那个完整的我在学校门口，在这么多人面前被孙泰撕成碎片。我想那时我的样子一定像是失了魂魄的女鬼，只等喷一口血出来，就彻底死透了。周围都安静下来，所有人都看着我，我哭了，实在忍不住哭了，我慢慢蹭过去，扶起自己的车，然后一步一挪地离开了那里。

在泪水的余光里，我看见了一旁的秦川。他和那帮常在校门口的小混混就那么站着，手里的烟头烧了大半，一阵风来，吹落了烟灰。

我更难过了，根本不敢看他的眼睛，我不想让他把这么狼狈的我和小院里的那个淘气、爱笑、会跟他抬杠、跟他一起度过了那么美好童年的谢乔联系起来。

现在这个谢乔，就像小时候被他折断了翅膀的蜻蜓，再也飞不起来了。

06

晚上回家我做了个梦，梦是灰色的，上下颠倒的，那大概是吴大小姐去世那天，我从她家的院子里跑出来，在已经被拆毁的胡同里一路狂奔，一个人都没有，乌鸦在脚下飞，路在头发上面飘，分不清东南西北，也不知春夏秋冬。我跑得气喘吁吁的，想回家却怎么也回不去。我似乎也知道那是梦，却觉得自己可能就醒不过来了，但转头想想，醒不过来也好。就在这个时候，我听见了秦川的声音，就像当初他在院门口等着我时那样，他呼唤我的名字，穿越了时空，那一嗓门声嘶力竭的“乔乔”一下把我惊醒了。

我恍过神时，已经躺在了自己的床上，卡通闹钟适时地叫起“该起床啦”，我沮丧地关了它，上学对我来说分明是苦难，但是我又不得不准时准点奔赴。

我以为那是与以往一样烦躁苦闷的一天，压根就没想到一早会在校门口碰见秦川，他们一般都是下午放学那会儿才过来呢。更没想到的是，孙泰竟然会跟他站在一起。确切地说，是孙泰被秦川他们围在了中间，他脸色苍白，显然受到了惊吓，而秦川那冷酷的表情，也是我从没见过的。正是上学的高峰，路过的同学一边尽量远离他们，一边忍不住地张望议论。

我几乎跌跌撞撞地从自行车上下来，什么与秦川好久没说话这样的事全都抛在了脑后，我凑到他跟前，慌张地问：“你干什么？”

“你起开。”

这是分开这么久以来，我与秦川说的第一句话。

秦川推搡着孙泰走了，我愣愣地看着他们，其实孙泰与其说走，倒不如说被架着，两个四二一中的学生紧紧贴着他，他想不走都不行。从后面看起来，孙泰佝偻着的背影瑟缩成了一团，我纳闷地看来看去，再也看不出半点小船哥的模样。

我急忙跟上他们，可秦川却把他领进了胡同里的男厕所，里面本来还有个蹲茅坑的小男孩，吓得提着裤子跑了出来。厕所门被他们“哐当”一声关上锁死，我赶上去使劲拍门，可他们谁也不给我开，里面的声音我也听不清楚，只时不时传出几声闷响。

“秦川！开门！你快开门！”

我不停地呼喊，可根本没人应我，我有点害怕，不知孙泰怎么得罪了秦川他们，四二一中的学生已经被我们学校的老师妖魔化了，我担心真出什么事情。

过了好一会儿，厕所门才缓缓打开了，孙泰走在最前面，我以为他一定被打得鼻青脸肿，但是倒没有，只是身上的校服不太整齐，整个人也蔫蔫的，很狼狈的样子。他看着我，嗫嚅着想说些什么，但是又说不出口，脸涨得一会儿白一会儿红，身后的秦川狠狠点了他肩膀一下，他才哼哼唧唧地出声：“谢乔，对不起。”

说实话，最开始我也幻想过孙泰在众人面前回护我，在别人都嘲笑我的时候伸出手拉住我，在最失落的时候也能默默跟我一头儿。可是他从没有过，他就是我落井之后掉下的那块大石，是我扒在悬崖边摇摇欲坠时踩过来的那一脚。谈不上恨他，也不是讨厌，就是对这个人无视且无感了。

在他身上，我知道了喜欢到底是一种什么感觉，但也同样知道了，不被喜欢的人喜欢是一种什么感觉。喜欢上别人时付出的一切勇敢、得到的一切欢愉，都会在获知他不喜欢你的那一刻，一点不留地反噬到你身上。喜欢得多用力，就有多疼。

但不管怎么说，这句迟来的道歉，还是让我心里舒坦了些，而孙泰这一副窝囊废的样子，又让我觉得丢脸。偏偏秦川这个不识时务的大傻帽走上前来，哥们似的一把揽住孙泰的肩膀，邀功似的对我说：“你不是喜欢他吗？我警告他，让他对你好点！”

我气得涨红了脸，看都不看孙泰一眼，只冲着秦川大声喊：“他算哪根葱啊！谁喜欢他啊！臭秦始皇！”

我说完就扭头走了，根本不管身后的人怎样石化在了当场，不管孙泰的脸是像猪肝还是猪腰子，不管秦川有没有又气歪了鼻子。

我只觉得长出了一口恶气，这么长时间里丢掉的面子，终于被我捡了回来。

春风吹在脸上，朝阳穿过教学楼映了我一身金色，我扬着头笑起来，心想算了，下次见到秦川再跟他道歉加道谢吧！

我度过了入学以来最安静的一天。别说嘲笑声，就连招呼声都没有了。

早上校门口的一幕被很多同学看到了，再加上后一拨人又目睹了男厕所那一幕，事件迅速蔓延，然后被夸大被传播，到最后被演绎成了江湖故事黑帮传说。结论就是：谢乔背后有人罩着，那人是四二一中的老大。

作为被老大罩着的女人，我感受到了高处不胜寒的礼遇与敬畏。课间上厕所的时候，往常我都是被女生围观着窃笑，偶尔还会被“不小心”溅上些水池子里的水，现在则是队都不用排，大家齐齐让开，把最里面唯一一个有门的蹲坑让给我用；到楼道打水的时候，往常都是被一再故意加塞，现在则是只要我站在队伍里，排在我前面的人就会自动消失，我成了永远的第一个，而第二个则跟我保持五米以上距离；中午拿饭的时候，以前都是菜汤洒出来的盒饭才会留给我，现在则是我伸手时其他人都缩回手，我想拿哪盒拿哪盒。

我眼风所到之处，大家都会瑟缩地抖一抖。这感觉真是……又爽又寂寞啊！

放学时我在校门口又见到了秦川，他绷着脸，一边用余光看我一边抽烟，我推着车走到他跟前，直盯着他的眼睛，他还是不理我，直到我实在忍不住咧嘴笑起来，他这才也笑了。

“你丫什么眼光啊！瞧他那尿样，我都懒得打他。”秦川不屑地说。

“讨厌！不许说脏话！”我踹了他一脚，“为什么他们都说你是四二一中的老大啊？”我从上到下打量他，觉得他除了比搬家时又高了些，没什么太大变化，怎么转眼进了中学就呼风唤雨起来了？

“当然是打出来的啦！”秦川搓了搓额前的头发故意耍帅，本来的刺头被他搓得生生竖起来一块，看上去特别可笑，可他完全没看出我眼里的笑意，自顾自地捅捅身旁的一个小混混，“大龙，给她讲讲。”

大龙比秦川还要多蹿出半个头，以前我就老看见他，离远了看时觉得他人高马大虎着个脸恐怖得不得了，可现在离近了看却觉得他没什么可怕的，尤其看到他衬衫前襟上的油渍和黑黑的袖口时，就更没畏惧感了。

“是的是的！当时老大在食堂打饭，结果被原来的老大强哥——啊，李强——把饭盒撞翻了，结果他也不道歉，结果老大就冲上去把他狠箍了一顿，结果……”

大龙不停地“结果”还是没结果出个所以然来，秦川不耐烦地打断他，“你也知道我最喜欢吃烧茄子了，赶上丫倒霉，那天正巧是这个菜，我们学校食堂就做烧茄子好吃，我好不容易才打上，一口没吃呢，香味儿都没来得及闻就让丫给撞翻了，那我能干么？打呀！打完我才知道，他据说就是我们学校老大，这一架之后他被我打那么惨肯定不能是老大了啊，皇帝轮流坐，今天就到我家啦，哈哈哈。”

秦川一边说一边仰天长笑起来，周围那几个混混也附和着一起笑，我扯着嘴角一点都笑不出来，深深为四二一中学所谓老大和老大兄弟们的低智低能担忧。

“如果那天是青椒炒鸡蛋呢？”

“那就算了呗，反正我也不爱吃。”

秦川无所谓地挥挥手又笑起来，大龙他们继续跟着笑，但明显笑得牵强起来，显然他们也在为自己老大的智商担心。

“我回家了……”我一脸黑线地推起车。

“别别别啊，一起喝个汽水吧！”秦川拉住我的车把，转头吩咐起来，“去买两瓶黑加仑！”

大龙应声而去，既然是我最喜欢的黑加仑，我也就不争气地停在了原地。

从那天起，在灯花中学校门口的四二一小混混聚会中，多了一个穿校服的娇小身影。倒不是我弃明投暗，只是在灯花没人敢惹我，也没人敢和我玩，我这是被逼上梁山罢了。当然，在我看来，秦川他们真不算是绿林好汉，顶多是帮乌合之众。

不过，正因为有了这帮乌合之众，我才总算有了朋友。

1997 年，香港要回归了。和回归日期一起日益临近的，是我的生理期。

我不知道是不是所有“大姨妈”都这样，对比它之后每次的来势汹汹，它最初出现的时候是那么悄无声息，以至于最先发现的竟然不是我本人，而是秦川。

我是在校门口兴高采烈地跟秦川和大龙聊天时，突然被秦川拉住的，他不由分说脱了他的格子衬衫，上前两步把我紧紧裹在了里面。

“你干吗？”我莫名其妙。

“你快把衬衫系腰上！”他很不自然地说。

“为什么？我不！”我以为是他不怀好意的恶作剧，不配合地挣扎。

“你快点！”秦川急了，干脆自己来帮我挡。

“哎哟，我不系！屁帘儿似的多难看啊！”

“你！”

“我什么我！”

“你……你来那个了！”

“哪个？”我一脸茫然地望着他。

大龙看我们嘀嘀咕咕的，跟上来问：“老大，怎么了？”

“你去买冰棍去！不对！买汽水！不冰的！”秦川气急败坏地支开大龙。

“你到底要干吗？”我看大龙走远，抱着手问。

“你不会没有过呢吧？”秦川涨红了脸。

“什么没有过啊！”

“就是那个！你们女的每月来的那个！”

我一下蒙住，猛然意识到他指的是什么了。那时我隐隐约约知道女孩都会有月经初潮，上体育课时总会有一两个女生举手说不舒服，那节课就可以休息。刘雯雯就是一个，每每举手，她都带着一股骄傲的神秘。但具体月经是怎么回事，其实我一点都不懂，我们家里人有着中国式家庭传统的羞怯，大人不会给孩子细讲这些，而学校的生理卫生课也都是在男生的一片窃笑中将这部分知识匆匆带过。我从来没为初潮的到来做过准备，压根没想到它竟然会来得这么快、这么随意。

我像稻草人一样干巴巴地站在原地，紧紧裹着秦川的衬衫，他脚蹭着地，不自在地说：“裤子沾上了，你先用衬衫遮着，去……去买卫生巾吧。”

“卫生巾”三个字让我俩一起红了脸，我转身奔去小卖部，正碰上买了汽水出来的大龙，他笑呵呵地说：“乔乔，老大又让你买什么？我帮你买？”

“不用！”我没好气地答。

最终秦川的衬衫帮我度过了初潮的小小危机，而把衬衫还给他时，我没说谢谢，反倒小声嘀咕了句流氓，把他气得大骂我好心当作驴肝肺。我反唇相讥他什么都懂，他则嘲笑我居然连这都不懂。不管怎么说，这事被他这么清楚地知道，还是挺丢人的。

男孩女孩会长成少男少女，然后再变成男人女人，这是发生一切故事的前提。秦川变粗了嗓子，而我则开始每个月迎接一次“大姨妈”，我们渐渐不同，悄悄萌发着重要的变化，变成彼此不熟悉的样子，却又更加地想相互接近。

香港回归是件空前的大事，整个灯花中学初中部都参加了回归当晚的庆祝表演活动，初二的任务是到天安门广场跳集体舞，全年级的同学几乎都参与了彩排，只有极少数特殊体形或是学习极差的人被排除在外，而我则是其中之一。

我既不是特殊体形，学习也不算差，但是在上交的学生名单里，作为文艺委员的刘雯雯就是没把我的名字写上去。她没问班主任的意见也没问我的意见，就那么理所当然地把我给忽略了，当然，事后也没人对此提出异议。只有我自己愤愤地跟秦川抱怨，可他却大不以为然，在他看来，天天在日头下面晒着跳什么《掀起你的盖头来》才真该抗议呢。

7 月 1 日那天同学们早早就去学校集合了，我一个人闷在院子里陪着小愉一起数喇叭花的花籽。小愉是我小叔的女儿，是秦川他们搬走那年出生的，整比我小了一轮。她大舌头，从小喊不准我的名字，总把“乔乔姐姐”喊成“乔乔仔仔”。闷热的天气，不能去天安门看热闹，又被小屁孩追着喊“乔乔仔仔”，实在令我心烦得不得了。

正郁闷着，院门忽然打开了一道缝，一个捏着鼻子细声细气的声音传了进来：“乔乔仔仔，出来玩！”

是秦川。

他知道自己不被我奶奶待见，只要遇见我奶奶总会被数落几句，要么说他头发长，要么说他衣服邋遢，有好几次还差点被老太太闻出身上的烟味。所以他每回找我连院门都不敢进，都要先观察地形，确认没有我奶奶在周围转悠，才敢叫我。

我正闲极无聊，看见他来了，迅速把小愉抱回屋里，转身就往外跑。奶奶刚包了饺子，从厨房出来差点被我撞一趔趄，气得她大声喊：“又野去了！

小心长安街戒严你回不来家！”

我也不理她，出了院门一巴掌拍到秦川身上，“走吧！上哪儿玩去。”

“跳舞去呀！”秦川揽着站在一旁帮忙推车的大龙。

秦川他们说的跳舞，可不是集体舞，是蹦迪，就在当年北京最潮的 JJ 迪厅里。

JJ 迪厅是买票才能进的，一张票要 50 块钱，那时候 50 块钱可能比现在的 500 块钱还值钱，我们可买不起，只是周末的时候，他们会发一些免费票出来招揽人气，秦川他们就专门等这种免费票。四二一中的学生比灯花中学的学生时髦多了，到了周五就像苍蝇一样到 JJ 门口综着去，接头暗号就是“嘿，哥们儿，有票么？”秦川倒不用这样，他是老大嘛，凭借野蛮暴力，总能抢到那么几张。

我以前就跟他们去过几次 JJ，确实挺开眼的，和我平日的生活比起来，那里完全是另一个世界。也许因为去那儿的人年纪都大一些，成熟一些，于是让我有种突然长大的感觉。我看见男孩聚在一起抽外国香烟，看见有女孩染了头发化了浓妆，看见有人文身有人戴着鼻钉，看见有人喝酒有人打架，看见有人斗舞有人像疯子一样摇来摇去。在高高的舞台上，迷幻的灯光穿过升腾的烟雾折射出成人世界的样子，红男绿女们脸上的表情慢慢变成了同一模样。繁华会升腾欲望，欲望会供养迷茫。

那天我依然躲在一旁喝着可乐嚼着冰块。秦川和大龙都上了迪台，秦川跳得还算可以，大龙戳在那里，跟一个大只僵尸没什么区别。好不容易一段野狼的歌完了，秦川凑到我身边，他刚跟一个穿着露脐装的女孩跳了一段擦玻璃，下来的时候还气喘吁吁的，他把头发胡撸一下，大声嚷着："别老坐着！一起来呀！"

"不去！我不会！"我同样嚷着回答他。

"笨啊你，摇晃摇晃就会了！走！我陪你！"

"我不去，哎！"

秦川把我强拉着登上了迪台，大龙推推搡搡地给我们腾出了一块地方。台上正放迈克尔·杰克逊的《Beat It》，秦川冲我做了个鬼脸，居然开始走起太空步，周围的人都停下来给他叫好，他的结束动作是迈克尔经典的白手套指天，但他却指向了我，眯起眼朝我笑，我终于高兴起来，使劲儿给他鼓掌。

秦川的 Pose 还没摆多久，就被突然躁动起来的人群挤开了。我还不明白怎么回事，只看到人们纷纷抬起头往 JJ 门口望去，不时有人说："九龙一凤来了！"

我不知道谁是九龙一凤，正要踮起脚尖看清楚，却突然被秦川拉了一把，大龙在身后推着我的后背说："乔乔，快走！"

我跟着秦川和大龙推开拥挤的人群跑了出来，外面的阳光直让我觉得晃眼。我上气不接下气地问："跑什么呀，九龙一凤是什么东西啊？"

大龙瞪大眼睛夸张地说："这你都不知道！九龙一凤是整个东城的老大！"

"又是老大呀。"我用手扇着风说，自从我知道秦川都能做老大，就对老大没有了敬畏之心，“那咱们跑什么呀？秦始皇，不会你又把人家给打了吧？这次是因为什么？四喜丸子？”

“没有。”

我打趣秦川，可他却少见地没跟我抬杠，只是黑着一张脸，闷头往前走。我疑惑地看着大龙，大龙一说起江湖老大就来劲，喋喋不休地给我讲起来：“哎呦喂，你可真不懂，那是九龙一凤！就算是老大也不能打啊！乔乔，我告诉你啊，在咱东城，自古就有九龙一凤的江湖名号。”

“自哪个古啊？”秦川哼了一声。

“反正就是很久很久以前吧，每一代的九龙一凤都不一样，但一样的是，九龙肯定是东城最牛逼的爷！一凤肯定是东城盘儿最亮的姑娘！”

“然后呢然后呢，他们都干什么啊？”我听着好玩，也不管大龙基础知识很不过关，就追问起来。

“然后就称霸东城呗！现在九龙的头儿叫谭辉，江湖人称一辉，也叫辉哥，你知道为什么不？”

“不死鸟一辉！”

我眼睛一亮。《圣斗士》里我最喜欢一辉了，又酷又帅，圣衣还好看。大龙喜欢紫龙，他说大家都带个龙字也算沾亲带故，可我觉得他一点不像紫龙，比人家丑多了。秦川最俗气，喜欢星矢，他说就喜欢这种打不死的人，而且重生一次就更牛逼一次。

“对啊！谭辉就那么厉害！”

“哇噻，人家这才是真正的老大呢！”我若有所指地瞥了秦川一眼，又接着问，“那一凤呢！漂亮么？”

“那是相当……漂亮呀！”大龙摇头晃脑啧啧有声。

“比雅典娜还漂亮？”

“比雅典娜还漂亮！”大龙非常肯定。

“吹吧你就，你见过啊？”秦川不屑地说。

“JJ 好多人都见过！大家说凤姐长得像王祖贤，比王祖贤还美呢！”大龙一脸崇拜，比起雅典娜，一凤才是他心里的女神。

“那咱们回去看看呀！”我被大龙挑起了好奇心，一心想见识见识传说中的辉哥和一凤。

大龙连忙摇头：“不行不行！我和老大说好了，不能跟他们碰面，除非……”

“除非什么？”我纳闷地问。

“除非……有一天我们超过他们！”秦川目光炯炯，一把揽住大龙的肩膀，“一山不容二虎，以后等我打下 JJ 这块地盘，再堂堂正正跟他们照面！”

“好！”大龙向天空举起了拳头。

“征服！”

“好！”

“一脚踏东城！”

“好！”

“冲吧！”

“好！”

傍晚的天边缀满晚霞，路边的电线杆向前方延展出笔直的电线，几只小麻雀飞了起来，看着跑向夕阳的两个少年，我突然……不太想和他们一头儿了……

一开学，整个学校都谈论着七一晚上庆祝回归的事。从自动随风飘扬的国旗，到查尔斯王子缺斤短两的头发，再到集体熬夜的快感，最终落脚在学校大手笔每人发的一份肯德基。所有人都聚在一起有的可聊，班里只有我和那几个胖子外加老师讲台边坐着的那个成绩全年级垫底的超差生百无聊赖地东盼西顾。为了表扬同学们出色地完成了这次政治任务，学校还给每位参加香港回归庆典的同学制作了一张纪念明信片，刘雯雯挨个给大家发了下来，走到我旁边时她想都没想就空了过去，那双秀气的眼睛一秒钟都没有看向我。

不知道为什么，我能感觉到刘雯雯不喜欢我。也许对她这只白天鹅来说，我这个丑小鸭不值得一理。又或者她就是看不上我，我因为孙泰的事在全班面前都丢了脸，这让永远高高在上的她理解不了，因而觉得我愚蠢。我始终忘不了 ST 日记在班里被传阅时，她看着我的那个冷傲又厌恶的眼神。我也因此不喜欢她，不喜欢她在老师面前得宠，在同学面前骄傲的样子，不喜欢看她和这个男生不错，又收那个男生礼物，却从来不明确自己到底和谁好的暧昧做派。不过我喜不喜欢都不打紧，刘雯雯是大红人，而我则是没人理的大衰人，我想我们始终也不会有什么交集。

在放学之前，我确实是这么认为的。

那天在校门口，刘雯雯被四二一中的前任老大李强给截了。

我从学校出来时，看见秦川和大龙照例站在最好的位置，这大概是老大特权，他们待的地方别的四二一中的人都不会去占。可他们却没像往常一样往学校里面张望，等着我出来，只是一起齐刷刷地看着右手边的小摊儿，我一扭头才发现，原来是刘雯雯被人围住了。

李强离刘雯雯很近，插着兜跟她嬉皮笑脸地搭讪，能听见大概意思就是交个朋友什么的。刘雯雯依然腰杆挺得笔直，可看得出来，她害怕极了，漂亮的小脸苍白一片，握着书包带的双手都紧紧绷出了青色的血管。我们班老跟着她转的那几个㞞包，早就没了踪影，有路过的人瞥一两眼，都被李强的跟班呼喝走了，谁也不敢多管闲事。

我走到秦川和大龙身边，很自然地把书包递给大龙，他身上一共挂了三个书包，我们的书包一向都是他拎，他也从无怨言。大龙连忙凑过来："被李强拉住的那个女孩是你们班的同学吧？叫什么雯雯来着？"

"刘雯雯。"我闷声闷气的。

"挺漂亮的呀！"大龙称赞道。

"那你英雄救美去呀！"我翻着白眼说。

"不不不，不能轻举妄动，要听老大的。"大龙退后一步，看着秦川。

秦川也不搭理他，只是不错眼珠地望着那边。我顺着他的目光望过去，却和刘雯雯的眼神对在了一起。她难得那么恳切地望着我，眸子里含了泪水，楚楚可怜的，分明是在向我求救。

可能美丽的人连眼神都有魔力，我突然心软了。尽管心里仍然有声音怒吼着：多一事不如少一事，干吗多管她的事！你现在同情她，她当初同情你了吗？你需要她帮忙的时候她在哪里？你不是很讨厌她吗，现在看个热闹不好吗？但我还是忍不住拉住了秦川的胳膊，慢慢摇了摇说："川子，那个……

帮帮她吧……”

“你不是最烦她了么？”秦川侧过头。

“那就算了！”

我狠狠心闭上眼睛别过头，可没过几秒钟，我就听见了秦川冷冰冰的声音：“人家不愿意跟你走，你一男的，识趣点，放手吧。”

秦川站定在李强面前，两人鼻尖对着鼻尖，眼睛紧盯着对方，目光如同刀子一般凌厉。

“秦川，你有你的路数，我有我的路数，你别什么事都掺和一脚。”李强狠狠地说。

“你这个路数让我不高兴了。”秦川拽得漫不经心。

“你是非要来劲了是吧！”李强咬紧了牙。

“对啦！”秦川毫不示弱地仰起头，他本来就比李强高半头，看起来就像是用下巴颏跟李强说话似的。

趁着秦川和李强对峙，刘雯雯甩开李强的手，闪身躲到了秦川身后，她这样依赖的举动彻底惹翻了李强，他吼了一声“你他妈过来！”就伸手去抓刘雯雯，刘雯雯惊叫一声，秦川一把捞住了李强的手腕，李强使劲挣扎，竟然没有挣脱。

那天我终于知道，秦川从小到大仰仗的蛮力，竟然已经厉害到了这种程度。

李强憋红了脸，甩了半天才终于拿回了自己的手，他带着的那群人肯定以前就听说了秦川能打，这次目睹了他的劲头更不敢上前挑事。

“你丫等着！”

李强撂下一句狠话，就灰溜溜地转身走了。我松了口气，走到秦川身边，刚要说些称赞的话哄他开心，就被上前一步的刘雯雯打断了。

“谢谢你。”

“哦，没事。”秦川搓了搓他那难看的刺头。

“今天要不是你帮忙，我就惨了。”刘雯雯嫣然一笑，她从来没对我这么笑过，那笑容还真称得上好看，好看得让我看不顺眼。

“走吧！不说好一起去稻香村买炸羊肉串么！”我推了秦川一把，示意他快走。

“知道了知道了！大龙把我车推过来！”秦川招呼着大龙。

“哎，同学！”看我们要走，刘雯雯忙又喊住他，“你叫什么名字？”

“秦川。”秦川已经跨上了车，没有再回头看她。

我和大龙也跟着他一起骑车走了，一路上我越想越不舒服，从头至尾刘雯雯竟然没跟我道一句谢！再抬头看看在我斜前方戴着耳机仰着鼻孔哼着不着调的粤语歌的秦川，我就越来越气不打一处来。

我横踹了秦川一脚，秦川的车晃了几晃，差点握不住车把。

“你干吗呀！”秦川摘下耳机大吼。

“谁让你多管闲事儿的！”我瞪他。

“不是你让我去的吗！”

“我还说算了呢！你怎么不听！”

“我步子都迈出去了还能装尿收回来啊！让李强看见以为我怕他了呢！再说了，你们学校门口是我的地盘，李强他凭什么在我地盘上闹事啊！”

“切，你就是看人家刘雯雯长得好看，想在人家面前逞能！”

“我连她长什么样都没看清！”

“那她问你叫什么，你回答那么干脆！”

“那我该怎么回答呀！”

“说叫秦始皇呗！”

我早做好了准备，说完这句就飞快地蹬了出去，秦川的怒吼声在身后穿透了整条大街，再后面的大龙驮着三个人的书包使劲蹬着他的老单车，让我们等等他，而我在最前面忍不住笑了出来。

不知道为什么，秦川并不为刘雯雯所动，这一点让我特别高兴。

刘雯雯被截事件到底还是在班里引起了轰动。不过与我上回狼狈的经历不同，刘雯雯这一次的经历被演绎成了狗血剧般的言情故事：四二一中的两个顶尖人物为了她在校门口对峙，江湖恩怨，祸起红颜，最终还是四二一中老大更胜一筹，英雄救美，成就一场风花雪月的事。我被看成老大身后跟班似的小太妹，而貌美的刘雯雯则成了老大的女人！

这样一来，大家看她的目光越发艳羡，而她那白净的脖子也越发扬得高起来。所有关于刘雯雯的传说，她从来不解释，既不承认也不否认，她只是欣然接受别人带着羡慕口吻的议论，继续做着她的高岭之花。我本来还有点踌躇，不知再见她该不该说些什么，哪怕就是简单地点点头。可当她在楼道里和我擦肩而过眼睛都不眨一下的时候，我知道一切都没有必要。我与她仍像最初一样，没有任何改变。

所以我万万没想到，那天放学之后，在校门口迎接我的居然变成了三个人——秦川、大龙，还有刘雯雯。

看着刘雯雯的笑脸，我推着自行车愣了好半天都没动换，秦川一直和刘雯雯说着什么，还是大龙先看见我，使劲朝我挥起手，我才慢腾腾地走向他们。而最先跟我打招呼的，竟然是刘雯雯。

“谢乔，你取车取了这么久呀，我们都等你半天了。”

她笑眯眯地跟我聊着天，仿佛在放学之前我们刚对完作业，然后约好一起回家，一会儿在校门口见。可实际上，在学校里刘雯雯根本没跟我说过一句话!

“哦。”我垂下头，回避着她的笑脸，转身把书包扔给大龙，“我们走吧，快点，今天我想早回家。”

“可是咱们得先送雯雯到车站。”大龙指了指马路另一边的公交站台。

“啊？！”我诧异地看着刘雯雯。

她仍旧笑眯眯，说：“我担心李强他们会再来找我的麻烦，但是跟秦川在一起就什么都不用害怕了。”

她说这些话时的样子很可爱，偏着头，身体微微侧向秦川，仿佛很仰慕他，而秦川那个白痴也很受用，用手捋了捋他的刺头，真把自己当成了万能的大神。

“那你们去吧，我先走了。”我跨上自行车。

“等会儿！我和你走，大龙你陪刘雯雯吧！”秦川迅速从大龙那里拿过我俩的书包。

“哎？可是……”刘雯雯大概没想到会有这样的转变，秀气的眉毛皱了起来，一脸的失望。

“没事，李强昨天刚被我教训，他今天也不敢怎么着。”秦川蹬上车，按了几声胶皮喇叭，回头冲我说，“走不走啊，你又不着急了？”

“嗯！走！”我缓过神，飞快地跟了上去，刘雯雯和大龙一下被我们落在了后面，刘雯雯好像又呼喊了些什么，但是我和秦川谁也没停下来。

“这么早回家有什么事儿啊？”秦川纳闷地问。

“今天我奶奶做打卤面，我饿了。”我随口说。

“就这点破事儿啊！馋死你算了！”秦川不屑地嚷嚷。

我闷声不理他，秦川以为我真生了气，又嬉皮笑脸地凑过来，“你奶奶做的打卤面可没我奶奶做的炸酱面好吃，那肉丁，那菜码……”

秦川发出吸溜吸溜的声音逗我，说得我真怀念起秦奶奶的炸酱面，继而怀念起我们的院子，怀念起小船哥。

那是我最宝贵的记忆，而身边大大咧咧的男孩是我最宝贵的朋友，我小心翼翼地把他们都装在了一个别人看不到的透明结界里，一直坚定地守护着。

可是不知为什么，我总有种难过的预感，我那坚固的结界，似乎有了一丝裂缝。

转过天在上学路上我就遇见了刘雯雯，本来我以为按照昨天的架势，这次她总该表示点亲近，可是她竟然还像看不见我一样，和几个女生一起，就那么说笑着跟我擦肩而过。我不懂她到底是什么意思，但有一点我特别肯定，她是真的讨厌我，就像我真的讨厌她一样。

而放学的时候，当我再次看见她与秦川、大龙站在一起时，我也不那么惊讶了，我想我必须要跟她把话说开了，我没她有心眼儿，能瞬间切换朋友和敌人模式，暗的不行只能来明的。

“谢乔，给你的。”刘雯雯递过来一根和路雪，我看秦川他们也一人举着一根，大龙那个化了，他正舔流下来的奶油。

我并不接她的冰棍，只是看着她，而她漂亮的眼睛也没有任何闪烁。过了几秒，大家都感觉出了不对劲儿。

大龙捅捅我，“乔乔，你接着呀。”

我还是盯着刘雯雯不说话，她显出了茫然不知所措的神色，有些怯生生的：“没事儿，她可能不喜欢哈密瓜味儿的吧。”

“谢乔，你干吗呀，大姨妈来了？不对啊，我记得不是这几天呀！你不吃我吃了啊！”秦川一把拿过刘雯雯手里的冰棍，替她解了围，刘雯雯感激地看了他一眼。

连我的生理期都知道的人却和别人这么默契，这彻底点燃了我的怒火，我抢过秦川的冰棍，扔回到刘雯雯怀里，“刘雯雯，别装了。你说你到底是什么意思？”

“谢乔，你……你怎么了，我只是想请大家一起吃冰棍。”刘雯雯看起来很委屈。

“就是就是，你不爱吃就给我们嘛，都是朋友，生什么气呀。”大龙忙打圆场。

“谁跟她是朋友！”

“对不起，我以为，对不起……”刘雯雯嗫嚅着后退，似乎快要哭了出来。

“你们问问她，在学校里她跟我说一句话么！从我身边走过去，她头都不会抬一下！有这样的朋友吗？”

“谢乔，对不起，我只是不知该怎么跟你讲话，我能感觉出来，你不喜欢我，所以我……谢乔，真的对不起。”刘雯雯的表情特别诚恳。

“好啦好啦，就你那犟脾气我还不知道，宁折不弯的。指不定在你们班里怎么黑着个脸呢，谁敢主动跟你说话呀！你们女生就是麻烦，多大点儿事啊，以后见面说个 Hello 不就得了，走吧走吧，送刘雯雯去车站。”秦川用胳膊夹住我的脖子。

“还送她？”我不乐意地说。

“雯雯说昨天你们刚走就在车上看见李强他们的人了，给她吓坏了，保险起见，咱们还是一起送她等她上车吧！”

大龙一口一个雯雯，听得我起了一层鸡皮疙瘩。刘雯雯特别感激地道了谢，默默走在秦川身边。在去往车站的路上，她一直没再说话，公交车来了她就上了车，透过车窗玻璃，向我们挥手道别。

“还噘嘴，乔乔，你别那么小心眼儿啊。”秦川打趣我。

“你起开吧！”我推开他。

“刘雯雯也没什么坏心。”

“切，吃了人一根冰棍就变节了。”

“要不你再请我一根，我肯定永远忠心，绝不叛变。”秦川嬉皮笑脸地摆出宣誓的模样。

“美得你！”

我把自行车的变速器调到最高，使劲蹬了出去。盛夏的骄阳照得人热烘烘的，两旁的街景不住后退，身后的男孩分明在喊我的名字追逐着，我却觉得有什么东西正在离我而去。我想会不会真的是我误会刘雯雯了，可是心里始终有那么点不舒服。我大概是小心眼了，即便她是好的，我也不想跟她分享我的朋友和我的透明结界里的那个小世界。

刘雯雯很听秦川的话，从那以后，见到我果然多了一句 Hello，可除此之外，她依然和我不多说什么。而我也会礼貌地回一声 Hi，其他的话也一句没有。每天放学的那声铃响，就是我和刘雯雯之间的魔法开关，白天的点头之交到了傍晚就会变成亲昵的伙伴。我真不知道她怎么就能如此地华丽转变，我也跟秦川他们抱怨过，可秦川始终认为这只是我小女生的糟心情绪，根本没什么所谓。因此，我也只好不情不愿地充当起刘雯雯的保镖，每天护送她走一段在我看来压根没有危险可言的回家的路。

不管我再怎样不乐意，刘雯雯已经从我那个透明结界的缝隙钻了进来。她跟我们一起放学，一起吃东西，一起切台球，一起在大马路上溜溜达达地度过很多时光。不知不觉地，我似乎慢了刘雯雯一步，在我眼前，慢慢变成了她与秦川并肩的身影，而这身影，竟让我有点小小的忧伤。

放暑假之前我们一起去了北海玩，划鸭子船的时候，刘雯雯和秦川坐在一边，而我和大龙坐在另一边。刘雯雯带了随身听，里面在放张信哲的新歌。那时女生都特喜欢张信哲，要是有谁说不喜欢 Jeff，不会哼几句，简直就混不下去了。我嚷着要听，秦川却把耳机抢了过去。

“这个人唱歌娘们唧唧的，我听听有什么好听的呀！”

“给我！不许你骂阿哲！”我站起来够他，船摇晃起来，大龙忙拉着我坐下。

秦川把一只耳机塞到耳朵里，另一只很自然地递给了刘雯雯，刘雯雯接过来，也放在耳朵里。从我这里看过去，一个不羁的少年和一个秀美的少女，被一根长长的耳机线连在了一起。

夏日的熏风轻轻吹过，水面上荡起了微微涟漪，打碎了的阳光散在他们身上，这么望过去，简直可称之为美好。可这样的美好，却突然让我心酸得不得了。

我也不清楚这心酸来自哪里，就像最疼我的奶奶放下我去抱小愉妹妹，就像小时候秦川抢了我最心爱的香味橡皮，就像我攒了好久钱买的梦龙被大龙抢去咬了第一口，就像所有我能想到的不舒服心情的总和，却又好像与那些都不一样。总之，我实在不想让时间就这么停留在这儿，我恶意地撩起水去泼他们，刘雯雯惊叫一声，秦川马上扔掉耳机脱下 T 恤开始反击，我们的小船在北海中间摇曳起来，船舱里进了不少水。

“等一下，随身听进水了！”刘雯雯的白裙子被水污了一片，样子十分狼狈，她打开随身听的带盒，果然有水流出来。大龙收势不及，又一把水泼过去，秦川却闪身挡在了刘雯雯前面。

“别闹了，不玩了。”秦川半搂着刘雯雯说。

可我根本不想停，即便已经浑身湿透仍不想停，不想停下来被他们发现，我的脸上除了水珠之外，还有泪珠。

我朝那边使劲泼着水，大龙拉着我说乔乔好了好了，我却甩开了他。

渐渐大家都发现了我的不对劲，秦川看刘雯雯都湿透了，一把将她拉到身后，大吼道：“谢乔，你别犯浑啊！”

我终于停了下来。

小船在水面中间漂浮着，而我的心却沉入了最深最深的水底。

“哎哟，你嚷嚷什么啊，乔乔她就是玩疯了，”大龙打岔，“是吧乔乔，我们……”

“靠岸吧……”我打断大龙，“我想回家。”

15

鸭子船像生病了一样，歪歪斜斜地靠了岸，不等秦川和大龙扶我，我就手脚并用头也不回地爬了上去。

“你回来！”秦川在我身后大喊。

我不理，嘴却弯下去，成了:(。

“乔乔，别闹了，快回来！”大龙也喊我。

我还不理，鼻子越来越酸了。

“要不我去追吧。”刘雯雯拉住他们。

我更不想理，眼睛红透了。

“甭理她！就让她自己走吧！”秦川劝住刘雯雯。

我不但不理，干脆跑了起来，而眼睛里的泪水，也终于哗哗流了下来，糊了一脸。

我想我和秦川的交情彻底算完了，以后我就再没有朋友了。再被老师骂、被家长训、被刘雯雯欺负，也没人听我倒苦水了；再也没人在学校门口等我放学，帮我拎书包，给我买黑加仑的汽水喝，带我去台球厅迪厅开眼了；再也没人罩着我了。所有这些秦川的好，以后都归刘雯雯了。

想到这儿我几乎哇哇地哭起来，然后就被一件大白 T 恤蒙住了头。

秦川从小就比我跑得快。

他追上来了。

我们俩就像格斗一样，我扯下他的 T 恤，他就给我套上；我打他，他就拉我胳膊，他拉我胳膊，我就踹他；他夹住我，我一口咬在他手上。秦川疼得“嗷”了一声，终于下了狠手把我推到地上，我一下子泄了气，于是更凶地哭起来。

“秦始皇，你浑蛋！”

“你咬人还骂我！哎呦我操，你看多深！”秦川把胳膊举到我面前。

“那也都赖你！”

“得了吧，瞧你刚才那浑劲儿。快擦擦，头发都湿透了！回家着凉你奶奶还不拿菜刀来把我劈了。”

“都是你泼的！”我接过他的T恤胡乱擦着头发。

“你没泼我啊！我内裤都湿了！”

“哼！”我笑出来，但马上又绷起了脸。

“又哭又笑难看死了！”秦川也笑了，“哎，你跟我说说，这回谁又怎么招你了，撒这么大癔症！”

“滚！你才撒癔症呢！”我知道自己显得有点没理，但是我那么复杂的内心跟秦川这样的白痴怎么能讲明白呢。

“小孩似的，说急就急，人家刘雯雯那随身听都让你泼报废了。”

他不提刘雯雯还好，这一提正踩着我痛点，我冷笑一下，“还人家，干脆说你们家的得了。”

“别瞎扯淡！”秦川拍了我后脑勺一下。

“从小到大你都跟我一头儿，现在你就帮着外人，还是跟我最不对付的人！”

“谁帮外人了！帮外人我还来追你干吗！”秦川急赤白脸。

虽然有点没起子，但听秦川也把刘雯雯归结为外人，我莫名其妙就高兴起来，笑嘻嘻地说：“那他们呢？”

“走了呗，大龙陪刘雯雯修随身听去了，瞅她哭丧个脸，说那是Sony新款，挺贵的呢。你，不说你了，作吧就。”

“活该！”我哼了一声。

“坏样儿！走吧，我送你回家！”秦川站起来，顺道揪起了坐在地上的我，“你说我一会儿是不是得去医院打狂犬疫苗啊？”

“滚！”

那天回家的路上我一直用他的T恤裹着自己的头发，不知道姚阿姨用的什么牌子的洗衣粉，可能是秦叔叔又从哪里倒腾来的洋货，味道好闻极了。

到了家门口，我把T恤解下来还给了秦川，他也不嫌弃，就那么皱巴巴湿乎乎地套在了身上，他仍然不敢进院子，转身要走的时候，我鬼使神差地喊住了他。

“秦川！”

“干吗？”他回过头。

“我们是不是最最最最最好的朋友？”

“废什么话啊！”

“好好说！”

我近乎迫切地望着他，秦川停了那么几秒，胡同口古老的槐树沙沙作响，就像又在讲一段新的故事，蝉声一阵一阵做的和声，蜻蜓擦着他的头发飞了过去，夏日余晖的逆光给他剪了一个漂亮的侧影。

“是最重要的朋友。”

他淡淡地说，而这个答案，我特别满意。

暑假前最后一天上课，刘雯雯意外地不仅仅跟我说了一句 Hello，她表情严肃地望着我，“跟我来一下。”

在学校的天台上，我们面对面站着，那场景就像之后那部电影《无间道》一样。而我们就像卸掉伪装的美少女战士，她不再骄傲，充满怨毒，我不再迷糊，充满厌恶。此时此刻的场景，应该配上鬼畜音乐那种 BGM，如果再有特效的话，必须是每人身后都加上超级赛亚人火焰那种才行。

“谢乔，我讨厌你。”刘雯雯扬起眉毛。

她终于说了实话，我当然不甘示弱，“刘雯雯，我也是。”

“你知道么，你这样不起眼的女生，我本来应该一辈子不跟你说一句话的。”

“你又不是女王，我也没打算捧你臭脚。”

“所以你不想知道我为什么每天耐着性子跟你说 Hello 么？”刘雯雯诡笑着，我突然觉得后背紧了紧。

“我不想知……”

我话还没说完，她就打断了我。

她清晰地说：“因为，我喜欢秦川。”

“那……那怎么了！你爱喜欢谁就喜欢谁去，不用跟我报告！再说你喜欢他，他又不一定喜欢你！”我的气势莫名弱了一截。

她盯着我看，似乎看破了我心底隐秘的慌乱，满意地轻笑了声，“走着瞧。”

刘雯雯擦着我的肩膀走了，我一个人孤零零地在天台上站了很久。

BGM 音乐结束，如果我们之间真的刚发生了一场对决，那么结果就是，她上上下下 ABAB 发出了大招。

而我没有。

我着急忙慌地回家，扔下书包就给秦川打了电话，他们学校比我们早放假，所以这两天没出现在学校门口，我也不用辛苦上演保镖的戏码。

他家的电话我早就倒背如流，但这次居然按了两次都没按对，第三次倒是拨出去了，可那边却一直占线。我神经质一样地不停拨不停拨，终于在 20 分钟后，打通了他家的电话。

“喂！”秦川很快就接了电话，语气有点不耐烦。

“跟谁打电话啊，聊这么半天。”我忐忑地问，真怕他脱口说出刘雯雯的名字。

“我爸呗，不是过几天我们就要去广州找他么，有话见面说不得了，啰嗦死了，先找我妈，再找我姐，跟我奶奶聊完，最后还忘不了数落我几句。”

“可见你在你们家的地位！”我松了口气。

“滚！”

“就没别人给你打电话？”我旁敲侧击地问。

“没有啊，谁给我打啊。”

“比如……比如女朋友什么的。”我小声说。

“放屁，我哪有女朋友！”

“你就不打算找一个什么的？”

“那种婆婆妈妈的事有什么意思，我现在只想把一辉从九龙一凤的神坛上拉下来，真正坐上江湖老大的位子。”

“切，你就吹牛吧，肯定是你们四二一中的女生没人看得上你，也就大龙跟你混一混！”

“你故意找碴吵架是不是！有事没事？”

“没事！再见！”

果断挂了电话，我稍稍安下了心，可很快就又心绪不宁起来，现在刘雯雯不给秦川打电话，不代表她一会儿不打，即使今天都没打，明天、后天、大后天……只要她想，她随时都可以联系上秦川跟他表白，我根本拦都拦不住。

可我转念又想，刘雯雯表不表白，秦川跟不跟她好，和我有什么关系呢。就算他们真的交了朋友，每天手拉着手一起跟我说 Hello，我又能怎么样，我凭什么怎么样，我就是怎么样了又能怎么样。

就这么胡思乱想着，我自己也泄了气。说到底，还是不想我讨厌的女生和我最好的朋友有什么交集，站在中间的我白痴得像是老鹰捉小鸡里展开双臂的母鸡。没过两天秦川一家就去广州找在那里做生意的秦叔叔了，临走之前他跟我打了一通电话，急匆匆的，我只记得在有限的时间里罗列要他在那边给我带的粤语专辑的名字，刘雯雯的事也就扔到一边了。我想还是得相信秦川的眼光，他又不是没见过美女，身边有秦茜这种级别的雅典娜，他还能看上刘雯雯这样的美杜莎啊！

没有秦川在的暑假我有点恹恹的，大龙找过我一次，立刻被我奶奶冰冷的目光绝杀，从此之后再也不敢登门。我也懒得出去，每天在家啃玉米、吃西瓜、纠正小愉妹妹的发音，结果不甚理想，她倒是终于不喊我“乔乔仔仔”了，却换成了“乔乔这这”。

我和秦川的生日就差 11 天，我 8 月 8 日，他 7 月 28 日，都是狮子座，也难怪我们从小就掐。住院子里的时候，大人图省事，每年都给我俩凑一起过。后来上学搬迁就断了些年，这次他在广州，也就算了。7 号一早我奶奶问我明天想吃什么，好去早市买菜，我没精打采地说："随便，您别再做炸酱面就行，不好吃还非逼着我吃完了。"

"白眼狼！你就不知好歹吧！"

眼看我奶奶又要开始对我革命再教育，电话铃救命般地响起来，我奶奶接了电话，没好气地递给我，"找你的！"

这一暑假我都没接到电话，正纳闷是谁找我，就听见了秦川臭屁的声音："本大爷我回北京啦！"

"你回来了？！"我激灵一下坐了起来。

"广州那破地儿又闷又热，我和我奶奶都受不了了，就提前一起回来了。"

"那王菲的《自便》买到了吗？"

"买了买了！"

"张学友的《雪狼湖》呢？"

"有。"

"张国荣的《红》，还有范晓萱的……"

"哎呀都买了！你烦不烦啊！你也不问问我光问你的专辑，本来想明天过生日给你，干脆我自己都留下得了！"

"别别别！"我谄笑着，"那明天去哪儿玩呀？"

"北京游乐园吧！"

"行，那九点钟北游门口见。"

“好吧，那个乔乔……”秦川仿佛还有什么话说，却吞吞吐吐的。

“什么事？”

“算了，明天再说吧，你别迟到！”

“知道啦！让大龙带早点！”

一整个夏天的暑伏随着秦川的电话烟消云散，我整个人都清凉起来。想想也难怪大家都说我缺心眼，秦川的古怪我一点都没发现，那时我只顾高兴地以为，我一定会过一个开心的生日。

在北游门口，我一眼就看见了刘雯雯。

她穿了条粉红色的连衣裙，站在那里亭亭玉立的，走过去的人都禁不住看她几眼，她似乎也习惯了被注视，直到发现我的目光，她才志得意满地露出了微笑。

而那个笑容和她说“走着瞧”时的笑容一模一样。

“生日快乐。”刘雯雯仔细看着我，就像面对一只有趣的猎物，生怕错过它一丝一毫的挣扎。

“谢谢，不过，我不记得我邀请你来呀。”我生硬地说。

“所以谁叫我来的你应该猜到了吧。”刘雯雯眨了眨眼睛。

“我……”

“雯雯！”

我想出的反击的话还没来得及说，就被身后秦川的呼唤生生挡了回去，我没记错的话，这是他第一次叫她雯雯，往常都是连名带姓一起喊的。

刘雯雯擦过我的肩膀走向了秦川，两个人一起在我面前站定，我退后三步看了看，默默点点头，勉强算郎才女貌，还挺相配的。

“干吗啊你！”秦川被我从上到下看得不舒服，把我拉回原地。

“是你干吗呀，还跟我玩先斩后奏。”

“谢乔你不损我两句能死呀！”秦川脸红起来。

“对！说吧！到底怎么个情况啊。”我呼了口气，抱着手问。

“我们交往了。”刘雯雯用特别温柔的语气羞涩地说，我浑身狠狠起了一层鸡皮疙瘩。

“我问你呢。”我只盯着秦川。

“哎哟，问什么呀问，就那么回事呗！”秦川不好意思起来，正巧大龙来了，秦川赶紧转移话题，“大龙，你怎么回回迟到啊！”

大龙一边擦汗一边说：“我这不是给你们买早点去了么，吃个煎饼还那么多要求！老大你的，俩鸡蛋，乔乔的，不要薄脆，我看看……嫂子的，不加葱花！”

大龙对刘雯雯的称呼，让我愣了一下，刘雯雯却一点不觉着别扭，欣然接过了煎饼。

“大龙，你也知道他们……”我指了指秦川和刘雯雯。

“知道啊，老大没回来那几天，还派我保护嫂子来着。”大龙憨憨地说。

“原来就我一个人蒙在鼓里啊。”我冷冷笑着。

“是我不好意思跟你说，所以才没让秦川告诉你，我想反正到生日这天总会知道的。”刘雯雯主动替秦川解围。

而看着她狡黠的目光，只有我才懂得她的潜台词：“怎么样，这个生日礼物够惊喜吧！”

“恕不笑纳！”我用眼神回击。

旁边两个男生根本看不懂我们的内心戏，秦川招呼着大家一起进去，买票的时候，他搭上我的肩膀，“怎么样，你还说没人喜欢我，我想找女朋友，那还不是轻轻松松，手到擒来……”

我扒拉掉他的手，飞给他一记白眼，“蠢死了！”

秦川大呼小叫，刘雯雯走到我身边，得意地小声说：“怎么样？”

“也难为你了，就为了讨厌我，不得不去喜欢个白痴。”我不屑地大步独自往前走，再不理身后那两个人。

那天我玩了很多平时不敢玩的项目，过山车、疯狂老鼠、急流勇进……什么刺激玩什么。急坠时，我敞开了嗓子大声叫，似乎不这样，就吐不出胸口里的那股闷气。

可是刘雯雯充满了我身边的所有空气，只要她在，我就随时有闷气可生。

玩海盗船的时候，秦川刚拉着我好不容易抢了第一排的座，她就眨巴着眼睛走过来说在后面害怕，然后挤在我们中间，怕我看不见似的整个人贴到秦川身上。

买棉花糖的时候，本来一人一个挺好的，刘雯雯非说怕甜，和秦川分一个吃，你举着喂我一口，我举着喂你一口的，好好一个棉花糖被他们俩轮流舔得恶心巴拉的。

中午吃饭的时候，本来想买点什么零食就算了，刘雯雯居然心机满满地从书包里掏出一个大饭盒，里面是她做的吐司煎蛋、炒饭沙拉，吐司上居然还用番茄酱写了个“川”字，我假装看不出来，拿着叉子在那喊写个“三”是什么意思啊，刘雯雯立刻从我手里把那片面包抢走举到秦川面前，说这个“川”是给你的，里面多夹了块肉。秦川吃得得意忘形，我吃得各种想吐。

玩到下午，大龙张罗晚上去哪儿摆生日宴，我心想要让我再面对这两人估计我一辈子都没办法好好吃饭了，赶紧拒绝说要回家吃我奶奶给我做的长寿面。

“我还说给你买蛋糕呢。”秦川遗憾地说。

“不用，真不用！”我一想到指不定切蛋糕的时候刘雯雯再搞出什么肉麻戏码，就浑身恶寒。

“那我送你吧！”秦川说。

“这也不用，你不送你女朋友啊。”我指了指刘雯雯。

可能听说秦川要送我，刘雯雯有些不高兴，不过她马上又换回了懂事的笑脸，“没事，我们可以一起送你。”

她刻意咬字在“一起”上，我连忙摆摆手，“不不不，太谢谢了，真不用。”

“老大，嫂子，你们再玩会儿吧，我去送乔乔。”大龙依旧傻乎乎地热情。

“谁都不用送，你们继续，我要赶紧走了，就这么着，拜拜！”

我挥手跟他们道了别，一个人从北游走出来。可能晒了一天的太阳有些中暑，可能中午没吃好饭有点反胃，走到门口的时候，我难受得不行，一步都不想走，一步都走不动。

我蹲在地上，后背被烤得热烘烘的，我知道这一次再没有人会追过来了。

眼泪落在柏油地面上，不到五秒钟就蒸发了，我终于体会到了刘雯雯的厉害，那天在学校天台上她发出的大招，原来早已把我打成内伤，穿过空气，穿过身体，穿过心脏，最终打碎了我这些年精心守护的透明结界。结界美丽的碎片如同玻璃碴，掉在我心里，生疼生疼的。

我失了魂一样茫然地骑回了家，刚到院门口就闻到了炸酱的味道，果然不管再怎么难吃也还是家人最心疼我，我深呼了口气推开了门，正想跟奶奶起腻说句好听的逗她开心，却一下子愣在了原地。

小船哥挺拔地站在院中，好像他就一直在那儿从未走远一样，“乔乔，生日快乐！”

我看到我的太阳，他的温暖光亮驱散了所有的阴暗，破碎的结界瞬间修复，光洁美好如初。

我的世界终究有一块圣土，是刘雯雯永远抵达不了的地方。

我几乎扑到了小船哥的面前，离近了看才发现，他又高了许多，我要比以前还仰起头才能跟他讲话了。他还是那样好看，褪去了童稚模样，更多了些少年的俊秀。他的衬衫还是浆洗得很白，整个人透着整齐清爽，好到让人感叹，世界上怎么会有这么清俊的男孩，我又怎么会那么幸运，能和他站在一起。

“我们乔乔长大了，越来越漂亮了。”小船哥温柔地看着我。

“小船哥，你骗我，我等着你你却一直不回来找我，现在连夏令时都取消了，我终于知道那一小时去哪儿了，却不知道你去哪儿了。”

“对不起呀，乔乔。”

“你都不知道我六年级什么样，初一什么样，初二什么样，你再也见不到那些时候的我了！”我跟他撒娇。

“是啊，好遗憾啊。以后我每年都来看你，绝对不会错过每一个乔乔。”小船哥像小时候一样摸了摸我的头。

“好啦，别缠着筱舟了，为了等你，筱舟都待大半天了，又帮收拾，又帮择菜，面条还没吃上一口呢，快进屋，一起洗手吃饭。”我奶奶招呼我们。

和秦川比起来，小船哥来我家那可是截然不同的待遇。我们全家人都很喜欢他，从小就夸他懂事，知书达理。在饭桌上，人人都抢着给他夹菜，不一会儿他的碗就盛满了，搞得好像是他过生日似的。吃完饭，家里大人又拉着他聊天，我才知道，他后来又搬了一次家，从太阳宫搬到了通州，离我家特别特别远，要倒好几次车才能到。我平时只买 10 块钱的市区学生月票就可以了，小船哥却要买 20 块钱的郊区月票。不过小船哥依然争气，他考入了西城四中，北京最好的中学。虽然现在很辛苦，每天要往返很远的路途上学，但是小船哥依然那么棒，全家人都夸他有志气，有出息。

好不容易等他们家长里短地问完话，我才得空把小船哥拉到了我的房间。我给他看他错过那些年里我拍的照片，给他看我攒的邮票，给他讲我听来的各种有趣的事，恨不得把我的世界一股脑地倒给他。

“你和川子现在还玩在一起，挺好的。”小船哥听我讲了秦川的事，当然孙泰这段我自动删除了，其余说秦川的，也没什么好话。

“好什么，他刚找了我最讨厌的女生做女朋友，小船哥，你就没看到他得意扬扬为虎作伥那劲儿，我恨不得掐死他。”我愤愤地说。

“他都有女朋友了？”小船哥很惊讶。

“可不是，我还纳闷怎么可能有女生喜欢他，我跟你说小船哥，那个女的不太正常，估计是脑门被门夹了，她呀……”我的滔滔不绝突然止住，我想到了一件事，一件很重要很重要的事，比秦川和刘雯雯交往要重要一万倍的事。

“小船哥，你……你有女朋友么？”我小心翼翼地问。

小船哥的脸腾一下红了，他忙不停地摆手，“我……我从来不想这些事的，乔乔，你也要好好念书，考上好大学才最要紧。”

我心里一颗大石落了地，心花怒放地狠狠点头说：“小船哥最棒了，我就知道你和臭秦始皇不一样。”

“可我看你俩还是和小时候一样，天天一起玩，天天闹，可谁也离不开谁。”小船哥笑笑说。

“谁离不开他啊！小船哥，我离不开你！”

猛地说出这样的话，我的心咚咚咚地敲了起来，可小船哥却没发觉，他只是笑着揉了揉我的头发，“那就好好学习，跟我考到同一所高中来。”

小船哥的话好像给我打开了一扇新的窗户，让我一下子愣住了。在学校被欺负，被疏远，喜欢男生却惨败而归，连好朋友都被最讨厌的女生抢走，越来越沮丧的我，从没想到还有一条光明的路可以和这所有的一切背道而驰，而那条路的方向就是我最最喜欢的小船哥！

我的眼睛都亮了起来，从来没有什么时候比这一刻更让我充满希望，我定定地看着小船哥说：“小船哥，我一定要跟你上一个中学！”

“好！”

“小船哥，这次换你等我！”

“好！我等着你！”

因为路远，小船哥很早就回去了，我把他送到了车站，等他上了车，看见那辆公交拐过了弯，我才慢慢转身回家。一进家门我就接到了秦川的电话，他担心我不高兴，总觉得没给我买蛋糕庆贺，有点过意不去。

“没关系我理解，不就是重色轻友嘛，我才不指望你有多高的觉悟呢！”我故意挤对他。

“嘿，还说不生气！”

“你们俩到底怎么好上的啊，真是为了给我过生日准备个大惊喜么？”我好奇地问。

“也没怎么，一放暑假刘雯雯就给我打了好几个电话，支支吾吾的，后来听说我要去广州她竟然就来我家找我了，一个小姑娘在我面前憋红了脸，吧嗒吧嗒掉眼泪，我又不是铁石心肠，就那个了呗！”

听秦川一说我就知道了大概，总之还是刘雯雯主动，不动声色就把他拿下了。我赌气秦川的草率，“你不是说你不交女朋友嘛！”

“你还说你一辈子只喜欢小船哥一个人呢，不还是被那个什么孙泰给迷住了！”

“滚！我才不会被任何人迷住呢！”想到小船哥，我心里就暖起来，忍不住跟秦川说，“我当然一辈子只喜欢小船哥一个人了，今天小船哥回来看我了，我跟他说好了，要考同一所高中！”

秦川在那边安静了几秒钟，我以为断线了，“喂”了好几声他才又吭气。我热络地跟他说起小船哥现在的样子，他却似乎提不起什么兴致。后来说是累了，就挂了电话。

那天我久违地睡了踏实安稳的一觉，梦里便是小船哥的温暖笑脸。

上了初三，同学们多少都紧张了些，而我却是从未有过的平静。就在他们三三两两议论以后中考要怎么办，报考什么样的高中，或是没办法去念职高或技校的时候，我早已下定了决心，那就是考四中。

虽然当着秦川他们的面，刘雯雯对我要考四中这件事表示了鼓励和支持，但我知道，她心里是很不屑的。大概她把我要考四中的事告诉了班里其他同学，显然他们都不信我能考得上，我眼见着她和她的同桌凑在一起，一边看我做习题一边嗤笑。

那时我成绩确实一般，没了学习委员这样的职务激励，在班里一直晃悠在中游水平。可有了小船哥作为动力，我格外地认真起来。全班第一次月考，我就从之前的十九名，考到了全班第六。老师当堂表扬了我的进步，不知谁多了句嘴，说谢乔要考四中，全班都哄笑起来。要是以前，我会被气得哭一鼻子，但那天我特别平静，所有的嘲笑都只会催促着我，更快地奔向小船哥。

起先秦川也没把我要考四中当回事，但是当他看到平时懒到不行的我却为了中考体育考试那30分的加分每天一大早就到学校操场跑步时，终于明白了我的决心。于是他不再拉着我和他们混玩瞎闹，还跟大龙一起负责我的早点和加餐，为我加油鼓劲。

大龙每天负责给我带早点，依然是不加薄脆的煎饼，同时他也会按秦川的吩咐给刘雯雯带不加葱花的。晚上他们四二一中作为成绩垫底的中学没有加课，秦川就支使大龙去附近的一家韩国快餐店乐吉士给我们买汉堡，我要牛肉的，刘雯雯要鲜虾的，总之我们俩绝对不一样。

刘雯雯不像我要铆足劲考全北京最好的学校，她只要上灯花的高中部就满足了，加上她平时成绩一直中上，所以压力比我小很多。那些时候，她天天跟秦川他们在一起，算起来比我与秦川在一起的时间多多了。虽然她依旧不满意秦川给我带煎饼和汉堡，但对我的态度总算稍稍好了些。想想要不是后来跑800米的事，没准她还会想和我成为朋友呢。

那天早上我就觉得胃不舒服，初冬的清晨又黑又冷，本来想犯懒不跑步了，但是想想和小船哥的约定，我还是咬牙爬起了床。到学校时大龙照例给我送了煎饼，我只啃了一口就吃不下了，我以为是头天晚上吃红烧肉吃多了，没准跑一小会儿步就好了，哪想到刚跑出不到200米，胃就剧烈地绞痛起来。本来平时我都和刘雯雯较着劲跑，这次她很快就头也不回地超过了我，远处秦川看着不对劲，喊刘雯雯的名字，让她等等，可他话还没说完，我就扑通一声倒在了操场上，后来我就什么都不知道了。

等我再睁眼，就看见秦川和大龙焦急的放大的脸，我躺在协和急诊室的病床上，手上挂了个点滴瓶。

“我怎么了？”我虚弱地问。

“你……”大龙欲言又止，我看着秦川，秦川却扭过了头。

“我不会得白血病了吧？”

他们俩的样子一下把我吓着了，我立刻幻想了我命不久矣的样子，背景音乐自动转换为韩剧调子。我想我不用跑步，不用中考，也不用到四中和小船哥一起上学了。从此以后我就将在这里虚弱下去，直到快死的时候大家再像今天一样围在我的床前，没准连刘雯雯都会为我掉点眼泪。最后临死之前，我再要求看小船哥一眼，小声地断断续续跟他说悄悄话，告诉他我从有记忆那天就开始喜欢他，喜欢了一生。

想到这里我眼泪都快出来了，我仰头看到了穿白大褂的医生的身影，颤颤地问：“大夫，你跟我说，我还能活多久？”

那大夫狠狠白了我一眼，“电视剧看多了吧你！不大点小屁孩成天瞎琢磨什么呢！急性胃炎！没听说过每天吃完早点就跑 800 米的！你们俩男生，赶紧的，谁去给她们家大人打电话啊！”

秦川和大龙俩人彼此推托，谁也不敢直面我奶奶，最后还是我指派了秦川，他才不情不愿地去了。

我气鼓鼓地问大龙：“你们俩刚才那什么表情啊！就跟我快死了似的。”

大龙垂着头说：“乔乔，对不起，都是我们害的你，我们真不知道不能刚吃早点就跑步，老大特内疚，你不知道，看你倒下去的时候他都急疯了，直接冲进去把你背出来的。”

我瞪大眼睛，“他进我们学校了？”

“是呀，两个保安拉他都没拉住，出门就打车直奔医院了，乔乔，真对不起，我以后不给你买煎饼了，你下午跑步吧，我陪你一块，可以……”

大龙后面絮絮叨叨说了什么我一点没听进去，他描述的场景让我又感激又感动。我的小小结界充盈起来，因为有秦川在里面，我感觉到了幸福。

过了一会儿，秦川像蔫茄子一样回来了，想都不用想我奶奶接到这个电话会是怎样的语气。我看着他，给了他一个大大的笑脸："谢谢你。"

秦川愣了一下，随即也笑了。

打完点滴回学校时已经是下午了，班里正在上化学课，我喊报告进了教室，往座位走的时候，我感受到了比老师正在讲的冰点还要冰冷的目光。

刘雯雯就那么冷冷注视着我，盯得我一激灵。

不用说，那之后我和刘雯雯的关系降到了史前冰川时期。不过对我来说也无所谓，我没工夫理她，每天除了老师留的功课，我还会自己做许多习题。从小到大我都没这么用功过，那时候我第一次发现，就算努力不一定真的会成功，但努力一定会进步，会向上，会变成更好的人。快到期末之前的那次月考，800 米测试我跑了 3 分 12 秒，满分。综合考试我考了全班第二，比刘雯雯高了八名。在初三学生的愁云惨淡之中，我感受到了无与伦比的幸福。

期末考试之前，初中最后一个新年如约而至，多少让考生们轻松了一些。

那是电子时代之前的纸质时代，信笺贺卡满天飞，书写胜过输入，多了许多温情和诚意。我特意跑到燕莎，买了一张 15 块钱的高价贺卡，那价钱足够买 30 张普通贺卡了。我之所以选中它，是因为那张贺卡在封皮上印了一艘五彩斑斓的魔法船。船身是银白色的，涂满了闪粉，船舷边还有七色的彩灯，高高的船桅撑着满满的帆，在缀满星星的夜空中，破风前行。我在贺卡上写下给小船哥的话："小船哥，让它载我抵达有你的地方！新年快乐！明年我们四中见！"

那天一早，我做的第一件事就是郑重地把包好的贺卡投进了邮筒中。想到小船哥拆开它时微笑的样子，我不由对着邮筒小声说："新年快乐！"

去学校的路上我一直开心地哼着歌，虽然冬至这几天的清晨是最黑最黑的时候，但是我的太阳即将慢慢升起，照亮我的人生。

可是，当我进到教室的时候，虽然所有的灯管都亮着，我还是感到了前所未有的黑暗。

黑板上歪歪扭扭地贴着一张被拆开的贺卡，那上面用深色的笔写着醒目的大字，带着生怕别人看不到的怨懑，明明是祝福的话，却像是诅咒一样。

那上面写着："谢乔同学，新年快乐，祝你考上四中。孙泰。"

很久没有涌现的屈辱感像溃了堤的水瞬间吞没了我，世界漆黑一片，我近乎窒息。在隐隐的窃笑声中，我一把撕掉了贺卡，转身跑去了隔壁五班。他们班在上早自习，看到我冲进来全部安静下来，先是看着我，后又看着孙泰。孙泰大概刚到学校不久，正从书包里掏课本，他看到我，露出十分厌恶的表情，眼睛都不抬，又继续去拿他的书。

我干脆走到他的课桌前，把那张贺卡"啪"的一声扔在他的桌子上，大声质问："谁让你给我送贺卡！"

孙泰看了眼贺卡，轻蔑地嗤笑了一声，“你以为我会想送你贺卡？要不是你那个朋友来求我，我才不会写一笔你的名字！”

“朋友？”我愣愣地看着他。

“别装傻！就跟你还有四二一中那帮小混混成天玩在一起的刘雯雯呗！你们跟一帮痞子在一块就以为自己牛逼吗？出去！滚出去！”之前在秦川那里受的欺侮最终让孙泰在我面前爆发，他把那张贺卡揉成一团扔到了我身上。

五班的人立刻跟着起哄，纷纷说：“你哪班的啊，快出去！”

“就是，不是我们班的在这儿杵着干吗呢！”

“快出去呀，不走喊老师了啊！”

我被孙泰的话彻底惊呆了，我没想到，刘雯雯为了让我难堪，居然会处心积虑到这种程度。周围的嘈杂声在我耳中都变成了嗡鸣，我扭头跑了出去，一直跑向校门口。

什么孙泰，什么秦川，什么成绩，什么面子，我都统统不想管了，我只想揪住刘雯雯，大骂一声：“你浑蛋！”

我到校门口时，秦川、大龙、刘雯雯都在，她正一边说笑一边吃着她那份不加葱花的煎饼，我径直走到刘雯雯面前，大龙的“乔乔”还没叫完，我就一巴掌打在了刘雯雯的脸上。

秦川最了解我，他看出我的样子不对，想拉住我却来不及，刘雯雯惊叫一声，一趔趄跌在秦川怀里，秦川扶住她，扭头怒骂：“谢乔，你疯啦！”

刘雯雯嘤嘤哭了起来，大龙也生气了，皱起眉板着脸说：“谢乔！你太过分了。”

三年的欺侮化作那一巴掌下去，我自己也吓了一跳，可能是太气了，我的脸涨得通红，胸脯上下起伏，憋得喘不上来气。我望着仍在装无辜的刘雯雯，望着从小跟我一起长大，现在却向我吹胡子瞪眼的秦川，望着平时最和气憨厚的大龙，他们都在我自以为是的结界里，但此刻他们却让我感到冷，感到从未有过的孤单。

我什么都不想说了，转身走回学校，而秦川却一把拉住了我。

“谢乔平时你怎么闹我都不理你，今天这事我没法让着你。你，现在，立刻，给我向雯雯道歉！”

我的胳膊被秦川攥得生疼，我想甩开他，在他的蛮力之下却怎么也使不上劲，我只好用另一只手指着刘雯雯说：“她……”

“你别指她！”秦川怒吼着打掉我的手。

我不可思议地瞪着秦川，眼眶都瞪得发疼了。我不记得上一次我们这样的争执是什么时候的事了，3 岁时我推倒他摔掉了门牙？ 8 岁时他弄坏了我的双层铅笔盒？ 10 岁时为了抢半只肘子大打出手？童年幼稚的我们终于长大懂事，他不再为门牙、铅笔盒、肘子和我生气，于是换成为了另一个女孩。我想不到他竟然会维护刘雯雯到这种程度，甚至超过我们生下来就在一起的友谊，和原本最重要最牢不可破的信任。

“秦川，你放手，”我整个身子都在发抖，“你丫放手。”

大龙从来没见过我和秦川这个样子，他被吓到了，气势掉了一半，忙对秦川说:“老大，老大，你……你可能弄疼乔乔了，别这么着，都好好说。”

“不行，谢乔，你今天不说清楚了，咱俩没完。”秦川的手劲一点没松，他看着我的眼神，居然和当年在学校门口看李强的眼神一样。

“好啊，那你问问她啊，她敢说她做了什么吗！”

秦川狐疑地看着刘雯雯，她心里明明什么都知道，却呜咽着:“我……我不知道。”

秦川又看向我，我恨不得再冲上去扇她一巴掌，大声嚷:“孙泰的贺卡！你凭什么让他送我贺卡！还让人贴到黑板上！”

“什么贴到黑板上？”刘雯雯睁大了眼睛，“我是找过他，请他送你贺卡，我想毕业以后就再也没机会了，看你那么努力想要考到四中，我想他肯定是最能鼓励你的人。我拜托了他好几次他才答应我写。但贴到黑板上我真的不知道，我明明昨天放学偷偷把贺卡放在了你的座位里，我不知道，谢乔，你相信我，我真的不知道！”

刘雯雯梨花带雨，秦川稍稍松开了手，我挣扎出来，冲到刘雯雯面前:“你别装了！你找平时围着你的那帮男生干这么件小事还不容易！看我被嘲笑被侮辱，你都乐死了吧！你不是说最讨厌我吗？来，当着秦川的面，你说啊，你明着来啊！卑鄙小人！”

秦川拉住了我，语气缓和了些，“好了，雯雯她做的有问题，但那也是好心啊，那个孙泰又他妈耍浑蛋了？我替你揍……”

“你滚！”我彻底甩开秦川，“去管好你的女朋友吧！我的事用不着你插手！”

“你的事不就是我的事，我们成天在一起，谁要是敢欺负你……”

“谁想成天和你在一起，告诉你，我现在恨不得立刻中考，我一分钟都不想在这儿待着，我要考到四中，我要去找小船哥，离你们远远的！”

我的耳膜里传来并不熟悉的尖厉声音，我甚至都没意识到竟然是我自己发出来的。秦川的眼睛突然失去了平日里的光彩，我似乎在里面看到了淡淡的忧伤。我不懂我说了什么竟然让他露出这么难过的表情，我还没来得及想清楚，他就转过了身，我再也看不到他的眼神，却听到他冰冷的声音：

“你爱去哪里和谁一起都无所谓，你滚吧。”

“好，好好，我滚！”

我慢慢地退后几步，直到看着我以为最好的朋友在我的世界里化作模糊的背影才狂奔起来。

身后似乎有大龙呼唤的声音，但是我知道我永远不会回去了。

我抹了把脸，手心居然全都湿了。

我又回到了原来的生活，安静地上学，安静地做功课，安静地放学，安静地走过校门口喧嚣着的秦川身边，然后像陌生人一样，擦肩而过。

也有些不一样，比如秦川身边多了刘雯雯，而我身边少了嘲笑声。秦川还是把孙泰打了，打得很严重，鼻青脸肿到老师都要过问的地步，不过据说他坚持说是骑车摔的，可想而知秦川有多么可怕的威慑力。也因此，这回彻底没人敢招惹我了。但我也不感谢他，孙泰也好，刘雯雯也好，他们伤的是我的面子，而秦川，伤的是我的心。

也许是过于安静，于是我多了许多时间思考，而思考得越多，曾经的快乐就越遥远。

繁华也许只是孤独者的错觉。

期末考我从第二名又掉到了第六名，之后起起伏伏，始终徘徊在第三到第十之间，我最高傲的名次随着我最高兴的时间一起到达顶峰，然后再一起一蹶不振。那半年我仍然努力，只不过在努力的空当有些发呆。

临近中考的时候小船哥特意给我写了一封信，信的内容如他一样干净整齐，最后重重的“加油”二字被我小心地剪裁下来，做成了一个小小的护身符挂在身上。那是我仅剩的所有期望和梦想，是让我能仍然仰起头的勇气。

那年正赶上 1998 年的法国世界杯，当时北京国安的外援冈波斯所在的巴拉圭队入了决赛圈，一时间北京大人小孩全围坐在一块儿看球，想想也挺心酸的，自己国家出不了线，只能靠看外援过过干瘾。我第一次看球是 1994 年，那年夏天秦叔叔鼓捣了个大彩电回来，半夜全院的人都围在一起看意大利和巴西踢决赛，看到半截我就在我妈怀里睡着了，后来被罚点球时他们一惊一乍的声音弄醒，只模模糊糊看了个背影，长大之后才知道那就是巴乔，那一刻是悲伤透顶的遗憾。后来国内甲 A 火了，在北京你要不是国安球迷，人都得说你有毛病。我跟着秦川一起看球，当时高峰、高洪波、谢峰、曹限东、谢朝阳、韩旭……所有国安球员的名字都叫得上来，偶尔还能跟他议论议论 442、532 的排兵布阵，越位这种考验真伪球迷的终极问题早就难不倒我了。

要不是和秦川闹翻了，我们肯定会聚在一起天天聊世界杯。我就能跟他说，我觉得日本的守门员川口能活特别帅，但是后来又喜欢上了克罗地亚的金左脚苏克，贝克汉姆当然帅得惊天地泣鬼神，但是喜欢他的人太多了我就不爱凑热闹，最终还是为英阿大战中少年欧文千里走单骑的一记绝杀倾倒，彻底成了欧文的粉丝，但是现在这些都只是属于我一个人的开心了。

那时候我就明白了，能分享的快乐，才是真快乐。

我因此想念秦川，但是又更加生他的气。如果一辈子没吃过糖，不知道它有多甜，那么也不会遗憾。难受的是，让你尝到了糖的甜味，却不再给你吃一口。

秦川就是我的糖，他把自己留给了刘雯雯，我吃不到了。

中考前放了一周的考前假，胜负在此一举，所以不在乎这一会儿了。我在家里待不住，事到临头才开始心虚，有点怕听到家里人鼓励的话、看到他们特别关切的目光。于是我就每天溜出去，说是去朝阳图书馆看书，其实是在它楼下的麦当劳里坐会儿，吹吹免费空调。

第三天，我在麦当劳背面的花坛那里碰见了李强和刘雯雯。

其实这么回想起来，我和刘雯雯真的算是有缘分，我祈求过变漂亮、考高分、被小船哥喜欢这些都没灵验，上帝也许为了历练我，不管我许什么愿，回回都把刘雯雯扔到我面前来。

本来看见她我第一反应就是转身走，可是因为她身边坐的是李强，所以我稍稍迟疑了一下。就这么一会儿，我发现了刘雯雯在害怕。她不是自己想坐在那的，是被李强按在那的。刘雯雯也看到了我，可能人在危急的时候会抛弃一切恩怨尊严，本能地去求助，我从没见过她用那么无辜的眼神看我，记忆中的她总是那么高高在上，似乎每一次和她的对视，她都用向下的目光注视我，而这回，她黑黑的瞳仁里不再有一丝骄傲，那里面满是恐惧和哀求。

我还是转过了身。

刘雯雯是我最讨厌的人，同时刘雯雯也最讨厌我。我上初中这三年90%的不愉快都是因为刘雯雯。要是没有刘雯雯，我这三年的人生会过得大不一样。自从认识了刘雯雯，我就在倒霉、在狼狈、在失去、在经历各种坏事，而没有一件好事。所以我必须长记性，绝对不能理，一定要这么走，换我看她倒一次血霉。

就像要点分析一样，我心里一条条过了我不帮刘雯雯的一万条理由，每一点都够我大步流星走一万次，但是我最终还是停在了门口。

因为我想到了秦川，而偏巧不巧，刘雯雯是他喜欢的人。

我想到秦川对刘雯雯所有的好，为了她打架，为了她买早点，为了她听张信哲的歌，为了她去北海去游乐园，为了她和我彻底闹掰。一股脑想到这么多秦川为了刘雯雯做的事，我还是特别难过。尤其想到在我与她之间，秦川那么毅然决然地扔下了我，我就恨不得一走了之。但是我也想到了，如果他为之做了这么多的刘雯雯被伤害，他将会多么难过。

所以我还是停了下来。

往李强和刘雯雯那边走去的时候，我一路骂着自己傻叉儿，大概我这样的蠢人要是不倒霉老天都看不过去吧。

刘雯雯看到我眼睛就亮了起来，李强则有点慌张，他还是有些忌惮秦川，但很快他就发现我没跟秦川在一起，我因为害怕而一直在紧张地发抖。

“刘雯雯，走吧！”我壮着胆子说。

刘雯雯忙起身，但马上就被李强拉了回去。

“我跟她有话要说，你别多管闲事！”李强恶狠狠的，一点不把我放在眼里。

“我也跟她有话要说，你松开她。”我气势落了一半，但仍不肯屈服。

“你再废话我打你信不信。”李强推了我一把，我一趔趄，顺势揪住了他袖子。

“你丫干吗？放手！”李强甩了一下，没甩开，恼怒地大喊。

他和我纠缠的工夫，总算是放开了刘雯雯，她倒是机灵，连忙逃开了他身边。李强着了急，要抓她回来，却被我死死抱住了胳膊。

“快跑！”我大声朝刘雯雯喊，李强一脚朝我踹了过来。

不用说，我都能想到当时我有多狼狈。作为因爱生恨被要挟的少女，刘雯雯像言情小说的女主角一样被我这样无关紧要的配角 AB 搭救，她最终会跑向她的英雄，会相拥而泣，会 Happy Ending。而我这样的角色，注定路人甲乙，炮灰一生。

李强破口大骂连打带踹，可我死活拖着他，直到看着刘雯雯彻底跑出了我们的视线，我才松开了手。李强无奈地又骂了我几句，愤愤地走了。我拍拍身上的土，费劲地爬起来，想去揉揉被误伤的鼻子时，突然发现了一件怪事，我左边的颈窝鼓起了一个包，而我的左手怎么抬，也够不到鼻子了。

中考前五天，我锁骨骨折，左臂脱臼。

我不知道那些电影里善意的英雄们在被伤害之后是怎么做到在人们面前坚定地说：我不后悔，如果再回到当初，我还会做出一样的选择。

从那天起，我至少后悔了一万次！

我不敢跟家里人说实话，只能说是不小心从台阶上滚下来了，结果从我奶奶开始全家人劈头盖脸臭骂了我一顿。刘雯雯丝毫不辜负我的舍命相救，消失得干干净净，那天之后连个慰问电话都没给我打过。而秦川，我真想一边冷笑一边抽自己耳光。我因为担心他难受而出头，但显然，他根本不管我难不难受。

我胆子小，不勇敢，更不是伟大的人。在我心底里，那天之所以会冲上去，并不是想高风亮节地等刘雯雯来跟我说句谢谢，我只期待秦川能像以往一样，揽住我说一句：乔乔，真够哥们儿！

可我什么都没等来，中考前一天，来的是我的小船哥，他从遥远的通州倒了三趟车来看我，给我买了冰淇淋，还告诉我他又考了第一，而我也一定会考第一，会和他考到同一所中学。

这让我更后悔了，我居然为了秦川弄伤了自己，左胳膊只能像个茶壶一样架着，恐怕考试的时候连试卷都按不住，这样的我要是辜负了和小船哥的约定，我肯定会抱憾终生。

考试头一晚，我紧紧攥住小船哥写给我“加油”的那个护身符，却仍然没睡好觉。第二天我昏沉沉地出了门，因为不能骑车，所以我只能叉着腰架着胳膊走去考场，走到胡同小口的时候，我挂在书包上的护身符被花坛里的月季挂住了，要是平时转身摘下来就好了，可我现在却是一只手动不了的残废，转身费劲，摘书包费劲，够护身符费劲，就在我气得几乎将那一丛月季拽出来时，护身符从我身后被轻巧地解救了下来。

我一声谢谢还没说出口，就看到了秦川。

“加油。”他拿着我的护身符看，不知是念上面的字，还是真有良心来跟我说句加油。

我不理他，抢过护身符揣到兜里继续往前走。

秦川追上来，“喂！你还要怎样啊！真不说话了?

“我特意早起过来跟你说加油的！差不多得了啊！

“你叉着腰干吗啊? 难看死了，像茶壶似的，右手举起来比个茶壶嘴呗！

“哎哟，逗你呢，好了啊，好了啊。

“谢乔，你没完了！等会儿！”

秦川一把揪住我的左胳膊，我撕心裂肺地“嗷”一声叫起来。

“你……你怎么了？”秦川这才发觉我的不对劲，惴惴地问。

我狠狠瞪着他，“怎么了？！锁骨骨折！你们家刘雯雯没事你就放心了，还顾得上管我死活？现在跑过来说加油，加油个屁！我没被你害死就拜佛了！”

“什么刘雯雯啊？你怎么弄骨折的？你说清楚了，我怎么一句听不懂啊！”秦川死死拦住我。

“她没告诉你？”我不可思议地看着秦川。

“告诉我什么？”秦川一脸纳闷地看着我。

我仰天长叹摆了摆手，“算了算了，这辈子我都不想和刘雯雯扯上关系了，你去问她吧。哦对，她也可能会跟你说是好心为我。嗯，可以，请你也好心为我让让道吧！我可要好好考试呢！”

我推开拦着路的秦川，叉着腰雄赳赳气昂昂地走远了。

我心里稍稍好受了些，因为我低估了刘雯雯的坏，也低估了秦川的蠢。

下午考完试的时候，我在校门口一群等孩子的家长中间看到了秦川，他迎着我走过来，抢过我的书包背在了自己肩上。

“你……你没去考试？”我指着他惊讶地说。

“考了，提前交卷了，反正也不会。”秦川一副我是学渣无所谓的表情。

我往四周看了看，“就你一个人？”

“嗯。”

“大龙呢？”

“也刚考完吧。”

“刘雯雯呢？”我斜着眼看他。

“不知道。”他皱了皱眉答。

看他的表情，我想他一定知道了点什么，我试探着问：“喂，那你不……”

“白痴。”他打断了我。

“你……”

“蠢货。”

“我……”

“缺心眼！”

“喂！”

“弱智。”

“你才……”

“你不会喊人啊！不会一起跑啊！不会告诉我啊！”秦川急吼吼地喊。

“当时哪想得了那么多……”我低下了头，想想这亏确实吃得有点冤。

“二百五！”

“秦始皇！”

这是我第一次骂秦川“秦始皇”而他没有还口。他只是把我拉到了他右边，帮我挡住左边的人流和车。我歪着头眯起眼看他，一米八几的大个子一脸不耐烦地拎着我的粉红书包的样子实在很可笑，可我又觉得温馨，温馨得驱走了好多的委屈，温馨得让我觉得锁骨骨折的这个茶壶姿势也还不错。

那年夏天，结束了几件事。

世界杯结束了，决赛中罗纳尔多莫名其妙梦游，被齐达内带领的高卢雄鸡捧走了大力神杯。

我的四中梦结束了，中考成绩出来，我以两分之差，因为一道选择题的错误而落败。

秦川和刘雯雯的 Puppy Love 结束了，他们分手了。

那年夏天，又开始了几件事。

我开始长个了，被秦川喊了好几年的小不点乔乔，一个暑假就蹿高了好几公分，按奶奶的话说，突然变成了像模像样的小姑娘。

小船哥开始给我写信了，知道我落榜之后，担心我难过，小船哥每周都会给我寄一封信，给我讲他做了什么功课，读了什么书，他会特意选我喜欢的帆船邮票贴在信封上，虽然他还是不明白我为什么喜欢帆船。

我们开始上高中了，我、秦川和刘雯雯。秦叔叔花了大钱送秦川进了灯花中学特招班，而我和刘雯雯直升本校。

新学期开始前我们都到学校看分班表，长长的名单写满了整个海报栏，在人群中，我和秦川站在这边，刘雯雯一个人站在那边。而在分班表上，秦川在那边的六班，而我和刘雯雯都在这边的二班。

余光里我看到刘雯雯看向了我们，但是秦川显然没想跟她说话，他拉着我走向学校东面，而刘雯雯也即刻转身向西。

第三章 花事

Chapter three

天气是好的，人是好的，念想是好的，因为对未来的憧憬，过去都变得可爱起来。一切都那么恰到好处，如同绽放的灿烂花事。

当我上高中时，这个时代有了微妙的变化。那个微醺的事事都好的暖梦慢慢醒了过来，阳光普照，人们都急不可耐地要去做些什么。这世界突然变大了，于是他们走路快了，说话多了，想法丰富了。街上一排一排的自行车慢慢变少，而汽车多了起来，之前用了许多年的京 A 车牌一下子就排满了，慢慢有了京 C 和京 E。东四那边的老隆福寺大街败了下去，毗邻的小店一家家开了起来，那间叫“漂亮宝贝”的美发店据说剪个头发要花掉我一个月的零花钱。秦川家搬去住的三里屯一下子火了，在那条能绕去工体看球的路上据说好多老外夜夜笙歌。有了这么多能花钱的地方，看着那拨政治课上讲的先富起来的人，所有人便都想着要去怎么赚钱了。这是着急的事，谁也不愿意多等。于是与我擦肩的那些人们，个个都步履匆匆，原先那个优哉游哉的踱步时代迅速成为过去，我们被裹挟其中，也懵懵懂懂地跟着小跑起来。

按我奶奶的话说，秦川家就是跑在最前面的那一群。秦叔叔可以算是改革开放的第一批下海者，小时候我只觉得他会带来新奇的东西，长到现在才懂得，那些新奇会带来 Money。

我到初三暑假才换掉那辆老旧的公主车，买了新的捷安特，而秦川的自行车早就是好几千的最高级的变速车了。当时我们只有上计算机课时才能看到电脑，而且都严格控制，连进机房都必须穿鞋套，而秦川家早就跟着更新486、586了。我的球鞋原先都在隆福大厦买，几十块钱一双，后来懂得点品牌知识，才开始买李宁、百事。可秦川的鞋一水的耐克、阿迪、锐步，有一回我们一起去旱冰场滑冰，他的带气垫的新鞋被人顺走了，他气得跳脚大骂，转头就去王府井的老福爷买了双一模一样的，居然800多块钱，够我买八双鞋的了。反正那会儿我就知道，他是地地道道的富二代小土豪。

秦川中考到底考了多少分，谁也说不清，反正我知道离我们高中的录取线，他起码差100分以上。出中考分那天，他没着急查自己的分数，先心急火燎地跑来了我们家，我从学校查了分回来，正郁闷着，他就按老暗号，拿石子扔我们家后窗户。我恹恹地走出来，他连忙问："多少？四中有戏么？"

"加体育30考了595，"我垂头丧气，"不上600肯定没戏。"

"那怎么办？能上哪儿啊？"秦川皱着眉问。

"第二志愿，继续灯花呗。你呢，你怎么样？"我踢了踢脚下的土，正想着怎么跟特别关心我成绩的小船哥汇报这个结果，压根没注意到他眉飞色舞的神色。

"我，那也就灯花吧！"

我猛地抬起了头，不可思议地说："你？做梦吧！你知道灯花中学录取分要多少么？起码570以上！"

"我老子说他给我掏钱，什么实验、四中，想上都能上，得亏你没考上四中，要是念四中特招，据说要交5万块才行呢，灯花中学嘛，估计2万就够了吧。"

"你真能上灯花？"虽然骨子里我觉得这事很天方夜谭，但想到秦川真能和我一起上学，还是让我莫名地兴奋起来。

“骗你干吗？”秦川搓了搓他的刺头，扬起下巴颏。

“在大门口挡着门干吗呢！”秦川话音没落，就被刚买菜回来的我奶奶给打断了。

“奶奶，秦川也要上灯花了！”我高兴地告诉她好消息。

“啊？不应该啊，你能和我们乔乔考差不多去？”我奶奶挑着眉问。

“嗯，我爸给我交钱念。”

秦川见到我奶奶，气势一下就弱了一半，声音都渐弱了下去。

“还是建军行，会挣也舍得花，乔乔，你看你给咱家省了多少钱。行啦，别聊啦，回家收拾吃饭吧。”我奶奶冲秦川挥了挥手，就转身进了院门。

我朝秦川做了个鬼脸，也跟着她走了进去。那天晚上，我家饭桌上的主要话题就是秦叔叔怎么能挣钱和秦川怎么不争气。我不愿意跟他们一起念叨人家，就自己闷头吃饭。我总觉得虽然我们家一家子知识分子，但总有些小气迂腐，他们总在津津有味地议论着秦叔叔家，可又根本不懂他们，他们翻开了眼前的书，却没有打开改革的门。做了那么多年街坊，其实本质上他们彼此都始终不明白对方。

而我们不同，那个时代赋予他们一层厚障壁，而在这个时代一切都是敞开的。

所以，当开学第一天我看见在胡同口骑着昂贵变速车、拿着不加薄脆的煎饼、不耐烦地等着我的秦川时，我真的特别特别高兴。

02

高中的生活和初中比起来也没什么区别，可能只要是上学的日子都大同小异，所以不管长大后如何狰狞，青春里的我们都是一副可爱模样。

细微的差别无非是课表密了些、功课难了些、老师严厉了些，以至于秦川第一次物理考试，就得了惨绝人寰的 15 分，让他沮丧得难觉不爱。从此只要是我们班先考了单元测试，课间里他准会蹲在我们班门口等着找我要答案。他来去自如，就那么大喇喇地站在那里，敲着班门喊我的名字，而对坐在我隔壁第二排的刘雯雯，他完全熟视无睹，哪怕正巧她从他身边走过，他也不看她一眼，打一声招呼。

我曾克制不住八卦心，去问过秦川，真的就这样和刘雯雯算了？结果被他快翻出眼眶的白眼给吓了回去，就再没敢多嘴。我想对我们来说，孙泰也好，刘雯雯也好，都是做错的一道选择题，扣去分数之后大概也没什么特别的了。但是后来我知道我错了，他们根本不一样，孙泰是夭折的小草，而刘雯雯则分明开出过鲜花。

这朵鲜花上了高中依然那么骄傲，她很快就当上了我们班的文艺委员，被老师宠爱，被同学喜爱。很自然地，又有一拨人聚在了她周围，她的人生大概永远不会缺朋友，缺赞誉，缺光鲜，缺美好。对于我的态度，她也丝毫未变。我们比班里的任何同学都来得陌生，好像之前那三年从未相处过，之后也再不会往来。

秦川上了高中也依然那么桀骜，他们六班是特招班，班里的学生基本都不是靠真本事考上灯花中学的。要么家里有权，家长是某长某代表，要么家里有钱，家长是某总某经理，要么是有才艺、艺术特长或体育特长。反正他们班和我们其他班看起来就不一样，在整个学校里，都是一种特别的存在。而秦川，就是特别中的特别。

开学没几天，秦川就把他们班一个比较嚣张的男生给打了，这次倒不是因为烧茄子，是因为一个遥控航模。那孩子家肯定也是贼有钱的主儿，据说那套遥控航模是舶来品,价格大概相当于我们一年的伙食费。也活该他倒霉，那天他把航模带来给大家显摆，结果手潮没操纵好，飞机直接掉在了最后一排秦川的桌子上，而秦川刚好正趴在那上面睡觉。当时那男生显然对秦川还不了解，他只顾心疼航模，怪秦川脑袋硬磕坏了他的飞机翅膀，嚷嚷着要他赔。他完全没注意被吵醒的秦川有多么强烈的起床气，也没意识到有着那么硬的脑袋的人拳头一定也很硬。于是秦川果断把他打了，那本来就磕破了点漆皮的飞机，也彻底报废成了一团不明形状的废铁。

这场架立刻让秦川在灯花中学扬名立万，他当年在隔壁学校一拳打天下的传说随即传播开来，当然一起被传播的还有那段英雄救美的故事。全年级最酷的男生和全年级最美的女生之间竟然有过这样的前尘往事，这事马上震动了全年级。很多好事的人都跑过来向我打听，秦川和刘雯雯是不是真的好过，是不是还在好着，是不是以后会继续好。

我一概都答不知道。

我不喜欢这样子，因为这让我感觉我自己也没变，上了高中依然那么傻呵呵的，傻到分明是自己的人生，却过得像别人故事里的女二号。

03

1999年春天，灯花中学又接到了新的政治任务，为迎接新中国成立50周年排练组字方队。因为刘雯雯是我们班宣传委员，这么光荣伟大的事想都不用想肯定没我的份儿。这回和上次稍有不同，我学习成绩不错，人缘也没差到初中那样没人搭理的程度，所以还有人提出过异议，问为什么不排谢乔。而刘雯雯很轻描淡写地给出了理由，她说我没排练经验，人数也差不多够了，就不用排了。有人奇怪，基本凡是在灯花中学念初中的都参加过香港回归的庆祝活动，我怎么会没经验。这里的因果只有我和刘雯雯最清楚，要不是她我怎么可能没经验，可是她不会回答，我也懒得去回答了。反正这次有人陪着我，秦川也被排除在了组字方阵之外。

他因为打架的事终于不负众望地得了一个记过处分。那天我们班正上体育课呢，他从教导主任办公室溜溜达达地出来，抬头看见我在做操，他一下龇牙咧嘴地笑了，我使劲冲他使眼色让他靠边站，他却干脆就靠着操场边的水泥台子蹲了下来，托着下巴一直往这边看。

我被他盯得浑身不自在，伸展运动都做成了同手同脚，余光看见秦川笑得直摇晃，我的脸唰一下就红了。而我旁边的女生也看见了秦川，她捅了捅我胳膊，八卦地说："看，秦川来了，他看刘雯雯呢吧。"

"谁知道。"我淡淡地答。

广播音乐已经换到了第四节跳跃运动，我看向站在队伍最前方的刘雯雯，她挺拔的身姿一纵一纵的，格外舒展，就像一只优雅的白鹤。她也许生来就是女一号的命，尽管秦川每天都至少到我们班晃悠两回来找我，但还是没人觉得他会对我有什么特别的，这就是女二号和女一号的区别。

解散之后秦川招手喊我过去，我负气地走到他身边，狠狠拍了他一巴掌，“笑屁笑啊你！害我做错动作！”

“那能怪我笑啊，我还不知道你，从小就小脑不发达，走路都能自己把自己绊摔喽，”秦川指指我们班女生，“瞧瞧人家，都跳得特协调，就你东一下西一下的，扩胸运动做得跟猩猩捶胸似的。”

秦川学我做出夸张的样子，我一拳打在他胸上，酸声酸气，“是有人做得好，人家站第一排领操呢，你也看得够认真的！”

“啧，能不能开玩笑啊，我看谁啊我。”秦川样子很无辜。

“切。”我朝他翻了个白眼。

“你都不安慰我下，我那处分明天就全校通报了。”

“哎呀，我要恭喜你才对啊，你总算愿望达成，在全年级闻名之后，终于全校闻名了呀。”我嘲讽地拍着手。

“是吗？也对哈。”

秦川搓了搓他的刺头，仿佛真的得意起来，我对他的智商一向不抱太大指望，挥了挥手，继续回去上我的体育课。

女生正准备分开几组做排球练习，刚刚跟我八卦秦川和刘雯雯的女生朝我挤挤眼，笑嘻嘻地说：“谢乔，你不会喜欢秦川吧？”

“喜欢他？只有眼瞎的人才会喜欢那个头脑简单四肢发达的暴力狂吧！”我慌忙大惊小怪地叫。

说笑间我转过身，突然看到了刘雯雯。她就站在我身后不远的地方，拿着排球，冷冷地看着我。

那目光让我觉得，又要发生些什么了。

他们排练站队的日子里，我就和秦川、大龙混在一块玩。大龙没有继续读高中，念了职高，居然报的是厨师专业。我想象不出来他这么大的个子颠着炒锅会是什么样，据秦川说他第一次翻饼就把饼甩到了天花板上，没辙，他距离屋顶太近。可是大龙却对自己未来的厨师道路特别自信，他说这是祖传的本事，秦川干脆揭了他老底，大龙爷爷是做火烧的，大龙爸爸是开早点摊摊煎饼的，所以那些每天风雨无阻准点提供的不加薄脆的煎饼，其实都是大龙家出品。我在一旁听他们瞎扯淡，一边吃着煎饼，一边对大龙的前途深深担忧。

那时候我们仨仍然会去 JJ 迪厅或是溜冰场之类的地方，但最经常去的还是秦川家。秦叔叔在广东深圳那边做生意，大半年都不回来。姚阿姨不再做裁缝，在西单和东单分别开了两家精品服装店。而秦奶奶搬过去后，立刻成了他们小区小脚侦缉队的核心人物，四邻八方的老太太迅速团结在她周围，一起织毛活、聊闲篇儿、搓麻、摆摊儿做小买卖，忙得不亦乐乎。秦茜没和秦川一起上灯花中学，去了一间普通高中，她还和以前一样，在学习上开不了窍，她明确表明念好高中也是白费劲，干脆随遇而安了。可能是基因问题，他们家真就没有一个学习好的，都精在别的地方了。这几年我就见过秦茜几面，每见一次就惊艳一次，她越来越美，也越来越神秘。

反正秦川他们家白天基本上没人，又宽敞又舒服，什么东西都是高级的，连秦茜的零食都是不常见的进口巧克力，所以我们能在那撒开了玩。秦川他们打游戏，我就看 Chanel V 听歌，或者看秦茜买的《当代歌坛》还有香港的《YES》杂志。有时我们也一起上网，那时还只能拨号上网，每次连猫，电脑都会发出嗞嗞的怪声。秦川最早去聊天室玩，后来发现里面要么是些挂着明星名字的屌丝，要么是些顶着怪异名字的怪人。那时我们只顾着逗那些明星名字的网友玩，我已经从张信哲时代走出来，正式迷上了谢霆锋，凡是和他有关的名字都要点开聊两句。现在想想，其实真应该和那些怪名的人多聊聊，什么宁财神、何员外、痞子蔡之类的，日后这些人才是网络时代的大拿。

聊天室玩腻了，秦川又玩上了 ICQ，这是最早的一款聊天软件，十几岁的我们对世界充满好奇，和谁都想聊一聊，可是因为 ICQ 是国际化的产品，国内电脑普及度都不高，更何况这款软件，所以那上面以老外为主，而我们仨的英语水平加起来也就 100 字英文作文水平，说完“How are you”“How old are you”，就没词了，根本跟人家聊不了两句。好在没过多久马化腾就拿来主义地制作了汉化的 OICQ 这一伟大的里程碑式的聊天工具，简称 QQ。秦川迅速成为了第一批忠实用户，我的 QQ 号也是他申请的，我们都是珍贵的六位 QQ，以至现在我每次用 QQ 邮箱时都会被叹羡，居然是这么骨灰级的用户。我最早的网名叫 boat，就是小船的意思，大龙叫紫龙，而秦川……叫江湖老大……

我们仨互相加了好友，但是因为通常情况只能用一台电脑，所以也没多大意思，秦川好友栏里人还多一些，其中就有辛原哥，他也算是互联网先驱了，当年我们连拷贝都不知道的时候，他就在鼓捣这个，现在秦川有什么电脑问题都向他请教。辛原哥的网名叫等待精灵，他几乎永远都在线上，但也不怎么和我们聊天，也不知他每天都干些什么，只听他说过辛伟哥就快放出来了。

那年夏天匆匆而过，我们依旧无忧无虑地野蛮生长着，以为所谓青春期不过也就那么回事，而根本想不到荷尔蒙在酝酿着怎样的一次大爆炸。

暑假里我和秦川依旧一起过生日，我兴致勃勃地喊了小船哥，可是他上了奥数班，要学到挺晚的，不能陪我们玩了。但是小船哥那天早上特意绕道来给我送了礼物，他来的时候我还赖在床上没有起，被奶奶摇醒，听说是他到了，我腾地一下从床上滚了下来，连忙套了件白色的连衣裙就从房间里冲了出来。小船哥站在院子中间，帮我理了理蓬起来的鬓发，笑着说："乔乔，生日快乐！"

小船哥赶着上课，没说几句话就走了。他送了我一个八音盒，不是市面上带磁铁石小人可以在钢琴上跳舞的很昂贵的那种，就是简单的一个小木盒子，拧几下弦就响起了德彪西的《月光》。听着那悠扬的曲调，我的整个世界都亮了起来，小船哥就是我的太阳，我的月亮，我人生中的所有光明。

小船哥还给秦川带了礼物，是一本厚厚的球星画册，我随便扒了两口饭，就抱着画册骑车去了秦川家。我从来不走大路，专喜欢钻小巷子和楼空子，比起日渐热闹起来的工体大街，那些秘密路径要清爽许多，路旁有高高的杨树，墙角边挤出小小的野花，整条小路狭长静谧，只有偶尔的蝉鸣和随身听耳机里的浅浅音乐，裙角随着脚踏车飘起，空气中满是夏日的味道，连晃眼的阳光都可爱起来。

到秦川家楼下，我在车棚停车的时候看见了从他们家单元门里走出来的一个女孩的背影，我觉得眼熟，走近些想再去看看时，她却已经不见了。我纳闷着坐电梯上了楼，秦川正在玩《仙剑》，大龙已经到了，在一旁看着。我最爱看他们打《仙剑》，比起游戏我更喜欢故事。到锁妖塔那一段，李逍遥马上就要恢复记忆了，我喜欢灵儿，秦川喜欢月如，我们总是一边玩一边争，李逍遥到底该和哪一个好。

“他终于想起仙灵岛的事了！”看着屏幕上的李逍遥一点点记起了灵儿，我很欣慰。

“想起来有什么好，他还有月如呢！”秦川撇撇嘴。

“那也得有先来后到啊！他可是和灵儿拜了天地的！”

“他还和月如比武招亲呢！”

“那他最喜欢的也是灵儿！”

“你怎么知道，我就觉得他喜欢月如，月如多可爱啊，两个人在一起必须要聊得来，灵儿那么不食人间烟火的，看着就没话说。”

“你懂不懂什么叫从一而终啊，喜欢就是永远都喜欢，没有第一第二，只有唯一。不能变，变了有什么意思！”

“狗屁！这世界上哪儿有不变的东西啊！”

“切，你这个恋爱失败的人才没有发言权！”我白了秦川一眼，他没有反驳我，仿佛专注地打起了游戏。

我百无聊赖地一边吃他的进口零食一边在他的房间里转悠，忽然就看到了他桌子上满满一罐子的纸鹤。秦川身边从来不会有这些精致可爱的小东西，他们家不只是他，秦茜也不喜欢这些，平时女孩子的毛绒玩具啊，洋娃娃啊，都不见她玩。她钟爱金色，每次进她的房间都觉得晃眼。他们家整体喜欢简单粗暴的美学，似乎就欣赏不来所有精细美妙的事物。我不记得上次来见过这罐子纸鹤，正想拿起来仔细瞧瞧，秦川就一把夺了过去。

“瞎翻什么呢！”秦川把罐子随手扔到了抽屉里。

“那什么呀？”

“没什么，小玩意。哎，你看不看啊，马上过关了你们家灵儿就出来了啊！”

“看！”

我跑过去继续坐在他身旁，从锁妖塔出来的灵儿更漂亮了，看着她的样子，不知怎么的，我就想到了刚刚进门时看到的那个窈窕背影。我突然明白了为什么会感觉眼熟了，那挺得笔直的脊背、那细长的脖子、那英朗骄傲的样子，那分明就是刘雯雯。而那罐子纸鹤，是生日礼物。

我不知道秦川与刘雯雯之间又发生了什么，但我知道，他们不是游戏，存在过的记忆不会凭空消失。也许真的不会一直喜欢，但是喜欢过就是喜欢过，未来会改变，而过去不会。

那之后，秦川和刘雯雯之间仍然没有往来。我偷偷地观察过他们，尤其到了圣诞节这样的盛大节日，全校都贺卡纷飞的时候，我着实仔细察言观色了一番。每天我都假装若无其事地把秦川收到的贺卡翻一遍，美其名曰看看有没有漂亮的卡片，其实是想找找有没有刘雯雯送的贺卡。但大多都是没有眼光对他盲目崇拜的女孩子们和一些傻乎乎的男生送来的，一直都没有刘雯雯的痕迹。

圣诞那天我照常和秦川一起来了学校，临进班的时候，还有两个初中的小孩来给他送贺卡，他一副得意扬扬的样子，显摆比我人缘好，我懒得理他，径直走进了我们班。刘雯雯已经来了，她也在笑盈盈地收着贺卡，我坐到座位上，刚要把书包放在课桌里，就一下子愣住了。

我从位斗里摸出了一个信封。

我吓得一身汗都出来了。初三那年的圣诞节我可是记忆犹新，以至于我对这个铃儿响叮当的欢喜日子始终心有余悸。收到这么一张神秘的贺卡，我的第一反应就是要有不好的事发生了。我又瞄了眼刘雯雯，她依然神态自若。可她越坦然，我就越紧张。她的大招我可见识过，那可是一击毙命，杀人于无形。

一直挨过早自习，我才颤巍巍地打开了那张贺卡，那上面没有写寄信人的名字，只是写了一段给我的话。

谢乔，天气预报说圣诞节会下雪，你要记得多穿点，戴上帽子和围脖。谢乔，你知道吗，你就是我的天气预报，见到你的笑容，就是晴天，你不开心就是阴天，你掉眼泪就是雨天，看不见你我就觉得这一天都在下雪。谢乔，我喜欢你。今天放学，能到王府井教堂那里见面吗？我想在下雪的日子，也见到你的笑容。六点半，不见不散。

我合上贺卡，久久缓不过神来。

我想，我大概是收到情书了。

虽然我一直都在喜欢着小船哥，但是我却从来没有被人喜欢过。连秦川这样的臭屁大混混都被刘雯雯和许多不明真相的花痴女生喜欢过，可我却没有。混乱的初中生活把我推到了和这种美妙感情对立的另一面，我都没想到过，其实我也可能被哪个男孩喜欢的。

我托住脸颊，因为紧张和羞涩，手心传来暖融融的温度。窗外如天气预报说的那样飘起了雪花，而我不知到底该不该去赴约，去见见一个这么珍视我的男孩。

中午吃饭的时候，秦川又跑来向我炫耀他今天一上午的战利品，他以为我看他的贺卡只是因为羡慕，我随便翻了翻，见还是没有刘雯雯的影子，就漫不经心地还给了他。

“这张还写着就喜欢看我踢球呢！你看你看，还画了桃心！”秦川扯出一张贺卡在我面前晃悠。

“切，这有什么的。”因为有了早上的贺卡，我有了底气，才不屑于他这种小儿科的贺卡。

“你可收不到这样的吧。”秦川得意扬扬地说。

我神秘地笑了笑，“那你收过情书么？”

“什么情书？”秦川茫然地看着我。

“一看你就没有，谁会给你这种人写情书啊，要故意写成错别字你才能看懂吧！”

“滚！就跟有人给你写似的！”

“当然有了！”

我骄傲地掏出那张贺卡，在秦川面前一扫而过，而他手快，竟然一下子就抢到了手里。

“哎！你还我！”

“我看看！”

我慌了神，可秦川凭着个子高，举得高高的，根本不管我的竭力反对，径自读完了那张贺卡。

“讨厌！”

“谁呀这是？”秦川皱着眉问。

“我哪儿知道！”

“你去么？”

“我还没想好呢。”

“估计是谁无聊，逗你玩呢吧！”

“谁会拿这种事开玩笑！”我气冲冲地说，“懒得理你，我回班了！”

“哎！那你到底去不去！”秦川追着我一路到我们班门口。

“不知道！”

我头也不回地走到了座位上，不知为什么，秦川的话一下子让我不自信起来，我突然觉得，肯定是谁要看我的笑话，才会做这种事。不然为什么平时一点喜欢我的痕迹都没有，而我又不像刘雯雯那样引人注目，凭什么被人家喜欢呢。

最终，圣诞节的那个下午，我没去约定的教堂。而秦川也对贺卡一下失去了兴趣，他再也不显摆那些花花绿绿的卡片，一股脑都扔进了垃圾箱。

那之后，写贺卡的神秘人就真的消失了，他似乎再也不需要那片叫作谢乔的阳光。我虽然有点失落，但想想也就算了，反倒是秦川莫名其妙地在意起来，看我们班男生的眼神都特别凌厉，总觉得不是这个就是那个打起了我的主意。我们班男生被他一副阴沉的样子吓得如同惊弓之鸟，以为是做了什么得罪他的事，生怕被他揪住揍一顿，见到他都低着头绕道走。

那年是跨世纪千禧年，秦叔叔在北京的生意伙伴送给他们家好几张新年晚宴的招待券，秦川偷拿出来了三张，带着我和大龙在 12 月 31 日那天一起去了希尔顿酒店。那是我第一次去这么豪华的酒店，我和大龙两个从进门就开始东张西望，按秦川的话说下巴都快掉下来了。那天我隐隐约约地感觉到，虽然都在北京，但是有很多人在过着我想象不到的生活。他们身着华服，觥筹交错，高谈阔论，他们仿佛身处云端，俯视着这一座城。穿着宽大毛衣和牛仔裤的我，和他们之间隔着一道金灿灿的门槛，而秦川已经很轻巧地迈了过去，他回转身，一把拉住惶恐的我，把我带入了又一个新世界。

希尔顿新年晚宴的自助大餐令人瞠目结舌，我和大龙拿了无数盘子的菜，吃到快吐了都舍不得收手。大龙虽然念的是厨师专业的职高，但是很多食材他碰都没碰过，临走的时候，他偷偷摸摸地包了几块糕点揣在怀里，说是要回家研究一下，被秦川骂了一路没起子。

那天回家很晚了，我们在路上打着嗝，喝着风，拼命骑着自行车。2000 年一分一秒地迫近，仿佛所有未来都近在眼前。

“12 点前能不能到家啊！要是赶不回去，我会被我奶奶杀了的！”我焦急地催促他们。

“还有 10 分钟！”大龙看看表。

“还有 5 分钟！”秦川为我倒计时。

“还有 1 分钟！完了完了！”我紧张又兴奋。

“别想了！跨世纪吧！”秦川冲到了最前面，高高举起了手指。

我们欢快地奔向了 2000 年，那时有个传说，能够一起跨越千年的人就能永远在一起。很久之后我们都忘了这件事，庞大的时间容器像个漏斗，它偷走了我们仨整整一秒，美妙却不永恒的一秒。

明天很快来临，可惜却不美好。

2000 年的第一天，辛伟哥刑满释放。

2000年的第一天，辛原哥在家中自杀。

08

第一个感觉辛原哥出事的是秦川，他回家打游戏，电脑突然出了问题，游戏存不上盘。他急忙登录QQ，想找辛原哥帮忙，却发现往常永远在线的“等待精灵”不见了，秦川纳闷地在好友栏里一一搜索，才凭借记忆里的头像找到了他。辛原哥换了名字，叫作“我死后的第一个清晨”。这名字让秦川莫名觉得冷，那天太晚了，他就没给辛原哥打电话。他说他一宿都没睡踏实，梦见了我们的院子，梦见了永远关着的辛原哥的家门，梦见辛原哥站在屋顶上，拿着竹竿不停摇晃，竹竿上挂着猩红的布，很多鸽子从他身边呼啸而过。

天一亮秦川就拨通了辛原哥家的电话，没人接。后来我们知道，那时候辛原哥已经不在人世了，他家里人一早就去接辛伟哥出狱，辛原哥早就说了不过去，他一向沉郁笃定，家人也没勉强他。早上出门时，他屋门关着，错过了被早发现的机会。辛原哥吃了大半瓶安眠药，沉沉睡去，再也无法醒来。

第一个发现辛原哥出事的是辛伟哥，他去推开了辛原哥的房门。时隔17年，他们兄弟两个再次见面，一个从地狱回到人间，一个从人间去了天堂。

辛原哥留了一封遗书，他是这么写的：

这是我死后的第一个清晨。

哥，你回来了。

如果我活着，我不知该怎么跟你说话。问你这17年过得还好吗？去拥抱你？哭泣？

我无法设想，于是选择沉默，永远沉默。

哥，我从来没去看过你，但是我从来没有离开你。小时候我给你写信，绑在信鸽的腿上，假装你能收到。后来我不写了，语言其实是最不准确的表达工具。有些事根本不用说，只要做就行了。

哥，这些年我挺好的。

我念了很多书，考试永远都是第一。什么有用我就学什么，因为我想把这些都交给你。你在里面待了17年,这世界离你太远了，而我想让你真的回来。不是肉体自由,是心灵、生活、命运全部自由。

哥，书桌第二个抽屉里的磁盘是我开发的游戏程序，你拿到中关村，一定能卖个好价钱。

然后就真正开始你的人生吧，你要记得，所有这些都属于你。

哥，爸，妈，对不起。

在辛原哥追悼会的外面，我和秦川并排坐着看完了他留下的最后字迹。我哭了，我第一次对生与死感到茫然，第一次困惑人的命运，第一次看到庄严之外的轻率。当法律判了辛伟哥监禁时，却判了辛原哥死刑。在那个高高围墙里被囚禁的，一直是两个人。

我靠在秦川的肩膀上呜咽："你说辛原哥为什么这么做？"

"从那天开始，辛原哥就在替辛伟哥过着人生吧。"秦川望着远空说。

辛伟哥走出来，招呼我们去跟辛原哥做最后的告别。秦川拦住了我，他说我从小身子弱，不适宜见亡人。我独自站在外面，看着辛伟哥有些佝偻的背影慢慢离去。其实这时他已经改了名字，叫辛原伟。多年之后他创建的原伟公司成了互联网时代的旗帜，但没人知道公司名字的背后，有着怎样的原委。

不管怎么样，我想，在他以后的生命里，也会一直活着两个人吧。

小船哥也来了，追悼会结束之后，他走到我身边，把我的头按在他宽阔的肩膀上，轻轻揉了揉。

与每次见面都分外英朗的模样不同，那天的小船哥有些憔悴。之前我就听说李阿姨病了，好像是慢性的肾病，要持续治疗，看不好的话就会转为尿毒症。而今天来又听见何叔叔在和我爸聊天，问能不能在学校里给他找份营生，食堂、保安、宿管、看大门的，什么都行。他们工厂转制，何叔叔下了岗，家里少了固定的工资，多了病人，还供着要考大学的学生，压力太大了。

“小船哥，你别着急，李阿姨会好起来的。”我轻声劝慰他。

“嗯，谢谢乔乔。”

“小船哥，你别谢我，你看你一‘谢谢乔乔’，我就变成两个啦。”我故意逗他开心。

小船哥笑了，这是我今天第一次看到他笑。

“不过乔乔，这段时间我可能都不能给你写信了。我爸包了个卖报车，我平时有空就去替替他，还要照顾我妈，复习功课准备高考。乔乔，我的时间不够用了。”小船哥满是歉意地说。

我连忙使劲摇头，我终于知道他为什么看上去憔悴了，他每天都要做这么多事情，我怎么还能让他更辛苦呢。

“小船哥，不要写不要写了，你要好好帮叔叔，好好照顾阿姨，好好学习功课。小船哥，会好起来的！”

“当然了，乔乔，一切都会越来越好的。”

小船哥露出了大大的笑容，一直阴着的天透过了一缕阳光，照在他清俊的脸上，温和又明亮。很久之后我想我为什么会那么迷恋小船哥，后来我懂了，不是因为光照亮了他，而是因为他就是光，不管在什么地方，经历了什么样的事，他总是那么执着地温暖着我。

北京办完白事兴一起吃顿饭，老街坊们多年没聚齐过，这次都来竟是送别一个孩子，让大家唏嘘不已。秦叔叔仍然在广州深圳忙生意，赶不及回来，姚阿姨说他买卖做得更大了，半年不着家是常事。秦叔叔最近合作了个外资企业，原先土土的组合柜也变成了欧美整体家装家具。我妈忙去打听，我爸学校新分的那套房子下来了，正要装修呢。辛原哥他妈从小就喜欢秦茜，见她出落得愈加明艳，又欣喜又心酸，想起他们家辛伟和辛原，默默掉下了眼泪，秦奶奶和我奶奶左右坐在两边劝她。辛伟哥和秦茜挨着，两人都闷头吃饭，谁也不多说一句。辛伟哥身上笼着一层浓浓的哀伤，而秦茜身上却是神秘的动人。她依然对我好，不时夹我喜欢的水晶虾仁给我，也依然对秦川严厉，看他大大咧咧的就一筷子扔过去。我问她平时都做些什么，我那么常去秦川家都不怎么能见到她，可她只笑了笑，不回答我小女孩的好奇。我爸爸答应一定帮何叔叔谋个差使，何叔叔临走前紧紧握住我爸的手，千恩万谢。

当初身处一个小院里的人正融入一个恢弘的时代里，随着时间沉沉浮浮，过去的那些你好我好的日子就像一场暖梦，年代如同洪流，它将人们毫不留情地冲散，而我们只是奋力纵身向前，有人飘向远方，有人落在别处。

吃完饭出来，小船哥答应我，等他 7 月高考完，收到了录取通知书，就第一个来找我，他跟我道了别，和何叔叔一起坐车走了。秦川也跟姚阿姨、秦茜一起走了，临走前他在我耳边说，咱们要好好的，我使劲点了点头。

晌午的北京恹恹的，这座城大概从来不会在意少了谁。人们以为自己占据了北京，而对北京来说，他们不过是经过的人。

晃晃悠悠地，高中就过去了一半，春天再次降临，万物重新生长。高二的我长到 166，从此定格在这里，再未长高一分。高二的秦川长到 188，因为总是磕磕碰碰，他不得不改了扬着头的习惯。

秦川依然对足球狂热，2000 年欧洲杯如火如荼地进行预选赛的时候，他参加了校足球队。我们灯花中学的足球队名气很大，据说解放前就在男子高中里赫赫有名，与八一中学的足球队并称京城双雄，曾经还夺得过全国冠军。本来像秦川这样吊车尾的惹祸精是基本不会被校队看上的，但是他身体条件太好了，按他们教练的话说，完全是个妖怪，跑不死又特别能冲能撞，是难得的大中锋，因此破格把他招入了队里，他为此得意很久，着实认真踢了几个月球。

他们每天放学后都要训练，我就拿着秦川的校服，让大龙套上，从校门口偷偷把他接进来。大龙总带好吃的给我，他的厨师专业主攻西餐，常常把课上练习烤的西点揣回来，味道甩我们小卖部卖的饼干、汉堡几条街。我们就一边吃着点心一边等秦川，偶尔秦川也会趁着大家不注意，从操场上溜下来，猛地啃一口我手里的点心再跑回去，他每次都咬一大口，只给我剩一小半，气得我不行。

下半年有全国大赛，所有足球队依照比赛规格都要选拔一个女生足球领队。这事一下子在学校里炸开了锅，校篮球队和校足球队都是全校女生关注的焦点，每天早上篮球队训练，下午足球队训练，满操场都是围观的花痴小女生。那时正风靡《灌篮高手》《足球小将》《网球王子》《棒球英豪》，所有沾边的运动都带着浓浓的日本漫画气息，大家都希望能有一段热血的青春经历，能和流川枫、大空翼、龙马、上杉达也那样的男孩谈一场刻骨铭心的恋爱。想想像《灌篮高手》的彩子做那么帅酷的领队，可以和球队一起出去打比赛，所有女生都沸腾了。报名表像雪片一样堆满了足球教练室，据说远远超出了同期的学生会干部竞选。虽然早就和足球队混熟了，但我还是凑热闹地填了一张，让秦川帮我交了上去。我自己乐呵呵地没太当回事，等过了一礼拜候选名单出来时我才傻了眼，一共 7 个候选人，我的名字赫然在列，而排在我旁边的，是刘雯雯。

那天等秦川训练时我没精打采的，他抢了我最爱吃的布朗尼蛋糕我都没跟他生气，训练后他纳闷地凑过来问："怎么啦，这么不高兴？把布朗尼吐出来还你？"

"恶心！"我推开他，"还不是选领队的事，你还不如不给我交报名表呢，你看看，除了我剩下那六个人都是全校知名的女生，到时候投票我要是零票落选多丢人啊！"

"你也知道自己人缘差啊！"

"滚！"我踹了他一脚，忧心忡忡地说，"你想想办法，怎么给我抹下去吧。"

"你也太不成器了，这还没怎么着呢就打退堂鼓，你不想和我一起去踢比赛啊？万一你瞎猫碰见死耗子真就选上了呢。"秦川倒是信心满满。

我当然想和他一起去踢比赛，想想能和他一块坐大巴到其他学校去，帮他们管理队服，登记比赛记录，当所有女生围观的时候，能够和他们一起昂首挺胸地走向球员坐席，我就心潮澎湃。可是再一想到刘雯雯那张骄傲的脸，我的澎湃就被冷水泼了回来。

"好了好了！别愁眉苦脸的了，这不还有我吗？放心吧！"秦川拍着胸脯保证，我阿Q地想，也好，反正当不当成足球领队，都不妨碍我们是最好的朋友，这点可和刘雯雯不一样。

投票竞选那天中午，学校足球教练室热闹得不得了。

作为候选人之一的我躲在教室里根本不敢去看，生怕自己的选票低得吓人，最后还是被秦川拉了过去。

他一早就守在了门口，凡是有过来投票的，他就跟人家说："选谢乔吧！谢乔不错！你不认识？就她啊！她高二（2）的，人挺好的，投她一票吧！对对，画钩就行，谢谢啊！"

站在秦川旁边，我羞得恨不得把头塞到校服里去。我觉得自己就像超市临近保质期被特卖的馒头包子，又廉价又可怜，可是抬头看看旁边奋力吆喝的"售货员"，又不忍心辜负他的美意，想着无论如何也要配合着把自己卖出去。

他们足球队的队友很给力，几乎都投票给了我，每个人投票出来，都分别和秦川还有我击掌庆贺。慢慢地，我也适应了被围观，背挺了起来，秦川捅了捅我，小声说："挺像领队嘛！"

我得意地笑了笑："那是！"

可我的嘴角还没收回来，那笑容就枯萎了下去。

刘雯雯来了。

比起不知名的我，她可是人尽皆知的风云人物。我眼看着周围已经有同学议论了起来，还有人不时地瞟向秦川。他们的事大家都知道，这么热门的一对即将面对面，周围的气氛都一下子不一样了。刚刚还有点气势的我，瞬时悄无声息。

刘雯雯擦着秦川的肩膀走了过去，两个人谁也没看谁一眼。她把填好的表格交给了足球队队长，队长是她的拥趸，我听见他小声说：“我选了你。”刘雯雯微微一笑表示感谢，随即就走了出去。她经过秦川的时候，秦川突然又大着嗓门喊起来：“来来，投谢乔一票啊！谢谢，谢谢！”也许是我的错觉，我觉得那一刻，刘雯雯的脚步停滞了一下。

投票结果第二天公布了出来，情理之中，刘雯雯高票当选足球队领队。而意料之外，没什么人认得的我居然总票数第二，虽然还是输了刘雯雯几十票，但是我也很满足了。相比较起来，似乎秦川比我更遗憾更沮丧。

我拍着他的肩膀取笑他：“也不错嘛，以后都可以和前女友一起同进同出了，没准哪场比赛你进了球，来个热烈的拥抱，你们俩就破镜重圆了呢！”

“谢乔你有没有点良心呀！”秦川气急败坏地敲我脑袋。

我们嬉笑的时候，刘雯雯抱着一摞表格从我们身边走了过去。她就像想起了什么似的，突然停住脚步，回身递给了秦川一张，“参赛表，队长让我发给大家，填好再给我。”

“直接给队长不行么？”秦川皱起眉。

“我是领队，必须给我，”刘雯雯毫不示弱地把表格塞在他手里，“你要是不来找我，我就去你们班找你。”

秦川不耐烦地拿起表格，扬扬手走回了班里。而刘雯雯也立刻扭头走向了另一边的我们班。我愣愣地站在他们中间，就好像两个长句中间的一个逗号。

足球队进入了比赛状态，我也进入了流动啦啦队状态。

与刘雯雯这样的足球领队不同，她可以每次跟着球队面包车一起到别的学校参赛，而我们这些围观群众只能腿儿着。大龙和我一到周末就跟着校队奔波在北京城的各个中学里。我们俩还做了一个纸牌子，我照着《足球小将》里大空翼的样子画了幅漫画，上面写着“秦川，永远 NO.1”，每次比赛，我们都会占一个好位置，把纸牌举起来，而秦川只要进了球就会冲向我们。在我看来，他张开双臂奔跑的样子，真的金光闪闪、熠熠生辉。

而在秦川他们交错奔袭的身影中，我偶尔也会看到刘雯雯的目光。她就那么淡淡地看我一眼，然后就转向别处。

刘雯雯在足球队里很受欢迎，队长大概在追她，什么都听她安排，而她倒也井井有条，悉心周到。之前他们一帮男孩子在一起，不是少了件队服，就是拿错了球鞋，她来了之后会统一替他们管理。我看她把每个人的毛巾都用红线绣了名字，秦川那条我拿过来看过，上面是个娟秀的“川”，让我想起当年一起去北京游乐园时，她为他做的那个便当。

秦川慢慢地也会接过刘雯雯递来的毛巾，每每这个时候，我会在刘雯雯脸上看到分外美丽的微笑。

我想，她可能还是喜欢他的。

灯花足球队过关斩将，经历了小组赛和淘汰赛顺利进入了半决赛。那场的对手是二中，踢得特别激烈。二中开场 3 分钟就长传进了球，10 分钟后灯花扳平了比分。中场休息之前灯花又进一球取得领先，可在下半场就很快被二中扳平了。随后双方攻防转换都特别激烈，我和大龙站在场边嗓子都快喊哑了，直到快终场的时候，秦川才一路奔袭甩开后卫单独闯入禁区，晃开守门员，小角度射门绝杀了对手。

半决赛和决赛的比赛场地都是先农坛体育场，不像平时在操场上他可以轻易跑向我们。我眼睁睁地看着秦川像英雄一样被簇拥进了球员通道。我也顾不上赛场边的围栏，让大龙托着我直接从看台上翻了下去，一路冲向了球员休息室。

秦川他们正在里面庆祝，大家都喜盈盈的，刘雯雯穿梭其中，很自然地把水递到秦川手里，秦川也很自然地接过来，想拧开的时候，发现瓶盖已经松了。他怔怔地看了眼矿泉水瓶，又看了看刘雯雯，然后就看到了站在门口的我。

刘雯雯也转过了头，她脸上还留着刚刚与秦川对视时的笑容，而在看到我的时候，那个笑容一下子就消失了。

“乔乔！看见了么！牛逼么！”秦川站起来，得意地走到我身边。

“切！不就跑得远了点，球进得快了点么。”我假装不以为然，捅了捅大龙，“就剩守门员一个了，大龙也能进啊！”

“我不行，我不行。”大龙憨憨地笑着。

“你随便找个人换换试试！看这么多年球你到底懂不懂啊！你知道就剩守门员一个多不容易吗！要没有牛逼的意识、牛逼的速度、牛逼的技术，能有最后那个牛逼的进球吗！”秦川瞪着眼。

“那也没什么了不起的。”

我故意逗他，秦川一下扭住我的手，我甩不开，笑着叫起来：“好好好，你最厉害还不行。”

“好了老大，你别扭坏了乔乔。”大龙忙帮着我说。

“服不服？”秦川弯下腰，笑眯眯地凑到我脸前。

我抬眼看着他，他距离我那样地近，近到好像我凑前一步就能碰到他的嘴唇。

长大之后我们还没这么近地看过对方，秦川也怔住了，我一下子红了脸，忙假装大大咧咧地抽回手：“服了服了！”

在我们这一秒的慌神里，刘雯雯走到了我们身边，她俊俏的脸上仿佛挂了一层冰霜，“这里是球员休息室，无关人员出去吧。”

“哦，我们、我们……”我被她说得不好意思起来，转头跟秦川说，“那我们在大门口等你。”

“别，你们要不能在这儿待，我就也不在这儿待了。”秦川伸手拦住了我们。

“秦川，你什么意思！”刘雯雯的声音有些颤抖。

“没什么意思。”

秦川拥着我和大龙走向大门。

“算了，我们先走，不差这一会儿。”这尴尬的气氛让我有些难受，我拉住了秦川。

“秦川，别耍脾气！你进了制胜球，但是也不能违反队规。”队长走过来站在刘雯雯身边。

“足球队有足球队的纪律，秦川，总结会还没开呢，你要是现在就走，决赛你也不用踢了。”刘雯雯冷冷地说。

“那就不踢了呗。”

秦川转身拿了衣服，径直走出了大门。

“乔乔、大龙，快点，晚了麻辣烫馆子该关门了！”

“那……我们……”我正要跟上他的脚步，身边一个身影却先我一步追了出去。

那是刘雯雯。

刘雯雯在球员通道里拉住了秦川。

“秦川，你打算永远跟我对着干吗？”刘雯雯眼角噙着泪。

“我没那么想。”秦川烦躁地搓了搓头发。

“那你打算永远对我这么冷漠吗？”

“都是同学，谈不上冷漠热情的。”

“对你来说我现在只是个同学么？”刘雯雯怔怔看着他。

“不然呢。”

秦川继续往前走，刘雯雯死死抓住他。

球场上的阳光从狭窄的球员通道照了进来，两个人就像黑色的剪影，我清楚看到刘雯雯垂下了头，然后一颗闪烁着的光亮从她脸颊上落了下来。

她哭了。

“我不喜欢足球，讨厌汗臭味，我喜欢周末在家里听音乐、看电影、吃点心，而不是站在操场旁吃尘土。可是我还是来做了足球队领队，尽管你支持的人不是我，我还是拼命赢了竞选。你知道为什么吗？”刘雯雯顿了顿，吸着鼻子说，“因为我还喜欢你呀。”

刘雯雯捂着脸，慢慢抽泣起来。她平时一直高昂着的头，就那么无助地垂着。她平时那张高傲漂亮的脸庞，就那么布满了委屈的眼泪。她平时那么在意的面子，就那么在我面前跌落。所有一切在她面对秦川时，仿佛都不重要了。

我看着她，格外心酸。

因为我知道，这就是真正的喜欢啊。

而秦川似乎没感受到那么多，他静静地看着刘雯雯，轻轻拍了拍她肩膀：“雯雯，对不起。我已经不喜欢你了。”

刘雯雯就像被击中一样狠狠抖了一下，如果她也有结界，我想这时可能已经彻底碎掉了。我从来没见过她那么绝望与悲愤的表情，她的脸都灰了，就像一朵娇艳的昙花，一现的美丽之后便瞬时枯萎了下去。

“为什么？就因为她吗？”刘雯雯指向我，“就因为那天我独自跑开了？我怎么知道她会骨折！你想没想过如果我留下来李强会对我做些什么？可能会发生多可怕的事？你只为她鸣不平，你想过我的立场吗？”

“如果那天是谢乔遇见这样的事，你会冲过去吗？”秦川看着她的眼睛。

刘雯雯微微顿了一下：“这对我们重要吗？”

“重要。因为她是我最重要的朋友。”秦川一字一句地说。

傍晚的夕阳缓缓落下，余晖将黑暗的通道染红，晚霞的颜色在那一瞬间让秦川明亮了起来。然后明亮的他就转向了我，呼唤我的名字：“乔乔，我们走吧。”

“嗯！”

我跑向了他，跑向了我最重要的朋友。

究竟什么是重要？语文课上的解释是有重大影响和后果，具有重大的意义，是个形容词，近义词是主要、首要。可我觉得并不准确，重要不一定是有那么严密的逻辑和前因后果，在我看来，人生那么长，总该有几个时刻美好得令人难忘。经年之后还能令你确定，不管重来多少遍都不愿意错失的，甚至抹去后就不能称之为你的人生的，才是重要。

“秦川，你们真的只是朋友吗？你喜欢她吗？”

当我站到秦川身边时，刘雯雯这么问。

秦川没回答这个问题，他只是径自拉着我和大龙走出了球场。到大门口时我默默抽回了自己的手，我们三个人都有些沉默，刘雯雯的问题分明还在我们之间萦绕着。

“喂，你不会真以为我喜欢你吧？”秦川先开了口，满是戏谑。

“老大，你真的？”大龙吃惊地说。

“拜托，就算全世界男的都死绝了我也不要你喜欢我好不好，被这么一个头脑简单的暴力狂喜欢得多么悲惨啊！算我求你，你千万别喜欢我！”我马上牙尖齿利地反击，每次慌张，我都为了掩饰而表达得格外流利，一串话说出来把秦川脸都气歪了。

“乔乔，你别这么说老大……”大龙无奈地劝架。

“放心，我就是和刘雯雯破镜重圆一万次，也不会喜欢像你这样没魅力的人！”

“那可太好了！谢谢你！”

我使劲哼了一声，大跨步走在了最前面。不知为什么，我真的有点生气起来。

我想这一定是因为他说我没魅力，而不是因为他斩钉截铁地说他不喜欢我。

一定是。

那天之后，刘雯雯就再没有在足球场出现过。

她辞去了足球队领队的职务，为此教练和队长把秦川臭骂了一顿。比赛后他们在球员休息室的争执大家都知道，只是在球员通道里的场景，只有我和大龙看到了。

按照当初的竞选顺位，我临时顶替做了新的足球领队，虽然全部比赛只剩下决赛，我也被他们调侃说成“一场领队”，但是能和秦川他们并肩走入赛场，哪怕只有一次，我也是心满意足的。

看惯了平日高傲强势的刘雯雯，那天脆弱的她反倒让我心疼。想想我们之间的恩怨，我丧失了美好的初中生活，而她丧失了她的初恋，也算最终打了个平手吧。周末大扫除，我和她分在了一组，她仍然一句话不跟我说，甚至都不看我一眼。最后她把扫帚递给我，我轻声跟她说了谢谢，她有些吃惊，终于抬起了头。

“刘雯雯，我们可能一辈子都做不了朋友，但是也没必要一辈子做敌人。”我认真地说。

她轻轻扯了下嘴角，似乎很是不屑，我耐着性子继续说：“所以，你没必要为了讨厌我而一定去喜欢秦川。看你那天那么难受,我也不好过……我……”

刘雯雯慢慢瞪大了眼睛，随后笑起来，“谢乔，你在跟我说什么呀，你是在同情我吗？放心，我刘雯雯永远轮不到你来同情。”

“好吧，算我什么都没说过。”我翻翻白眼，再次暗骂自己蠢。刘雯雯是什么样的人我应该最清楚，在她身上明亏暗亏我吃了不知多少，真是自讨没趣够了。

我把扫帚放在了墙角，背起书包准备走出教室，刘雯雯突然拉住了我，她贴近我的耳朵说：“谢乔，秦川说得好听也没用，因为再重要也只是朋友，走着瞧。”

刘雯雯甩开我，抢先一步走了出去。而我愣愣地站在原地许久没动，我特别怕刘雯雯跟我说走着瞧，因为她每次这么说，我都会遇见顶顶不好的事。

“一场领队”在决赛时好歹撑住了门面。那天和八一中学的终极对决成了这群足球少年永远的英雄记忆。激烈的拼抢、精彩的进球、欢呼和呐喊、笑容和泪水，拼成了一场最棒的比赛。我很庆幸自己这个时候和他们一起，停留在永恒的记忆里。

灯花中学捧起了冠军奖杯，合影时秦川把我拉进了队伍，我坐在他们中间，露出了灿烂的笑容。

大家提议要去哪里庆祝，秦川说干脆周末请全队一起去 JJ 迪厅，他的慷慨大方让大家欢呼起来。喧嚣声中，秦川抱着奖杯跟我说：“听说得了冠军的球员，高考可以被推荐大学呢。”

“那太好了呀！靠你自己考，大概要复读十年才能上个联大吧！”我时时开启着挤对他的模式。

秦川一巴掌呼在我头上，我捂着头没好气地问："你想被推荐到哪里啊？"

"我想……"秦川看着怀里的奖杯，"没准咱们还能上同一所大学呢。"

我愣了愣，旋即笑开了花，我想那时我的微笑一定比大合影时的要好看，因为我是打心眼里在欢喜，没有比这个更欢喜的了。

我想一直跟秦川在一起，永远做彼此最重要的朋友。管刘雯雯怎么说呢，朋友就朋友呗，不是也很好吗。

时间如果有暂停键，我想一定会有很多人会选择在某一时刻停下它，哪怕没有后来，就停在这儿就好了。

因为没有后来，就没有落空的愿念。

踢完决赛没过多久就放了暑假，高三即将来临，这是我们可以撒开了玩的最后一个夏天了。

放假那天，秦川如约邀请全队队友和大龙一起去了 JJ 迪厅。一路上我们十几个人一起骑着自行车，时不时有谁就拽着车前把蹿起来耍个帅，最高的能够到路旁小圆槐的树叶。这样一群蓬勃帅气的足球少年走在路上格外地引人注目，而我作为里面唯一一个女孩子，既开心又骄傲。在我以前那么长的人生里，从来没被这么瞩目过，我一直隐藏的小小虚荣心在那天尽情地爆发开来，虽然只做了一场领队，但我觉得这大概是我最幸福的决定，那时的我完全不会想到，之后我竟然会那样地后悔。

2000 年的 JJ 已经衰落下去，大家似乎找到了更好的娱乐，KTV、保龄球馆、台球厅、网吧多了起来，学校周围的小街都能轻易找到几间。这世界已经渐渐变大，而 JJ 迪厅里迈克的舞曲和幽暗的灯不再让我们觉得特别好奇。不过人多的话还是可以去那里玩一玩，至少 JJ 还能偷卖给我们啤酒。

我依然不是劲舞高手，秦川他们一股脑地扎进舞池里，说实话，除了常来这里玩的秦川和大龙，其他人基本上在群魔乱舞。我在一旁拿着可乐看得哈哈大笑，大龙跑下来陪着我，他偷偷从包里翻出了一块拿破仑饼给我，凑到我耳边，“快吃了，今天就做成功一块，被老大看到又要抢走了！”

“谢谢大龙！”

我接过拿破仑饼，欢快地背身躲到了角落里，我平时嗜甜，奶油又是甜食中我的最爱。大龙的西点越做越好，拿破仑饼外皮酥酥的，奶油又细腻绵软，入口即化，我吃了一脸点心渣，抹抹嘴说：“大龙，我看你绝对可以当大厨了，这水平绝对新侨三宝乐级别啊！不不不，老莫级的！”

对我谄媚式的夸赞，往常大龙总会不好意思地说没有没有，可我等了一会儿，却没听到他的回应。我纳闷地回过头，却看见他沉沉地凝着脸走向了舞池。我再向舞池望去，那里已经乱成了一片。

领头的就是秦川，而站在他对面的，居然是李强。

周围无关的人大概感觉出了气氛不对，纷纷跳下了舞池，足球队的人都站在了秦川身后，大龙纵身跃了上去，与秦川并排站在一起。而李强身后站了更多的人，刚才迪厅里挤成一团的那些跳舞的、玩的、喝酒的都向他走了过去，人越来越多，秦川他们慢慢被合围在了中间，李强脸上露出了狡黠的笑。

“川子，好久不见啊。”李强阴阳怪气地说。

“是啊，为了和我见这一面，你费了不少心呀。”秦川环视了一周，他语气淡淡的，听不出慌张和生气。可看看围着他的那群人，显然他已处于劣势。

“因为你牛逼呀！不过我今天倒是要看看，你能牛逼成什么样！”李强的脸终于沉了下来。

足球队的人也打过架，但从没见过这样大的阵仗和这么嚣张的彻头彻尾的流氓，都有些吓蔫了。还是队长大着胆子往前凑了一步：“你……你们到底是什么人？”

“你他妈是什么人啊！”李强身边的人痞里痞气地走过来，一把推搡开了队长。

秦川猛地攥住李强的手：“有什么事你跟我说，让他们都走。”

“你确定？”李强邪邪地笑了。

“少废话。”秦川冷冷地说。

“可我就不想让你逞英雄怎么办？”李强摊摊手。

“傻叉儿！”

秦川一拳打到李强脸上，他退后几步，被身边的手下扶住，鼻血喷了出来。

李强恼羞成怒，他没想到秦川在这种情况下还这么狠，他一边大声喊“打死丫！”一边冲了上去。

而站在一旁的我，也想都没想就冲了上去。

可我没跑出两步，就被身旁的人拉住了，我转过身，惊讶地看着笑盈盈的刘雯雯，她好像涂了紫色的眼影，年轻的面孔在灯光下美得邪魅。

“别着急，一会儿我和你一起过去。”她微笑着。

刘雯雯把我拽向了另一边，我手里剩下的一点拿破仑饼掉在地上，我一脚踩上奶油，涂花了整块地板，和地蜡混在一起，倒映出一张张变形的脸。

从小到大，我从没担心过秦川打架。

他从我们院打遍了我们胡同，随即打遍了整条东单大街，最终打遍了初中高中。他一直赢，除了能被秦茜甩个巴掌，没人是他的对手。他总是臭屁地跟我说，总有一天他会单挑掉传说中的一辉，然后成为新的老大。他吹过的牛，我都不信，唯独这点我想也许可能。我没见过他输，就以为他永远不会输。

可是这天他被打得很惨。他其实还是很能打，好几次他都把身边的人揍倒在地，但是很快就有人又朝他扑过来，他们手里还拿着自行车链锁，我眼看着秦川身上被抽出了几条血印子，眼看着他被他们狠狠按在下面，眼看着他平时不羁的面庞肿了起来，眼看着他最在意的发型被他们抓在手里。他挨打了，浑身上下都在挨打。

眼泪就那么流了下来，我听见自己的嗓子里发出了惊人的嘶叫，那根本不像我的声音，仿佛是绝望至极的幼兽。

“别打了！你们放手！”

刘雯雯到底还是没拉住我，我冲了过去，被他们打得不成样的大龙试图拦住我，却软软地跌在了地上。已经被群殴很久的秦川使劲睁开那只还没受伤的眼睛，他瞪着我，用最凶恶的声音朝我喊："谢乔，你丫给我滚蛋！"

可我没听他的，我还是跑到了他身边，蹲下身子张开双臂挡在他身前，哀求李强："求你了，别再打了！"

此时秦川这边的人早已被打得七零八落，逃的逃，伤的伤，再没一点反抗的能力，李强他们渐渐停了手，刘雯雯也走了上来，她站在李强旁边，居高临下地看着我们，眸子里竟然是畅快的神色。而李强很自然地将手搭在她肩膀上，她似乎有些反感，却没把他的手甩下去。

我恍然大悟，继而觉得他们恶心又可笑。

"刘雯雯，咱们做个了结吧。"

"好，你还欠我点东西呢。"

"什么，你说，我还。"我静静地说。

虽然我的身体还在微微发抖，但是慌张与害怕都不见了，取而代之的是对他们的看不起，还有要保护身后那个人的巨大勇气。

"那年在学校门口，你甩了我一个巴掌，现在我要你还回来。"

我没想到她会这样来侮辱我，一想到会在这么多人面前被她打个耳光，我忍不住浑身发抖。身后的秦川听了她的话显然也急了，他剧烈地挣扎，破口大骂："刘雯雯，你敢动她一根汗毛试试！谢乔你他妈听不听话，没你事你丫赶紧走！"

秦川的话更是激怒了刘雯雯，她大踏步走到我面前，狠狠扬起了胳膊，我闭上眼睛，听见秦川近乎绝望地怒吼："换我！你打我！冲我来！"

想象中的疼痛并没如约而至，我看见李强拽住了刘雯雯，她愤愤不平地说："你干吗？"

"这事听我的！"李强冲她吼了回去。

我看到刘雯雯眼中闪过一丝怨恨，她不喜欢他，她只是在被秦川的冷漠刺痛之后，做了最愚蠢的选择。所有少女的报复都不会有丝毫快感，那只是疼痛的喜爱，而不是恨。一切的伤害，她们自己都会照单全收一份。

现在的情形显然已在刘雯雯控制之外，我眼看着她慌乱起来，而李强却格外地兴奋。强者于弱者多少还会有些怜悯，而当弱者把强者踩在脚下，只恨不得把他碾到泥土里去。

李强饶有趣味地点了一支烟，他把烟头慢慢凑到秦川面前。

"我们玩点带劲的！你或者她，选一个。"

刘雯雯花容失色，而我则疯了一样不住哀求："不要！求你不要！不要不要不要！"

"来吧。"秦川只笑了笑，他向前缓缓伸出了手。

我知道他又在耍帅了，可他现在的样子逊毙了，被人七扭八歪地按在地上，眼睛一个大一个小，浑身青一块紫一块，我想我以后一定要告诉他，真的一点也不帅，可是我还要告诉他，他那天的样子，我会深深地记一辈子。

烟头烫在肉皮上散发出了一股烧焦的味道，秦川没有挣扎也没有呻吟，刘雯雯苍白了脸，大龙撕心裂肺地骂着"操你妈"，而我已经哭得快晕了过去。

整个 JJ 迪厅短暂地安静了一下，五彩灯球仍在吊顶上不停转着，给不同的人打上了不同的颜色，秦川笑着，李强愣着。

李强大概也觉得无趣，他招呼身边的人离开，伸手拉刘雯雯时，刘雯雯却狠狠甩开了他。我扑到秦川身边，拿起他的手背，不停轻轻吹着。

“疼不疼？疼不疼？”翻来覆去地，我只问着这一句。

“眼泪擦一擦，滴我伤口上要感染了！”秦川还在嬉笑，我却哭得更厉害了。

就在这个时候，大门口喧哗起来，我听见人群中嗡嗡的议论声：“九龙一凤来了！”

我和秦川依偎着坐在一起，怔怔地看人们自动为来者让开了一条道路，迷离的灯仿佛照亮了命运的出口，走在最前面的就是传说中那只美得不可方物的凤凰，她真的很美，我说过的，她是我生命中见过的最美的女人。

她是秦茜。

当时在秦茜眼里的我们，一个涕泪横流，一个鼻青脸肿，却又都惊讶地张大了嘴，一定像傻瓜一样。而她则仿若风华绝代的女王，走到我们面前蹲下来，甩开垂到脸畔的长发，伸手就给了秦川一巴掌。

“姐！”秦川捂住脑袋抱怨地喊。

“你就打架一个优点还被人打成这样，丢不丢脸啊！”秦茜白了他一眼，转头拉住我，上下翻看着，“乔乔，你没事吧？”

我就像是受尽委屈的孩子见到了妈妈，而且知道妈妈是无所不能的美少女战士一样，哇的一声哭了出来。

“他们也打你了？”秦茜的声音尖厉起来。

我摇摇头，一边抹眼泪，一边指着秦川说："他们打他……他们……呜呜呜……"

秦茜站起来，走到李强面前，冷若冰霜地看着他。李强早就慌了，他努力撑着面子，却又躲闪着秦茜的目光。

"你干的？"秦茜扬扬下巴问。

李强嗫嚅着，可还没等他回答，秦茜就一个巴掌甩了上去。

那清脆的响声，让我听着都觉得疼。李强绝没想到这么美艳的秦茜居然会下手这么狠，他捂着脸，刚要说些什么，秦茜又反手扇了过去，然后就一脚踹在了他的肚子上。

李强瘫倒在地，秦茜毫不手软，一顿暴揍，凶猛程度完全不亚于秦川。周围的人全都看傻了眼，只有我心里明白，这就是老秦家的强悍的粗暴基因。而秦茜一点都没变，在胡同里她是最美孩子王，在这里她是翱翔的火凤凰。

李强召集来的那些狐朋狗友早被"九龙一凤"的名头镇住了，看见自己同伙被一个女孩打成这样，也丝毫不敢过来援手。刘雯雯缩在人群后面，已经吓得捂住了眼睛。秦茜最后一脚踢开李强时，我看他几乎昏厥了过去。

秦茜哼了一声嫌弃地拍拍手，这时一直在她身后的一辉才走了过来。我仰着头，使劲盯着这个真正的老大，秦川梦想中的对手。不过我有些失望，他并不像陈浩南，甚至也不像山鸡，个子不算高，长得也不算帅，如果在路上见到，我都不会多看他一眼。

一辉宠爱地摇摇头："你呀，终于找到机会练手了是不是？一个女孩子，老这样。"

"你管我！"秦茜瞪他，一辉不以为然地揽住她，指着秦川说："你弟弟？"

“是，”秦茜踢踢秦川，“起来，别坐着丢人了。”

秦川捂着腰从地上起来，又拉起了我，他打量着一辉，毫不客气地说：“你干吗呢！把手从我姐身上拿开！”

“就是！”秦茜脸红起来，不好意思地甩开一辉。

一辉也不生气，笑呵呵的：“脾气够臭的，跟你一样。”

“来，我给你介绍下，这是乔乔，秦川的发小，从小我看着长大的。”秦茜指着我说。

“你好。”一辉温和地朝我伸出了手。

“你好！”我小心翼翼握住他的手，收回来时，还认真地看了看。想到我和我们这片最牛的人说了话还握了手，我心里不由得兴奋起来。

“瞧什么瞧呀！怎么，还打算回家不洗手了？”秦川看破了我的心思，不屑地说。

“讨厌！”我狠狠用胳膊肘撞了他一下，他杀猪似的喊起疼来。我担心弄痛了他的伤口，着急地问：“没事吧？没事吧？”

“男孩敲敲打打有什么事。走吧，今晚我请吃饭，给你们压压惊。”一辉果然豪气。

“不去！”秦川撇过脸，他肯定感觉到了秦茜和一辉的关系，小心眼的一直没好气。

秦茜不由分说又一个巴掌打了过去，比起我的花拳绣腿，她可是真使力气，秦川嗷的一声：“你轻点！你就不怕我回家告诉妈和奶奶你混什么‘九龙一凤’啊！”

“那我还告诉妈和奶奶，你带着乔乔跟小流氓打群架呢！”秦茜根本不吃他那一套，“走吧乔乔，想吃什么？你说。”

“我随便，”我扭头看了看李强和刘雯雯说，“那……他们怎么办？”

“他们？滚。”一辉静静地说。

他声音不大，也并不严厉。可就这么轻描淡写的一句，却让我感到了强大的气场，和咋咋呼呼的秦川不一样，那一刹那，我突然懂得了他为什么是老大。

“好啦，走吧走吧，我想想，乔乔你喜不喜欢吃西餐？要不咱们去国贸吃披萨？”

秦茜右手拉住我，左手拉住秦川往前走。我想着一会儿要点什么口味的披萨，根本没注意身后缓缓站起来的李强。

他冲过来的时候，我大概正在盘算怎么堆高蔬菜沙拉，电光火石之间，我感觉自己被猛地撞向了一边，等我再抬起头，殷红的血已经溅到了我的身上。

李强手里握着一把三棱刀，秦川拽倒了我，而秦茜扑在了他的身上。

那只凤凰就像涅槃了一样，一动不动地趴在那里，腹部的伤口涌出了一股股的鲜血，腥红的颜色瞬间涂满了我的整个世界。

18

那场事故捅开了一个天大的秘密。

秦茜被送往医院时已经失血过多，疯了一样的秦川要给姐姐输血时，才发现他和他姐血型对不上。实际上，他们家里没人和秦茜的血型相配，她随了她爸爸，是少见的 Rh 阴性血，而她爸爸并不是秦叔叔。

当年姚阿姨在陕北下乡的时候，爱上了同组的一位上海知青。据说他很帅，白净的面庞，笑起来眼睛弯弯的。他还会吹口琴，每当夜幕降临，他都会在窑洞里吹《听妈妈讲那过去的故事》。而慢慢地，当月亮在白莲花般的云朵里穿行的时候，姚阿姨就和他约在了一起。

他们那时的爱恋与后来的我们没什么不同，天真，灼热，以为一生一世，却终因种种而分离。上海知青先返了城，他把那个上海牌的老口琴留给了姚阿姨，许下了非卿不娶的诺言，随即远走高飞。

没多久，姚阿姨发现自己怀了孕。所有寄出的信都石沉大海。她终于慌了神，按照上海知青留的地址一路追到上海，结果却查无此人。那个傍晚，姚阿姨差点跳了黄浦江。她站在江边，准备一猛子扎下去的时候突然吐了起来，那是她第一次孕吐，秦茜顽强地拯救了她妈妈和她自己。

揣着不能启齿的秘密，姚阿姨回了北京，再次拯救她的是秦叔叔。

姚阿姨和秦叔叔也是青梅竹马，不过在整个长大的过程中，他们都没说过什么话。秦叔叔有名地淘气，混子、顽主，所有人都拿他头疼得不得了。而姚阿姨是我们那片最漂亮的姑娘，是令秦叔叔望眼欲穿的天鹅肉。秦叔叔喜欢姚阿姨，死心塌地地喜欢，明知她从不正眼瞧自己也还是喜欢。

姚阿姨怀孕快 3 个月时，还是无奈去了医院，在那里她碰见了打架后受伤取药的秦叔叔，秦茜再次使了大招，姚阿姨在他面前吐得一塌糊涂。她一边吐一边哭，秦叔叔一下就明白了怎么回事。他说卫红，走，回家吧，我娶你，我养她。姚阿姨抬起头，这么多年头一次认认真真地看了他一眼，然后轻轻地说了嗯。

他们就这么结婚了。

7个月后秦茜出生，秦叔叔对外说孩子早产，因而格外疼秦茜。

20个月后秦川出生，姚阿姨舍弃一切都要保这个孩子，秦叔叔对外说孩子康健，因而格外疼姚阿姨。

这些都是后来我去医院看秦茜的时候，她告诉我的。她说得很平静，我却特别震惊。我没问出口她怎么想，也没问她想不想去找她亲爸。一切都没有答案了，因为第二天秦茜就消失了，她一声不响地离开医院，从此离家出走。

我想她应该是去找一辉了，那天一辉夺过李强的匕首将他扎成了重伤，然后就不见了踪影。赫赫有名的“九龙一凤”，一夜之间烟消云散。

本来就摇摇欲坠的JJ迪厅因为这次重大的治安事件终于关门大吉。牵扯其中的我们，也没有一个有好结果。李强伤重入院，落下了终身残疾。大龙的厨师修行彻底终结，被判入了少管所。关他那天我去送他，听到工作人员宣读对他的处罚，我才第一次清楚地听到他的大名——郭志龙。临走前，他哭着跟我说，那年的那张神秘贺卡是他写给我的，他说，乔乔，我喜欢你。而我只能哭着说，郭志龙，对不起。

秦叔叔花了好多钱，通了好多关系才保住秦川。他立刻被秦叔叔送出了国，去了加拿大，一个距离我半个地球的遥远地方。我则被家里人严格看管起来，直到秦川走，我都没能和他见上一面。

那天他笑着跟我说想和我上一个大学的愿望终成过眼云烟，一切青春，戛然而止。

我和刘雯雯都因涉及这场青少年的犯罪而被训话。

我们忽然有了意外的默契，谁也没指责谁，谁也没诬陷谁。抛去其中少年少女的细密心思不谈，我们都只是简单地陈述了事实。对比秦川，我们都是好学生，尤其刘雯雯还是班干部，所以我们在被痛骂了一顿，写了篇交友不慎痛改前非的恳切检查之后并没有再受到怎样的严惩。

所有惩罚和伤害都在我们自己心里。

其他人都放暑假了，我和刘雯雯要一起回校交检查，大概之前车轱辘话说了太多，教导主任也乏了，随便翻了翻，叮嘱我们要把全部精力放在明年的高考上，就让我们回家了。

走出教导主任办公室，我们一个站在左边，一个站在右边，都想说些什么，又都不知怎样开口。最终还是刘雯雯大方些，她指了指楼梯："一起去天台待会儿吧！"我点点头，跟着她的脚步上了楼。

平日喧嚣的学校在盛夏里格外安静，阳光灼热慵懒，郁郁葱葱的树露出寂寞的绿色。我们趴在围栏边，一起看着远处的天。

“听说他去加拿大了？”

刘雯雯没提秦川的名字，可我的心里还是刺痛了一下。这些天我都没有去想秦川，因为不用想——在所有平淡生活里，在所有人说话的声音里，在所有欢乐或忧愁的时候，我感到深深失落的那些空白，拼凑起来就是秦川。

“嗯。”

“要过多久才能再见到他呢？”

“不知道。”

“也许我再也见不到他了吧。”

刘雯雯哭了。

她小声小声地抽泣，雪白的颈子垂下去，像只伤心的天鹅。而我把头仰得高高的，没哭出声音，眼泪都流进了衣领里。

“对不起……对不起呀！”刘雯雯嘤嘤地说。

我知道，她不是在跟我说，她是在心疼秦川。

我们就这样静静地哭了一会儿，刘雯雯站直了身体，转向我说：“谢乔，我知道你讨厌我，当然，我也讨厌你。但是有一点你弄错了，我不是因为讨厌你而去喜欢秦川的，我是因为喜欢秦川所以才讨厌你。”

我怔怔地看着她，思考她说的话里面细微的差别。

“我一直以为你笨，不懂什么是喜欢。现在想想，也许这也是你们的一种聪明。作为好朋友，永远不会输。不会输给时间，输给感情，输给距离，输给意外。你们是好朋友啊，所以可以永远在彼此身边，可以理直气壮地付出，可以以最安全的姿态互相喜欢着。”

“我们不……”

刘雯雯没容我打断她，就继续说了下去：“没什么的，反正你会一直等他回来的，我不会了。帮我跟他说，我喜欢过他，以后不喜欢了。就这样吧。”

刘雯雯径自转身走了，临下楼前，她挥了挥手，我想这次一定是在跟我告别。她的背影很帅气，让我一下子觉得这么多年我有个还不错的对手。

她说的话让我懵懵懂懂的，但有一点我可以确认，如果做好朋友就可以一辈子在一起，那我愿意，我想永远在秦川身边，我想念他。

明朗的天空和我儿时的记忆重叠起来，那年也是在灯花小学的天台上，我告别了秦川和秦茜。时光轮转，仿佛我始终是一个人。

这么想着的我，眼泪又掉了下来。我朝着远方，大喊：“秦川！秦川！秦川！”

刘雯雯可能听到了，教导主任可能也听到了，我不管了，喊完他的名字我跑下了楼。

反正那个人他听不到。

20

那年夏天唯一的一个好消息是小船哥带给我的，他如愿以偿地考上了B大。

收到录取通知书的那天，他蹬了一个多小时的自行车跑到我家里来，告诉我这件事。我们全家人也都高兴翻了，奶奶一边拿着通知书上下左右地看，一边又要我去拿橘子汽水和冰好的西瓜。我被她支使得团团转，好不容易才在院子里坐下，我拿着蒲扇给小船哥扇风，“小船哥，你怎么不等晚点再来，这会儿太阳最大呢。”

“我不是答应你了么，收到通知书就第一个来见你。”小船哥笑盈盈的。

“小船哥，你真棒。”我舒了口气说。

“乔乔，你也要加油啊，明年高考，考到B大来。”

“我不行，”我摇摇头，“小船哥，你刚上小学时，我就吵着闹着要跟你一起上，我妈说等一年就好了，我就一直等，结果等过了小学、初中、高中，我还是怎么都赶不上你。小船哥，你看，我们就是差着的，差着时间，差着距离，差着运气，差着好多东西。”

“哟，乔乔，川子一走你怎么就跟着一起泄了气了？”小船哥摸摸我的头。

“你都知道啦……”我蜷缩在马扎里。

“我当然知道了，嚯，闹出这么大的动静。乔乔，你胆子那么小，吓坏了吧？”

我哇的一声哭了出来，这么多天，批评、审问、指责、内疚、难过，许多人跟我谈了许多话，但没有一个人问过我，害不害怕。

我害怕，害怕那天的血，害怕秦茜的不知所踪，害怕秦川的远走他乡。

“小船哥，怎么办啊？秦茜去哪里了呀？秦川会不会再也不回来了？小船哥，我好难受呀。”

我趴在小船哥的膝头哭，他轻拍着我的背：“没事的，乔乔。秦茜又聪明又漂亮，只会她把别人耍得团团转，谁也欺负不了她的。川子你还不知道吗？像块石头似的，别说是去了国外，就是去了外星都有的他折腾呢！你呀，什么都不用想，也不用担心，就乖乖地念书，乖乖地长大，等到有一天他们回来了，我们总会再相聚的。”

小船哥的声音缓缓的，仿佛所有岁月里的浮躁都被他涤清了。那些过去的疼痛、那些未来的迷茫，都变成了他温柔恬淡的语调。我认真地听着，眼睛慢慢明亮了起来。

“小船哥，我也考 B 大好不好？”

“好！”

“小船哥，你要在 B 大等我。”

“好。”

“小船哥，我考去之前你不要找女朋友哦！你瞧，秦茜要是不找男朋友，秦川要是不找女朋友，就不会遇见这么多的事！”

“好。”小船哥笑眯眯地红了脸。

“小船哥，我要是拿到录取通知书，也会第一个去告诉你的。”

“好！”

“小船哥，一切都会好起来的吧。”

“会的，乔乔，我们好好的。”

“好！”

21

一个月后，高三开学。

分班考排名，我理科成绩全年级 79 名，文科成绩全年级 37 名，我选了文科，进入了文科一班。而刘雯雯选了理科，我们的 5 年同窗时光终于平静终结。尽管在楼道里遇见时，我们依然谁也不理谁，但我想我们心里都清楚，比起班里平时见面打招呼放学一起回家的同学们，我们也许会彼此记得更久，谁也不会忘了谁。

而秦川，没有消息。

两个月后，小船哥军训回来。他依旧很辛苦，他的专业是商科，还选了许多辅修的课。小船哥说 B 大不愧是全国顶尖的学府，那么多名师名讲，他恨不得每个都听一遍。李阿姨一直在断断续续地住院，他时不时地就要跑去医院看护。何叔叔的报摊还在开着，他回家便去帮忙。他还申请了 B 大的助学计划，做校务领补助。就算是这样，他每隔十天半个月仍会到我家来一趟，帮我补习功课。分班后的第一次月考，我就考进了前 15 名。

而秦川，没有消息。

三个月后，我妈心心念念的房子终于落了听。我们一家搬离了灯花胡同的小院，搬进了我爸学校分的海淀的新房。搬家那天我爸我妈我奶奶都特别开心，他们跟左右街坊寒暄着道别，答应新房开伙请大家到家里吃饭。只有我孤零零的，没有人跟我告别。后来我独自上了灯花小学的顶楼，那里的景象和当年秦川、秦茜、小船哥他们搬走时看上去差不多，但是又似乎哪里都不一样。天上没有了南飞的雁，去往很远地方的是我最好最好的朋友。

而秦川，没有消息。

半年后，我考进了全年级前五名，第一次模拟考试成绩排入全区前 100

名。地坛开了一场招生咨询会，我爸我妈拿着我的成绩单仔细询问了 B 大的高招情况，我则继续拼了命地在家做东西海模拟卷子。

而秦川，没有消息。

一年后，高考。

我以总成绩 605 分被 B 大语言文学系录取。

拿到录取通知书那天是个周末，我下楼坐上了 367 路公交车，一路奔向何叔叔的报摊。那天只有小船哥一个人在看摊，绿色的报刊亭前，坐着一个安静读书的白衣少年。夏日的阳光打在他身上反射出七彩的光芒，仿佛一场盛大的烟火。而他就在光的最中央，在我梦想的最中央。

我呼唤着他的名字奔向了他，他抬起头冲我笑着。

就像一个一直输的人，在最关键的时候逆转了全局。我至今都觉得，那天是我所有运气的顶峰。天气是好的，盛夏里却一点都不闷热，记忆中只留下灿烂的阳光。人是好的，最好年纪里彼处的少年此处的我。念想是好的，因为对未来的憧憬，过去都变得可爱起来。一切都那么恰到好处，如同绽放的灿烂花事。

而唯一的遗憾是，在这种时候，我最好的朋友秦川，依然没有消息。

第四章 Chapter four

少年时

暗恋是个潘多拉盒子，里面有最好的也有最坏的，在没打开之前，它才是最美的。

我上大学那年，我爸给我买了电脑和手机。

整个世界忽然进入了电子时代，原先我以为生活必不可少的电视机一下子变得没那么重要了，每周必买的电视节目报，还有在电视预告表上那些想看的节目下画线的日子一去不返。取而代之的是当初在辛原哥那里看到的神秘的大块头机器，黑屏上的那些英文字符串一下子变成了必需品。那些电路板和小零件拼凑起来的金属物体价格有些昂贵，但还是很快到了我们手中。尽管我们还没意识到农耕社会工业革命之后，这将是怎样巨大的变化。世界变得更小了，人们变得更忙碌了，原先必须写在纸上的文字，出现在听筒里、短信中和各种各样的电子屏幕上，等待变成了一个奢侈的名词，悠然是像化石一样的情绪。所有距离都变短了，大概不变的只是心里那小小一隅，不管时代怎么变迁，沧海怎样桑田，那个地方只能缓慢地投递，只能静静地寻找，只能是特别的人才能抵达。

对 18 岁的我而言，这变化姑且表现为让加拿大从地图那一边变到眼前，让时差变没，让消失的人，再次出现。

JJ 迪厅出事之后，我房间里的电话分机就被我爸妈掐断了，所有电话都只能打到我奶奶那间大屋，不用说，无论谁来了电话，都没有我接听的份儿。

秦川有没有打过来，我根本不知道。后来搬了家，换了新的电话，我也没办法告诉秦川。而本来说好高二暑假买的电脑，也搁浅了，一直到收到录取通知书，作为对我考上 B 大的奖励，加上对我未来放了一半心的欣慰，他们才同意给我装了电脑，一台一万多块钱的联想千禧。

装好电脑的当天晚上，我几乎是颤抖着打开了许久不用的 QQ 号码。那种紧张、期盼与激动，是我高考时都没有过的。小企鹅缓慢启动时，不知为什么，我忽然想起了刘雯雯在天台上跟我说的话，我以前觉得她是因为爱而不得的嫉妒才会那么说，而就在那一瞬间，我突然怀疑她会不会有一点说对了。

我来不及多想，就被“滴滴”的消息提示音打断了。

一连串的对话框弹出来，最新那条留言是三天前的，上面写着：“你是不是真的把我忘了！我操！”

我看着这熟悉的粗话，就那么又哭又笑起来。

“秦始皇，我想你。”

手指先于内心，先于思虑，先于矜持，我迅速发送了这样的信息。

但很快，我就后悔了。因为我突然发现，虽然他的头像还是原先那个傻乎乎的马头，但是他的昵称不再是江湖老人，而是一串肉麻的名字：“永远爱宝嘉の川酱”。

我对着这七个汉字和一个字符来回看了几遍，确定了我应该没弄错它的意思，那么宝嘉应该是一个女孩的名字。

秦川很快回答了我，他上线了，回了我的留言。

他说：“乔乔，我也想你。”

我就又哭了。

然后一边抽着鼻子，一边问了他至关重要的一个问题："宝嘉是谁啊？"

"哦，我女朋友。"

我觉得屏幕灰了一下，揉揉眼睛，眼泪很快干了。就像切换了 QQ 状态，好朋友模式上线，刚才那些乱七八糟的情绪已经强制退出。

"……真是欲求不满的禽兽……"

"滚！在这鬼地方没个女朋友我连 QQ 都不知道怎么安！好不容易安上了还找不到你！你这一年死哪儿去了！"

我忍不住嗤笑起来，他每次都能找出最不靠谱的理由去找女朋友，令恋爱都变成荒诞的事。

"我死去了 B 大。"

"真的假的？！"

"秀录取通知书给你看看？"

"我操！乔乔！牛逼！"

我似乎能看到电脑那一边秦川欢欣鼓舞的样子，也跟着又高兴了一回。

"帅气吧！我终于和小船哥考到一个学校去啦！"

秦川顿了一会儿，回复说："终于得逞了你。"

"少废话！什么时候回来呀？我有好多话要跟你说呢！十一回不回？"

"傻帽，我们这儿不过十一好么，圣诞我回去。"

"太好啦！我等你！你留个电话给我啊，还有 E-mail，我可不想再也找不到你了。"

秦川写了一大串数字，我认真地记在了手机里，我也告诉了他我的手机号。我们约好要写邮件，打电话，发短信，一遍遍地确认，生怕又弄丢了彼此。聊了好长时间，我妈来催我睡觉，我才恋恋不舍地下了线，那天是我睡得最安稳的一觉，我做了个梦，梦中终于有了我最好的朋友。

开学那天是我爸我妈我奶奶还有小船哥一起陪着我去报到的。走进 B 大那座著名的中式大门时，我还有一种半梦半醒的不真实感。我站在那儿，和好多第一次来到这里的人一样，留了张傻傻的影。毕业的时候，我也在那照了一张，后来比照着，怎么也分辨不出走进时和走出时，到底哪个更意气风发。

小船哥带我们到新生报到处后就先走了，他也有迎新的任务，不能一直陪着我，不过他跟我说好了，晚上请我去吃学校的小餐厅。

我们系的新生报到接待处有几个师哥师姐，师哥的模样倒没什么可期待，反正都比小船哥差远了，反倒是师姐们气质都不错，难怪人家都说中文系出佳人。填好了表格，交了学费、住宿费，领了饭卡和宿舍钥匙，我就按照分配来到了 31 号楼 213 宿舍。看到我住 31 号楼的时候，师哥就跟师姐嬉笑着说，又是你们公主楼，师姐不以为然地答，又不是个个都是公主。我在旁边跟着讪笑着，也不知是什么意思。直到后来住进去我才知道，我们楼在 B 大赫赫有名，因为多是文科女生住，比起理工科多恐龙的传统，我们这里常有各种文艺范儿的美女，于是代代沿袭，被称作公主楼。当然了，我肯定不会自以为就是真的公主，但我们屋的肖千喜一定是。

我是第二个到宿舍的，我进门的时候，千喜已经在铺床了。她是四川峨边人，一个人来报到，见到我们一大家子这阵仗，有点局促起来，但还是露出羞怯而甜美的笑，跟我们一一打了招呼。

“你好，我叫肖千喜。”

“你好，我叫谢乔。”

跟她说话时我仍在忍不住地打量她，我的家人们也是，因为她毕竟那么漂亮，谁都会多看几眼的那种漂亮。

千喜的美和我之前见识的都不一样，她不像秦茜那么美艳，也不像刘雯雯那么傲娇。她是分明的大眼睛高鼻梁，但又不美得张扬霸道，细观眉眼都很精致，额头饱满明亮，肌肤粉嫩，唇红齿白，可亲又可人。

我奶奶和我妈很快跟千喜聊起家常，她从哪里来，考了多少分，北京有什么亲戚朋友都问了个遍。我爸也跟着问了问她的学业，还很赞许地夸了她摆在桌上的那本卡尔维诺的小说，要我多向千喜学习。我们家人都很喜欢她，我也一样。

比起没有任何人帮忙的千喜，由着奶奶和妈妈铺床的我有些不好意思，听他们啰嗦地叮嘱了个遍，才终于哄他们安心回了家。临走时我妈和我奶奶还热情地邀请千喜周末跟我一起回家吃饭，千万不要客气。千喜礼貌地感谢着，跟我一起把他们送到门口，我们对视了一眼，一起笑了。

“你可别在意，我们家人总是热情过度。”我坐在床上，松了口气。

“怎么会！多好啊，有家人陪着。”

“你爸妈怎么没跟着一起来？”

“远呢。”千喜淡淡地说，随即又仰起头，“还是在北京好啊，我从小就想着，一定要到首都来，总算是美梦成真了！”

“你很喜欢北京？”

“很喜欢！”千喜笃定地答，“乔乔，以后你一定要陪我去趟天安门，我要看升旗。”

“没问题！”我一口答应，从小就生活在这里的我，其实并不太懂千喜眼睛里的期盼。

“乔乔，你真好！我以为北京的女孩子都要骄傲得不得了呢。”

“哪有！北京女孩最大大咧咧啦！”

千喜看看表说：“对了，咱们去水房打热水吧，一会儿人该多了。”

“哦，好。”

我起身拿起水壶，和千喜一起锁了门。往外走的时候，千喜很自然地牵住了我的手，我愣了一下，千喜扭头看着我，笑眯眯地说：“走呀。”

“嗯！”

我应声跟上。

她不知道，这么多年来，从来没有一个女孩子这样亲密地跟我在一起过，我终于找到了一个闺密。

“交到漂亮朋友！：)”我兴高采烈地给秦川发了这样的短信。

我和千喜打水回来的时候，王莹已经到了宿舍。好像为了呼应之前千喜对北京女孩的猜测，对我们热情的招呼，她只是漠然地点了点头。然后就继续和她典雅却同样淡漠的妈妈一起，一边指责宿舍的边边角角，一边吩咐身旁的司机要增补些什么东西。

我和千喜面面相觑，仿佛一下子成了这宿舍里的局外人。整个下午，我都看着王莹家的司机一趟趟地从外面运各种东西进来，什么羽绒枕头、羊皮拖鞋、穿衣镜、整排衣架、笔记本电脑……那些高档货迅速霸占了我们狭小宿舍的一大部分，看起来有种不和谐的诡异感，就像王莹和我们一样。

总算收拾得七七八八，司机小心翼翼地护送王莹她妈走出了宿舍，她妈有种特别的气场，按千喜后来的话说就是从上到下一股 VIP 范儿，震慑得我和千喜也不由起身，毕恭毕敬地将她送到了门口，诚惶诚恐地挥手说阿姨再见。

王莹个子很高，看上去比我还高了半头，起码有 172。她睡在我下铺，靠在蓬松的羽绒枕头上一边玩着最新款诺基亚手机，一边说："谢乔是吧，你上下铺的时候别踩我床啊。"

"哦，我尽量吧。"我忍不住翻翻白眼，从内心里，我已经对这个大小姐从好奇到厌恶了。

"不是尽量，是不要。我平时大概在宿舍住的不多，也就这么点事。"王莹毫不退让。

“可我大概每天都会在宿舍住，实在保不准哪天不小心碰了你的被子，要不你打个包放到一边，也踏实。”我不甘示弱地讥讽回去。

王莹愣了愣，竟点点头：“我怎么没想到，也好。”

千喜不可思议地看着我，我朝她吐吐舌头，这时宿舍门突然被“哐”的一声大力推开了，我们一起望过去，只看见一个男孩子拿着行李站在门口，左顾右盼地看着门牌，哑着嗓子说：“是213吧。”

我点点头，又慌忙摇摇头：“这是女生宿舍，你大概走错楼了。”

男孩也不理我，径直走进来，屋里唯一的桌子上堆满了王莹带来的瓶瓶罐罐，他顺手把包放在了王莹脚边的床上，王莹一下子叫起来：“别把东西放我床上！你听没听到啊！这是女生宿舍！你走错了！”

男孩抿着嘴，大喇喇地又挨着她坐下来，搭着她的肩膀说：“同学，我叫徐林，我是女生，我就住这个寝。以后大学四年大家都得在一起，你看，这房子就这么点大，我呼的气你就得吸，我打的喷嚏，细菌飘啊飘就要飘到你那边去，你嫌这嫌那还不喘气儿了？哎，别那么讲究。”

“你……”王莹被她噎住，颤颤地指着她搭在自己肩膀上的手，“你下火车洗没洗手啊？”

“还真没洗。”

徐林撇撇嘴，王莹愤怒的尖叫贯穿耳膜，我和千喜忍不住笑。正闹着，门又被推开了，一个圆眼睛小个子的女孩闪身进来：“咦？你们宿舍人还没齐？”

“同学你高考数学没考好吧，没看见1、2、3、4，一共4个大活人站这儿吗？”徐林一口东北话逗得我们又笑起来，连绷着脸的王莹都乐了。

“你……你……”女孩惊讶地指着她。

“她是女生，是我们宿舍的。”王莹把她的手指拍下去，转身调侃徐林，“你从小到大解释了无数回吧？”

“所以多一次少一次也就无所谓了，”徐林假装热情地把圆眼睛女孩拉到身边，一起坐在王莹床上，“来来小妹儿，你哪儿的呀？”

“别坐我床！”

王莹脸都气成了猪肝色，我和千喜憋着笑，女孩不明所以也很热情地回应徐林：“我叫李娜娜，你们就叫我娜娜好了，我是咱们班的临时联络员，大家有什么事都可以找我，我就在你们隔壁宿舍，214 哦，情人节呢！”

娜娜说着就咯咯笑了起来，而我们四个都没找到该有的笑点，王莹面无表情，徐林皮笑肉不笑，只有我和千喜还配合着她呵呵笑了几声。

“话说回来，”娜娜站起来，转着脑袋上下打量我们，“你们宿舍的人个子还真是高呢，你们 213 是 170 Club！”

她又笑了，而这回我们四个谁也没笑出来。

可能觉得无趣，娜娜稍坐了一会儿就走了。徐林也终于站起了身，王莹忙不迭地去拯救她昂贵的被褥。也不知娜娜回去说了些什么，214 突然传出了一阵大笑，那笑声更映衬得我们宿舍格外安静。

我看了看美貌的千喜，看了看傲气的王莹，又看了看怎么都更像男生的徐林，默默给秦川发出短信：“感觉人生变复杂了……”

04

“我说，咱们四个今晚吃顿饭吧。”

徐林先大方地打破了沉默。

“不行。”我和王莹异口同声。

“我和我哥哥约了，晚上他陪我吃饭。”我抱歉地看着千喜。

“我和我发小约了，今晚他妈请我们吃饭。”王莹说。

“你哥哥也在这里念书啊？”千喜羡慕地说。

“是我从小一起长大的哥哥，我们是一个院儿的，他功课好得不得了，我能考进来还多亏他辅导呢。”提起小船哥我就特别自豪。

“我和我发小也是一个大院儿一起长大的，不过他的功课可是差得不得了，要不是他们家的关系，他这辈子也考不进 B 大。”王莹不屑地说。

“哎王莹，说说呗，瞧你出身不一般啊，你们那是什么大院啊，这么神通广大的。”徐林坐在椅子上，一晃一晃的。

“你先把脚从桌子上拿下来！”王莹白了她一眼，“部队大院。”

“哇噻！你家高干哪！”徐林来了兴趣，少有听话地把脚拿了下来，“你爸什么官啊？”

“没什么。”王莹倒是低调了下来。

“快说说快说说，不好意思啥啊！”徐林追问。

“我爸就是公务员。”王莹依然不说。

“那你那发小他爸呢？”

“他爸也是公务员。”王莹顿了顿，神秘一笑，“在中南海上班。”

别说千喜和徐林这样从外地来的女孩，连我这样土生土长的北京丫头都被王莹给镇住了。毕竟“海”里是个神秘且高深莫测的世界，徐林把椅子拉到王莹身边，规规矩矩地坐下来，千喜也兴致勃勃地凑过去，想多听听她讲。

我刚要问中南海里面什么样，楼下宿管的广播就响了起来：“213 的谢乔同学，谢乔同学，楼下有人找。”

我知道一定是小船哥到了，忙对着镜子拢拢头发，“我哥哥来找我了，我去吃饭了，你们慢点聊，有意思的等我回来再说啊！”

“我也去吃饭了，”王莹看看表，“晚上争取回来吧。”

“一定回来啊！等你啊！”徐林热情地把我和王莹送到门口。

“你去哪儿吃？”王莹问。

“学校小餐厅。”

“那有什么吃头，要不你们跟我们去无名居吧，我们预订了叫花鸡和狮子头。”

“不用了不用了，谢谢啊。”

“你不想去就算了，不用客气。”

“无名居是什么地方？还要预订？”报答她的邀请，我找补着跟她说话。

“你不是北京人吗？无名居都不知道？”王莹诧异地瞪大了眼。

王莹的语气令我特别不爽，但我也看出来了，她倒不是故意炫耀惹人讨厌，也不是像刘雯雯那样就是要跟我作对，她是从小过惯了大小姐的日子，根本顾不上别人的生活、际遇和感受。

“张家开的馆子啊，数狮子头和叫花鸡做得最好，每天就供应那么几十份，不订的话吃都吃不上。不过杨澄去的话，总会有他一份。”

“杨澄是谁啊？”我有一搭无一搭地问。

“我发小啊。”

我们一边说着就一边走到了宿舍大门口，小船哥站在台阶下面，见我来了便笑起来，而一见他那样的笑，我就红了脸。也许是长大了，也许是终于到了一处，我心里的悸动越来越强烈了。

“小船哥！这是我室友，王莹，这就是我哥哥。”我给他俩介绍。

“你好，我叫何筱舟。”小船哥礼貌地说。

“你好。”王莹客气地点点头，不住地打量小船哥。

“还要多请你照顾乔乔呢。”

“没事，只要她不踩我的床就好。”

我在王莹背后使劲吐了吐舌头，拉着小船哥说：“好啦，咱们走吧，我都饿死了。”

“王莹一起来吗？”

“她等朋友！”我忙替王莹拒绝，恨不得立即把小船哥拽走。

“那好，我们就先去了，再见。”小船哥总是像和煦春风，以至我忽然开始担心他吹拂到别人。

“不错啊，乔乔，和宿舍的室友相处得不错嘛。”

“什么啊……”我无奈地摇摇头，“我们宿舍真的无奇不有。”

“刚才那个女孩不是挺好的吗？”

“喔，你不知道，小船哥，她们家很有背景，好像是‘海’里的！超级无敌大小姐！还有啊！我们宿舍一个东北女孩，说她是男孩都有人信的，她刚进来的时候我们都以为她走错宿舍了呢，只有一个四川姑娘还正常点，挺漂亮挺可爱的。”

“是挺热闹的，学校大就是什么样的人都有啊。”

“小船哥，你们男生宿舍有这样奇怪的人吗？”我好奇地问。

“也有，有领导干部的孩子，有智商200的超级天才，有时候都会觉得自己未免太平庸。”

“你怎么会平庸？小船哥，你是我见过最棒的男生了！”我斩钉截铁。

“谢谢乔乔，总算我还有个超级粉丝。”

“你一谢我，我又变成两个啦！两个都是超级粉丝！”

我骄傲地笑起来，眼睛都眯成了缝。

秦川大概起了床，刚巧给我回了短信：“干吗呢？”

“和小船哥吃饭中！”我兴高采烈地发出去。

“切～”他简短地浪费了比较贵的国际短信费。

显然，小船哥只是自谦了。一到食堂吃饭，我就感受到了他一如既往的魅力。来回打饭的工夫，已经有好几个人跟他打招呼了，其中还有模样标致的女生，我一边扒饭，一边扬着眼睛瞧她们。

“小船哥，你认识好多人啊。”

“哦，有系里的同学，还有社团的朋友，我领助学金，在学校做的事多，也就渐渐认识了些人。”

小船哥把他盘子里的焦熘丸子夹给我，我知道他不阔绰，不让他点许多菜，可他说我来 B 大第一顿一定要吃好，硬是点了好几个荤菜，我看他饭卡里都没剩多少钱了。

“小船哥，你们系好像女生很多呢。”我远远看着刚刚打招呼的女孩，她似乎也在看我们这边。

“是啊，学经济的就是女生多，我们班 40 个人，一大半都是女生。”

“那……有没有很漂亮的？”我拿着筷子在丸子上戳了几个小洞。

“有几个江浙那边的女孩子看起来挺洋气的。”小船哥很淡然地说。

“刚才那个就是南方人？”我小幅度地指了指那个女孩。

“嗯，她是杭州人。”

“哦。”我抿着嘴唇，又使劲戳了几下丸子，眼前这枚立时报废，“我说……小船哥……”

“嗯？”

“这么多女孩子，你有没有感觉特别一些的啊？”我拐弯抹角地询问。

“什么特别？”

“就是……比如说，想多留意多接触多亲近多……多多少少喜欢一些的。”我紧张地看着小船哥。

“怎么会！”小船哥一下子红了脸，“有那么多事要做，那么多功课要念，我哪还有时间想这些呢。”

“那有没有喜欢你的？”

“我……我哪有什么可被喜欢的。”

“怎么没有！小船哥你那么好，可千万不要被女孩子说些好话就哄走去做人家男朋友！”

“乔乔，不会的。”小船哥笑起来。

“那你答应我，一定不要先找女朋友！”

“好，”小船哥点着我的脑门说，“小孩每天都乱想什么呢。”

“我……我想……”

我想做你女朋友！

这样的话还是怎么都说不出口，最后变成了古古怪怪的“我想给你找女朋友”。

“那就拜托乔乔了。”

小船哥说笑话似的看着我说，我则沮丧得恨不得原地抽自己十个耳光。

吃完饭小船哥又带我逛了学校的湖边和图书馆，然后把我送回了宿舍。快到楼下的时候，我们身旁开过了一辆车牌甲A的奥迪，车门打开，王莹款款走了下来，一个男孩扶着车门跟她说了几句什么。

我想那应该就是她口中的发小，叫杨澄的那一位。不过与我想象中的纨绔子弟不同，杨澄非常帅气。他大概有秦川那么高，微微有些自来卷，眉宇疏朗不羁，很像正当红的谢霆锋。

我和小船哥道别时，他们也说完了话。奥迪车擦着我开过，我忍不住往里望了望，可玻璃贴着膜，深黑一片什么也看不见。

走到楼道里我追上了前面的王莹，喊她：“吃完狮子头和叫花鸡了？”

“是呀，你一说我倒想起来，剩了好多，应该打包回来给你们，徐林和肖千喜肯定都没吃过。”

“不用了。”我按捺住不爽，心想不知要多久才能适应她说话的方式，“刚才楼下那个就是你发小？”

“对啊，就是他。”

“还挺帅啊。”

“就剩长相还可以了。”王莹似乎对杨澄的帅并无所谓，她忽然想起了什么似的看向我说，“你那个哥哥倒是出乎我意料，没想到还真不错。”

“那是！”听到她夸小船哥，我不由得意起来。

“你喜欢他吧。”

王莹侧过脸说，我一下子怔住了，就这么被她赤裸裸地看破心事，我不知该怎么回答。

“看来他也还不知道。”王莹耸耸肩。

“我……我们……”

“什么哥哥妹妹的，都是不敢说出口的喜欢。”

她不以为然，走到我前面，推开了宿舍的门。

好在王莹进屋之后没有多说，对于徐林对她家背景的百般好奇她也只是敷衍了过去。徐林总是不自觉地去坐她的床，王莹气得不行，但又拿徐林没办法。

千喜把书桌收拾好，叫大家说：“咱们一起去洗澡吧！刚才娜娜来说，晚了热水房要关的！”

“不去！”刚刚还斗嘴的徐林和王莹异口同声。

“跟一帮女人一起洗澡真是疯了！”徐林说。

“谁要脱光衣服给那么多人看啊！”王莹说。

千喜干笑着愣在那儿，我心想要我们宿舍统一一次意见恐怕永远都不可能，如果我们来推荐美国总统，一定会出现四个名字。

最后还是我和千喜两个人去洗了澡，一路上我们都在吐槽徐林和王莹。

“你们去吃饭的时候，娜娜又到咱们宿舍来八卦了半天，最新消息，你知道王莹家是做什么的吗？”

“什么？”

“她爸爸是 × 部大领导，她爷爷更厉害，开国上将！娜娜听系里老师说的，说会特别关照她。”

我吐吐舌头：“怪不得这么大小姐，原来是红三代啊。刚才我看她和她发小回来，车子都是甲 A 的车牌。”

“甲 A 的车牌怎么了？”千喜不明所以。

“甲 A 都是军委的车啊！”

“真厉害……”千喜叹了口气，“果然北京就是不一般啊。我们老家一个镇长的孩子都牛得不得了，我现在居然和一个部长的孩子住一个宿舍。”

“首都嘛，掉个广告牌就得砸到两个半当官的。”

我和千喜一起笑起来。

学校澡堂很简陋狭窄，喷头是最古老的那种，下面有一个铁踏板，要踩下去才会出水。人又很多，每个喷头下面都站着两三个人，我和千喜精光赤条地站在一块等着，还真有些尴尬。我和千喜差不多高，骨架却比她大了一圈，我从小就瘦，我奶奶说那么贪吃却不知道吃到哪里去了，长大之后该有的地方都不太有，完全是一副巨人版的儿童身材。而千喜却凹凸有致，起码有 C 罩杯，臀部圆圆翘翘，骨骼纤细，腿又修长。她的肌肤光滑，粉白得透出光亮来，这样好的造物，令女生都要多看几眼。

洗好澡出来，千喜用毛巾包住了长发，蒸汽熏红了她的面庞，看着她红扑扑的苹果脸，我忍不住问：“千喜，你以前念高中时，一定有很多男孩喜欢你吧。”

“都是些不靠谱的人。”千喜有些害羞地说。

“就没有你喜欢的男孩子？”

“没有！一定要在好的年纪好的地方才能遇到好的人。”千喜说得万般笃定，她又俏皮地问我，“你呢，乔乔，肯定交过男朋友吧！”

“我哪有！”

想想我十几年的人生历史，想想孙泰、大龙、小船哥、秦川，我使劲地摇起了头。

我们互相调笑着回了宿舍，打开门娜娜又在里面，她换好了HelloKitty的睡衣，看上去像个圆滚滚的卡通团子，看来除了她的“情人节”之外，她已经把我们170 Club当成第二个窝了。

“快快快，就等你们呢，我们要验证一下推测！”娜娜一脸八卦。

“验证什么？”我纳闷地问。

“你和肖千喜，有没有男朋友？”娜娜笑得一脸暧昧。

居然又是这样的话题，我和千喜对视一眼，异口同声：“没有！”

“啊！不可能吧！”徐林大叫一声。

“谢乔也就算了，千喜你没有？”王莹不可思议地说。

谢乔也就算了……每回听王莹说话我都要抽上两抽，只好安慰自己，抽啊抽的也就习惯了。

“那肯定有人喜欢你！”娜娜逼问。

千喜看着猎奇的四双眼睛，叹了口气，“上学的时候我们镇长的儿子喜欢我，每天都缠着我，课没法上，书没法念，我们那里又住校，校长都要听他爸爸的，我连个求助的人都没有，每天过得心惊胆战。我不理他，他就越闹越过分，有一次我和班里的男生对考试卷子，晚上他就纠结一伙人把那男孩打了。可那男孩也不好惹，他哥哥是我们那片混社会的，不服气，就憋着打镇长儿子，两拨人越凑越多，后来居然在我们学校里围了几百人。事情闹这么大，我不得不退了学，转了两所高中复读了一次才终于考上了这里。中学过得这么愁云惨淡，我哪还有可能喜欢谁或被谁喜欢。”

“哇噻，完全是个爱情大片啊！”娜娜两眼冒光，“这么说起来，你们也是三光宿舍了，没有男朋友、没人追、没喜欢的人。"

"没喜欢的人可不一定。"王莹抖抖脚看着我。

"谢乔有情况？"娜娜马上将焦点转移到我身上。

"我……我……"

我正结结巴巴地应付，我们宿舍的电话突然响了。离着最近的娜娜很不客气地接起电话，说了两句就神秘地冲我笑，"谢乔，找你的，是个男的。"

"谢乔你他妈怎么三小时不回短信！"

秦川的怒吼声从听筒中顺利传到了宿舍里，她们看我的眼神更加深沉了。

"我手机没电了。"我背过身去，顿时感觉火热的视线射了我一背。

"哦，我以为你和小船哥打算吃一宿饭呢！"

"怎么可能！你什么事快说！"

"没……没什么事。就是看看你有没有在B大里迷路，顺便打听下你的漂亮朋友什么的。"

"你打国际长途就这点破事啊！"

"你第一天住宿舍我好心关心你，你态度能不能好点！"

可他不懂，被四个人围观怎么能好好聊天，我压低声音说："好吧好吧，你干吗呢？"

"等你回短信啊！"

"你不上课？"

"不上，在家呢。"

"你这样能念大学吗？不会永远上预科吧？"

"去了也听不懂。"

"……我觉得你可能会因为死活考不上大学而回来的……"我无奈地说。

"我觉得也是，那也不错啊！"秦川倒是一副很想得开的样子。

我们正说着，忽然听见他身边传来女孩子嗲嗲的声音："Darling，你打给谁啊？"

一定是宝嘉，那个让秦川把 QQ 名字改成"永远爱宝嘉の川酱"的宝嘉。

秦川跟我说过，她全名叫陈宝嘉，是个台湾妹子，念预科学校时认识的。不管是因为要安 QQ 还是怎样，反正结果就是他跟人家好上了。我让秦川给我发来过照片，是一位留着栗色直发化着淡妆比着 V 字很洋气的女孩子，我看了看，总觉得一口气顺不过来，就果断删掉了。

秦川跟她说了几句什么，因为信号延误，我没太听清，我突然想，如果秦川是在家里的话，那么宝嘉就是跟他住在一起了，换句话说，他们在同居。

我特别想挂电话了。

"喂，你说。"秦川应付完宝嘉，又回到听筒边。

"没什么了，我要睡了，拜拜。"我语气明显转冷。

"好不容易通个电话你就说这么会儿啊？！"秦川又叫起来。

“拜拜！”我愤愤地挂上电话，一转身便看到已经变得意味深长的那四双眼睛，我都把她们这茬儿给忘了。

徐林吹了声口哨。娜娜笑眯眯地说：“有情况哦！”

“谢乔这不是你那哥哥吧，看不出来，你还挺花心。”王莹讶异地说。

“到底是谁！坦白从宽！”千喜也跟着起哄。

“哎哟，什么呀！这是我发小！跟我一点关系都没有！他在加拿大呢，有女朋友的！王莹，他比你那个发小肯定要不靠谱一万倍，我这辈子都不可能跟他怎么样。”

“那你刚才一脸吃醋的样子。”王莹瞥了我一眼。

“啊？笑话！我吃他醋！怎么可能！”我拿起千喜的卡尔维诺，扇起了风。

“话说回来，王莹，你那个发小好帅啊！今天你们回来时我们宿舍的人看到了呢！他叫什么名字？哪个系的？”娜娜兴致勃勃地问。

“你说杨澄啊？他法系的。不过你们可别打他念头，据我所知，他可能从幼儿园就开始谈恋爱了吧，完全是个花心大萝卜、行走的生殖器！每年跑到他家楼下哭的女生起码要有 10 个。数不清交过多少女朋友了。他无所谓，玩得随意，本来是要到英国念书的，后来因为要追一个 B 大的姑娘，就让家里安排上了这儿。刚吃饭听他说，好了 3 周吧，又快分手了。”

“唉，果然师哥多野兽，帅哥不可靠。”娜娜沮丧地倒在了徐林床上。

“我就说嘛，男人有什么可喜欢的。”徐林不屑地哼了一声。

整间宿舍忽然安静了，娜娜激灵一下从她的床上坐起，警惕地望着徐林。

王莹抓紧枕头，“喂！你总跑到我这边来不会有什么非分之想吧！”

徐林哼笑了一声，摇摇晃晃坐到王莹身边，一把揽住她的肩膀，贴着她的耳朵说："你放心，我真有问题的话，就算是喜欢谢乔都不会喜欢你。"

王莹尖叫着推打徐林，千喜和娜娜笑成一片，而总被当作最差对比对象的我只能干笑着抬头望天。

开学不久我们就去军训了，我们极品的213宿舍，迅速就开始扬名立万，大展神威。

最先出名的是徐林，穿上迷彩服的她完全变成了小男孩。第一天练操，教官就愤怒地让她出列滚去男生排，她则愤怒地表示滚去了绝不滚回来。在我们的再三证明下，教官才终于相信了她是女孩。从此徐林就超过B大任意一男生，赢得了整排女生的回头率。当然，同时还有她行走在女生宿舍和女厕所时，时不常传来的尖叫声。不过女孩子们都有奇妙的喜爱，兴许是徐林的雌雄莫辨很特别，又或者她有着超脱性别的美感，总之她很快成了超人气女生，风头甚至盖过了千喜。她的拥趸都是女生，几乎每天都能收到各式各样的零食，完全填饱了我们的课余。

不用说，再然后就是千喜了。她的美貌通吃了整个B大男生排，甚至在教官群中都迅速艳名远播。我们教官近乎卑微地讨好她，让她做副排长，不用早操，平时训练也只喊口号就好了。因为见到千喜就紧张，教官总是结结巴巴的，我们就在私底下笑他，给他起外号叫小结巴。不过因为她的拥趸都是男生，虽然她也每天都能收到礼物，但礼物全是无趣的子弹壳……

王莹的权贵也立时展现，军训前她就开好了假条，病症是“窦性心律不齐”，医嘱是“需要静养，不能参加剧烈运动”。于是在我们顶着艳阳跑步、站军姿、踢正步、练军体拳的时候，人家大小姐就坐在树荫下面听着Walkman喝着冰镇可乐聊着天。她身边坐着杨澄，据说也是“窦性心律不齐”。两个“不齐”的人就那么悠然自得，要是把他们屁股下面的马扎换成躺椅，把迷彩服换成泳衣，基本上就和在夏威夷度假差不多了。

小结巴教官没比我们大几岁，最初他看不惯还批评过他们，但当天晚上就被他想象不到的大大大上级打来电话给骂了。他还没见过大世面，不知这训练场之外，有院儿，有海。

没人敢管的王莹和杨澄就那么继续嚣张了下去，但似乎也没有女生抗议，因为她们都只顾着看杨澄的脸而忘记抗议了，杨澄确实太帅了。而以娜娜为首的花痴女生们，迅速集结成了“澄澄粉丝团”，白天因为杨澄一颦一笑而欢呼雀跃，晚上拉着王莹问东问西。王莹对此显然已经见怪不怪，她提醒说杨澄就是猫，肯定又是闻着了腥味，指不定哪个女生要意乱情迷地遭殃。

而我呢，一直在这团热闹之外。整个军训唯一期盼的事就是小船哥他们作为学生干部来的那次慰问。隔着栅栏，我使劲向他抱怨天气热、宿舍吵、练操累，各式各样的不好。他就笑笑地把手伸进栏杆，揉揉我的头发，再把买来的橘子一个个透过栏杆的缝隙递给我。其实哪有那么多的不好，说得那么可怜，不过是天真的心机，想看到他的担心，得到他的宠罢了。

军训快结束的时候各排组织汇报演出，千喜和杨澄作为B大偶像级人物再次绽放光芒。最早拉歌的时候他们俩就火了，千喜的好嗓子只唱王菲，在空旷的排练场上一首清唱的《天与地》技惊四座，那句“也请你，记紧留起，你心直至我再亲你”唱得如痴如醉。而杨澄也不闲着，他不唱当时最火的任贤齐、朴树什么的，他唱许巍的《故乡》，唱到“你是茫茫人海之中我的女人”时，那似乎专注又迷蒙的目光让所有女生晕了一次。后来夜聊的时候也不知谁把千喜和杨澄聊到了一块，他们俩快好上了的传闻就立刻传开了。单从外貌来说，他们的确应该在一起，看看都赏心悦目。反正排练时他们认识了，最后几天，虽然杨澄还是和王莹一起躲训练，晒日光浴，但更多的还是来找千喜。

最后的汇演，杨澄领着男生排几个还稍看得过眼的男生一起跳了H.O.T的《Candy》，张佑赫那段最炫的舞由杨澄一个人来跳，其他人则都成了壁花甲乙，女生们的尖叫声High翻了礼堂，千喜也领着我们排唱了《同一首歌》大合唱。下台时，我眼见杨澄在后台等千喜，他也不说什么，只是等她走过去的时候，冲她笑笑。

舞台灯光朦朦胧胧，映在他们年轻的脸上，倒真像是一部漂亮的爱情电影。

军训一结束，学校的学生会和各大社团就忙起来，准备新一届的招新了。

B大的学生可以严格地分为两拨，一拨两耳不闻窗外事一心只读圣贤书，这是智商高的；另一拨则分外活跃，在学生时代就大放光芒，这是情商高的。两者皆高的有，对此类人我们只有五体投地的份儿；两者皆低的也有，那就是类似我这样凑热闹的。

娜娜拿了许多宣传单回来，铺到桌子上一张张地挑："看起来运动类的社团帅哥倒是多，但是我不在行啊。你们想报什么？"

"动漫社啊！你们有没有人跟我一块儿？我想好好Cosplay一回剑心！"徐林兴致勃勃。

据我们观察，徐林不只是对男人没兴趣，她对整个三维空间的人类似乎兴趣都不大，她狂迷二次元，对日本动漫如痴如醉。但少女漫画一概不看，喜欢的都是《幽游白书》里的飞影、《浪客剑心》的剑心、《灌篮高手》的仙道这一类，床边贴满了他们的海报。

"千喜呢？你什么打算？"娜娜对徐林那些不感兴趣，转头问千喜。

"我还没想好呢，总觉得怪耽误学习的，他们说合唱团没什么意思。前几天剧社的社长倒是找了我，想让我去他们那里，他们正在拍个法国大革命的戏，想让我演呢。"

"你合适，没准就被星探发现了呢。"我打趣她。

“少来，你要报哪个吗？”千喜问我。

“英语社！”我很痛快地回答。

“谢乔，你那么用功？”娜娜惊讶地说。

“就你那个三脚猫水平，英语分班都分到慢班，你行吗？”王莹不以为然。

“还不许我笨鸟先飞努力努力啦？”

他们都不知道，我报英语社其实只有一个原因，那就是小船哥在那里。和徐林不同，我最喜欢看的日本漫画就是多田薰的《一吻定情》，我总觉得里面傻傻的琴子就像我，为了能追上喜欢的人的步伐而百倍努力。漫画里琴子为了和直树在一起，就报了蹩脚的网球社。我决定也沿用这一招，虽然我想想英语就觉得头晕，但还是咬牙报了名。

“哎！王莹，那你呢？”娜娜又问王莹。

“我看这些都没什么意思，还有马克思主义学会、蒙养山人类学学社、微电子学社、古生物爱好者协会……这些都有人去么？还有隆中社和红学社，里面都是帮学究吧。真不懂你们怎么这么大热情！”王莹挑三拣四。

娜娜贱兮兮地凑到她身边，“那我们澄澄报了什么？”

“他？好像报了山鹰社吧。”

“好！我就报山鹰社！”娜娜精神倍增，挑出了山鹰社的宣传单，一溜烟跑回了她们宿舍。

徐林嘲笑娜娜花痴，而我却打心眼里特别理解她。

宿舍电话响了，我接起来，是杨澄打来的，他没找王莹，却找千喜。最近他常打电话过来，千喜没有手机，只有个不怎么用的大块头摩托罗拉呼机，所以找她的电话都打进宿舍。我们几个人里，数她电话最多。

杨澄大概叫千喜去吃饭，她收拾了一下就下去了。他们的关系连徐林这个二次元人类都有了兴趣，她好奇地问："是不是有情况啊？杨澄这就得手了？"

"不知道，"王莹说，"千喜不至于那么傻吧。"

"没准这次他就认真了呢。"我总觉得不会有人真那么坏。

"不可能。"王莹斩钉截铁。

初到英语社的我立时就被来了个下马威，他们说话居然都用英语……

其实我高考英语成绩还可以，也得了 110 多分呢，但那完全是应试教育的产物，什么完形填空、阅读理解，哪怕写个 200 字作文我都在行，但是要和别人说起来，那就立刻打回了小学生水平，只能聊聊"How do you do""How are you"了。

小船哥很热情地把我介绍给大家，他们都有英文名字，这个 Henry，那个 Nancy，我听得晕头转向，只会小声地微笑说 Hi。小船哥说我应该也起个英文名字，他叫 Tim，我竟然口误读成了 Time。小船哥说乔乔，你就叫 Jane 吧，简爱就叫这个名字，才四个字母，好写好记。我使劲点头，感动得快哭了，从此我就叫了 Jane。多年之后，当我操着熟练的英语，能跟老外愉快地交谈时，我才知道其实在西方，并不太多人叫这个名字，他们问我为什么这么叫，我只笑笑答，“This is a love story”。他们以为我在说那本小说，却不知我只是在怀念我的小船哥。

小船哥说没事儿的，我只要装神秘就好了，在旁边听啊听的，听力就提高了，口语也就上去了，他可以当我陪练。于是每次活动，我就抱着本英文版的《哈利·波特与魔法石》，坐在一旁“看”他们侃侃而谈，因为始终还是听不懂。

滥竽充数这一套在B大里根本行不通，我蹩脚的英语很快被拆穿，大家讪笑的表情令我实在没脸再继续混下去了。

小船哥安慰我说：“乔乔，没关系的，你在这里待着也不舒服，何必勉强自己。学好英语急不得，你每天安排时间出来背背单词，先把四级过了。就算第一次过不去也无所谓，还能考好多次呢，毕业之前过了就行。”

想到可怕的英语四级，我更颓废了，王莹说，在B大就没怎么听说过考一次不过的，吓得我晚上睡觉都枕着单词本。而小船哥又总是不懂，我这么努力地在英语社，到底是为了什么。

“小船哥……”

“嗯？”

“没什么。”

我还是说不出口，就像80度的水，找不到沸腾的勇气。

我比不上琴子，到底还是退出了英语社。

同样身为英语苦手的徐林很仗义地安慰了我，她说：“凭什么咱们要考英语四级、六级、专八、雅思、托福、GRE啊！汉语才他妈是世界上使用率最高的语言好不好！全地球60亿人口，1/4都在用汉语拼音而不是英文字母。以后就应该让那帮老外来考汉语四级，也给丫出题：‘第一题：小明说：这根铅笔是小红的么？小强说：你大爷的！我的！问题：铅笔是谁的？选择：A. 小明的；B. 小红的；C. 小强的；D. 大爷的。’”

徐林的模拟题把我们全宿舍逗得前仰后合，她得意地说：“怎么样，干脆跟姐混动漫社吧！我们现在分派了，一拨是宅男派，打算在漫展搞人形电脑天使心、新世纪福音战士、橙路那种范儿的；一拨是御姐派，我们坚持要做出同人志，起码也得是圣战、X战记这种感觉的，绝对不能弄成一堆大胸萝莉。你来吧，也可以为我多加一票。”

“不去不去，我是走少女漫画路线的，跟你们搞不到一起。”我摆摆手。

“要不来我们剧社吧，我们要做个欧洲中世纪的话剧，不过据说要和英语社合作呢。”千喜说。

“那更不去了！”我趴在桌子上，下巴抵着厚厚的英文词典，“算啦，你们就让我自生自灭吧，英语四级都不一定能过的人，就不应该去什么社团，尤其是英语社。”

电话适时响起，王莹去接，转头冲我说：“精神慰藉来了，喏，你男朋友。”

是秦川。

他在每个不去念书的清晨都会给我来一通电话，不管我怎么解释，我们宿舍的人都不相信我们是单纯的伟大的革命友谊了。她们一致认为没人会在远洋之外有这样的惦记，即便我把他描述得凶悍、简单、粗暴、又笨又蠢。

我那时觉得，只是她们不懂我们而已。

“喂……”

“怎么啦，这么有气无力的？”

“我的极烂英语被发现了，然后就退社了。”

“哈哈哈，我就说嘛！你们 B 大社团还是有底线的嘛！”秦川一下子高兴起来。

“滚！”我愤愤地说，“你这种在加拿大却只能说中文，只能靠卖身求生存的人有什么资格嘲笑我！”

“你大爷的！”

我想起刚刚徐林的汉语四级题，忍不住笑起来，我给秦川讲了一遍，把他也给逗笑了。

和秦川有一搭没一搭地聊着天，说 B 大学习生猛的那些牲口们，说加拿大那群无趣的胖子，说北京秋天没有暖气的宿舍，说温哥华说下就下的大雪，说入秋的银杏，说红色的糖槭，说小船哥，说陈宝嘉。

这就是我最好的朋友和我最安详的时间，人生那么长，多少难过，其实并不需安慰，只要陪伴。

退出英语社的我成了我们宿舍最悠闲的人。徐林的漫展争夺战进行到了最关键的时候，虽然都是 CLAMP 的漫画，但艾儿妲和司狼神威的两大阵营已经吵得不可开交。王莹最终去了学生会，系里果然对她照顾，她在那里做得顺风顺水，一副天生当官的样子。娜娜跟着山鹰社做基础的训练，最主要的当然还是关注杨澄，她说杨澄要了她的手机号，甚至会为了中午和她偶遇，特意从二食跑到三食，她觉得这才是人生真爱，至于千喜，那不过昙花一现罢了。千喜压根不管这些，他们排的戏叫《被诅咒的镯子》，一个有宗教色彩的悬疑剧，因为全英文的念白，他们临时抓了小船哥参演。在两个社团里，他是英语最好、气质最佳的男生。我因此有点后悔，当初应该听千喜的去他们剧社打杂，这样就能天天赖在他们排练场了。

他们常常排练到很晚，偶尔我会过去看。排练场的教室里吊着长长的管灯，从靠墙贴的大镜子里，我能看到自己的身影。他们在我眼前上演欧洲中世纪的一场悲欢离合，伦敦音飘来飘去，虽然听不懂也觉得好听。白灼灯的白光有些凄凉，但舞台中心的小船哥还是融合了他特有的光芒。其中有一场，是小船哥饰演的城堡内侍亲吻他晕厥过去的心爱的小姐，他垂下头，温柔而克制地捧起千喜的脸颊，轻吻下去。我看得仔细，他吻在了自己的手背上。

于是我想起了很久之前那次《白雪公主》的儿童剧，在我闭着眼睛等待的时候，一切戛然而止，一直到今天，还是这个样子。真是场冗长的暗恋啊，我长长叹了口气。

经年累月的时光在不停发酵着秘密的爱恋。在那间排练室的角落里，我终于停下来想，我该怎么办。我一直追着小船哥的脚步，从他搬走的那天开始，跌跌撞撞地从我们的院子里，一直追到了 B 大。每次气喘吁吁的时候，他都会回过头，冲我微笑着伸出手。我从来没拉过的那双手，已经是我所有的向往。而他是怎么想我的呢？在我吵着闹着要和他在一起的时候，在我央求他一定等我的时候，在我第一个给他看录取通知书的时候，在我胁迫他不许找女朋友的时候，他怎么想呢？把我当作撒娇的妹妹，或是，或是一种掩埋在岁月里的心动？

我一会儿想红了脸，一会儿想白了脸。我总忍不住往好了去期盼，去琢磨他一丝一毫的语气动作。想他轻抚我头顶时手心的温度是不是比36度要灼热，想他从小呵护我时是不是已经将我视为特别，想他是不是只有对我才会这么认真地实现承诺，想他是不是只有看向我时才会露出那么明亮的笑颜。所有的暗恋者都是最好的小说家，在我的脑子里大概编写过无数版本的故事，我畅想过各种美好的结局，但又总在最欢喜的想象来临之前，开始质疑，开始否定，开始惧怕。

排练结束，整间教室都熄了灯，而我则熄了繁杂的梦。

暗恋是个潘多拉盒子，里面有最好的也有最坏的，在没打开之前，它才是最美的。

千喜说，喜欢一个人是要说出来的，暗恋于人于己都是一场无妄之灾。

那天是深秋了，B大到了我最喜欢的时节，我和千喜并排走着，她稍稍快那么半步，我能看到她的侧影，梳着马尾，昂着头，充满了勇气。

“乔乔，人生可以错，但不可以后悔。一辈子就那么长，错就错了呗，谁又能一直活得对呢？但后悔可不行，你永远没办法重来一遍哪。”

“可是，万一被拒绝呢？”

“那就大大方方地告个别，这世界哪有百分之百成功的事，也没有一个词叫万分之九千九百九十九，我们只说万一。所有的没胆量都不是害怕面对别人，而是不能接受自己。你怕被拒绝，无非是担心伤心，担心狼狈，担心以后。可是如果真的不喜欢，那就是不喜欢，不伤心不狼狈都是假装，那根本就没有以后。”

千喜突然摘下她的红棉线手套，握住我的手，“暖么？”

我怔怔地点点头。

“这样呢？”她后退一步，保持着握手的姿势，却离开了我的掌心。

我摇摇头。

“你看，再多的温暖，不传达就不能抵达，这多遗憾。”

我感激千喜，尽管很多道理在她身上或许畅行无阻，在我身上则会四处碰壁。我想一定是谁对她说了最动听的情话，她才会这么骄傲这么洒脱这么美。我可能做不到像她这样子，但是在我小小的人生里，我还是做了个决定。

我要告诉何筱舟，我喜欢他。

所有的结果我都能接受，因为这样我就有了答案，去告诉初有记忆的我，去告诉亦步亦趋送他到胡同口的我，去告诉初中被欺负时以他为信念的我，去告诉高中孤独时为他刻苦学习的我，去告诉此时此刻喜欢他这么多年的我。

千喜去了图书馆，而我回来宿舍。屋里没有人，我拿出 201 卡给秦川打了电话。宿舍里没有电脑，我又不愿意去上 QQ，看顶着“永远爱宝嘉の川酱”这名字的头像闪来闪去。国际长途贵得不得了，我抠门，平时都是等他打过来。而这次我有点迫不及待，我想问问他，刘雯雯也好，陈宝嘉也好，他都是怎样跟人家表白的。起码在这方面，他还算有些经验。

电话接通了，出乎我意料的是，接听的不是秦川，而是宝嘉。我们彼此都沉默了一会儿，我先说："秦川在吗？"

"他出门买东西了。"宝嘉稍显冷淡，"你是谢乔吧？"

"嗯对，你好啊。"

"你好。"

我们又沉默了。

"你找他什么事？"

"哦，没什么，我有些事想问他。等他回来，让他给我回电吧。"

"我大概不会通知他。"

"哦……啊？"我没反应过来她的意思。

"我不太开心你们每天都要打电话、发邮件、传简讯。总感觉会打断我和秦川的生活，这样子不太好哎。希望你以后没有重要的事，不要打给他了。就这样，我收线了，拜拜。"

宝嘉的声音从听筒里传来，就像是台湾肥皂剧里的腔调一样。还没等我说什么，她就挂断了电话。我举着话筒噎在那里，又气又恼。

不知这算不算一种宿命，我和秦川的女朋友们似乎永远无法好好相处。

我愤愤地把电话挂上，心想这段时间都不理这小子了！

娜娜的突发奇想解了我的燃眉之急。

圣诞来临之前，娜娜跑到我们宿舍来说，要组织一次男生女生的联谊，一起度过平安夜。这次聚会，以她为核心，以目前来看公主楼最著名的 213 宿舍为辅，每人邀请一位男伴，可以是朋友，可以是发小，也可以是男朋友。按她的话说，没准平安夜之后，朋友、发小就都变成男朋友了呢。

她这个提议最初只有我附和，千喜和王莹都兴趣缺缺，徐林更是说与其逼她约个男人，不如干脆让她带张飞影的海报。因为我别有用心，于是很丢脸地成为了娜娜的同盟，跟她一起求千喜告王莹忽悠徐林，才终于搞定了这几位。最终王莹约了杨澄，我约了小船哥，千喜似乎找了他们社长，徐林谁也不想约，娜娜谁也约不到，干脆两人组成一组，徐林暂且算娜娜的“男伴”。

人凑齐了之后，娜娜又提出了新的建议：每对男孩和女孩要互相送一份圣诞礼物给对方。这个主意其实是我跟她一起商量的，我包藏了私心，我想给小船哥一个特别的礼物，一次告白。

圣诞越来越近，大家不自觉地都对这次聚会期盼起来。周末的时候，我们难得约着一起逛了街，去挑选各自的礼物。千喜和娜娜半年就逛熟了北京，她们建议去西单明珠或华威，里面卖什么的都有，价格便宜还能砍价，买完礼物还可以顺道去楼上买两件新毛衣，统共花不了多少钱，就能过个漂漂亮亮的圣诞。

我们一起坐公交出发，刚一上车王莹就开始各种抱怨，什么起码好几年没坐过公交车了，什么旁边的人挤到了她的羽绒服，什么闻见了一股臭脚味。最后还是徐林占了座给她，才终于堵上了她的嘴。到了西单还没逛半层，王莹就又受不了了，她说她一定不能在这里逛了，各种伪劣假冒商品，人又多空气又混浊，她一刻也待不了，而且她要打车回去，誓死不再跟我们坐什么公交车。至于礼物什么的，她随便去隔壁中友买点就好了。临走时娜娜死命拉住她问，杨澄喜欢什么，王莹翻着白眼说他喜欢贵的，娜娜泄气了一半，又弱弱地问，那他缺什么。王莹呵呵一笑说，他们从小到大最弄不明白的就是自己缺什么。

最终，娜娜给什么也不缺的杨澄买了一个卡通蜜蜂形状的小台灯，很合她的品味，但我们一致暗暗认为，会被杨澄扔掉也说不定。作为安慰，娜娜很豪气地花了十块钱给徐林买了一张网球王子的全家福海报，徐林一高兴就送了她一个流氓兔的毛绒玩偶做回礼。

千喜倒是挑选得格外认真，她买了一个水晶苹果，是木村拓哉和松隆子演的日剧《恋爱世纪》里的那种，晶莹透明，带着甜甜的恋爱味道，我们都猜测，这个苹果大概不属于社长，而最终会摆在杨澄桌上。

而我为小船哥选了一组动物书挡，他平时爱读书，宿舍的书桌有些狭窄，这个总会有用。另外，我早就偷偷准备了另外一份礼物，那是刚刚蹿红的周杰伦的专辑《范特西》。我很喜欢他的歌，尤其是里面那首《简单爱》，有我儿时简简单单的味道和喜欢一个人的那种淡淡美好。我煞费苦心地动了小小的手脚，在打开的歌片里，我在《简单爱》的歌词里选了几个字用 0.5 的自动铅笔轻轻圈了起来。只有在灯光下面，才能看出痕迹。连起来读的话，就是“我一直爱你”。

我是个愚蠢又勇敢的胆小鬼。

我因为赌气而错过了三天秦川的电话，第四天半夜里，他锲而不舍地打进了我们宿舍。

徐林一边骂着娘一边接了电话，我向被吵醒的各位百般道歉，拉出电话线到宿舍门口，蹲在角落里接听，而那边的秦川也在骂娘。

“你他妈的什么意思呀！手机不接！短信邮件不回！不在宿舍！我留言给你那几个神经病室友，也没回信！”

“你知道现在几点了么？”我咬着牙说。

“下午两点啊！”

“我说北京时间！”

“我不在北京我他妈哪儿知道！”他很无赖。

“那我告诉你半夜两点！现在知道了吧！挂机！我要睡觉！”我压低嗓门。

“哎哎哎！你丫到底怎么了，没事儿吧？”

“没事儿，你那个宝嘉呢？”

“吵架啦，去她朋友那儿了。到底怎么了？”

“我觉得她可能不喜欢我。”

“废话，她一女的喜欢你干吗！”

“……算了，咱俩不是一个星球的，我不想跟你聊了。”我觉得我满头的黑线都能编小辫了。

“你就不关心下我什么时候回国？”

“对呀！你快回来了吧？什么时候到？”

“可能要在这过圣诞了，我争取 Boxing Day 到北京。”

“别拽英文！不知道我被英文社退了？烦着呢！”

“哈哈，26 号吧大概。打算怎么迎接我？”

“给你买各种口味的糖葫芦。”

“抠吧你就！”

“要不要吧？”

“要！”

我也笑了：“好了，我真睡了，等你回来。”

“好好等啊！”秦川臭屁地说。

“再见！”我挂了电话。

楼道里很凉，蹲着脚也麻了，屋里徐林还在批判着我，在被吵醒的糟糕的夜晚里，我却开心起来。

千喜和小船哥合演的《被诅咒的镯子》在 12 月 23 日公演，本来是安排在平安夜的，但全剧社的人都不同意，于是提前到了 23 日。

那天是他们第一次带妆，千喜穿一条墨绿色的长裙，画着蓝色的眼影，我到后台时她才画好了一只眼睛，正紧张地对着镜子默背台词。我喊她的名字，她转过头看我，露出惊喜又无辜的表情。其实那天她的妆很拙劣，服装也并不华美，被改造成临时化妆间的教室，也没有多么明亮的灯，可是不知道为什么，比起日后千娇百媚的她，我更记住了此时的她。也许是因为，那才是她在我心里最美好的样子。

我握着她的手安抚了她几句，就转向了另一边，小船哥也在化妆，剧社的人正往他脸上扑着散粉，他闭着眼睛，睫毛在粉刷下面一颤一颤的，似乎因为化妆而害羞地微微皱着眉。我痴痴地看着，直到剧社的人走了，他睁开眼，我才猛地缓过了神。

“乔乔你来啦。”小船哥不好意思地说，“穿上这身衣服还挺奇怪的。”

他伸直胳膊给我看他的戏服，不知从哪里借来的欧式宫廷衬衫确实有点可笑，而我却拼命摇着头：“很帅啊，小船哥！”

小船哥笑了：“乔乔，要是没有你，我大概会少一半对这个世界的自信。”

“小船哥是最好的！”我又说。

“是全部自信也说不定。”他温和地看着我，似乎想了会儿什么，下定决心似的，“对了乔乔，有件事想跟你说。”

“什么？”我倏地紧张起来。

“等演出结束吧，”他似乎有些腼腆，“我先去准备了，大家还要再对一遍台词。”

“小船哥，”我喊住他，他转过头看我，我红着脸憋足气说，“我也有件事想跟你说。”

“那等会儿一起说吧！”

“嗯！”我重重地点点头。

我的整个世界都在用《简单爱》伴奏，我想，也许那张周杰伦的专辑已经用不上了。

开演之前我拉着徐林和娜娜来抢了最前排座，大小姐王莹姗姗来迟，但也总算是捧了场。

平时在教室排练时看上去并不起眼的话剧，到了舞台上真的熠熠生辉起来。灯光舞美音乐能给予木偶灵魂，也让台上的演员更加光芒万丈。纯英文的念白成了我和徐林欣赏的屏障，王莹不耐烦地给徐林翻译，娜娜则一直称赞小船哥英俊，千喜漂亮。

最后一幕迷局解开，因人格分裂而屠戮古堡的凶手是千喜扮演的最纯洁美丽的三小姐，昏睡中的她不知另外一个世界的罪行，她的爱人小船哥扮演的城堡侍者，轻轻擦洗她手上残留的血迹，将秘密隐瞒，所有恐怖都变成了传说。小船哥俯下身子，去亲吻千喜的脸颊。

娜娜大惊小怪地叫：“真的要亲上了?！”

看过无数次的我很淡定：“假的啦！他亲自己的手背。”

“哦，我说呢，不然牺牲也太大了。”

“怎么能叫牺牲！”我瞪圆了眼睛，天知道我多么期盼能和千喜交换。

嘻哈之间，我瞥向了舞台，光束慢慢弱下去，聚拢成一个小小的圆圈，小船哥背冲着我们，只有坐在左边的我能看到他半个侧脸。

然后我就清楚地看到了，小船哥轻吻了千喜的脸，中间没隔着任何东西。

大幕落下，我的眼前漆黑一片。

在去往后台的路上，我心跳得很厉害，不断安慰自己往好处想。兴许是刚才灯光太暗了，我没看清楚，或者演出时太紧张，一时没顾上那么多，再不然是剧社社长要求，正式演出一定要来真格的。可是我越不停地安抚自己，就越忐忑。心里有另外一个声音，说着和这完全不同的话，我只是狠狠捂住它的嘴而已，但偏偏又听得那么清晰。

我跌跌撞撞地闯入后台，大家都纷纷望向我，我迅速找到了小船哥的目光，那么温暖的地方，有我的唯一答案。

“乔乔，你怎么跑过来了？”小船哥笑着说，“怎么样，在台下看是不是觉得我们特别傻？”

“千喜呢？”我四处张望，所答非所问。

“她去洗脸了，你找她？”

“不，小船哥，我找你。”

“怎么了？你说。”

“你过来，”我把他拉到后台幕布最角落的地方停下来，紧喘了一口气，“小船哥，你说要告诉我的是什么事？”

“啊……这个啊，倒不着急说……”小船哥吞吐起来。

“你说嘛！”我觉得自己的心跳声隔着衣服都能听到了。

“那个……”小船哥顿了顿，垂下眼睛，“对不起啊，乔乔，我食言了，我有女朋友了。”

那个呼之欲出的残忍答案，终究从他嘴里说出来了。我并不那么心疼，没有哭，也不再畏惧，只是瞬间觉得这世界太安静了，安静地吸走了所有的光，连一直闪烁微芒的小船哥，都在黑暗中暗淡了下来。

“是千喜么？”我的声音听起来冷静平和，就像听到了一件最稀松平常的事而已。奇怪的是，我居然能听得那么仔细，仿佛敏感到能捕捉到任何声响，敏感得像一只张开了口的蚌。而所有细碎的感触，只是因为没有保护，体无完肤。

“她对你说了？”小船哥有些惊讶。

我摇摇头，然后感觉一切尘埃落定。

小船哥说，他们一直想对我说，但又总是有些腼腆。

小船哥说，不管怎样，他还是要第一个告诉我。

小船哥说，他记不得什么时候开始对千喜格外在意了，但是他没对她说。是她某一天先跑来对他说的。

小船哥说，千喜说喜欢就是要说出来，人生可以错，但不能后悔，不能错过。

小船哥说，千喜是个好姑娘，就像我一样。

我频频点着头，我想起那个美好的秋日，想起千喜笃定地对我说的那些话，想着她怎样勇敢地践行。我觉得千喜特别好，真的，她几乎全说对了，但只说错了一点。

有的喜欢，其实一辈子都不用说出口了。

后来小船哥还追问我有什么事要告诉他，我说秦川圣诞节要回来了，是Boxing Day，小船哥很高兴，他说一定要带着千喜，请他吃饭。我说带着千喜，挺好的。

我们的谈话进行到尾声，小船哥正夸我英语变好了的时候，千喜回来了，她望向小船哥的样子分外光彩与众不同，之前我的脑子大概被狗吃了，才会没有发现。

千喜把我悄悄拖后了一点："乔乔，他对你说了？"

她称他作他。

"嗯，恭喜你们，真好。"我微笑着说，那样子他们一定看不出来一点难过。

我一直以为我不善于撒谎，原来我只是还没隐忍到需要虚伪地撒谎的程度。

"乔乔，谢谢你。"千喜也笑了，那是真心开心才会有的笑靥，对比起来，才显出我刚刚笑得多么难看。

剧社社长招呼着他们去庆功聚餐，两个人默契甜蜜地相视一笑。走之前，他们都说："乔乔，加油！"

小船哥是想让我英语加油，千喜是想让我表白加油。

我挥了挥手，转身离去。

还加什么油？ I have lost。

暗恋多年的男孩喜欢上我的好朋友，就像陨石砸中地球，我的小说没有结局，最后一页是世界末日。

回宿舍的路上，我转去小超市买了五罐青岛啤酒。我以前没喝过酒，看过很多小说电视，觉得似乎这个时候就该喝一杯，一醉方休。

王莹和徐林已经先回到宿舍了，两人正点评着话剧的优劣，就看见我拎着一袋子啤酒进来了。

我一罐罐地拿出来，摆在桌子上，拉开一罐，喝了一大口。

眉毛鼻子眼都皱到了一起，又苦又涩真难喝。也许古人以酒解忧，就是来和它拼谁更苦涩吧。

“谢乔，你不是中邪了吧？”徐林瞪大眼睛看着我。

“废话少说，来不来一口？”我把易拉罐举到她眼前。

“走着！”徐林愉快地接过来，又拿起了一罐扔给王莹。

“我不要！”王莹一边喊着一边不得不接住它，徐林一向有办法让她不能拒绝。

“到底咋啦？和温哥华男朋友吵架啦？”徐林和我碰杯，喝了一口。

“我跟他真没什么，”我无奈地说，“大学宿舍不一起喝个酒，能叫宿舍么？来来，干一个！”

“这酒太难喝了！我记得我们家的啤酒不这个味儿啊！”王莹龇牙咧嘴。

“你们家啤酒肯定都是特供的！易拉罐都得镶金边儿！”徐林嘲笑她。

“滚！”

徐林笑着去跟她碰杯，“咱们要不要等等千喜回来一块儿喝啊？”

“不用，她和她男朋友去庆功了。”我轻轻地说，一仰脖，把酒喝到了底。

“男！朋！友！”徐林一下子跳起来，“她、她、她确定有男朋友了？和杨澄公开了？”

“不是，是我小船哥啦。”我呵呵笑了，“恋爱真好啊！”

“我靠！劲爆啊！氧气男完灭太子党啊！不过别说！他们俩还真配！今天我看那话剧，就他们俩还有点感觉，敢情是真有事儿啊……你捅我干吗？”徐林莫名其妙地看着王莹。

“傻叉儿。”王莹白着眼说。

她举着易拉罐到我跟前，跟我碰了一杯说：“你也傻叉儿。”

我突然觉得王莹什么都懂，然后我就喝了，然后我就大了。

那天我们三个女生越喝越 High，前前后后下去买了三回酒，一共消灭了 16 听。据说千喜回来时都惊呆了，徐林正对着窗外喊：“飞影我爱你！司狼神威我爱你！仙道彰我爱你！《人形电脑天使心》操你妈逼！”而王莹正一边拉着徐林，一边拉着我说：“不许碰我床！不许吐！”我则抱着电话哭得一塌糊涂，大声说着：“秦川！秦始皇！你怎么还不回来！你快回来！”

那是我人生中第一次大醉，第一次丢失记忆，第一次离开了我的小船哥。

12 月 24 日的清晨，我们宿舍被急促的电话铃吵醒，徐林照例骂着娘去接电话，气急败坏地把我从上铺扽下来。我披头散发，肿着眼睛接起了电话，秦川的声音马上传了过来。

“乔乔！你没事吧！”

“啊？没事儿啊，怎么啦？”我打了个呵欠。

“你昨天晚上号啕大哭吓死我了……到底怎么了你哭成那样！家里没出事吧！”秦川很紧张的样子，而我当着千喜的面又怎么说得出口。

“没事，就是聚餐喝多了。”

“我操！”秦川声音骤然高了上去，“你丫知不知道就因为你哭成那德行，我圣诞节都不过了直接改了机票呀！你丫知不知道温哥华这边下了多大的雪呀！你丫知不知道我打开门门口就是一堵雪墙啊！雪墙你懂么！就跟你在糖罐子里往外看似的！你丫……”

“你在哪儿？你到底什么时候回来？”听着秦川絮絮叨叨的话，我又要哭出来了。

“在机场！航班停了一大片，我等飞机呢！”他气愤地嚷。

“真的真的？”我激动地问，我迫不及待地想见到他，仿佛在一片灰烬中看到了荧荧火光。

“废话！”

“你快回来。”我哑着嗓子低声说。

“我一人承受不来！”徐林嬉笑地唱起来。

千喜笑了，王莹笑了，秦川笑了，我也跟着笑了。

这世界总是还算宽容待我。

当晚原本期待已久的平安夜联谊如期而至，但因为小船哥和千喜的突然惊喜，原本人员搭配发生了微妙的变化。小船哥自然要和千喜在一起，娜娜立刻黏上了杨澄，剧社社长对王莹大献殷勤，而我便和徐林凑在了一起。

我们八个人，分成了两辆车。王莹和杨澄事先安排好了，他们都是打死也不挤公交车的主儿，家里分别派了两辆车来跟着我们，搞得一场普通聚会却排场十足。千喜他们和社长坐王莹家的车，我和徐林、娜娜坐杨澄家的车。

坐在车里的娜娜很兴奋，她悄声跟徐林说，看这辆甲A开头的奥迪车就知道果然传闻不假，杨澄家要比王莹家背景更深厚。而我坐在窗边才发现，颜色那么深的玻璃膜，从外面看不到里面，从里面倒是能很清楚地看到外面。

之前准备送给小船哥的那盘专辑，就在我的随身听里转着，歌片儿上原本铅笔画着的圆圈已经被我擦掉了，但是因为橡皮同时擦去了纸面的底色，“我一直爱你”这五个字反倒更加凸显出来。不过已经没用了，我把它藏在包里，并在内心埋葬了它。我不想听《简单爱》，只是一遍遍地重复听《开不了口》，听杰伦漫不经心地唱透伤心：

就是开不了口让她知道，
就是那么简单几句我办不到，
整颗心悬在半空，

我只能够远远看着，

这些我都做得到，

但那个人已经不是我……

我还是安静地哭了。

杨澄在 Five Club 订了一个大包间，平时去惯了麦乐迪，连钱柜都觉得略奢侈的我们一下子被镇住了，本来还有点冷的气氛瞬时沸腾起来。

徐林扑到宽敞的大沙发上抢过麦连唱了几首郑钧、张楚的歌，最后唱到《回到拉萨》时被实在听不下去的王莹切了歌，娜娜表白心迹似的大唱《勇气》，杨澄唱了朴树的《New Boy》，又被娜娜在旁边逼着唱了谢霆锋的《谢谢你的爱 1999》和《因为爱所以爱》，也许是因为长得实在像，听起来还真有些原唱的感觉。而千喜仍然只唱王菲，《浮躁》《笑忘书》《流年》还有《执迷不悔》。王菲和谢霆锋正在轰轰烈烈地谈着姐弟恋，有点缺心眼儿的社长瞎起哄似的鼓动杨澄和千喜合唱，千喜并不理他，只是笑笑地坐回小船哥的身边。小船哥什么歌都没唱，他一直礼貌而拘谨，照顾着我和千喜，间或和别人聊聊天。

而我本以为看到千喜和别的男孩在一起，杨澄会过问一下。这或许仅仅是没骨气的我的怨念，我希望能通过他代替我过问一下。可他并没有，他只在出发之前，千喜介绍到小船哥的时候上下打量了他一下，然后就如同没事人一样置身事外了。一晚上他的手机响个不停，他时不时要接个电话发个短信，有些嗲嗲的女声从听筒那边都能传到我们的耳朵里，从他嘴里也听不出什么好恶，一概应承着。也许王莹说得对，杨澄这人身上，就没有过半点真心。

娜娜突然点了《简单爱》，她一把把麦克风塞到我手里："乔乔就喜欢杰伦，快一起唱！"

"不不不！"我急忙推辞，"我不太会唱这个。"

"瞎说，前几天还听你在宿舍唱呢！快快快！前奏开始了！"

音乐响起，我只好跟着娜娜哼唱起来，余光里我能看到小船哥正轻轻为我拍着手，而屏幕上的歌词又那么熟悉那么扎眼。我能分辨清，我曾在哪个字上画过圆圈，曾经煞费苦心地拼凑了怎样的爱恋。

唱着《简单爱》如同唱飞了我的半个魂魄，王莹没等结束就切了歌，娜娜大叫起来，王莹只是不屑地说难听，她走到我身边，把麦拿走时，轻轻地说："傻叉儿！"

说真的，我被她骂得有点感激。

娜娜报复似的又切了王莹的《恰似你的温柔》，招呼大家："不唱了不唱了！一起玩会儿杀人吧！"

徐林立刻双手赞成："可以，被你们腻腻歪歪地唱烦了！来来来，天黑请闭眼。"

我们要了一副牌，几个人围坐在一起玩杀人游戏，可没几局大家就没了兴趣，主要是社长水平太差，经常出现中间睁眼，作为法官却暴露警察这样的乌龙。娜娜灵机一动，又提出来玩真心话大冒险，她藏了小小的私心，想趁机套一套杨澄的真心话。

开始几轮都不是杨澄中招，在真心话“说出有没有第一次”和大冒险“喝下一杯每人加了不同饮料的满满一杯地狱饮品”之间社长选择了大冒险，可我们都很不屑，因为我们每个人心里都清楚，他一定还没有过第一次。在真心话“说出男 / 女朋友的名字”和“给系主任打电话问老师你平时用哪根手指挖鼻屎”之间，徐林轻松地选择了真心话，她说她小学男朋友是冰河，中学男朋友是仙道，大学男朋友目前还在选，路飞很可爱，鸣人也不错。这答案令全座人都恨不得拿水泼她。在真心话“说出今天内裤的颜色”和大冒险“拥抱在座的某个女孩子”之间，小船哥红着脸拥抱了千喜，我不知这是不是他们第一次的拥抱，那双伸展开的臂膀，在我面前坚定地去往了另外一个方向。

在他们的恋爱里，我无数次刷新对世界的认知，谁说失恋是心疼，分明是呼吸会疼，眨眼会疼，吃东西会疼，听到声音会疼，所有所有感觉都是疼的。

杨澄终于在最后一 Part 被抽中，问题也如娜娜期待的有意义，在真心话“你最爱的人叫什么名字”和“敲隔壁房间门大喊我有脚气”之间，杨澄选了真心话，他不羁地笑笑：“我还没爱过谁呢。”

大家都对这个显然不真心的话不满意，娜娜起哄让他喝一杯，我也打算跟着借酒浇愁地灌一大口啤酒，小船哥却拉住了我，换了果汁递给我。我无奈地望着他想，如果再给我一次机会，这个问题换我，我会选真心话，会说出何筱舟的名字。

19

真心话大冒险之后是国王游戏，大家已经玩开了，连小船哥都跟着说笑起来。我也混在中间笑着，叫着，起哄着，开心着。假装高兴是一种麻醉，我就像泡在水里，所有声音和模样都与我隔着一层，那么不真切。

不知道是玩到第几局，娜娜是国王，她跳起来，大声叫着："我是国王！所有人都听我的！下面，抽到红桃 A 的人，要以求婚的姿势，单膝跪地去亲吻红桃 6 的手背！谁谁？快站出来！"

大家纷纷翻看自己的号码，嚷着被抽中的人出来，我已经很累了，蒙蒙眬眬地翻开自己的扑克，发现上面画着 6 个红色桃心，我笑着举起手，摇晃地站起来，而对面也站起来一个人，是杨澄。

本来嚷得最欢的娜娜一下没了声音，这样陌生的组合也让其他人觉得奇怪，说笑声慢慢停下趋于消失。我突然紧张起来，就像儿时那次玩"三个字"，在小船哥面前对秦川说出"我爱你"，有种难堪的尴尬。

而杨澄丝毫不在意这些，他越过两个沙发，走到我面前，姿势优雅地单膝跪地，轻轻握住我的右手，垂下头轻吻了下去。

他的嘴唇凉凉的，碰触到我手背时，我浑身都轻轻抖了一下。我愣愣地看着他潇洒地完成动作，又绕过两个沙发走回到他的座位上，我忙坐下来。徐林在旁边调侃了些什么，大家恍过神，笑了起来，我也笑了，但其实他们在笑什么我根本不知道，余光中我看到小船哥看向我，但灯太暗了，我没看清那目光里有些什么。

又玩了一阵，到零点的时候，大家欢呼圣诞快乐，互相交换了礼物。因为和之前的配对有了变化，所以礼物的交换也混乱起来。社长把一本杜拉斯的精装剧本送给了王莹，王莹也只好把准备给杨澄的钢笔送给了他。杨澄倒是不在意这些，只是娜娜送出的卡通台灯令他无奈地挑了挑眉，他的回礼是一瓶 Chanel 香水。小船哥送给千喜的是一条小十字项链，千喜送他的就是那颗水晶苹果，当时我还想她为什么要那么仔细地挑选礼物，现在才恍然大悟。小船哥一如既往地细心，他准备了两份礼物，给我的是一副红色手套。他一定是怕我落了单，孤独地收不到礼物，而他这样的细心又让我格外叹息，为什么他能关照我这么细密，却体察不到我真正的心意。最后没有礼物的倒是徐林，她也无所谓，准备好的 Kitty 玩偶她丢给了王莹，王莹很嫌弃，不过还是收了。

到了后半夜，大家都累透了，麦霸徐林唱够了歌，躺在王莹腿边睡得浑浑噩噩，王莹不住地把她拨拉开，社长还在她旁边不停地献殷勤，我隐约听到他在谈《等待戈多》的哲学意义。小船哥和千喜细细碎碎地说着话，他们都怕冷落我，时不时跟我搭句腔，其实我倒是宁愿他们去说自己的，干脆也把头歪在一边装睡。娜娜围着杨澄聊天，从星座血型到喜欢哪个歌手、喜欢吃什么水果，她基本上已经全部搞清了。而杨澄还约了下一场，他应付了娜娜一会儿，过来跟王莹打招呼，说要先走，去 ×× 家的大 Party，问王莹一起去不。王莹说不去了，让他给那些人带好，祝圣诞快乐。

经过我的时候，杨澄突然停了一下，推了推我的肩膀：“你叫什么乔来着？”

我怔怔地看着他说：“谢乔。”

“谢乔，你有手机么？”

“有。”

“留个号码吧，你说我拨给你。”

杨澄说这些话时都很自然，我跟着他的节奏，想都没想就报出了自己的号码，他拨过来，说：“好了，那拜拜。”

“拜拜。”我挥了挥手，然后才反应过来，他都没说自己叫什么，好像反正我铁定知道他的名字似的。

王莹捅了我一下。

我一愣，说：“干吗？”

“你可不要飞蛾扑火，饥不择食，”王莹朝杨澄的背影努努嘴，“刚才真心话大冒险，他说的可是真心话，他呀，大概从来不会去爱谁呢。”

“什么跟什么呀！”

我烦躁地转过身，左手不自觉地攥住了右手，不知为什么，我总觉得那里凉凉的。

我们早上回到了学校，刷完夜的清晨格外地冷，每个人都冻得上牙打下牙，因为没了杨澄的车，我们只好都挤到王莹家的车里，到宿舍门口，一下

从车里钻出了这么多人，这阵势把周围人都看呆了。

我又冷又困，到屋里就爬上床睡了，一直睡到下午五点多才醒过来，似乎做了许多梦，但又一个都记不起了。刷过夜总有些不舒服，头很晕，宿舍只有徐林在，她说王莹回家了，千喜和小船哥去了图书馆。这几天发生的事就像一场大梦，徐林具体的描述，让它们一件件清晰起来，而我越想就越觉得胸口闷闷的，无论白天黑夜，都一样暗淡起来。

正胡思乱想着，我的手机响了，来电是一个陌生的号码，我接起来，却是熟悉的声音。

“谢乔。”

“你是？”我只是觉得熟，却想不起是谁。

“杨澄，你没存我号码啊。”

“啊！”我惊讶地叫起来，忙道歉，“对不起，回来就睡了，忘记存了。”

“那现在存好吧。”

“哦。”不知为什么，和他说话我竟莫名地紧张。

“干吗呢？”

“在宿舍，刚醒。”

“那下来吧，一起吃个饭。”

“啊？”

“我去你们楼下等你，快点啊，拜。”

他爽快地挂了电话，我却愣在了床上。我突然想起了昨天印在我手背上冰凉的嘴唇和浅浅的吻，脸腾地红了起来。

“乔乔，吃不吃饭去？”徐林收起她的漫画书问。

“我和人约了。”我迅速从床上翻下来。

“那你帮我打份饭回来吧，我懒得出去了。”

“好。”我对着镜子拢拢头发，看着自己有些浮肿的脸，拿起水盆直冲向了水房。

我下楼的时候杨澄已经到了，我四处望了望，有些忐忑地跑向了他。

“不愧是公主楼啊，这么多接女朋友吃饭的。”杨澄指指周围说。

“是哦。”我有些紧张地答。

“我们出去吃吧，马克西姆怎么样？”

“不行，我还得给我们宿舍徐林打饭呢。”

“徐林是哪个？”

“就是……那个有点像男孩的。”我想来想去只想到这个形容徐林最准确。

“哦，知道了。”

“昨晚玩一晚上，你都没记住我们的名字吗？”我惊讶地问他。

“记住你了啊，谢乔。”他笑了下。

“还有千喜呀，你们不是早认识了。”他打来找千喜的电话，我起码接过三个。

“对，还有千喜，”他倒也不避讳，“那你说吃什么？”

“就去三食吧，离得近。”

“成。”他欣然应允。

与杨澄并排走在路上，我受到了从未有过的注目，这弄得我更紧张了，而他却似乎毫无所谓。路上我们没说什么话，进了餐厅，他让我去找地方，然后就去窗口买了满满两份套餐端了过来，我说要给徐林带馅饼，他就又去买了一趟。他出乎意料地绅士，弄得我更不好意思起来。

菜大概不合他的口味，他只随便夹了两筷子就不吃了，而我虽然饿了一天，但此时在他的目光下却没有一点胃口。

“那个……你为什么喊我来吃饭啊？”我忍不住问。

“你以为呢？”杨澄凑近了一点。

“我……我哪知道。”我靠到椅背上。

“没找到人陪我吃饭。”他说得很随意。

“怎么会没人陪你吃饭？”我瞪大眼睛，“你”字咬得特别重。

“王莹跟你们说了多少我的坏话啊，估计已经把我塑造成花心大萝卜了吧。”杨澄叹了口气。

“没……没有。”

“嗯，看来没少说。”

我还是不善于撒谎，赶紧闷头扒了两口饭，想起王莹形容杨澄的话，又忍不住偷偷瞥他，却正好对上他看我的目光。

一口饭噎在了嗓子眼。

“说真的，我也奇怪我为什么约你。”

“……哦……”我垂下头，使劲咽下了那口饭。

“可能因为我昨晚做梦梦见你了。”杨澄说，他样子看起来很认真，一点不像开玩笑。

“梦见什么了？”我旋即认真地问。

“梦见这个。”

我眼中他的脸突然放大，右手手背上一直残留着的那种冰凉触感，突然换到了嘴唇上。

他吻了我。

我的初吻。

我整个人都呆住了，大脑一片空白，面前的杨澄变成了再陌生不过的镜像。这和我对初吻的所有想象都不相同。它不像《美丽人生》里佟二俯下身对杏子那个温柔体贴的吻；也不像《流星花园》里道明寺对杉菜的那个霸道独占的吻；更不像《蓝色生死恋》里俊熙对恩熙那样绝望与真心的吻。我的初吻像蜻蜓点水一样，不温柔，不体贴，不浪漫，不温暖，不充满爱，而且对象还不是恋爱中的人。

我想我该怎么办，是不是该哭，该痛斥他，或者该扬起手给他一巴掌。想到这里的时候，我的身边忽然掠过了一阵风，我的头发飘扬起来，从发丝中间，我看到一个人冲到了杨澄面前，然后一巴掌把他从椅子上打翻在地。

“操你妈！”

秦川大喊。

等我反应过来的时候，秦川和杨澄已经扭打成一团了。

我忙越过食堂的椅子去拉他们,又被秦川扔在一旁的行李箱狠狠绊倒了，我知道秦川打起架来是没有轻重的，我还没起身就抱住他的半截腿说:“秦川你住手！”

杨澄勉强地挣扎站起来，隔壁桌打的饭被他撞翻了，袖子上挂着鱼香肉丝里的胡萝卜丝，本来整齐的发型也东一缕西一缕的，我想他一定从小到大都没这么狼狈过。

“你谁呀！”杨澄愤愤地指着秦川。

“你丫谁呀！你干吗呢！你凭什么亲她啊！”秦川的大嗓门几乎整个食堂都听到了，如果给我块豆腐，我真心想当场撞死。

“你管呢！跟你有什么关系啊！”杨澄毫不示弱。

“我……”秦川顿住，梗着脖子，说不出个名头。

“走吧！先跟我走！”我站起身，拖住秦川把他往外拉。

我死命拉着秦川在大庭广众之下狼狈而逃，走出食堂秦川甩开我的手就要冲回去，我几乎扑到他身上才拦住了他。

“秦川，你别发疯！”

“谢乔你有病啊！你一女孩，被人占这种便宜！”

“什么叫占便宜啊！”我恼羞成怒。

“接吻还不是占便宜！哪儿来的浑蛋啊！”说着他又往食堂走。

我气得大声嚷:“他要是我男朋友呢!”

秦川愣住了，呆呆地看着我说:“他是你男朋友? 你有男朋友了我怎么不知道?”

“就许你有女朋友，就不能我有男朋友啊!”

“我那是正经女朋友!”他瞪着眼睛。

“凭什么我就不正经了!”我更来气了。

“正经你不跟我说,正经连你们宿舍的人都不知道!”秦川理直气壮地说。

“你怎么知道我们宿舍的人不知道。”我无力地辩白。

“刚给你打手机没接，我就打给你宿舍了，徐林接的，她还管我叫你男朋友呢! 她说你去食堂给她打饭了，我就想过来给你个惊喜，没想到啊，你倒是给我了个惊吓。瞧你刚才那表情，那是跟男朋友接吻么? 跟亲了个死耗子似的。”

“你才……”我气得翻白眼。

而这时杨澄从食堂里出来了，秦川二话不说就朝他走去，我紧跑两步，站在他身前伸开胳膊挡住他，就听他说:“听说你是她男朋友，那刚才对不住了，以后对她好点吧。”

我背对着杨澄，看不到他的表情，我只知道自己整个涨红了脸，刚才我只是跟秦川争执，其实杨澄算哪门子男朋友，秦川这么说出来，不知人家要怎么想我呢。

杨澄却没有答话，他既没有指责秦川动粗，也没有揭穿我的谎言，就那么看着我被秦川拉走了。

我和秦川在学校周围一个烤串店里随便吃了饭。

我被突如其来的他和突如其来的初吻怔住了，虽然眼前是秦川，但仿佛一恍神就变成杨澄那张放大了的脸，随即嘴唇就凉起来，再随即脸就红起来。

而秦川也恍恍惚惚心不在焉的，他一直在问我关于杨澄的事，而我能答上来的少之又少，事到如今，我也没办法说他不是我男朋友，那个吻我根本解释不了。

“你们到底什么时候好上的啊？”

“就最近。”

“那你不告诉我！”

“就昨天！”

“昨天！？你……你有谱没谱啊！看那家伙就不像是什么好人，那小船哥呢？你不是号称一辈子不变心吗！你这样对得起小船哥吗！他就没管管你！”

秦川抬出小船哥，愈加地理直气壮，可我却心里一紧，淡淡地说：“小船哥有女朋友了。”

秦川一下子停了啰嗦，他小心翼翼地看着我，我垂下眼睛继续说：“就是我们宿舍的千喜，我那个漂亮朋友，你觉得最有礼貌人最好的那一个。”

“乔乔……”

“不怪她，她也不知道我喜欢小船哥呀。我觉得他们很相配的，长得好，学习好，也都是好人。”

“乔乔……”

“哎呀，当然啦，还是会难过一阵子，就像好不容易攒了好几条命，打到关底打出个超牛的装备结果被旁边的人给捡了。”

“乔乔……”

“有的时候也会很嫉妒，你知道其实我从小就挺小心眼的，要不怎么什么都跟你抢呢，我可告诉你，你拿了我几块香味橡皮我可都记着呢，哈哈哈。不过这是爱情，没办法啊。”

“乔乔……”

“我觉得我可以拿个暗恋终身成就奖了……”

这些天一直绷着的劲儿终于在这会儿松了下来，秦川坐到了我身边，我靠在他肩膀上眼泪混着鼻涕哭得乱七八糟。

“我也很好很漂亮很值得被喜欢对不对？！”

“对！”

“小船哥他没被我表白才是损失对不对？！”

“对！”

“他肯定都不会遇到像我这么喜欢他的人了对不对？！”

“对！”

“他活该！”

“对！”

“不对，你不能说小船哥坏话！”

“……对。”

看着秦川一副心不甘情不愿的嘴脸，我破涕为笑，他也笑了，把一张纸巾糊到我脸上："擦脸！难看死了！蹭我一袖子鼻涕！这羽绒服贵着呢！"

我拿过纸巾，很大声音地擤鼻涕，他厌恶地推开我，"就你这样，还男朋友，你别自暴自弃饥不择食啊！那人我真觉得不怎么样！"

"哦。"话题绕到杨澄身上，我又堵心了，忙打岔，"你拎着箱子来，还没回家吧？这儿离你们家远着呢，要不我先送你走？你明天来陪我上课呗！"

"我先不回去呢，附近有酒店么？你给我找个好点的，我开房住。"

"干吗不回家啊？"

"我跟我妈和我奶奶说的是晚几天才到呢，我要去趟上海。"

"去上海干吗？"

"见我姐。"

"秦茜？！"我惊呼出声。

23

秦川说秦茜也是最近几天才跟他联系上的，她用了另外的陌生号码加了他的QQ，据说一上来就因为那个"永远爱宝嘉の川酱"昵称把他骂得狗血淋头，强迫他立刻换了名，我这几天没上网，所以还没看到他的最新昵称，据说叫八百里秦川。其实也挺二的，但看在他把那名换了的份儿上，我就忍着没嘲笑他。

秦茜果然是和谭辉在一起，他们不知怎么跑去了上海，她说有一件着急的事，一定要让秦川去一趟。秦川趁机让她回北京再说，可她还是不肯回来，秦川也没办法。秦川说要不是我那天一顿哭让他慌了神，他本来打算先飞上海的。

吃完饭带秦川安顿好，我就着急赶回了宿舍，再晚点就要锁门了。一推开房门，我们宿舍里的人齐刷刷地看向了我，所有人连带娜娜一个不缺，把我盯得后背汗毛都爹起来了。

“谢乔，今天我在三食看到你和杨澄了。”娜娜走过来，一脸严肃。

“你……你听我说，不是你们想的那样……”

我忙向她解释，她却打断了我：“我有个问题问你。”

“你说。”我紧张地看着她，生怕她想不开，哭闹或是大吵起来。

“打他的那个男生是谁？”娜娜很认真地问。

“啊，他呀，是他误会了，他那个人就是头脑简单四肢发达的，你别怪他……”

“到底是谁？”

“是秦川，我发小。”我垂下头不好意思地说。

“乔乔！”娜娜突然上前一步握住我的手，“介绍他给我认识好不好？他真的，太！帅！了！”

这 180 度的急转直下让我顿时愣住了，结结巴巴地说：“你……你不是那个……杨澄么？”

“哎呀，你和杨澄都那样了我能怎么办。关键是秦川真的是……”娜娜陶醉地双手合十说，“我心目中的那个他呀！不是我说，杨澄呢，虽然帅，但吊儿郎当的，不够 Man。不是因为他亲了你才说他坏话啊！我一直这么想呢。可你看秦川！又高又帅还那么能打！这才是男人中的精品啊！你不知道，我都跟她们聊半天了，我一直担心秦川是你男朋友呢！还好不是！快快快！你一定要让我认识他啊！”

我无奈地看着花痴病严重的娜娜，怎么都无法把她形容的帅哥形象和秦川对上号，我一边应着，一边疲惫地走到徐林床边坐下。徐林瞥了我一眼，“我的饭呢？”

“啊！”我一下跳起来，愧疚地说，“对不起对不起，当时一片混乱，结果忘记拿了……要不我现在给你买点饼干去？”

“算啦，一直等你真的要饿死了，赶上那么轰轰烈烈的事也没办法呀，到底怎么回事呀？”徐林笑眯眯地八卦。

“还能怎么样，又一个被杨澄骗到手的傻叉儿呗。”王莹在一旁漫不经心地说。

“乔乔，我觉得杨澄不适合你，他太……随便了，琢磨不透，你又那么单纯，不要真的被骗了，你可跟他玩不起感情游戏。”千喜忧心忡忡。

“我和他真的不是……”

“我觉得挺好的啊！你们不觉得很浪漫吗？在食堂哎！深情告白，热烈接吻！还有无名帅哥闯入抢人！这绝对是电影里才会有的情节啊！况且不管怎么说杨澄可算得上是 B 大校草了吧！能跟这样的人谈个恋爱，没结果我也愿意啊！乔乔！我支持你！你放心，我不跟你抢！只要你把秦川留给我就好了！”娜娜大方地拍着我的肩膀。

“你……我们……”正在我要和她们好好解释的时候，手机短信偏巧不巧地响了起来，那上面赫然显示着杨澄的名字，娜娜朝我挤眉弄眼地笑，我一把拿过手机，爬到了我的床上。

王莹在一旁提醒我："别踩我床！"

我一边心不在焉地应着，一边着急忙慌地打开了信息。

"干吗呢？"他简单地问。

"要睡了。"我答，其实我根本没有睡觉的心情，接到他的短信更加心绪不宁了。

"哦，今天那个人是谁？"

"他是我发小，刚从加拿大回来。他没有恶意的，他只是以为我被欺负了，对不起。"

"我以为是你前男友呢。"

杨澄很快又回了一条："那算欺负吗？：)"

他居然在后面加了个笑脸！我羞愤起来，给他回："你不应该向我道歉吗？！"

"为什么道歉？"

"因为你亲了我！"这样的话，我连打出来都觉得脸红，在发出去之前又一个字一个字地删了。

而杨澄不等我回答就发了一条来："不会是初吻吧？"

他这句话算是给我浇了一盆冷水，对我而言很珍贵的东西，不但被他轻易拿走，还毫无所谓。再想想刚才千喜和王莹说的，我本来蠢蠢欲动的那点心思，一下子就沉寂了。

"不要以为谁都像你一样随便！"我冷冷地回。

“别生气，对不起。”杨澄回过来。

“我要睡觉了。”

“你今天对那个人说了我是你男朋友，对吧？”他却没有停下来的意思，问了我一个更加脸红的问题。

我不知该怎样向他解释那种特殊的状况，字斟句酌地想把自己撇清，但又怎么也说不清楚，只得一遍遍删了又重写。

而我还没写完，他的短信就又进来了：

“那么从今天起，我就是你的男朋友了。”

24

手机掉下来，砸在了我的脸上。我晕乎乎地望着天花板，心扑通扑通地跳了起来。

而我的手机丝毫不体会我的紧张，它很快执拗地振动起来，上面显示着杨澄的名字。

我手忙脚乱地关了机。

我一点都搞不懂杨澄，不明白他到底什么意思。我仔细算了算，我知道他这个人的存在大概有那么 3 个多月，而他认识我连 48 小时都没有。48 小时大概只够从陌生人到见面说声 Hi 的程度，可他却夺去了我的初吻，还声称做我的男朋友。这种天大的笑话，连小孩子都骗不了，我却在这里忐忑不安也真是搞笑。这么想着我稍平静了点，翻身下床拿了水盆去洗漱，下铺的王莹翻了个身，轻声说："谢乔，你掉一次坑够了，别刚爬出来又掉另一个。"

我没想到她还没睡，愣了一下，答："我知道。"

我很清楚，如果说小船哥是我从幼时起就不知不觉给自己挖的深坑，我还能缓慢黯然地爬出来，那杨澄绝对是个火坑，掉下去绝对尸骨无存，万劫不复，我绝对不能不要命地往下掉。

第二天早上我开机时还是有些紧张，可手机很安静，并没发出我以为可能会有的叮叮的短信声，昨晚那条短信之后，杨澄显然并没有再做什么。我觉得我心里的感觉不是失落，而是确认某种事实之后的冷漠。

秦川如约陪我上了语言学概论，娜娜见到他激动得不行，我只负责介绍了她的名字李娜娜，剩下什么高中初中小学甚至幼儿园的履历，全由她个人独自完成了。幸亏打了上课铃，不然我觉得她会把从小到大同班同学的名字都告诉秦川的。秦川趁机问了许多关于我和杨澄的问题，娜娜知无不答，我在宿舍里怎么不修边幅，杨澄家怎么手眼通天，全被她说了个遍，气得我恨不得拿胶布封上她的嘴。

可能是第一次在中国的大学，尤其还是B大这么著名的学府上课，秦川开始还挺兴奋，一副认真听讲的样子，但听着老师的湖南口音，不一会儿他就打起了呵欠。他小声跟我说，原先他以为只是对外国语言不太懂，听了我们的课，觉得更不懂的是本国语言。

最终秦川在坚持了20分钟后，还是昏昏睡去。娜娜贴心地在他身前摆了一本大书，他半个胳膊弯到了我这边，我便挨着他记着笔记。清晨的阳光很好，冬日里的教室暖洋洋的，看着安静地睡在课桌上的秦川，我觉得安详且美好。之前有同学带着男朋友来上课，那时我还纳闷为什么连上课这么无趣的事都要一起，现在却猛地发现了其中微妙的好处，那是一种内心的温暖和平静，让我突然特别向往一场校园恋爱。

不过这念头很快被打消，因为课间的时候杨澄来了。

他在我们教室门口，叫同学把我喊了出去。我硬着头皮走出了教室，他脸上还挂着那种漫不经心的微笑，丝毫没被我昨晚的关机影响到。

“你来干吗？”

“找你啊。”

“找我有什么事？”

“来看看我女朋友。”他笑着说。

“谁是你女朋友！”我急红了脸。

“不是你说的吗，喏，你那位发小正虎视眈眈看着我们呢。”杨澄下巴颏朝教室里扬了扬，我回过头，看见秦川果然黑着脸望向我们。

“我那是……怕他打你！”我急着撇清。

杨澄冷笑了一下：“你倒是让他再碰我试试，看他还能不能好好回去加拿大。”

杨澄的话让我心里一惊，我差点都忘了，他是有背景的人。

“是呀，你也不是我们这种小老百姓能招惹得起的，”我冷冷地说，“别拿我开玩笑了，你那么多女朋友不缺我这种吧。”

“又生气了？”杨澄俯下身子，凑近过来。

“停！”我伸开手拦住他，“你离我远点！”

“为什么？怕我？”杨澄玩味地说。

“怕你耍流氓！”我气急败坏。

“亲女朋友怎么算耍流氓？”似乎我的反应让他更觉得有趣起来。

“好好好，就算我是你女朋友，那现在我们分手行吗？分手！你别来找我了！”

我转身走回了教室，秦川看我气哼哼地进来，问：“怎么了，跟那中南海里的小衙内吵架了？”

“分手了！”我烦躁地翻开笔记本。

“这么快！”秦川喜笑颜开，“谢乔，不是我夸你，这点你还真算是拿得起来放得下，看得明白拎得清！别伤心，来来来，想吃什么，哥一会儿请你！”

我从秦川张牙舞爪的身躯旁看过去，教室门口空荡荡的，杨澄也并没有再逗留。我突然有了点小烦躁，尽管我知道杨澄没半点真心，尽管我知道我也不会选择他，但是被一个看上去还不错，起码比我要好很多的人嚷嚷了几天喜欢，哪怕是因为虚荣心也还是会有一点被打动的。就像一盘你吃不起的大餐，在你鼻子下面转了转就走了，多少有点失落。

秦川还在叽里呱啦地说着，我把课本拍在他脸上：“你烦不烦！快去睡！”

秦川扯下书，想起了什么似的说：“乔乔，要不你跟我一起去上海吧！”

我望着他怔住了，然后就答了：“好！”

我想离开北京。

从小到大，这是第一次我如此想离开我的故乡。因为小船哥，我一直以为他是我心中的堡垒，原来只是沙滩上的城堡，已经被我亲手埋葬；因为杨澄，我隐约看到了爱情粉红色的泡沫，而那最终也就是一场美妙的海市蜃楼。

秦川在此时突然引我望向了另一条路，我于是想大着胆子跟他跑一跑。

去上海之前，我们和小船哥、千喜一起吃了顿饭。小船哥看到秦川很高兴，就像照顾弟弟一样，嘘寒问暖地说了好多话。我在旁边看着，他们那样子就如同小时候，好像这么多年都没有经过，只是彼此模样变了，个子高了，而世界还是那个世界。我想也许周遭的人看我和小船哥也是一样，我一直就是他的小妹妹，我们的关系再也没有超越那个小院，之前那长长的单恋，不过是我的痴人说梦。

千喜正欣喜地给秦川讲前一阵她和小船哥一起去天安门看升旗的事，小船哥似乎不想让她说，可她却执拗地按住小船哥，一脸俏皮地说："不行，我一定要告诉他们。"

"什么什么，千喜你快说！"秦川兴致勃勃地凑着热闹，他陪我上课那天还刻意跟千喜保持着距离，可一顿饭的工夫就已经互相混熟了，毕竟千喜是无法让人讨厌的女孩子。

"说之前要先问你们俩一个问题，"千喜很神秘，"你们知道天安门城楼上挂着的两行字是什么吗？"

我和秦川面面相觑，天安门城楼正中挂着毛主席像这我们都知道，旁边的确是有两行字，但那写的什么我可真记不住了。

“中国共产党万岁？”我试探着答。

“你看看你们，从小就在首都长大，居然这么不热爱我们北京天安门！”千喜点着我们鼻子指过去，“连何筱舟同学都不知道，我问他，他居然说是不是为人民服务。”

“好了，谁都有知识盲点嘛！”小船哥被她说得不好意思起来。

“那到底是什么啊？”秦川问。

“我告诉你们啊，东边是中华人民共和国万岁，西边是世界人民大团结万岁！”千喜得意扬扬地说。

“你怎么记那么清楚？”我很好奇。

“因为我从小家里就摆着天安门城楼的图片，我从小就想来北京。”千喜很笃定地说。

她有所向往的样子很美，小船哥体贴地拉了拉她的手，秦川看了我一眼，给我夹了一大块水煮牛肉。我低下头，格外认真地吃起来。

那天吃完饭，秦川送我回宿舍，小船哥也送千喜，我们走在前面，他们走在后面。在路上我有些沉默，秦川突然把我的绒线帽子扯了下去。

我没好气，“干吗，还我啦！”

“别摆臭脸了！不然唯一一点可爱的优点，都要被人比下去了！”他笑嘻嘻地说。

“那又怎样！反正怎么都是输，输多输少无所谓了。”

“谁说你输，你一点也不差啊！是小船哥输了个好姑娘。”

“真的？”我高兴了点。

“真的！”他使劲把帽子扣回到我头上，遮住了我的眼睛。

我笑闹着追着他打，两个人跑了一阵，脸都跑红了，呼出一团团的哈气。

小船哥远远地在后面喊：“别摔着！”

我回头望过去，千喜幸福地拉着小船哥的手，牢牢地站在他身边。天空微微飘起了雪花，两人美好得像一张明信片，投递在了最好的年华里。

北京的冬天很冷，那却是个让我以后无论何时想起来，都会觉得温暖的画面。

秦川拍拍我的肩膀：“千喜挺好的，算了，就这样吧。”

“小船哥也挺好的，算了，就这样吧。”我狠狠点了点头。

回到宿舍后，我把小船哥送我的红色手套收了起来，连同这些年我攒的那些小船邮票、徽章、橡皮、笔记本、书信都一起装进了箱子里。

从那天起，我真正把小船哥埋在了过去的时光里，埋在了幼时的梦里，埋在了我的心底里。

26

我人生第一次逃课居然就逃去了上海。

去之前我做好了充分的准备，先跟家里人说元旦要在学校复习考试就不回去了，又叮嘱宿舍的人帮我应付点名，然后就装了一背包衣服，跟秦川奔向了机场。

说起来那还是我第一次坐飞机，我在北京的胡同里长大，从小就没出过什么远门，有几次跟着我爸我妈单位出去旅游，也都是坐火车去的。秦川替我出了飞机票钱，那几乎相当于我两个月的生活费，我逞能地说以后还他，却被他瞪了回去。我注定还不起，只好装上我攒的所有零花钱，心想到了上海再好好请他和秦茜吃一顿。

一路上我既兴奋又懵懂，秦川给我要了靠窗的座位，我东摸摸西碰碰，直到遇到气流才吓得坐好，突然想起这是在万米高空之上，有点害怕起来。

“这飞机……不会出毛病吧？”我忐忑地问秦川。

“我又不是开飞机的，我哪儿知道。”

我默默坐好，系好了安全带。秦川看着我的小动作，忍不住笑，挨近了我说：“哎，乔乔，要是飞机真掉下去了，你有什么遗憾没？”

“最大的遗憾就是怎么跟你死一块！”我恨恨地瞪着他。

和秦川笑闹着到了上海，秦茜说已经安排好了人来接我们。我们取了行李走到闸口，却被接我们的人吓了一跳。一个高高壮壮剃了光头的黑衣人，举着硕大的纸牌子站在那里，上面写着：“秦川先生谢乔小姐”。他旁边有个跟他长得差不多的黑衣人，背着手站着，眼睛不停环视来往的行人。

我们怯怯地朝他们走过去，秦川问：“请问……是秦茜让你们来接我们的吗？”

黑衣人不回答，反问我们：“秦川？谢乔？”

我们一起点头，另一个黑衣人走过来，一手拎起秦川的箱子，一手拿过我的背包，秦川半客气半试探地挣了一下，完全没抢动……

“走吧。”

举牌的黑衣人在前面带路，我和秦川只得跟上去，我悄悄地捅捅秦川，“你确定跟你联系的是你姐？我怎么感觉我们这是要被绑走当肉票的意思啊！”

“肯定是我姐没错！这阵仗我也搞不懂啊，等我去探探口风先！”秦川低声说，他走上前两步，问举牌的黑衣人：“哥们儿，咱们现在去哪儿呀？”

黑衣人面无表情地看着他：“停车场。”

“然后呢？”秦川又问。

然后他就不再和我们说话，只比画了个请的姿势，两个黑衣人一前一后领着我们到了停车场。我们上了一辆黑色的别克车，一路上我们四个人都很安静，中间秦川给秦茜打了电话，她却没有接。

车七拐八绕，最终在一个金碧辉煌的洗浴中心门口停了下来，墙上挂着巨大的朱色大匾，上面写着：金刚池。下车的时候，我其实想立刻撒丫子就跑，可是更多的黑衣人从大门里走出来，给我们打开车门，拿上行李，簇拥我们进去，根本连逃跑的机会都没有。

我和秦川被他们安排进了一个房间，说是等一下，也不知要等些什么。室内装饰很浮夸，到处是明晃晃的金，秦川四处看了看：“这倒像是我姐的地儿了，她就喜欢金的，很符合她品味。”

“你姐到底干吗呢？”我小声问。

“我哪儿知道！妈的，她电话一直不接。”秦川愤愤地按掉手机。

“咱们没事吧，”我带着哭腔，“我怎么有种进了魔窟的感觉呀，这窗子高么？能跳下去么？要不咱俩还是跑吧。”

“你老实待会儿吧！”

我走到窗边看了看，起码离地面六七米，我只好断了跳窗的念头。我们又等了会儿，还是没人过来。

“秦川……”

“啊？”

“咱们要是无故失踪了，会有人告诉咱们家里人么？要不要在这个房间里留点记号啊？”

“……你休息会儿行么？”

“秦川……”

“又怎么了！”他烦躁地快暴走起来。

“我想上厕所……”我小声说。

“你去呀！”

“你陪我。”

“神经病啊！你上厕所，我一男的怎么陪你！”

“我害怕！”

“上厕所你怕什么！”

“我连这是什么鬼地方都不知道能不害怕吗！”

“那你憋着别上！”

“憋不住！”我腾地站起来，“好！我自己去了！我要是回不来了你别后悔！”

我赌气地拉开房门跑了出去，还好门口没有黑衣人把守，我摸索着下了一层楼，并没看见卫生间的标志。我天生路痴，走了两圈就把自己绕晕了，好不容易走到有人声的地方，往里探头一看却着实吓了一跳。

是男浴室……

内室站着几个光溜溜的大男人，那画面太刺激，我几乎背过气去，好在他们没发现，我跌跌撞撞跑出来，又听见有人在讲话，忙随手拉开一个柜子，想钻进去躲一躲，而这次，我整个人都愣住了。

柜子里摆满了砍刀，每把都足足有一个手臂那么长，在幽暗的角落里依然闪着寒光。

“谁！”突然，背后一声凶狠的男声响起，“干什么的！”

我慢慢转过身，双手举成投降状，几乎瘫软下去，“我……我是来找秦茜的……对不起，我什么都没看到……我不会说出去的……”

面前的不出意外又是一个黑衣男，他纳闷地看了看我，“你怎么跑到这边来了？”

“我找厕所……”

“这儿没女厕所。”

“啊？”

“你进门没看吗？‘金刚池’，这里是男澡堂。”

“啊……那……我这就回去，”我瑟缩地答，往前走了两步又哭笑不得地转过身，“我迷路了……麻烦能带我回去吗……”

那人把我领回了刚刚金灿灿的房间，我一进来就背贴着门滑坐在了地上。

“怎么了你？”秦川问。

“快跑吧！咱们肯定是到了黑社会的贼窝了，我刚都看见了，满满一柜子，全是刀……”

我上前去拉秦川，而他却不动换，满脸复杂的表情看着我，这时秦茜突然从房间里的小门闪身出来，她哈哈笑着走向我，一把把我抱在怀里：“乔乔快让我看看，想死我啦！”

两年多没见，秦茜越加明艳动人，她烫了波浪式的卷发，佩戴着耀眼的金饰，比以前雍容了许多。我被她紧搂在胸前，完全不明状况，秦川上前剥开我俩，怒气冲冲地扯着秦茜问：“姐！到底怎么回事！你到底在做什么！”

秦茜把乱发别到耳后，扬起下巴，轻描淡写地说：“黑社会呀。”

仿佛为了配合她似的，门口敲门进来了一个黑衣人，恭恭敬敬地说：“大姐，晚饭安排了席家花园。”

“知道了，先出去。”秦茜顿时换了另一张脸，强大而冷艳。

黑衣人点头退了出去，我和秦川都傻了眼，秦川不可思议地望着他姐，而我想，他多年的江湖老大之梦，终于由他姐实现了。

27

那天在秦茜金光闪闪的办公室里，我和秦川目瞪口呆地听她讲了一个混合了黑帮、伦理、爱情等多种元素的故事。

秦茜说当年是谭辉来医院接她的。她以为他早跑了，可他却冒着被抓的危险，偷偷跑来医院看她。那时候他的确是想逃跑了，但是觉得跑之前无论如何要再看一眼秦茜，于是这一眼看完，逃跑的人就变成了两个。

当时他们俩也不知道要跑去哪儿，一个 28 岁的重伤了别人的逃犯，一个 18 岁刚刚获知自己人生最大秘密的姑娘，未来对他们来说几乎就是没有未来。谭辉之前所谓“九龙一凤”的江湖基业，在真正出事之后立时土崩瓦解，他当时身上只有 5000 块钱，而秦茜分文没有，连身换洗衣服都没带。北京是一定要离开的，而要去往哪里他们谁也不知道，最后秦茜提议说来上海，潜意识的，也许她只是想去往关乎她身世的那一个地方。

初来上海，他们找了最便宜的招待所住下，不知道能做什么，每天从那 5000 块钱里抽出 100 来花。花了快一个月的时候，谭辉出去找了个他以前的朋友，本来是想借点钱，那人却拉着谭辉一起去追了个债。我没见过谭辉打架，但我想一定非常厉害，至少秦茜得找个比她、比秦川都能打的男朋友才对。追债的结果就是，谭辉一人孤勇，帮朋友要回了 10 万块钱，然后拿走了其中的 2 万。从此谭辉在要债界就有了名，他做事狠，没有商量的余地，而且不管遇见什么人，都我行我素，见到什么都一张冷脸。就这样，靠着帮人追债，他在上海又重新打回了一片小天地。

半年后，谭辉和秦茜用积蓄外加借的钱，开了一家澡堂，就是“金刚池”。这间浴室只接待过往男客，在沪上江湖小有名气，黑道上常有人来这里住着，有的是躲人，有的是凑一起做事。他们的名气乍响，原先地盘上的老大就看不顺眼了。在上海徐汇这边的地头蛇叫曹象儿，40 岁出头的男人，不高不壮，长得一副弥勒佛面孔，但狠起来是丝毫不客气的。曹象儿派人来金刚池，说傍晚要来喝喝茶，谭辉如临大敌，四处打电话叫人，可黑道上消息都灵着呢，听说他开罪了曹象儿，就都推托着不来。最后秦茜按住了谭辉，说谁都别叫了，他来我招待，不就是喝茶聊聊天嘛，侃大山谁不会啊。

于是就有了后来被江湖传颂很久的那次美女与野兽的会面。据说曹象儿见到秦茜的时候也愣了，他没想到金刚池里居然蹦出了个娇嫩的火凤凰。秦茜很客气，见面就管他叫叔叔，然后恭恭敬敬地奉了茶，开了 CD 机放曹象儿最喜欢听的邓丽君的歌，然后就开始给他讲自己的身世，一边讲一边哭，讲到最后曹象儿都坐不住了，誓要帮她把亲生父亲找到，给她妈一个交代。走出金刚池时，秦茜是搀着曹象儿的，在门口曹象儿停住，指指背后的金字招牌说，以后这里就相当于我那里，这里的事就是我曹象儿的事，道上有什么说什么，谁为难秦茜，谁就是和我过不去。

从此谭辉和秦茜在上海就算立住了脚跟。金刚池越做越好，据说上海一半械斗的家伙什儿，都存在金刚池的换衣间里，其中就包括我看到的那一柜子砍刀。而曹象儿也说到做到，几个月后真就找到了秦茜的亲生父亲。

秦茜说她是自己去见他的，本来一路上她都想着要怎么痛斥他，才能替她妈妈讨回公道，可是当她见到他时，她却一个字都没说。她面前的男人老了，既不英俊也没什么风度，就像上海最普通的小市民，软弱胆小怕事，活得战战兢兢的。秦茜说她走进弄堂里，正碰见她爸爸推着自行车过来。看到这么美的女人，她爸爸瑟缩地低下头，把自行车挪了挪，紧贴着墙给她让开了路。秦茜看了他一会儿，直到他纳闷地抬起头，她才匆匆从他身边走过。她说她后来知道她爸爸返城后过得不好，为了安排工作，勉强和糖果厂车间主任的女儿结了婚，也就是因为这个不美满的婚姻所以才和她妈妈没了联系。他们婚后多年一直没有孩子，去了许多地方检查，都没个结果。女方家本来就强势，于是就都赖到了她爸爸身上，说是他没有生育能力。他这一辈子，在他们家里都没抬起头来。世有因果，人有宿命，一个抛弃恋人和未出世婴儿的人，再也没有了孩子。

秦茜说，他永远都不知道他有个亲生女儿曾来到他面前，阅尽了他的人生却像陌生人一样与他擦肩而过，也许这就是她们母女对他最大的报复。

28

秦茜说完这一大堆话，中间抽了两根烟，她点起第三根时，秦川接了过去，他坐在他姐身边，搂着她的肩膀说:“姐，还是回家吧。”

“不回，这回我闯了这么大祸，回去奶奶得打死我。”

“她特别想你。”

“我知道，但我不能给家人惹麻烦。不说这个了，这回喊你来不是让你劝我回家的。”秦茜从秦川手中抢过那根烟掐了。

“那你说什么重要的事啊？”

“我要和谭辉结婚。”秦茜笑眯眯地说。

“啊？！”我和秦川一起大叫起来。

“你你你……这事你不跟爸妈说！”秦川指着秦茜哆嗦着说。

“现在怎么说，以后再说吧。”

“你们不是逃亡吗？你们能结婚吗？”

“有钱能使鬼推磨，那边的事基本已经托人搞定了，再说我也到了法定结婚年龄呀，有什么不能结婚的。”

秦茜眨眨眼睛，法定结婚年龄这话从她一个黑社会大姐大嘴里说出来特别搞笑。

“你不拿户口本吗？你们怎么登记呀！”

“先办事呗！等你哪天把户口本给我偷出来，再补个证。”秦茜无所谓地说。

秦川还嘟嘟囔囔地各种抱怨，他对自己唯一的姐姐要嫁人这事儿显得特别小心眼。

“得了得了啊！”秦茜搂住我们，“一会儿先去吃饭，明天你们俩陪我上街，我给你们买身衣服去。”

“买衣服干吗呀？”我傻乎乎地问。

“后天我婚礼，你们要一个做伴郎，一个做伴娘呀！”

不知为什么和秦川一起凑成一对让我突然脸红起来，而秦川也难得地不好意思，梗着下巴说：“谁要跟她一起！”

“我还不想跟你一块儿呢！”我马上还嘴。

“你们俩都多大了，怎么还这样呀，见面就掐！走吧，谭辉已经到饭店了，等着咱们呢！”秦茜一手拉秦川，一手拉住我。

晚上和谭辉吃饭，秦川还是一脸的不痛快，都没有好好去敬一杯酒。而谭辉也就由着他，对我们都很周到。我能感觉出他很爱秦茜，那是我第一次深刻感受到那种要共度一生的爱情是什么样子。不是丰沛的表达，而是绝对不能没有你的依恋和只想和你在一起的陪伴。

第二天秦茜带我们去了淮海路的巴黎春天，她给秦川买了一身西装，系领带时秦川一直别扭地挣扎来挣扎去，被秦茜狠狠拍了一巴掌才老实。镜子里的秦川修长笔直，我第一次觉得他帅。秦川见我盯着他看，一下子害了羞，没好气地说：“看什么看呀！”

“看你好像农民企业家啊！”我违心地奚落他。

秦川再也不试了，骂骂咧咧地回到试衣间。而轮到我试裙子的时候，他报复似的没好脸色，连试了几件，他都喊丑，吊带裙他说没身材还来现眼，蓬蓬裙他说穿着像鸵鸟，白色他说显我黑，红色他说显我土，气得我都要哭起来，秦茜干脆把他赶了出去，才终于买到一条合适的淡金色蕾丝裙子。

上海结婚习俗和北京不同，他们晚上摆酒席，而北京要是在晚上摆酒那就算二婚了。谭辉和秦茜都是北京人，也入乡随俗订了晚宴。后来我总觉得如果不是晚上结婚，也许他们就能走到白头。但这也就是经年后的我给那些无法改变的遗憾一种宿命的解释。不能开解，便只能认为那是注定。在那时的我们与他们分明以为，这已经是永远。

婚宴前我陪秦茜化完了最后的新娘妆，那个我一直羡慕，从小便被无数次称赞的女孩在那一天美得倾国倾城。我总有些恍惚，似乎我们一起披着纱巾装成白娘子满街跑的日子就在昨天，而一晃十年时光，今天她就披上了婚纱。

我感慨地拉住秦茜的手，“秦茜姐，你真美，也真棒！你知道吗，小时候我总想着我要能变成你就好了，可我永远做不成你，我大概一辈子也不会有你这种胆量。”

秦茜笑着说：“乔乔，你别变成谁，你就做你自己最好了。我觉得呀，我和我妈最像的一点就是对爱情有一种孤勇。人们常常被一句‘以后怎么办’给吓退了，以后那么长，不是想出来的，是过出来的。我们也不知道从遇见哪个人开始，一辈子就这样了。”

门铃响了，是迎亲的人到了。

“你一定要幸福。”我眼中含泪。

“你也是！”

秦茜冲我回眸一笑，她轻巧地跳下床，不等那些啰啰嗦嗦的规矩，直冲过去打开门，亲自迎进了她的新郎。

秦川跟着谭辉走进来，他看见我，猛地怔住了。我以为他又要嘲讽我，心里马上准备好了 100 个词反击，而他却什么也没说，只是跟我一起把新郎新娘送了出去。

仪式很简单，谭辉和秦茜互相宣誓，永爱永贞。他们交换戒指的时候，我哭了出来。秦川捅捅我，递过来一张纸巾。因为买礼服的事赌气，我和秦川一直都还没说话。我瞪了他一眼，不客气地接过来，擦了擦鼻子，而秦川突然俯下身子，在我身旁轻轻地说：“今天很好看。”

我涨红了脸，半天才说出来：“谢谢。”

余光望过去，秦川竟然也脸红了。

那是上海黑道的一场盛事，很多年后，尽管参加那场婚礼的人们终归命运多舛，但谈起老锦江饭店那上下 50 桌人，那难得的面子、那浩大的排场、那一对天造地设的璧人，大家还是津津乐道。

那天秦川是个称职的伴郎，他替新郎挡了很多酒，有人来敬谭辉，他就抢着喝了。结果半圈酒席下来，谭辉没什么事，他倒先不行了。秦茜操心他，让我扶他回房间，临走前他死死拉住谭辉说："对我姐好，她流一滴泪，我就让你流一滴血。"

我几乎是把他扛上去的，我们俩昂贵的礼服，揉搓得皱皱巴巴。一路上他吐了两回，我拍他的后背，他不住哼哼唧唧地喊我的名字："乔乔，乔乔。"我答："在呢，在呢。"他回过头冲我笑笑，一咧嘴又憋不住吐了。

好不容易跌跌撞撞进了房间，秦川一头倒在了床上，我的裙摆被他缠住，也被带倒在了他的身边。

我仰躺着，累得一点都不想动。房间里只开了阅读的小灯，喧嚣的酒席和此刻的宁静对比强烈，就像是做了一场春秋大梦。我胡思乱想了很多，想我们的童年，想灯花胡同里的大院，想洋娃娃似的秦茜，想俊秀的小船哥，想淘气的秦川。想我们怎样长大，怎样分离，又走向怎样的归宿。秦茜一点点地变成现在的样子，她拉紧谭辉的手，勇敢地向我微笑，而我耳边似乎响起了吴大小姐说她的那段话，我还没太听清楚，就沉沉睡去了。

早上叫醒我们的是一缕阳光，我看向秦川，他也慢慢睁开了眼。我们距离很近，近得可以听清彼此的呼吸，近得可以看清对方每一根睫毛。可能是阳光太好了，可能是盛大过后的虚空，可能是一身华服的陌生感，又可能只是清晨还没睡醒的蒙眬，我们都没有回避彼此，就那么对望着，望了很久很久。

秦川突然说："乔乔，我们在一起吧。"

我觉得这是特别重要的一句话，可是面对如此重要的时刻，我还来不及惊讶，来不及思考，来不及仔细掂量它的意味，就被他的手机铃音打断了。秦川不得不起身，从身上摸出电话，不耐烦地按掉，我也从床上坐了起来，他再次转向我，刚要说什么，电话又响了，这次是两个，我的和他的。

我们几乎同时接起了电话，一个走到窗边，一个走到门口。

是杨澄打来的，他一向漫不经心的语气少有地波动起来："谢乔，你跑哪儿去了！"

"我去哪儿干吗要告诉你。"我脑子蒙蒙的，心突突地跳，想的都是秦川的事。

"是吗？那好吧。"杨澄迅速冷漠，我这才意识到是不是对他太不客气了，而他没给我缓和的机会，已经迅速挂上了电话。

那边秦川也说完了，他急走到我面前说："谢乔！"

"干吗？"我特别特别地紧张起来，紧紧贴墙站着，还什么都没说，就已经红了脸。

"我要立刻回加拿大。"

"怎么了？"对于他话题的突然转换，我说不清是松口气还是失落。

"宝嘉出了点事。"他烦躁地搓了搓头发。

"她怎么了？"那感觉是失落，我确定了，同时随之而来的还有难以细述的不快。

“她自杀了。”秦川眼神空洞地说。

我愣住了，而后秦川大致讲了他和宝嘉的事，因为要提前回国不能一起过圣诞，他们大吵了一架，秦川不告而别，宝嘉给他打电话他一直没接，刚刚是他们室友打过来的，说在他们的夜晚我们的早晨，宝嘉在浴室里割了腕。

秦川说他要赶回去看看，我说对。

秦川说他现在要赶紧订票，我说好。

秦川说他会回来的，很快，他一定要回来的，我说嗯。

然后秦川就走了，我一个人留在一间豪华的房间里穿着一件浅金色的蕾丝裙子坐在一张大床上望着天空发呆。上海和北京不同，北京是宽大的，从哪里都可以仰头望见蓝天，而上海是层层叠叠的，不管望向哪里，都有东西在你之上。

我觉得他少说了一句我们还要不要在一起，所以我也就少答了一句，成。

在回北京的路上，我开始反省。

我在脑子里一遍遍地重演那个早晨，回忆秦川的每一个表情每一个动作，慢镜头分割开再一点点地解析，然后我指向统一的最终推论，他应该只是睡糊涂了胡说八道，就像我小时候玩急了对他喊“我爱你”一样。其实我也动摇过，想是不是他这一辈子难得一次对我认了真，但我马上就否定了自己，别的且不说，他还有陈宝嘉，一个躺在医院里等他回去拯救的女朋友。所以这不是表白，这是一个无聊的误会，是一个没睡醒的人的梦话，是一个我差点开不起的玩笑。最令我生气的是，我居然会对这件事上心，居然脸红，居然差点答应了他。

一想到这里我就恨不得推开窗户跳下火车。

我不停地骂自己，我肯定是失心疯了被刺激疯了想谈恋爱想疯了才会对秦川心猿意马。那些他从小欺负我的事、他交各种不靠谱女朋友的事、他跟我毫不客气乱开玩笑的事，根本不可能是喜欢，我为自己有这样的念头而感觉羞耻。

从有生命开始我们就在一起，在这么长的岁月里有没有动过心？我还来不及想出答案，我内心里强悍的小人就跳出来抽了我十几个耳光。

回到学校后我亲爱的室友们用超级的鼓噪迎接了我。

徐林说古代文化课突然临考，她和娜娜想都没想就都特别仗义地帮我做了一份，结果就是在老师面前摆了两张名字写着谢乔的试卷，估计下次课我得先跟老师解释一下。听得我差点内伤喷血。

王莹说杨澄给宿舍打过好几个电话，她们都没告诉他我去哪儿，只有今天他没打来，我心里涩涩的。王莹看在眼里，又提醒我，别傻叉儿了。

千喜说让我好好讲讲秦茜的事，她觉得特别传奇，中间小船哥来了电话，他们聊了很久，听说小船哥那里有秦茜的照片，她就吵着要去看。两个人要好的样子，让我都觉得甜。

与她们笑闹着聊天时，我一直偷偷关注着我的西门子手机，它很安静，秦川没有信，杨澄也没有。

第二天早上我恢复了精神，我们宿舍照例一起去上课。因为有中国古代文化课，所以我特别头疼。正琢磨一会儿怎么声泪俱下地跟老师说班里有人要陷害我所以才出现两份试卷时，却突然被拽住了。

我抬起头，千喜她们也都停了下来。

杨澄面色不善地拉着我："谢乔你等一下，我有话跟你说。"

"杨澄，我们还上课呢。"王莹想解救我。

"是急事，就一会儿。"杨澄却并不妥协。

我只好跟着他往另一个方向走去，他步幅很急，我挣开手："你干吗呀，别走远了，我们在逸夫楼上课，今天我不能迟到，还要先找老师呢。"

杨澄停下来，他并不回答我，只是一脸困惑地盯着我看。

"看什么呀。"我被他盯得心浮气躁。

"我想不明白，我为什么特别想见你。"

"见……见我干吗！我又不欠你钱。"我嘴硬地答，内心里却紧张起来。

"谢乔，我们在一起吧，我可能真的喜欢上你了。"杨澄很笃定。

我的人生似乎一下子中了大奖，连续两个清晨，两个男孩说想跟我在一起。

其中一个说完就跑了，跑回到他吵了架闹自杀的正牌女朋友身边，而另一个正站在我面前，一脸严肃地在等我的答案。

"你别拿我寻开心了。我求你，杨澄，杨大少爷！我真的开不起这种玩笑。"

"谢乔，我要是跟你开玩笑的话，会特意跟王莹打听你回没回来，然后一大早就跟个傻叉儿似的戳在公主楼下面等你出现吗？”杨澄焦躁地说。

“我……”

我还要说什么，但是什么都没说出来，他又吻了我，这次吻的时间比上次长很多，长到我闭上了眼睛，长到我狠下心想，那就这样吧。

恋爱是什么样子？是长久的喜欢，还是某一次的怦然心动？是两个人的结盟，还是一个人的执念？是看见他就感觉到整个世界的明亮，还是被追求的浮夸欢愉？是一段万年长安的心愿，还是一次势不可当的冒险？当有一个如此漂亮的男孩亲吻我的时候，我还是没能想出答案。但是我很明确的是，我不想一个人了，不想再傻傻地单恋或是傻傻地等待。

寂寞太久，原来会那么渴望温柔。

新世纪开始，我一直喜欢的小船哥恋爱了，对象不是我。

说想和我在一起的秦川恋爱了，对象不是我。

我也恋爱了，对象也不是他们。

（上册完）

FONGHONG
凤凰联动出品

曾少年

かつて少年であった

下册

九夜茴 作品

江苏凤凰文艺出版社
JIANGSU PHOENIX LITERATURE AND ART PUBLISHING, LTD

目录

Contents

曾少年

第五章 Chapter five

灿生

我们明明在一个世界里，却又像隔着一个平行宇宙，在不知不觉间总是不停地错过什么。我笑了，但又特别想哭。

01

我们的时代一边让我们对它充满想象，又一边让这些想象迅速沉淀到现实里面。新的世纪一直以来是个充满憧憬的词汇，但当我们纷纷忙不迭地进入它时，它并没有展现怎样的新奇与欢迎。1000 年是个庞大的时间概念，有历史记载的每一个千年都缓慢地滚动着，唯独我们面临的这个，显得格外地快。整个星球赋予人类使命，有的进化，有的开创，有的积累，有的发展，我们如同工兵一样迅速抵达了之前所有累计不能企及的高度，从这个角度来说这些生在此时此刻的人们，注定要不断地攀登，要步幅急促，要气喘吁吁地去顽固地微茫着。

我们渐渐进入了 B 大的节奏。千喜和小船哥每天都会结伴到图书馆去自习，他们俩是学霸级的人物，双双拿到一等奖学金。王莹对中文系的功课彻底失去了兴趣，她家里人也对她有了新的安排，准备再过一两个学期就到美国修学。动漫社中的御姐与宅男之战，最终由宅男们夺取了主导权，徐林愤而离社，她对功课也不算上心，在校外打了几份工，一会儿分给我们吉野家优惠券，一会儿让我们帮忙做问卷调查，一会儿让我们买据说超好用的安利牙膏。王莹是她打工生活的 VIP 大客户，每次都因为受不了她的纠缠最终愤而埋单。娜娜着实低沉了一阵，既失去了对杨澄的兴趣，又没有了秦川的消息，不过她很快找到了新的目标，据说校学生会文艺部部长是个帅气的摇滚青年，于是她在那次悲伤的山鹰社山难之前退出了，转投学生会继续为我们带来最新八卦。而我依然晃晃悠悠的，一边学着我吊车尾的必修课，一边谈着我不着调的恋爱。

我和杨澄的事大家很快就知道了。千喜忧心忡忡，徐林不以为然，王莹怒我不争，只有娜娜拍手叫好。后来我想，所有被看好的情侣都有相似的幸福，而所有不被看好的情侣则一定各有各的不幸。

尽管最初我对杨澄只是半推半就，但我还是慢慢喜欢上了他。由此我才发现，爱情并没有我想象的那么崇高和神圣，我会用十几年的时间去专注地喜欢一个人，也同样会因为一个轻浅的吻、一点小小的虚荣而去动心，所有爱情的最初也许都没有那么坚强，我们却总是对最终的结果那么执着。

对于谈恋爱这件事，显然杨澄要比我在行很多。他每天傍晚都会发短信给我，很简单地问一句“干吗呢”。我没什么地方可去，不是回在宿舍，就是回在水房，然后我也会问他干吗呢。他与我们都不一样，真正和他在一起我才发现，其实他很少来学校上课，王莹说的一点也没错，他过着信马由缰的生活，什么点名、临考、学分、考勤都根本束缚不了他。所以像千喜和小船哥那样，一起去图书馆自习式的爱情文艺片，在我和杨澄之间根本就不可能上演。

他时而在家，时而在外面，时而见朋友，他从不跟我多说，也不多问我。偶尔他在学校的时候会接我去吃饭，那辆甲 A 牌照的奥迪，准时停在公主楼下。每每我上车时，都会收获一些惊叹艳羡的目光，再看看身边杨澄英俊的侧脸，连我自己都觉得这场恋爱有些不真实。

杨澄就是不及秦川真实，我总会这样去想。但是秦川回去已经有半个月了，仍旧没有消息回来，我也没有找他。在某个夜晚，想起在上海的那个清晨，我的心依然会微微一动，但很快就平静下来。秦川真实，但他在宝嘉身边。陪着我的是不真实的杨澄。

这样也好，至少我们还是最好的朋友。

我终于进入了恋爱模式，不知不觉地，每个傍晚的短信成了一种习惯。说不清从哪一天起，我开始等待杨澄的短信。接近五点钟的时候，无论做什么我都会心不在焉，不停地瞄向手机，甚至连心跳都加快了。直到传来那滴的一声，看见“干吗呢”这三个字，我才会安稳起来。有时也会有其他人或者广告短信进来，那一惊喜与一失落之间的跌宕，就是我对杨澄的爱恋。他把我的心打开了一点，装进了一种习惯，习惯又变成欲念，爱情便是寻求欲念满足的唯一出口。

可是，在我越来越感觉到我喜欢杨澄的时候，我却发现他对我似乎没有那么上心了。像表白时那样的炙热的态度，之后再也没有了。最初我也无所谓，可随着他慢慢进驻我的内心，我就不由自主地有了愿景。可能所有初次恋爱的女孩都和我一样是慢热的，对男孩热烈的追逐既新奇期待又诚惶诚恐，一边羞涩地躲避着，一边忍不住想要他更喜欢自己，为自己做得更多。而一旦两个人真的交往起来，女孩的喜欢便坚定且执着起来。可男孩不是，他们爱情的峰值大概都在追求的最初阶段，那时的女孩就是女神。等到两人恋爱的时候，热情退却，荷尔蒙分泌降低，一切又都平静了下来。所以女孩在绵长的恋爱里坚韧，而男孩却在最初的感情中热烈。

我忘了是哪一天，杨澄没有按时发来那句“干吗呢”。我那一个晚上都心绪不宁的，每一次手机响都像火箭一样冲过去看，而发现不是杨澄之后，就慵懒地扑倒在床上。什么都不想做，什么都做不下去。脑子里都是杨澄，他在干什么，他有没有想我，还是就这么轻易地把我忘了。

徐林去打工，千喜去自习，宿舍里只有我和王莹。翻来覆去的我把她搞得很烦，她扔掉雅思书说：“你要是不能消停会儿的话就去跟杨澄吃饭吧！”

我翻身坐起来说：“他和朋友在一起呢吧。”

“谁呀？”王莹问。

“不知道。”我沮丧地答，至今我只认识且见过他一个朋友，就是王莹，“他朋友很多么？”

“还好啊，反正平时在一起玩的就我们那拨人呗，陶家的、花家的、戴家的，再有就是他们常带常新的姑娘们。”王莹不屑地说，而我听到姑娘还“们”，心里更不舒服了。

“杨澄交过很多女朋友吗？”我蹭到王莹身边问。

王莹用早就说过的懒得理你的眼神鄙视地看着我。

“好吧……那他交往最久的女朋友是谁？”我只好换了种问法。

“不记得有久的，”王莹说，“最长不过三个月。”

我安静下来，开始默默计算我们好了几天。

“他这个人从小就这样，想要的东西，就一定要得手。我记得小时候我爸从美国给我带回来一套变形金刚的模型玩具，他喜欢得不得了，天天缠着我要，拿各种好东西来和我换，他们男孩子喜欢那些，我本来也没太大兴趣，耐不住他磨人就送给他了。按理说费了这么大力气到手的玩具他总应该珍惜吧，可过几天他就带到学校里弄丢了，丢了也就丢了，一点都不见他心疼，就跟从来没在意过那些玩具似的。对女人也一样，你还记得以前我说过他为什么来 B 大念书么？本来他家里是安排他去美国的，就是为了追一个 B 大的女孩，他美国都不去了，死活要来这里。够痴心的了吧，结果怎么样呢？你也看到了，现在还不是和你好上了。”王莹合起书，站起来靠在书桌上剥开一只橘子，“你知道，像我们这样的人，从小什么都不缺，又没有父辈他们伟大的理想、革命的抱负。所有人都对我们很好，我们得到的也都是好的，所以我们是一群没有渴望的人。我总觉得他一直在找自己想要的东西，因为不知道到底想要什么，所以试试这个，再试试那个，如果不对就立刻丢掉，就这么简单而已。”

王莹递给我一半橘子，我接过来，怔怔地坐在床上，王莹尖叫着别坐床上的声音仿佛离我很远，我只想着，我到底是变形金刚还是女生甲乙，我的试用，会在哪天到期。

那天晚上杨澄到底还是没来消息。

听了王莹那些话，我一夜都没怎么睡好。其实这本来是我对杨澄早就该有的觉悟，我一早就知道他家世深厚，知道他为人轻浮，知道他前任众多。但我还是被他帅气的样子、被他大胆的接近、被他一个吻轻而易举地攻陷，并且还抱有也许他对我将会不同这样的幻想。可能爱情过于美好，接近它的人们就格外相信奇迹，认为自己能改变什么，可结果却总是不尽如人意，你从来改变不了别人，会变得小心翼翼不受控制的只有自己。

临熄灯前我很想发一条短信给他，问问他今天都在干什么，或者干脆通一个电话。但是又别扭地倔强着，仿佛只要他不理我，我就也不理他，那么就不算输了这段感情。而后想想，这真是笨蛋逻辑，真正不输的人，根本才不会想这些呢。

就这样晕乎乎地上了大半天的课，直到下午时，杨澄才终于有了信儿。我们是在教学楼外偶遇的，他看见我，怔了怔，走过来笑眯眯地问："怎么不理我了啊？"

"是你不理我呀，昨天都没发短信。"见到他时，我的忧心少了一半，委屈却多了起来。

"咦，那你怎么不发给我？"

"不想发。"我赌气。

"哦，是吧。"对于我的郁郁寡欢，他似乎也无所谓。

我们并肩走了一会儿，一直沉默着，到底还是我先忍不住："一会儿干什么？"

"出去和朋友吃饭。"他简单地答。

"什么朋友？"我本想昨天都没有消息，今天总要一起吃个饭什么的，没想到他早就有了别的安排。

"你不认识。"

"是啊，你所有的朋友，我也就认识王莹而已。"

杨澄终于听出了我语气中的不满，他停下脚步说："都是我们从小一起玩的朋友，你本来就不认识啊。你的那些野蛮发小什么的，我不也不认识。"

"什么野蛮发小啊，秦川已经回加拿大了。"

"他还不野蛮？"杨澄冷哼了一声。

"我本来想和你一起吃饭的。"我缓和了些，低声说。

"今天不行，改天吧，"杨澄看了看表，"我要走了，你回宿舍么？"

我不答话，内心满是委屈和难过。

"又怎么了？"杨澄叹了口气，低下头看我。

"你打算试用我多久？"

"什么？"

"不是从来没有和谁好过三个月以上吗？那么打算在什么时候甩掉我？我好提前做个准备！"我红了眼圈。

"王莹又跟你说什么了？"

"杨澄，我就想谈个普通恋爱，能一起吃吃饭，上上课，一起去图书馆看书，去操场散步。有共同的朋友，能一起开玩笑聊天。我不想当个试错品，就像被摆在超市里免费品尝，喜欢就埋单，不喜欢就丢掉！"

我一股脑说了出来，杨澄抱着手站着，一脸烦躁："我就不懂，为什么你们女孩都这么着急地去占领一个人，似乎只要是谈了恋爱，就有权力侵占别人的生活。"

"你'们'女孩，"我刻意加重了"们"字的读音，"你倒是经验丰富。"

杨澄神色冷峻地板起脸："我还以为你多少会不一样。算了，我走了。"

他不再多说什么，很潇洒地转身离开，我立在原地，胸口上下起伏。我想他怎么能就这样走掉，他不应该劝劝我哄哄我吗？我们的问题一点都没解决，我想拉回他，但又没有足够的勇气。这实在不是我想象中恋爱的样子，我们都不美好，反而尖刻地丑陋。

独自走回宿舍的路上，我的手机响了，我仍然不争气地有所期盼，忙不迭地拿出来看。

不是杨澄，是秦川。

"有没有好好等我？我回来了！ ：）：）：）：）：）：）"

他发了一连串的笑脸，我却要哭出来。

他还不知道，他已经回来晚了。

秦川抵京，拎着他带去加拿大的所有行李。

他彻底回来了。

秦川让我给他在 B 大旁找个旅店开好房间，这次不一样，他没住那个五星级酒店，还特意跟我强调，找个便宜点的。

我在房间里等他来。一面很开心，想到以后又能和他经常在一起，而不用日夜颠倒地用 QQ 聊天，我就打心里觉得喜悦；一面又很惆怅，总觉得我们错过了什么，内心深处甚至会想，如果他早回来那么两个月，我还会不会有与杨澄的恋爱，是不是一切都将变得不同。

就这样胡思乱想的时候，门铃响了，我打开门，秦川冲我咧着嘴笑，他风尘仆仆，看得出一路都在赶，连他最在意的发型支起来一丛乱发都没抚平。

“乔乔！”

他伸手去揉我的头，我却微微闪身躲开了。这个细小的动作是我们之间关系的预判，只一瞬间就画开了一条清晰的线，那条线就叫作最好的朋友。

秦川愣了一下，即刻懂了什么。

我们坐下来，以自然亲切的口吻聊这两个礼拜发生的那些事。

秦川说他和陈宝嘉分手了。他赶回温哥华就直奔了医院，他以为陈宝嘉会虚弱地躺在床上，但他冲进病房时看见她正举着勺子在吃大桶冰淇淋，用的就是据说割了腕的右手。她不肯拆开纱布，直到秦川按住她，才看到那连两厘米都没有的铅笔道一样的伤口。秦川气急败坏，大喊着马上要回北京，而宝嘉马上跳到了医院窗台上，说只要秦川出这个门，她就立刻跳下去。于是从那天起，彻底开始了陈宝嘉自杀大集锦。

她跳窗八次，最初还只是做样子似的跨出一条腿到窗外，在发现秦川大为紧张之后，就一次比一次坚决。秦川说他好几次大半个身子都悬在外面去把她捞回来。

她开煤气五次，这个只要在旁边看着就很难成功，好在每次她都是在秦川在场的时候，跑去厨房反锁上门，并发短信通知说我要开煤气了。然后秦川就小寡妇哭老公一样地去敲门，直到最终他撞坏了那扇可怜的木制门，这种方式才宣告结束。

她吃药三次，这个她也全是当着秦川的面做的，抓起一瓶子药就往嘴里倒，第一次呛住了全喷了出来，第二次秦川紧张得又拍后背又抠喉咙折腾一溜够，发现吃的是维生素 C，于是气得他第三次就没管，结果真去了医院洗胃。洗胃过程令陈宝嘉生不如死，此后就再没吃过药了。

其他七七八八匪夷所思的自杀样式不胜枚举，秦川说快被她折磨得神经衰弱了，好几天夜里做噩梦，梦见陈宝嘉吐着舌头流着血来缠他，吓得他半宿半宿睡不着。我纳闷就这样他们是怎么分的手，秦川一脸我是谁啊的得意样子说：“我也自杀啊！她不是嚷嚷她不活了么，好，那我也一起不活。她要跳窗我就比她跑得还快，有一段时间我们俩拼的就是百米速度，谁先占领窗台谁就离自杀成功近了一步，另外一个只能去救。她要吃药我就抢过来先吃，看谁吃得多呗。她要锁门开煤气，我就在另外一屋割腕，你看，有一回真划深了还流了不少血呢。”

我笑得花枝乱颤，秦川把手举到我面前，我没注意那浅浅的新伤，却瞥见了他手背上那个陈年的烟疤，莫名地，心里抽痛了一下。

秦川没注意我的神情，继续兴高采烈地讲他的逃脱办法：“我是连夜跑出来的，我给她写了一封遗书，让她不要再找我了，就说我会找个安静的地方自生自灭。你笑什么！我写的绝对是标准琼瑶体，今世无缘来生再见的那种感觉你懂么！”

秦川瞪着我，我抹去笑出的眼泪："那你打算以后怎么办啊？"

"以后……"秦川顿了顿，他望向我的目光闪烁了下，我突然有些不敢直视他，别过了头，他站起身，走到窗边点了支烟，"以后再说吧，我本来就是下了决心要回来了，不管怎么着，我都不会再待在加拿大。这事不能让我爸我妈我奶奶知道，所以我让你给我开这么个破房间，找着辙之前我得省着点花钱。"

"你不念书了？"我担忧地问。

"想念的时候再念吧。"

"可是……"

"别可是了，大不了我就去上海找我姐。"

"你去上海不又剩我一个人了。"

"你接着跟那个高官家的小衙内谈恋爱呗。"秦川扯着嘴角笑了笑。

我沉默了，手指紧紧地扭在一起。明明不再隔着千山万水，两个人就在一个房间里，可坐在床上的我和站在窗边的他却都显得那么孤独。

秦川把烟掐了，深吸了口气，走到我旁边，拍了拍我的肩膀："乔乔，你没好好等我啊。"

我被他说得突然有点想哭，手机适时响起，我低头看，这次是杨澄，他就像之前什么都没发生过一样，照例给我发来了"干吗呢"，而这次，我既没高兴，也没失落。

“小衙内？”秦川轻哼。

“嗯。”我合上手机盖子，并没有回短信。

“他到底怎么样啊？我还真就看他不太顺眼。”

“切，你上来就把人家给打了，还怪别人不顺眼。”我鄙视他。

“那还不是因为他亲你吗！”

秦川不服气地大声喊，而我们一起意识到了什么，又安静了下来。

我觉得我和秦川的人生里的所有空白加起来，都没有这一天长。

手机再一次解救了我们，它尖声响起，这一次是杨澄打来了电话。

“怎么不回短信？”杨澄少有地关心起我。

“没看到。”

“哦，干什么呢？”

“刚接到秦川。”我看看秦川，他从箱子里东一件西一件地拿着东西，但耳朵一直竖着。

“什么？”杨澄很惊讶。

“秦川，我发小，他回国了。”

“你们在哪儿？”

“在学校旁边，大荣旅社。”

“你等着，我去找你！”

“哎，你……”不等我说完杨澄急匆匆地挂了电话，我有些不好意思地跟秦川念叨："他要来找我。"

"哦。"

"你瞧瞧你这箱子，什么乱七八糟的呀，我帮你收拾收拾东西吧。"我站起身，缓解我们之间的尴尬。

秦川的箱子很大，衣服东一团西一团，里面还夹着 CD、握力器、药盒、杯子盖、枕套等一大堆小东西，可见他跑出来时是多么狼狈。

我一件件地把他的东西整理好，他在一旁慌张地藏起内衣和没来得及洗的袜子，嘟囔我多管闲事。我难得没跟他斗嘴，他一定不知道，很认真地为他做这些事的时候，我内心有种小小的安宁。

杨澄很快就到了，我下楼的时候还是有些不自然，倒是秦川比我大方，他推着我的肩膀，打开房门说："快滚快滚！别在我面前装了啊！好不容易谈上个恋爱，也怪不容易的。"

"你才好不容易谈上恋爱呢！我现在很女人的好不好！"我扶着门框，摆了个挺胸提臀的姿势。

秦川看着我，就那么愣在了那里，我红了脸，他赶紧笑了，笑得特别遗憾。

兴许那种遗憾留了一半在我脸上，杨澄见到我的时候，我还在怅然若失。

"怎么了？看见我不高兴？"杨澄油嘴滑舌地调笑。

"没有。"

"奇怪，你平时不这样呀。"

"好像你多关心我平时怎么样似的。"我忍不住跟他抬杠。

"瞧瞧，你们女孩没说几句话，就这种语气，没法聊。"杨澄叹口气，又突然想到什么似的补充，"哦不对，不是你们女孩，是你这个女孩。"

我被他说笑了，他顺势自然地揽住我的肩膀，我的身体却微微绷紧，杨澄也感觉到了，滞了一下，却并没有放开手。

“那个野蛮发小怎么这么快就回来了？”

“他叫秦川……”

“哦，好吧，秦川。”

“他回国了。”

“什么意思？”杨澄停下脚步，走到我面前盯着我问。

“他不打算在国外念书了。”

“不走了？”

“不走了，”我纳闷地说，“你打听这么多秦川干吗？你不是很讨厌他吗？”

“所以要提防他打扰我们啊。”

“什么呀！”

“走吧，今天带你吃四叶日料！”

杨澄大步往前走，我看着他的身影，努力提起了精神跟上去，毕竟我还是在恋爱啊。

从秦川回来那天起，杨澄几乎每天都和我一起吃饭了。

他通常开车带我出去吃，北边的好餐馆都吃遍了，他从不吝啬，即使只有我们两个人，也会在白家大宅门点一桌子菜一整只烤鸭，以至于眼看着冬天过去了，我却粉圆粉圆地胖起来。

不过我依然没见过杨澄的那些朋友们，我也不再纠结了。如果你想要一颗糖却始终得不到，与其想象那有多么甜，倒不如安慰自己那糖也未见得有多么好吃。

秦川一直泡在我们学校里，跟我一起去上课，他从来不听，来了就睡觉。偶尔遇上老师点名，要是谁缺了课，他就帮忙答到，因而很受同学们欢迎。最欢欣鼓舞的就是娜娜，我每次出去跟杨澄吃饭，她就拉着秦川跟徐林她们一起去食堂，对秦川嘘寒问暖格外照顾。秦川也无所谓，白天四处晃悠，晚上等我们熄了灯关了校门，再回到大荣旅社去，就这么混着日子过。

杨澄到底还是没长性，他喜欢热闹，几天可以，让他日日月月地来上课，陪我一起吃饭，他根本耐不住的。没过几天，他就又晚上出去找朋友了。

我难得在饭点出现在宿舍里，被千喜她们一通笑话。徐林扔给我一盒酸奶，我拿在手里看了看："又是好伦哥！你们什么时候去吃了？"

"就昨天，"徐林呼噜呼噜地喝着酸奶，"等不及你回来，我就和千喜、你小船哥一起去改善伙食了！哎，他们俩可真没用！又没让他们动手，让他们帮着挡着点都吓得哆哆嗦嗦的！尤其你小船哥，面皮都红透了，我往包里装酸奶的时候不小心掉了一个，喊他捡，他就跟摸了热铁似的。"

"你就带着我小船哥不学好吧！他这辈子哪干过这种偷鸡摸狗的事啊！"我忙着维护小船哥。

"你们也真行，39 块钱一位的自助餐，还一边吃一边拿，不够丢人的！"王莹不屑地说。

“我们这算什么，你问问千喜，我们斜后面坐着那对情侣，直接在桌子下面放了个小旅行袋，鸡翅一上他们就冲过去拿，吃一盘往旅行袋里倒一盘，眼睛都不带眨的！是不是千喜？”徐林比画着。

“真的！我都看呆了，他们也看见我们已经发现他们了，一点都不在乎，继续装。”千喜瞪大眼睛。

我看她手里拿着个什么东西，正在缝缝补补，好奇地凑过去，“这是弄什么呢？”

“十字绣，”千喜笑笑举到我面前，“我第一次绣，不太好看。”

千喜手中的图案已经有了一艘小船的精致雏形，和多年里我攒过的那些小船样子的物件那样地相似，但它却没能再驶入我的心里荡起微澜。

“哟，送给小船哥的吧！”我揶揄地挤着千喜坐下来。

“嗯，”千喜大方地点点头，“不是快到白色情人节了么？我跟他讲好，我们不花钱买东西，要亲手做一份礼物送给对方。”

“千喜，你是真好啊！”徐林走过来，挨着千喜另一边坐下，“知道何筱舟不宽裕，就想这样的办法给他解围，这么好的姑娘哪儿找去呀！”

千喜微微笑着不答话，又一针一针地仔细绣起来。我恍然大悟她的善良，替小船哥感受到了他的幸福，在那一瞬间，我的心里没有任何酸涩，反倒是欣慰。对小船哥的喜欢，千喜不输给我。

“还好何筱舟对你不错，要不然这么好的姑娘就真的亏了。”王莹接过话。

“嘿，你什么意思，我小船哥也很好的，怎么就说得好像配不上千喜似的。”我不乐意了。

“你小船哥是不错，但是以千喜的条件肯定能找到更好的呀。”王莹瞥了我一眼。

“这世界上还能有比我小船哥还好的人么！人又好，长得又帅，学习又好，温柔体贴诚实……”

我还在一条条地列举小船哥的优点，王莹就打断了我：“可他们家没钱啊。”

“你庸俗不庸俗啊！”我愤愤地说。

“你幼稚不幼稚啊！”王莹不理我，躺到床上看书去了。

其实之前杨澄也在跟我聊天时说过，他觉得小船哥配不上千喜，当时我就跟他争执来着，他也是用有钱没钱这一套来作为标准，他说有钱就能过上好的生活，像千喜那样漂亮的姑娘，就应该过优质的生活。而那种生活，小船哥给予不了也承担不起。

我以前对金钱从来没有概念，可是上了大学，似乎大家开始爱讨论谁家有钱没钱，虽说倒不至于因此而将人彻底划分开来，但有钱就是能让人眼前一亮。说起杨澄，就少不了提他显赫的背景；说起秦川，就少不了提他优渥的家境；而说起小船哥，就少不了提到他家里的困顿。小船哥一直践行着我们从小到大学习的那些道理，他身上有书本里描绘的所有高洁品质，明明比杨澄比秦川都要优秀好多倍，却因为这种比较而黯淡下来。

我不服气又生闷气，千喜把我拉住说：“好了，全宇宙超级无敌好的小船哥的铁杆粉丝，来帮我分分细线。”

我和千喜一起分两团缠在一起的丝线，她夹在床头的台灯不好使，灯光时不时就晃一下，要开关一次才会好。这盏灯是她开学时带来的，可能旅途中被磕碰到了，那时就坏了，可她却一直用到现在。在这忽闪的灯光下，千喜的模样恬淡美好。我想无论别人怎么说怎么想，她一定都最懂小船哥的好，懂到愿意为了他去尽心绣一只小船。

秦川在 B 大外租了间房子。

那个小区很老，建筑还是 20 世纪 50 年代的风格，一进筒子楼里，感觉四处都在漏风，单元门大敞着，已经看不出原来的墙色，楼梯间里堆满了杂物，散发出一股霉味。秦川的房间在顶楼 5 层，比我能想象到的还要破，一块块掉了的墙皮像牛皮癣似的，家里的家具没一样能看，厨房里一层油污，厕所马桶连盖子都没有。不要说和秦川他们家那金灿灿的豪宅比，就连当初我们的大杂院都比这里强得多。

一进门秦川就扔给了我一把钥匙，我接过来，纳闷地问："干什么呀？"

"门钥匙啊，放你那一把。"

我心里一暖，嘴上却说："放我这儿干吗。"

"你帮我拿着点呗，我要是丢了钥匙起码还能找你开门，你没事也过来帮我看看家。"

"这破地方还需要看家？你确定能住？"我小心翼翼地收好了钥匙，找来一张看着干净点的椅子，往上面又铺了三层报纸才坐下来说。

"只住得起这里呀！"秦川撕下贴在墙上的黄色海报，"我靠黑妞！之前住的这哥们儿够重口味的。”

“你没跟你妈说再给你汇点钱？”

“我妈那么精细，要钱也得有节奏地要，不然被她发现就惨了。倒是可以再管我爸要点，实在不行还有我姐呢，那个一辉也不能白被我叫姐夫啊！”

“那你还剩多少钱？我先给你点。”我掏出钱包，把里面的整钱全拿了出来。

“存折还剩一分，兜里还剩 50。”秦川笑嘻嘻地说。

“啊！”我大吃一惊，赶紧把剩下的零钱也都塞给了他，“那你怎么过日子啊，我想想我还有多少钱，这周回家我再去管我爸妈要点。”

“不用不用，”秦川摆摆手，把钱又都还给我，“我还能指着让你用零花钱养我，那我堂堂秦川不是白活了！我已经找到辙了。”

“什么辙？”

“我要做生意了，在你们三食堂开个窗口，卖西点、奶茶和简餐。”

“你没事吧？穷出幻想来了吧？没发烧吧？”我一巴掌拍到他头上，“50 块钱，你承包食堂窗口？还奶茶、西点、简餐？你画出来卖呀？”

“你懂什么啊！我早就找到 Partner 了，咱有合伙人。”秦川扒拉开我。

“还合伙人……秦川求你醒醒吧，请问今晚的被褥你有了吗？”

“我合伙人一会儿就给我送来。”

“你……”

我正要再抢白他几句，门口突然传来了我特别熟悉的充满嫌弃的声音：“我的天！秦川，这是人住的地方吗？还能下脚吗？”

王莹拎着大包小包走进来，我愣愣地看着她，她使劲朝我翻着白眼说：“乔乔，你能不能有点眼力见儿！搭把手啊！”

我忙替她接过几个袋子，往椅子上放的时候把她心疼半天，说她那 Dior 的纸袋子已经贵过这屋里所有东西了。

“你们俩到底搞什么鬼？”我好奇又着急地问。

秦川得意扬扬地说：“我在你们学校食堂吃了几次，发现不是炒菜就是盖饭，再不然就是饺子馅饼，一点都不洋气，像你们女生这么爱吃甜食什么的，想买都没地方买，所以我就想来开个西餐窗口。结果一打听，在学校里办这事复杂得不得了，我本来都打退堂鼓了，好在遇见了王莹。你爸帮你找的是保卫处长哈？”

“后勤处长……”

“对对，反正就是这么个官，正好下个月那个卖小笼包的窗口合约到期，很快就给我们批下来了。王莹作为合伙人加投资人，我作为经营者加老板，一起来办起你们 B 大最好吃的食堂窗口！”

秦川叉着腰，一脸臭屁的表情哈哈大笑，我无语地看着他，对旁边同样无语中的王莹说：“你真打算跟这种人合作？”

“……有点后悔。”王莹直白地说。

08

我们仨一起像打扫战场一样收拾了房间，其实准确地说是我和秦川在干活，王莹只负责在一旁提意见。

总算弄出了点人能住的样子时，杨澄打来电话，他问我在哪儿，要来接我吃饭，我说我在帮秦川搬家，他一下子紧张起来，问了好多个问题，什么地址，几点去的，都还有谁。最后王莹不耐烦地抢过电话去，他才总算罢休，他们说了一会儿就挂了，王莹说晚上约了一起吃饭。

“一起？”我指着我们俩说，“你、我、杨澄？”

“还有秦川呀。”

“啊？！”我惊叫起来。

秦川把一个纸箱子扔到地上，拍拍手说：“行呀，你们小衙内家里不是什么副国级么，也让我见识见识副国级待遇。”

“你要是有事可以不去的。”我干笑着。

“我没事，去！”秦川干脆利落地说。

我突然有了一种不太好的预感……

我和王莹都喜欢吃海鲜，杨澄把晚饭定在了万龙洲。王莹家的司机先回去了，我们一起打了辆车，到北四环花了 22，秦川抢着交了车费，我凑到他身边小声说：“你抢个屁呀！这回浑身上下就剩 28 块钱了。”

“28 块零一分。”秦川丝毫不以为意。

服务员给我们打开门，秦川大摇大摆地走在最前面，王莹对这里很熟，提醒他要上二楼，我则忐忑地跟在后面，总担心一会儿要发生什么。

杨澄已经到了，秦川进来，两人眼睛相互扫了扫，谁也没理谁。王莹不明所以地挨着杨澄坐下，我拉过秦川坐在了另一边。

“秦川，我来正式介绍下，这是杨澄。”我死死盯着秦川，生怕他开口闭口管人家叫小衙内。

“哦。”秦川微微点头，总算打了招呼。

“这是秦川。”我又转过去死死盯着杨澄，生怕他脱口而出野蛮发小。

“嗯。”杨澄也以简单的一个字回答。

“饿死了，点菜吧！”王莹喊。

“我来点，你还是要象拔蚌吧？蚌胆煮疙瘩汤。”杨澄接过菜单。

“蚌胆煲粥吧，加细葱花，乔乔，你不是喜欢喝粥吗？”秦川托着下巴，敲着桌子说，“是吧？”

“乔乔你不是说最喜欢的是龙虾粥么？上次你喝了一大碗那种。”

杨澄从右边看着我，秦川从左边看着我，我觉得我快被他们视线相交的火花给炸开了。

“我都行……”我嗫嚅着。

“真烦！都要不就得了。”

王莹拍了板，我也松了口气，总算七七八八点完菜，我闷头吃不说话，只希望赶紧结束这个古怪气氛的饭局，可那两位却一点不让我省心。

刚才秦川挑事，这次是杨澄先来，他听了王莹说要在食堂开窗口卖西点的事，越过我扬着下巴对秦川说：“哟呵，逃学回来，做起买卖了？”

“嗯，小生意。”秦川立时接招。

“还真是小生意，也怪不容易的。”杨澄轻笑，特别强调“小”字。

“可不是嘛，我也弄不了国级水平，顶多校级。不过不靠爸妈，自己单干，你别说，就这点我觉得同样是人，王莹你也还挺牛逼的。”秦川别过脸，冲着王莹竖大拇指。

王莹没听出来秦川对杨澄的揶揄，举起果汁和秦川欢快地碰了个杯，杨澄被噎住，冷冷地哼了一声。

“我倒是觉得王莹你不如把一直想买的那套日本茶具买了送你爷爷，反正是花出去钱，总还能落下点东西。”杨澄不咸不淡地说。

“我们那摊位总比那什么小日本的茶碟子值钱吧！”秦川不屑。

“还真没有……”王莹犹豫了一下答。

“能贵多少？”秦川不可置信。

“1000 份西点。”杨澄笑笑。

这次换秦川被噎住。

两人一胜一负打平，我终于等来了龙虾粥，迅速喝完，嘴都没擦就嚷着累要回宿舍。杨澄和秦川又争了半天谁结账，我在一旁替秦川捏了把汗，他兜里总共 28 块钱我知道得清清楚楚，不懂他怎么有这个勇气装得那么像。最终还是王莹嫌他们啰嗦，跑去埋了单。

我偷偷拽住秦川，“哎，要是杨澄真让你付钱怎么办？”

秦川鬼精鬼精地小声说：“放心，他才不会把出风头的机会留给我呢。”

我白了他一眼，秦川笑嘻嘻地一胳膊肘挤向我，我正要还击，却被后面走过来的杨澄一把拉住。

“我送你回校。”他果断插在我和秦川中间。

“那王莹他们……”

“他们还要谈生意。”

杨澄脚步不停地拉着我下楼，我回头看去，刚结账完的王莹正跟秦川唠叨着什么，秦川一直在比画，王莹频频点头，两个人看起来真像默契的合伙人。

那天回去的路上，杨澄没怎么跟我说话，可能刚才盯着他和秦川太耗费精力，我上了车就迷迷糊糊地睡了。蒙昽中我感觉好像杨澄在静静看着我，而当我彻底睁开眼时，已经到了学校。

“我回去了。”我打了个呵欠，指指宿舍楼，“快熄灯了，你也回家吧。”

杨澄握住我的手，我微微怔住，其实虽然我们恋爱了有快三个月的时光，但真正恋人似的亲密却很少，不要说接吻，就连牵手都很少见，起码走在学校里的时候，杨澄是不会拉住我的。

“怎……怎么了？”我不禁有些紧张。

“没事儿，待一会儿吧。野蛮发小开食堂窗口，你也会加入吗？”

“秦川……”我无力地更正他的称呼，“我又没钱又不会做饭，怎么加入？……对了！我可以做客户啊！”

我一下子来了精神，另一只手也抓住杨澄：“我可以每天早餐、午餐、晚餐都去那里吃！还要带千喜、小船哥、徐林、娜娜去那里吃！对对！还有你，你可是大客户！”

“我不去！”杨澄兴趣缺缺地抽回手。

“你怎么这样！好歹也是你发小入股的啊！不帮秦川你还不帮王莹吗？”

“她才不缺这点小生意钱呢！”杨澄切了一声。

“你们这种大少爷大小姐就是这点不可爱！”

一辆出租车停在了杨澄的奥迪旁边，王莹从上面下来，我看见她，忙也打开车门，招呼着跟她一起回宿舍，杨澄好像还要再说些什么似的，我匆忙跟他道了别，赶前几步追上王莹。

“我以为你回家住了呢。”

“好多事要忙，哪还有时间天天往家跑。”

王莹叹了口气，正说着她就又接到了秦川的电话，两人说了半天什么“牛奶”“奶茶粉”之类的，我听得云里雾里，但看着王莹认真的样子，突然就对他们佩服了起来。

“王莹你真行啊，好像什么都懂。”

“秦川可是什么都不懂，我再不懂能行吗？”

“真没想到你还能做这样的事，你可是连社团都懒得参加。”

“闲得无聊，就当给自己开个免费点心铺吧。”王莹又大小姐腔地轻描淡写。

我在她背后，忍不住冲她吐吐舌头。

“哎，秦川怎么对杨澄那么大意见啊？提到他就没好词儿了。”王莹纳闷地问。

“杨澄也是……”我愁眉苦脸地说，“总说秦川野蛮、不靠谱……”

“哼，要我说秦川可比杨澄靠谱多了，他倒是不野蛮，除了吃喝玩乐干过什么好事。”

我没想到王莹居然这么快就和秦川统一了战线，不过看着他们一副充满干劲的样子，我还是很为他们高兴。我一直担心秦川没有着落，担心他学业未竟就这样晃悠下去，事实证明他比我想象的要强大得多。

3 月 14 日白色情人节，我终于看到了小船哥送给千喜的礼物，那是一幅用各种颜色的米粒豆子拼成的画。金黄色的小米做底色，红豆和大米拼碎花，绿豆做点缀，薏米和芸豆交接镶边，黑色的紫米做字，上面含蓄地写着：THE ONE。

这份礼物把我们整个宿舍都震撼了，连一向毒舌的王莹都没了话说。我们都知道那幅看起来很简单的画做起来有多么难。那么细碎的小米粒，一颗一颗铺满画布是庞大的工程，单纯花费的心力，就不是谁都能做到的。那一天，再没人说小船哥没钱，都夸他有心。

晚上千喜和小船哥难得地一起去必胜客吃了饭。王莹和秦川风风火火地去进货，回来的时候路过花乡，秦川特别鸡贼地以 2 块钱一支的价钱批发了 50 支玫瑰，在往食堂窗口运东西的同时，就地以 10 块一支的价格把玫瑰花给卖了，不到两个钟头就挣了 400 块钱，然后他特别开心地请王莹和赶来帮忙的徐林、娜娜一起吃了顿火锅，据说花了 450。而我则被杨澄接去了昆仑顶层的旋转餐厅，两人寥寥无话地吃了一顿海鲜自助。回到宿舍只能听王莹她们你一嘴我一嘴地讲卖玫瑰花的趣事，哀叹没能和他们一起玩。

月底时秦川他们的食堂窗口开张了，让我没想到的是，除了秦川和王莹这对活宝合伙人之外，真正掌厨的人居然是大龙。

大龙是秦川找到的，他从少管所出来之后一直混着，没学上，也没事做，十八九岁的大小伙子，就在家里憋着，竟然比当年念书时胖出了 50 多斤，要是在大街上跟他擦肩而过，我一定认不出他。他们家住的地方变了，但他爸的老行当没变，还是卖煎饼。秦川就是买煎饼时偶遇了他爸，然后找到了大龙。

大龙见到秦川的时候整个人都愣住了，眼泪在眼眶里转了几圈，一声颤颤的“老大”脱口而出。据秦川说，一个 200 斤的胖子直扑向了他，两个人差点把山墙给撞出个人形。大龙说少管所真不是个好地，好孩子进去会变成坏孩子，坏孩子则会变得更坏。其实有的小孩真的没犯多大的事，可小偷小摸的遇见强奸的，出来就可能修炼成一个持刀抢劫的。大龙在里面算老实的，于是一直被一个坏人骚扰，到现在还时不常地被他勒索。秦川知道之后二话没说，用他的野蛮老办法简单直接迅速地替大龙解决掉了那个听说也很能打的坏蛋。胜利当晚大龙请秦川回家大吃了一顿，他做了久违的拿破仑饼，味道还是那么好吃。秦川灵机一动，他问大龙：“你以后想做什么？”大龙认真想了想说：“我还想做厨师。”于是那天起，秦川动起了学校食堂的脑筋，两个月后，大龙穿着白色的厨师大褂，笑呵呵地站在了我们学校三食堂的 15 号窗口前。

这件事对我来说是一个超大惊喜，我本来就一直对大龙感到隐隐的愧疚，看到他现在能和秦川一起，做起他最喜欢做的事，我比谁都高兴。从 15 号窗开张以来，我就再没去别的地方吃过饭。我心甘情愿地贡献着我的饭卡，每次大龙也都心甘情愿地为我多打菜饭，多放珍珠，多给点心。秦川发现后总是怒斥他吃里扒外，大龙不好意思地挠头，我则朝秦川使劲地做着鬼脸。我把我在学校里认识的所有朋友都拉去了 15 号窗口，小船哥每天都在那里给千喜买早餐，王莹每周都会让他们家保姆来订一批点心送回家给老人吃，娜娜自愿当了免费服务员和宣传员，他们学生会只要有活动，她就立刻假公济私地到这里来订餐，连最喜欢猪肉炖粉条这样硬菜的徐林也因为没人陪她吃饭而不得不每天改吃西餐。

我把杨澄也拉了来，他一点都不能理解我们的发小情深，对于我莫名其妙地又出现了一个曾经进过少管所的好朋友，他表示特别震惊，而他最不能接受的是，一直以来他坚定以为与他是一个世界的王莹，居然也会跟我们混在一起。而跟着秦川，大龙也对杨澄充满了天然的敌意，杨澄第一次被我强拉着在 15 号窗打饭，他就直接缺斤短两了。

杨澄冷笑着一手端着他那份只有几颗菜花的简餐，一手端着我那份底料十足堆得满满的咖喱饭，转身就往食堂管理处走，我急得赶紧把他拉回去，大龙才不情不愿地给他补足了分量。

我们围坐了一桌，王莹敲打着筷子跟杨澄说："以后你可得经常来照顾我们生意。"

"算了算了。"我心想不添乱就好了，可不要指着他能好心帮忙。

"好啊。"

杨澄很痛快地答应了，他起身到窗口，秦川和大龙都不理他，杨澄敲了敲玻璃："来 50 杯奶茶。"

"不卖。"秦川干脆地拒绝。

我眼看着杨澄又往食堂管理处走，再次冲过去拉他，我们这桌又吵又闹很快成了食堂的焦点。玻璃窗里秦川臭屁的脸和餐桌前杨澄高傲的脸在我面前晃来晃去，我觉得我的生活，似乎越来越奇妙了……

日子不知不觉地就这么过了下去，我和杨澄居然打破了他那个交往最多3个月的魔咒。但我们大多数时间还是不在一起，他有他的纨绔圈子，我有我的草根发小，恋爱最初的不安与希冀都消失不见了，爱情的样子并不如我所愿，我不责怪杨澄，我觉得也不是他的错，我们面对的是一道人生大题，却没找对计算它的那个公式。千喜和小船哥是向着一生的终点在走，而我和杨澄就像迷路的人，只是向前走着，却根本辨不清那是什么方向。

也许是潜意识的逃避，我格外多地和秦川他们腻在一起，15号窗口的生意十分红火，他们很快就赚了钱。我奶奶说得没错，他们老秦家天生就是做生意的人才，从第二个月开始，他们已经能有5000多块的利润了。秦川特别大方，王莹又确实什么都不缺，于是这笔钱就成了我们胡吃海喝的资本，直接导致那个学期我营养过剩，成绩匮乏，体重上升8斤，名次掉了10名，期中的时候和徐林一起稳稳吊在了车尾。

可这样无所事事的时光却戛然而止得让我丝毫没有任何防备。

那天我们像往常一样围坐在一起吃晚餐，王莹肚子不舒服，只要了一大杯奶茶。大龙做了新产品栗子蛋糕，很受欢迎，他照例给了我最大一份，娜娜那个则小了一圈。她不服气地赖在那里不走，嘟着嘴念叨大龙不公平，顺道缠着秦川补偿她。秦川拗不过，给她盛了一大勺咖喱，娜娜笑眯眯地把餐盘端上前，就在这时，一个窈窕的女孩闪身到了她身边，敲了敲印着15号红字的玻璃窗。

“川酱。”她嗲嗲地叫着。

秦川脸都绿了，手里的勺子掉在了地上，溅了大龙一身咖喱，娜娜因为个子矮不得不仰视她，而我看着那张洋气的脸，一下子就想起了秦川发给我的照片，还有那串长长的昵称——“永远爱宝嘉の川酱”。

“陈宝嘉……”我不自觉地念出她的名字。

陈宝嘉转过身来，可爱地歪着头，“你就是谢乔？”

不等我回答，她就接着说：“怎么这么胖，还没有照片上好看。”

我的脸也绿了。

小小的食堂 15 号窗口无处可藏，10 分钟后，陈宝嘉挽着秦川的胳膊坐在了我们中间，而秦川就像一座石化的雕像。

“川酱，你没想到我会找过来吧？是不是个超大 Surprise？”宝嘉的台湾腔比娜娜的要正宗得多，却让人浑身不舒服。

宝嘉舀了一勺叉烧饭喂给秦川：“我就猜到你会在这里。所以说呐，我们还是心有灵犀，对吧？”

秦川味同嚼蜡地吃着喂到嘴边的饭菜，而我也同样品尝不到栗子蛋糕的美味。虽然这事说起来真的跟我关系不大，娜娜都有资格比我更生气，但陈宝嘉就是让我很不高兴。

“这就是你们大陆最好的大学？也没怎么样嘛，不知道哪里好，你一定眼巴巴地要回来，不要说温哥华啦，比我们台北都差远啦。”宝嘉环视四周。

“也对，你们那里小嘛，麻雀虽小还五脏俱全呢。”我不咸不淡地回应。

“什么地方养什么人，有的人还真是没礼貌。”宝嘉不甘示弱。

“对啊，有的人还真是能装正经。”我立刻还击。

“有的人倒喜欢咬文嚼字的，显摆学简体字学得多。”

“有的人倒是学经济的，可学到现在脑子还不清楚。”

“有的人要有自知之明，多照照镜子，了解下自己。”

“有的人要懂适可而止，自杀 1000 次也没用。”

“谢乔！”宝嘉被我戳中痛处，气急败坏地拍案而起。

“干吗，陈宝嘉！”我也毫不示弱地站了起来。

“不管怎么样，我是秦川的堂堂正正女朋友，你，你算什么！”宝嘉点到我的鼻子前，我看着她染成蔻色的指甲，彻底噎住了。

我突然就觉得自己可笑起来，陈宝嘉坐在秦川身边，一勺子一勺子喂着他饭吃，是因为她有她的身份，相比起来，我这个发小本身就少了立场。

娜娜悄悄拉了拉我的衣袖，想替尴尬的我来解围，而一直呆坐的秦川终于站了起来，可他没理宝嘉，也没有管我，只是径直冲到了王莹身旁，一把扶住她的肩膀，焦急地问：“没事吧？”

我这才看出王莹脸色苍白，她摇了摇头：“不行，肚子特别疼。”

“我送你去医院！”

秦川二话不说就把王莹挽了起来，宝嘉和我都想上前帮忙，却不小心挤在了一起，秦川伸手推开我们：“都起开！别捣乱了！”

我们俩被他推散，他斜搂着王莹走向楼梯，宝嘉抿起嘴唇跺跺脚，拎起自己的包立马跟了上去。

而我站在原地一动也没有动，不知为什么，有一种突如其来的落寞。

王莹得了急性阑尾炎，当晚就住院做了手术，除了她的家人，一直在医院忙前跑后的就是秦川。

我和杨澄是第二天去的，我难得见他这样紧张地去关心别人，他车开得很快，一路上闯了两个红灯，转弯线直行就更不用说了。

杨澄比我先一步进到病房里，和剥着橘子往外走的秦川撞了个满怀，两个人互相看了看，杨澄掸掸衬衫，秦川扔了橘子。徐林比我们先到一点，她带了王莹平时喜欢吃的胡豆瓣，可刚做完手术，王莹不能吃辛辣的东西，倒是徐林咯吱咯吱吃得很开心，气得王莹不断数落她，不许掉渣子。王莹躺在病床上，个子很高的她，在一团白色的被子里显得很娇小，平日高傲的气场也弱了下来，乖得像个小姑娘。

“怎么搞的？”杨澄摸摸王莹的额头，“好像还热着呢。”

“低烧，没事。前几天就觉得不舒服，我以为是要闹肚子呢。哎，就这样挨了一刀。”

王莹挪了挪坐起来，杨澄抓了枕头垫在她身后。

“我看你就是折腾的，”杨澄不满地说，“没事搞什么食堂窗口，发神经。”

“我求你了，我妈已经念叨我一晚上这一套了，好不容易她走了，你又接着来。”王莹白了他一眼。

“你大小姐当惯了，不懂那些混社会的人的心思，别傻了吧唧被人利用了。”杨澄若有所指。

“脚踏实地做点事那么难，猜度别人倒还真容易。”秦川叹了口气。

我的心一下子又吊了起来，正要打哈哈解个围，病房门却突然被推开了，宝嘉抱着一大束花闪身进来。

大家看到她都愣住了，宝嘉却不管别人的反应，径直凑到王莹面前：“祝早日康复！”

王莹无奈地把脸别过一边，秦川捂住了脑门，我则默默低下了头，心想她到底是什么妖孽变的，怎么能无处不在。

“你是？”杨澄纳闷地看着宝嘉。

“我哈，是秦川女朋友，刚从温哥华过来。”宝嘉一把挽住秦川的胳膊，她看了看坐在床边的杨澄说：“你是，王莹的？”

“他是谢乔的男朋友。”王莹很干脆地介绍。

“啊？”宝嘉惊讶地看着我和杨澄，“这个……还真看不出……”

“呵，我倒也看不出秦川能有这样的女友呢。”杨澄饶有兴趣地说。

“很搭吧？”宝嘉甜蜜地靠在秦川肩上。

“你好了，”秦川烦躁地拉下她的手，“宝嘉，不要闹了，我们真的……”

“我们真的要在一起！”宝嘉斩钉截铁地说，“既然谢乔都有男朋友了，你还啰嗦什么！我很远跑过来哎！我以前从来没到过大陆你知不知道！我……”

“你怎么不问秦川现在有没有女朋友呢？”王莹一字一句地打断宝嘉的喋喋不休。

这下所有人都愣住了，大家都望向秦川，宝嘉使劲拽住他，气恼地问：“你又找女朋友了？谁？到底是谁？”

“我……”秦川动了动嘴唇，却什么也说不出。

“是我。”王莹平心静气地说。

我不可思议地看着王莹，她垂下眼睛，但又清晰地，毫不迟疑地说了一遍：“我是秦川女朋友。”

从医院出来的路上，我一直没有说话。

徐林搭着我们的顺风车一起回学校，她和杨澄义愤填膺地不停议论王莹和秦川的事。杨澄觉得 100 个秦川也配不上王莹，家庭身份地位，总之一个在天上一个在地下。徐林倒不完全认同杨澄说的，但她也认为秦川和王莹不合适，她觉得王莹还什么都不懂呢，根本就不应该谈恋爱。他们俩基本各聊各的，却还聊得特别投机。直到粗心的徐林意识到，我和杨澄也是差距特别大的麻雀女和太子党，才突然住了嘴。

“我和王莹，我们的世界就和你们不同，有些事你们这辈子都理解不了，有些事，我们这辈子都决定不了。谈恋爱？不是家里认可的恋爱，就永远别想谈下去！”杨澄冷笑着。

“呃……乔乔，一会儿回宿舍你陪我去复印个笔记吧！”徐林笨拙地转移话题。

杨澄也意识到了不对，稍稍尴尬地咳了咳，就此不再说什么。

而我依然望着窗外，我没因此而难过，他们的话都只是从我耳朵里飘过，没有一句进到我的心里。因为我的心正在疼，闷闷地，一抽一抽地疼。

陈宝嘉不死心，又折腾了那么几天，但到底还是消停了。她回温哥华之前，找我聊了一次天。我们俩很平和地坐在湖边，就像老朋友一样。她谈起台北，谈到她做公司职员的爸爸和家庭主妇的妈妈，谈到她有一个总爱耍帅的弟弟，谈到出国之前他们家人怎样细心地给她申请学校筹划未来，谈到她到温哥华的那几年，谈到打工的餐厅和那天坐在角落里因为搞不定电脑而气急败坏的秦川。

“我从来没见过那么菜的男生哎，他什么都不会用，只会在那里发脾气，但是莫名其妙的，我觉得他好可爱。”宝嘉托着腮说。

“他那是蠢！”我嗤笑。

“秦川是很粗心没错啦，但是他心很好，会惦记你，尽力照顾你，不让别人欺负你，”宝嘉抽了抽鼻子，“所以一想到要失去这样的人，就超不甘心。”

“你们在温哥华不是好好的，闹什么分手！”

“还不是因为你！很奇怪你懂不懂？两个人在一起，但是男朋友却会熬夜等着跟地球那边另一个女生聊 QQ，会收到另一个女生的简讯哈哈大笑，会不过圣诞节提前跑回国见另一个女生！”

“我们是最好的朋友啊。”我安慰宝嘉，也安慰自己。

“他也是这么说，可是这世界上真的会有那么好的朋友吗？”宝嘉怔怔地看着我。

我回望着她，脑子里同样在问自己这个温暖又心酸的问题。而宝嘉没有等我的答案，她甩甩手站起来："算啦，最好的朋友又怎样？贴上这样的标签就注定你们不会在一起，我只是没想到啊，居然最后会是那个王莹。你不要说我现实哦，要是输给你我会很不服气，我哪里比不上你，喂，你也就是A Cup吧！"

"你说什么呀……"我不自觉地挺了挺胸。

"你们内地女生发育真的不太好。"宝嘉不屑地哼了一声。

"王莹也没见得有多大啊！"我嘟囔着。

"对啊！但是输给她我真的没办法，"宝嘉泄气地说，"她就像是公主啊，家世好，人骄傲，她能不费吹灰之力帮秦川做那么多事，真的是天生的差距，我可能一辈子都改变不了哎。他选择那样的女生，我能怎么办呢？"

"也不要那么说，秦川不是趋炎附势的人。"

"又有什么区别呢，谢乔，我死心了，"宝嘉站起来伸了个懒腰，"我要回温哥华了，其实还有不错的男生对我很好哦，我还是比王莹漂亮吧！"

"哈哈"，我干笑两声。

"哎，之前我还真的以为你和秦川有问题呢。你知道吗，本来圣诞我们要去多伦多，然后他从多伦多回国的。可是收拾行李的时候，我在他箱子底翻出了一张照片，是你们小时候的合照。你知道他包得多严实吗？他那么粗心的人，在上面缠了好多层泡沫纸，他那么小心翼翼保护一张照片的样子，看着就让人生气！我把照片扔到他面前，他自己愣愣地看了好半天，我们吵起来，他后来却给你打了电话，然后圣诞都不过了，就直接跑回来！真的太过分了！"

我呆呆地望着湖面，宝嘉的话就像在其中扔了一颗石头，我心里顿时澎湃起来。宝嘉并不知道秦川当初是怎样去的加拿大，那时的我们失去了联系，那张照片一定是他临行前装到箱子里的，是他能带走的与我相关的唯一事物。我想象着秦川笨手笨脚地打包一张薄薄的照片的样子，又想起当年自己怎样时时刻刻期盼他的消息。我们明明在一个世界里，却又像隔着一个平行宇宙，在不知不觉间总是不停地错过什么。

我笑了，但又特别想哭。

宝嘉走那天是我和秦川一起去送的她，入关前她还是忍不住哭了，和秦川最后用力拥抱了一下。她大声说："秦川，加油！"秦川也大声说："陈宝嘉，加油。"然后台湾甜心就这么娇俏地转了身。

回程路上，秦川三言两语跟我讲了他与宝嘉的事，他说其实宝嘉挺好的，在他在加拿大最孤单的那些日子里，她帮助了他，所以他感谢她，她表白了他也没拒绝，但之后发现，宝嘉想要的那种男朋友，他做不到。我问他宝嘉要什么样的男朋友，秦川顿了顿说，要能在加拿大定居的那种，可他那时却一门心思地想怎么能回来。他没提那张照片，我也没提。

后来王莹给他打来了电话，她说快要躺崩溃了，一定要出院，让秦川偷偷去接她。于是我们在中途就分开了，我回学校，他去医院。说再见时，我们彼此都深深吸了口气。那一刻我想，就这样吧，请好好地幸福着吧，我最最最好的朋友。

王莹和秦川好了的事没让大家议论太久，因为他们还是老样子，在一起很认真地谈进货、谈生意，只不过现在大概又多加了一点——谈恋爱。

徐林对于王莹擅自交男朋友，使得我们宿舍只余下她一人单身这件事始终耿耿于怀，王莹回校住的时候，我们当晚卧谈会的主题就是为什么要谈恋爱。

千喜说："喜欢一个人，想跟他长长久久地在一起。"

我说："我还搞不清为什么，等发现时自己已经在谈了。"

王莹说："没什么事，谈就谈呗。"

徐林不服气地说："你不是说大学时候谈的恋爱大多没有意义吗？"

"是呀，"王莹翻了个身，"可是谁总过得那么有意义呢，有点意思就得了。"

我正琢磨着她的话，娜娜敲响了我们宿舍的房门。王莹和徐林都睡在下铺，但是开门接电话这样的事，王莹是从来不会起身的，徐林不耐烦地滚下床，打开门说："没零食，都睡了，王莹在宿舍，所以你也偷用不了她的资生堂，要不要转身回去？"

娜娜推开她挤进来，一手举着小手电，一手举着扑克牌，神秘兮兮地说："快起来！都起来！嘿嘿，超准的算命，我刚学会的！"

我一听算命，立刻就从上铺爬了下来。自从小时候看到了将军爷爷和吴大小姐的幻象后，我就对灵异啊算命啊什么的都特别感兴趣，常被她们笑我和娜娜就是神婆二人组。千喜本来懒懒的不想动，但一听这次娜娜算的是姻缘，也立刻下了床。王莹和徐林都兴趣缺缺，被娜娜死活硬拉了起来。

我们五个人围着小凳子围成一圈，娜娜煞有介事地点了个小蜡烛，让我们每个人都洗了三次牌，然后她就像念咒语一样，闭着眼睛双手合十念念有词，我们都听不清她说什么，但按照她的叮嘱大气都不敢出，据说这咒语来自神秘的玛雅，不能被打断，打断就不灵了。至于为什么玛雅咒语能和现代扑克牌结合起来算命，我们都没去细究。娜娜派给了我们每人一张牌，让我们都先贴在心口的位置，然后依次一张张亮出来。

娜娜是黑桃A，王莹是梅花2，徐林是方片Q，千喜是方片K，我是红桃9。

完成整个程序，娜娜也轻松下来，拿着她的牌大叫："真的超准哎！我最大，所以未来我将是咱们几个人里最早结婚的！刚才在我们宿舍也是我最大，你们看看！玛雅咒语厉害吧！"

"那我呢我呢？"我把红桃9凑到她眼前。

"你第二，不过看上去似乎也不会结婚很早的样子啊，你们宿舍怎么回事，这是要集体晚婚啊？"

"不是排大小吗？那应该是我们这个Q和K大啊！"徐林拿起她和千喜的牌说。

"黑红梅方，你们方块是最小的。"娜娜挥挥手。

"所以说，就是你第一个结婚，然后谢乔、我、徐林，最后是千喜？"王莹嘲笑地把牌扔到一边，"太不准了吧！"

"就是！千喜还能在我后边？怎么可能！"徐林不屑一顾。

"那怎么了，万一呢！"娜娜仍嘴硬。

"万一个屁，告诉你，我就没有结婚的打算。"徐林钻回床上。

“现在没有，保不准以后就跟谁立刻好了，你看王莹，还说不费力气谈恋爱呢，不是就跟秦川好了！”娜娜愤愤地说。

她一直念叨她的人生受到了来自朋友的双重打击，第一次是因为我和杨澄好了，第二次是因为王莹和秦川好了，不过我们都不担心她，因为据说她已经把他们文艺部的摇滚范部长作为最新目标了。

“要说千喜最后我也不信，”我摇摇头，“是吧千喜，你想过没，什么时候结婚？”

“反正不晚婚，要是筱舟乐意娶我，毕业我就跟他扯证去。”千喜信誓旦旦地说。

娜娜带着头起哄起来，我们都使劲开着千喜的玩笑，直到被宿管大妈敲门，娜娜才灰溜溜地回了214，那天晚上我一直想，我将会嫁给谁，和谁一生一世，可我最终没有想到答案。杨澄是我的男朋友，但我们大概不会一生一世，秦川倒是会和我一生一世，但他始终不是我男朋友。

那天课少，秦川也没在食堂，我跟他约了去他家，我想把我手里的那个备用钥匙还给他。毕竟现在他有了王莹，再放一把钥匙在我这里不太合适。

我刚到他门口，就听见屋里传来秦川一声惨叫，吓得我都没敲门，直接用钥匙开了，进去才发现，他正在卫生间给一只小花狸猫洗澡，显然小猫不太合作，我眼见着它给了他一爪子。

“你丫再挣扎我真给你炖了信不信！”秦川大吼。

我无语地拍拍他肩膀：“你这是要干吗？”

“啊？你到了？哎哟，你没看见吗，给这小兔崽子洗澡啊！楼下的流浪猫，一路跟着我到家门口，我看着可怜就想养了吧！结果丫现在翻脸不认人！洗个澡差点把我挠死！哎哎！你还下嘴咬！”

“猫怕水，你忘了原先咱们院的大老黄了，一泼水它就跑……我来吧……”

我把小猫从水池子里解救出来，小猫估计是吓傻了，身体僵硬，一直在抖。幸亏秦川一直在意他那几根毛的发型，家里有个吹风机，我包着毛巾，把小猫细细吹干，它也慢慢放松了警惕，乖乖趴在我膝盖上，眯起了眼睛。

秦川站在一旁惊讶地看着我和小猫说：“可以啊乔乔，它还真听话了。”

“很乖啊！都让我摸肚子了！”我揉揉小猫圆滚滚的肚皮，“真可爱，你给它起什么名字了？”

“酸菜鱼！”

“什么？”我以为我听错了。

“酸菜鱼啊。”秦川指了指桌子上放的打包餐盒，“昨晚吃的谭鱼头，酸菜鱼做得还真好吃！我就顺道给它起这个名了，好吃又好记！”

“这名字起得……太随意了吧。”我同情地看着酸菜鱼，酸菜鱼似乎表达不满，也喵喵叫了几声。

“多有特点啊！哈，酸菜鱼。”秦川接过酸菜鱼，举起来看着它笑。

“是啊，你们家起名有特点是传统。”

“你什么意思！”秦川瞪着我。

酸菜鱼在他手里使劲挣扎，我笑着哼起歌不理他，秦川气呼呼地把酸菜鱼放到我怀里，酸菜鱼马上安静下来，我抚摸着它，它团成小小的绒球。秦川趴在我的椅背上，笑着凑过来摸酸菜鱼的头。少年温柔的样子，融进了午后的阳光里，总有这样的时光，让我觉得一切刚好，恨不得就此一路老下去。

“对了，你着急来找我干吗？”秦川问。

静止的恬静时光迅速流过，我轻叹了口气，不情愿地掏出了门钥匙，递到秦川面前：“喏，这个还你。”

秦川看了一会儿才辨认出已经套上小叮当的钥匙环的是他家的钥匙，他抬头说：“你干吗？”

“不是一共就两把钥匙吗？你拿一把，这个给王莹吧，放在我这里不方便。”我淡淡地说。

“不用，她才懒得来这地方呢，再说，以后我要是出去进货，你要来帮我喂酸菜鱼啊，就放你那儿吧！”秦川插着兜，靠着桌子站着。

我只好又收回了钥匙，心里却有些妥帖的温暖，忍不住把憋了许久的话问出来：“喂，你到底什么时候喜欢上王莹的啊？”

秦川愣了愣：“她说她是我女朋友那天吧。”

“啊？你们之前没有？”

“没有，但她都那么说了，我怎么能否认呢？”秦川微微一笑，“不过王莹挺好的，真的，比你那个杨澄强多了。话说回来，你到底什么时候喜欢上杨澄的啊？”

“我们从上海回来，他认真跟我表白的时候。”

在我心里，想的却是另一个表白，某人在上海的晨光里跟我说要在一起，然后就消失不见了。

“哈，是吧，” 秦川点点头，“谢乔，可是如果……如果我们那天在上海……”

秦川话还没说完，我的手机就响了起来，是个陌生号码，我心不在焉地按掉，可它又执拗地响了。酸菜鱼被吵醒，从我身上蹦下去，伸了个懒腰。我焦躁地接起来，对面传来了一个陌生女孩的声音。

“你是谢乔吗？”

“我是。”

“我想和你谈谈。”

“你是谁？谈什么？”

“谈谈我的男朋友，杨澄。”

我狼狈地从秦川那里跑了出来，秦川询问我怎么回事，我死活没说，我实在不想让他看到我丢脸的样子。

那个女孩叫任思羽，她跟我约在了学校附近的“雕刻时光”。坐在咖啡馆的角落里，我谈不上气愤和难过，只是心跳得很快，紧张这从未遇到过的局面。我连恋爱这个问题都还没弄明白，居然就遇见了问题中的问题。任思羽如约而至，她很时尚，长相也漂亮，下巴微微扬着，看起来很有气势，但紧紧抓着餐巾的手指，还是露出了一些破绽，她也在紧张。

我们点了一杯美式咖啡和一杯卡布奇诺，相对无言地喝了半杯之后，还是她先开了口："我认识杨澄比你早。"

"唔，可能，他认识很多人。"我点点头。

"那你知不知道，他是为了我才考到B大来的。"

"哦。"我想起王莹跟我说过当初为什么杨澄来B大的事，为了一个女生，所以连国都不出了，原来那就是任思羽。

"我们之间有了点误会！你才会乘虚而入！"任思羽瞪着眼睛。

"杨澄从来没跟我提过你，我只知道，我们交往的时候，他是单身的。"我认真地说。

"哈，别说得这么高高在上，这么与己无关！谢乔，你就没想过，当初杨澄为什么会喜欢你？"任思羽诡异地笑了笑，"你很美？你很出色？你很与众不同？"

我顿住了，我不知道这个问题的答案。我问过自己，也问过杨澄，但是我们都没说清楚过。而随着日子一天天地过下去，似乎起因也没那么重要了。那是我们之间关系的一个隐秘缺口，我们本以为敷上岁月与温情便能遮挡住它，而如今当任思羽揭穿那些装饰时，那里是赫然的空洞。

"我和杨澄最初争执起来，是因为我突然听说他和一个中文系的女孩子走得很近。我不高兴，就不理他，不接他电话，也不回短信。我们冷战了一段时间，本来我以为他一定会哄我回来，但是他没有，我还没缓过神来，他就跟那个中文系女生表白了……"

任思羽不甘地咬住了嘴唇，我有些替她难过，而她却容不得别人怜悯似的，立刻又扬起了头，高傲且冷酷地说："你以为那个女生是你？呵，真遗憾啊，可惜不是。”

我疑惑地看着她，她恶意地笑着：“是千喜，肖千喜。”

我觉得有一束白光在我脑中炸开了，很多早被时间模糊了的细节，突然就那么清晰地一一呈现。军训时烈日下杨澄注视着队伍的目光，汇报演出的后台杨澄望着千喜的笑，在宿舍里傍晚打来的那些邀约晚餐的电话……其实这些我全部知道，只是趋利避害地在某些时候偏偏选择忘掉。

“千喜拒绝了他，杨澄彻底折了面子，至于喜欢你……只是顺道而已，没准还指望去刺激一下千喜呢。”

任思羽结束了她的叙述，她抱着手靠坐在沙发里，认真看着我的反应，而我完美地如了她的意，面色苍白，摇摇欲坠。

其实在此之后才是她的重点，而她接下去怎样给我展示了她与杨澄之间的短信，怎样叙述他们昨晚刚刚进行的晚餐，怎样明确地跟我说杨澄已经回到了她身边请我知难而退，我都没有仔细在听了。她已经做到一击毙命，根本不需要再乱刀砍死。

我不记得我是几点从咖啡馆走出去的了，清醒意识的最后是给秦川打了电话，让他来接我。秦川很快就到了，我埋着头孤零零地坐在马路牙子上，他蹲下来，扶着我的肩膀喊我的名字：“乔乔，乔乔！”

就像被从噩梦中叫醒一样，我抬起头看着他，怔怔地说：“秦川，我想喝酒。”

“走，我陪你。”秦川毫不犹豫。

我们去了一家大排档，韩日世界杯就要开始了，商家早就做好了准备，街边参差地摆着白色塑料座椅，一箱箱的啤酒摞在墙角，我走过去直接搬了一箱过来，秦川也没劝我，他点了花生毛豆和烤串，板筋多刷辣酱，鸡翅要秘制的，馒头片刷甜面酱，另外一定要原油的大腰子。我根本不用看菜单，我的口味秦川全部知道。与杨澄在一起我也不看菜单，那些高级的菜我都不认识，我想他也不清楚哪些是我喜欢的，哪些不是，只是凭着好的贵的来点。这样的比较让我心酸，不明白自己为什么知难而进地选择一个这么不同的人。

“秦川，这世界上为什么有人跟你这么不一样呢？”

“……世界太大了吧。”

“世界这么大怎么就让我遇见杨澄了呢？”

“……佛祖派他来考验你的吧。”

“好好聊天行不行！”我扔了颗花生到秦川头上，“你以男生的角度跟我说说，你们究竟是怎么喜欢上别人的？”

“就是……喜欢了呗……”秦川苦思冥想。

“当年你为什么喜欢刘雯雯？”我把啤酒举到嘴边，咕嘟喝了一大口。

“她说她喜欢我啊。”

“那你就喜欢她啊！害得我那么惨！你喜欢的原因高尚点、浪漫点我也甘心啊！”我猛地一拍桌子，“那为什么喜欢陈宝嘉？”

“她说她可以帮我弄电脑……”

“你为电脑就卖身吗？”我翻翻白眼，“那为什么喜欢王莹！”

“不是跟你说了，她说我是她男朋友……”

“秦川你行不行啊！都是什么烂理由！路边花花草草谁你都可以啊！你就不能经年累月地、认认真真地去喜欢个谁吗？”

“我会啊……”秦川小声说。

“你会屁！”我喝得晕乎乎的了，一把拉住他，“那如果，我是说如果啊，比如你喜欢王莹，但王莹不愿意跟你好，你会立刻转换目标去喜欢徐林吗？”

“会有男人喜欢徐林吗？”秦川一脸不可思议。

“假设！我的意思是你会立刻去追王莹的朋友吗？”

“我疯了？当然不会了。”

“要是有人会这样做呢？他是怎么想的呢？”

“那他一定不喜欢那两个女孩，谁都不喜欢，他大概只喜欢仿佛喜欢着谁的感觉，至于那个谁是谁，他都无所谓，他是自娱自乐。”秦川觉得自己难得说了鞭辟入里的话，很满意地跟我喝了一杯。

“你说得对。”我放下酒杯惨淡一笑。

“那是，哥就是平时不显山不露水，哥心里什么都懂！”秦川得意扬扬地说。

“杨澄就是这样的人，他最先跟千喜表白的，被拒绝之后，才找的我。”

秦川完全愣住了。

“跟我在一起的时候，他还和前女友约着一起晚餐呢。我刚刚，就被人家前女友约见了。”

秦川把酒杯一推，“腾”地站了起来，我慌忙拉住他：“你干吗？”

“我去打死丫的！”秦川恶狠狠的，整张脸都绷起来。

“别闹！整天被别人骂野蛮，真的就只会动粗了吗？”

“谢乔，他不能欺负你，在我这儿，没人能欺负你！”

“从小到大就你欺负我最多！”我撇撇嘴。

“你……不就小时候跟你闹着玩吗！大了我让你哭过吗！”秦川愤愤的。

“你怎么知道没有。”我嘟囔着。

“什么？”秦川没听清，我也不会跟他说清。

“喂，秦川，”我举起酒杯，看着里面翻腾的泡沫说，“我是一个不值得被别人喜欢的人吧，大概没人会真的喜欢我。”

“瞎说！”

“我长得不算漂亮，身材也不 Hot，好不容易考上了这么厉害的大学却只能吊车尾，没什么特长，任性，也不温柔……”

“这个……瞎……瞎说！”

“你能不能肯定点啊！觉得我瞎说就反驳我啊！结巴什么！”我恼怒地说。

“可有些是事实啊！”秦川不服气地嚷起来。

“你怎么这样！你没看出来我失恋了很难过吗！你到底会不会安慰人！”我觉得秦川诚实得令人发指，恨恨地吼他。

“那又怎么了！爱上不好的人，不是最完美的女孩，有好多缺点，能怎么样！谢乔，你就是你啊，一定有人认为你最好，最可爱，最特别，一定有人会永远惦记你过得好不好，一定有人把你当作最重要的人，全世界、全宇宙都没有谁能比得过你！”

一口气说了这么多话的秦川一副气喘吁吁的样子，我怔怔地看着他，小声问："会有吗？"

"一定有！"

"真的吗？"

"真的！"

秦川望着我，笃定地说。

我们豪气地碰杯，豪气地一饮而尽，那时我想，去他妈的爱情吧，有一个这样的好朋友，我也此生无憾了。

那天我喝了人生中第二场大酒，因为早过了宿管的熄灯时间，所以秦川把我扛回了他的房子。

后来我所有的记忆都消失了，醒来时我、秦川、酸菜鱼都躺在床上，酸菜鱼在我怀里，弯成小小的C形，我在秦川怀里，也弯成小小的C形。大概轻微的动静惊扰了他，他很自然地把臂膀搭在了我的身上，我转过身，凝视他的睡颜，然后毫不客气地给了他一巴掌。

"你干吗！"秦川捂着头叫起来。

"你知不知道自己从小就不会装睡啊！眼睫毛抖得像是扑棱蛾子的翅膀了！"我讥笑他。

"我那是怕你醒了见到我觉得尴尬！"秦川挑起眉毛，强词夺理。

“尴尬什么啊？”

“昨晚喝多的事你都忘了？”

“什么事？”

“算了，那你就永远忘了吧！”秦川憋着笑别过脸去。

“快说！”我揪住他的衣服。

“你回来路上一直大声唱‘陪我去看流星雨落在这地球上’。”

“……然后呢？”

“对着路灯大叫流星来了，双手合十许愿。”

“……然后呢？”

“回家抱着酸菜鱼大哭，人家毛都被你哭湿了。”

“……然后呢？”

“逼着我答应要是30岁还没人娶你，我就要娶你。”

“滚！”我终于红着脸爆发了，“不要以为我喝大了你就可以什么都嫁祸给我！”

“谁嫁祸你！明明都是你自己亲口说的！”

“我这辈子就算老成尼姑也不会嫁给你！”

“你以为我就那么乐意娶你吗！”

我们恼羞成怒地坐在床上对峙，酸菜鱼被吵醒，嫌弃地喵一声蹿到我俩中间，蹭蹭这个，又蹭蹭那个。秦川去给它开猫罐头吃，赌着气扔给我一根香肠，我剥开一大口咬下去，可能是吃了东西供给了大脑运转所需的血糖，昨晚的记忆突然又回来了一点点。

我记得我哭花了脸，秦川投毛巾糊在我脸上，我抽着气，拉住他的衣袖，“秦川，真的没人会爱上我了怎么办？”

“不会的。”秦川擦去我的泪痕。

“到了七老八十，你们都儿孙满堂了，我却还没人要，变成孤零零的老姑婆怎么办？”我哭得更伤心了。

“不会的，我陪着你啊。”秦川轻描淡写地说。

我翻身坐起来，就像抓住救命稻草一样抓住他：“好，那咱俩拉钩，30 岁！30 岁我要是还没嫁出去，你就娶我！”

我伸出小指，直勾勾地盯着秦川，他看着我，脸莫名其妙地红了，一巴掌拍下我的手：“好！”

“不行！得拉钩！”我死缠烂打。

秦川无奈地跟我勾了勾小指，我心满意足地彻底进入醉酒状态，呼呼大睡。

苏醒的记忆让我有些脸红，我歪着头，偷偷瞄在厨房里的秦川，他烧了水，正打开了两桶方便面，酸菜鱼在一旁虎视眈眈，气得他大叫：“不是才喂了你！什么都吃你不怕胖成谢乔啊！”

“说什么呢！”我笑着嚷。

“还不快来帮忙！再不来你什么都吃不上，全喂猫了！”

我跳下床，跑进厨房，抱起酸菜鱼，秦川还在嘟嘟囔囔抱怨我喝多酒压麻他的胳膊什么的，我则睁眼说瞎话地对昨晚的事都矢口否认，他气得哇哇大叫，而我却在那天的晨光里，有了一点点自私的念头。

我想，要是今天就是 30 岁，就好了。

我一点都不想上课，不想去面对任何一个认识我，或是认识杨澄的人。秦川给大龙打了电话，让他照顾生意，就陪我一起在家里窝着看《流星花园》，我花痴周渝民，他吐槽大 S。

他没有劝我想开些，道理我全懂，但是我一时半会儿根本想不开，我也不信这样的事真的有人能想开。被背叛的痛苦其实不在于一个人的转身，而是在那个人转身之后，与整个世界的巨大的剥离感。那是一种彻头彻尾的孤立无援，伤心与愤怒是必经之路，分离或宽恕都是之后的事情了。

杨澄是那天晚上发现不对劲的，他给我发短信，我没有回，打了电话也没接。最初他应该也没怎么担心，一个多小时之后又打来了一个，我依然不接，电话就渐渐多了。他没联系我之前，我还是平静的，还能淡然地想怎么和他分开。可是看到那么熟悉的语气发来的短信，听到不断响起的铃声，我的伤心与委屈就全部涌动起来。我不想接，一点都不想跟他说话，但是也不想关机，幼稚地想以此证明我对他来说还算有那么点重要。

所以，当晚上 11 点多秦川的房门被敲响的时候，我真以为杨澄找来了。

我慌张地跳下床："怎么办！你就跟他说我不在。"

"到底要不要打丫一顿？"秦川捏着手往门口走。

"别闹！我求你了！你就说你什么都不知道。"我拉住他。

"真不懂你怎么想的。"秦川看了眼猫眼，刚要开门的手却突然停了下来。

"靠！我姐！"

“啊？”我也愣住了，“秦茜回来了？”

“我找她有事……她怎么赶这会儿回来了，我靠，从来都不提前打招呼，总搞得你措手不及。”

门外敲门声又响了起来，这次稍稍急促了些，显然秦茜也不耐烦了。

“你开呀。”

“不行！”秦川赶紧拦住我，“我姐天天教育我跟教育流氓似的，都这点了，你还在我这儿住着，我姐得怎么说啊！”

我被他说得红了脸，也尴尬起来。

“秦川！开门！我知道你在！我听见你说话声了！你干什么见不得人的事呢！”秦茜的声音透过门缝传了进来，我和秦川都听得浑身一哆嗦。

“秦川！你是不是乱搞女人呢！我告诉你，你要是给我乱来我打不死你！你等着！”秦茜一脚踹在门上。

秦川哭丧着脸，我深呼了口气，示意他还是开门吧，可还没等他打开门锁，大门就被“哐”的一声撞开了，一个上次我们在上海见过的黑衣人拿着个凶器进来就卡住了秦川，而秦茜紧跟在他身后风风火火地闯入，她瞥都没瞥秦川，就以捉奸似的劲头推开他们，而当她看到瑟缩在最后面的居然是我，一下子就愣住了。

“乔乔？”

“秦……秦茜姐。”我使劲挤出微笑跟她打招呼。

“放开我！”秦川挣脱黑衣人冲过来，“姐……”

秦茜直接一巴掌呼在了他头上。

“你干吗呀！”秦川捂着头，愤愤地嚷。

“你对乔乔图谋不轨了？”秦茜又一脚踹过来，“你居然敢对乔乔下手？”

“我没……”

“我打死你算了！”

“不……没……不是！”我赶紧拦住秦茜，三言两语地跟她解释了下眼前的状况，关于杨澄的事都模糊略过，只说是熄灯回不了宿舍。

听了我的话，秦茜才笑眯眯地坐了下来，拍拍秦川的后背：“你真是的，早说嘛。”

“别碰我！”秦川嗷一声叫起来，“你横纹掌打人疼不知道啊！你给我说话的机会了吗？”

“我这不是暴脾气吗。”对于揍秦川这事，秦茜丝毫不以为意。

我默默望了望基本已经不能正常闭合的大门，内心念了几遍阿门。

“我是你亲弟弟！有你这样的吗！总把我当流氓似的，我能比你身边那些人更像流氓吗！”秦川颤抖地指着一旁的黑衣人。

黑衣人面无表情，一言不发，秦茜弹了弹涂成金色的指甲，“我是提醒你有些事要有分寸。”

“你还知道分寸！你能跟人私奔我还不能谈个恋爱了？要是我真跟谢乔好了，你是不是要亲手火了我呀。”

“你们要是真的好了，就得好到底。”秦茜抬起眼睛，望着我们一字一句地说。

我心中一凛，偷偷瞄了眼秦川，他还在梗着脖子跟秦茜吵什么她天真加暴力，动不动就搭进去一辈子，可在他脸上，我分明看到了一点点的慌乱和羞涩。

秦茜又坐了一会儿，他们姐弟俩聊在北京开一家蛋糕房的事，秦川想请秦茜投资，我才知道，原来秦川早就把眼光放在了校园之外。谈起这样的事，两人都收起了平日的暴躁与不正经，思路十分清晰，让我不得不佩服老秦家的经商基因。

秦茜依然神秘，她不告诉秦川她住在哪儿，也没有回家去看看的打算，她说这几天会再过来，我估计她还是不会提前打招呼的。临走前她疑虑地盯着秦川，秦川恨不得对天发誓绝不对我染指她才稍稍放了心。

我们送走秦茜又去附近超市买了胶带，为了回去拯救一下那摇摇欲坠的门锁。秦川一路数落他姐姐的野蛮，我在一旁听着只能呵呵地干笑。当我们走到楼下，正说着再买点麻辣烫上去吃时，我看见了那辆熟悉的奥迪。

杨澄打开车门下了车，王莹也从副驾驶的位置下来，他向我走来，我后退一步，躲在了秦川身后。

“乔乔。”杨澄呼唤我的名字。

我低下头，一声不应。

“乔乔，我们谈谈。”杨澄又进一步。

“她不想跟你说话。”秦川挡在我身前。

“我也不想跟你说话，我要找谢乔，你闪开。”杨澄冷冷地说。

“你离远点，要不我没法保证不打你。”秦川丝毫不动。

“你们干吗！能不能好好说话！有什么事就说什么事，乔乔，杨澄找了你一晚上，他很担心，不管怎么样，我想还是把事情说清楚了吧，总是躲着也不是办法，”王莹走过来拉住秦川，“你别在旁边瞎仗义了，人家两人之间的事，有的忙你想帮也帮不上。”

一向杠头的秦川难得地顺从起来，他听了王莹的话，稍稍往侧面跨了一步，回身担心地看着我。我紧紧抿着嘴唇，我知道王莹说得有道理，没什么是躲开装鸵鸟就可以解决的，秦川不是我藏身的洞穴，他有自己的生活，自己的女朋友，我不能一直贪图温暖地赖在这里不走。

“好，我们谈谈。”我鼓足勇气抬起头。

我和杨澄坐回了他的车里，秦川不放心，拉着王莹一起在楼下花坛边坐着等我们。杨澄的车里在放着恩雅的歌，我以前从来不听这些，CD 机里永远都是周杰伦、五月天。一个人走进你的生活，就像有风吹过水面，必然会留下痕迹，清浅到一首歌，深重到一道伤痕。我以为我能淡然，却完全高估了自己，低估了时间。

“任思羽找到我了。”我开了口，眼泪就悄悄流了下来，还是觉得委屈。

“乔乔，对不起。”处变不惊如杨澄也颓败下来。

“杨澄，我以前想不通，你为什么喜欢我，但真的万万没想到，你原来这么不喜欢我，”我缓缓诉说着自己的不重要，心里一扯一扯地疼，“任思羽告诉了我当年你喜欢千喜的事，你们这样优秀的人是不是格外输不起？但是你不该找我来做垫背，我一直跟你说，我只是个普通人，身材长相学习家世全都普通，所以才会那么傻地被不普通的你吸引，傻傻地上钩，愚蠢到以为自己真的值得被喜欢。杨澄，早知道是这样，我一定离你远远的。”

我们沉默了一会儿，恩雅还在浅吟低唱着，窗外秦川和王莹并肩坐在一起，可能是被蚊子咬了腿，王莹嘟囔着不停轻扇着腿边，秦川发现了蚊子，一巴掌拍下去，王莹大叫起来，她的洁癖怎么可能允许蚊子的尸体出现在她的皮肤上，秦川手忙脚乱地给她拿纸巾擦，我几乎听到了她怒吼的声音。这样热闹的情景让我微笑起来，我羡慕他们，继而又为自己难过。秦川已经有了他的爱情，我知道，他不能再拯救我了。

“乔乔，有些事我无话可说，”杨澄顿了顿，认真地说，“我也不想解释什么好听的话去让你开心。乔乔，你很好，很单纯，很可爱。我们的开始可能不像你最初以为的那么美好，但是不代表我们在一起的日子都不美好。你知道我的，如果点的菜不好吃，哪怕再贵，我也不会再动一次筷子。我不是一个能凑合的人，你是我交往时间最久的女朋友，没人会蠢到为一次赌气而去耗费自己那么久的时间。你总说我根本不知道自己想要什么，对，没错，我的确不知道自己想要什么，到现在我也说不清楚像我和王莹这样的人生意义何在，所以我及时行乐。但是，现在有一点我特别特别清楚，就是我知道自己不想失去什么。乔乔，我不想失去你。”

杨澄轻轻地拉住了我的手，我的手指僵着，却没有拒绝。杨澄的话稍稍安慰了我，终于给了这两天风雨飘摇的我一点温暖。道歉的话总比绝情的话动听，我就像一个坠崖的人，掉落在了一棵大树上，遍体鳞伤而不是粉身碎骨。但我还是伤心，还是难过，还是愤怒。我绝对没有原谅他，只是在这样的时候，我特别不想一个人。车窗外的秦川和王莹那么清新美好，令我不敢独自面对。我怕把自己的悲苦摆在他们面前，我怕他人的幸福成为我的困境，我不想以后看着秦川和王莹在一起，看着小船哥和千喜在一起，看着杨澄和任思羽或是其他哪个女的在一起，而我只是一个人。孤单的疼痛、失去的疼痛和原谅的疼痛比较起来，我只是选择了后者而已。坚强的人转身走，软弱的人才去原谅。

和杨澄在一起这么久，他教会了我很多事。爱情并不像我最初设想的那么贞洁，不是一辈子只会爱一个人。我们一生中会爱很多人，只要保证在爱某一个人的时候，只爱他一个就是忠诚了。爱情也并不一定源于美好，哪怕最初只是赌气、虚荣或是其他任何与爱无关的原因，都有可能最终产生一段感情。而在爱情里，只有真正的背叛，但没有真正的原谅，只要还爱着，就不可能宽恕，那只是不得已的妥协，是因爱之名的不甘。

杨澄和我一起下了车，远处秦川和王莹也忙站了起来，杨澄笑着招呼他们："好了，一起去簋街吃点东西吧。"

"赶紧走吧，再不走我就饿死了，蚊子就撑死了。"王莹叹了口气。

秦川疑惑地看着我，而我则一直低着头站在杨澄的影子里。

没了秦川的保护，我就是个自暴自弃的、怯弱的胆小鬼。

21

那天晚上我们四个最终都喝大了。那真不像是和解，而更像是不得已的妥协。我彻底爆发地哭了一场，哭的原因太多了，这些天积压的委屈、被颠覆的恋情、对杨澄的沮丧、对秦川无以为继的依赖……我哭得歇斯底里，哭得狼狈不堪。

秦川还是把杨澄打了，在我痛哭的时候，秦川一把揪住杨澄的领子把他拎了起来，他红着眼睛，咬牙切齿："谢乔有多好你丫到底懂不懂？你根本不配她你知不知道？"

"秦川，我一直看在谢乔的分上不跟你计较，你别把我惹急了。谢乔和我的事，不用你管！"杨澄攥住秦川的手。

"她的事就是我的事！我他妈管一辈子你管得着吗！"秦川一拳打过去。

王莹扑过去死死拦住秦川："你干什么！你疯了吧！"

"谢乔是你什么人啊！你凭什么！"杨澄砸了一个杯子。

"谢乔……谢乔是我最重要最重要的……朋友，"秦川一字一句地说，"你对她好点，你对不起她，我弄死你。"

已经瘫软在桌上的我听到这里哭得更凶了，我呛着气，吐得一塌糊涂。那场一片狼藉的饭局就此终结，我们踉跄地四散在北京初夏的黑夜里，每个人都有不能言说的苦闷，每个人都隐藏着疼痛，每个人都显得落魄，每个人都那么迷茫。

凌晨时我醒了酒，躺在不知名酒店的大床上，杨澄就在我身旁。他刚刚洗了澡，穿着酒店的浴衣，靠在床边。我晕晕地爬起来，杨澄递给我一瓶水，"还好吗？想不想吐？"

"没事，就是头晕。"我按着太阳穴，酒精激发它突突地疼。

"去冲个澡吧，浴室还有一件浴衣。"

“嗯……”

我走进浴室才松了口气，我还没选择好和杨澄说话的方式，发生了这样的事，终归我们与从前不同了。冲好澡我犹豫了一下，因为嫌弃充满酒味的T恤，还是穿上了酒店的浴衣，对着镜子仔细系好了腰带。

杨澄依然靠在床上，我没走过去，坐在了旁边的沙发上。杨澄轻轻叹了口气，他走到我身边，伸手把我揽在了怀里。而就像冰雪来袭，我的身体又僵硬了起来。杨澄拍着我的后背，在我耳边低声叫我的名字："乔乔，乔乔。"

他的声音很温柔，我慢慢闭上了眼睛，忍不住靠向了他。这两天真的太疲惫了，以至于我格外贪恋那一点点的温暖。杨澄开始吻我，细细密密地吻我，从沙发一直吻到了床上，迷蒙中我感觉到了他这一次的吻和之前有些微妙的不同。杨澄顺着我的脖子吻下去，我的肌肤被他像弹琴一样碰触着，酥痒而又慌张。我突然意识到，也许我们要发生什么了，然后就一下子紧张起来。

我那时候根本不懂男女之事，我们宿舍曾经聊过这个神秘的话题，但因为谁也没有切实的经验而全是胡乱的猜测。当时有一种传说，说如果女孩子走路大腿并不拢就不是处女。因此我们班有男生猜徐林不是处女，把她气得跳着脚骂，她说自己天生胯大，生下来就并不拢，那鉴定方法完全狗屁不通。还有另一种说法，就是男生左手手肘那里有隐隐的红线就是处男，而我曾抱着秦川的胳膊观摩了半天，也没看出有什么红线，他也因此莫名其妙被我骂了好几天流氓。

最终还是神通广大的娜娜启蒙了我们，不知她从哪里找来了一个隔壁岛国的武藤兰系列“爱情动作片”，我们以认真学习的态度围坐在王莹的笔记本电脑旁看了20分钟，先是惊叹女优颜美胸大，接着又感叹男优惨不忍睹，

而看到他的 ×× 的时候，我们谁也说不出话来了，我之前对于男生关键部位的概念还停留在《哆啦 A 梦》里大雄脱掉小裤衩的样子，看见实物多少还是超出了我的想象。

“后面……那个球是什么？”我指着屏幕上晃动的物体。

“是睾丸吧。”千喜认真地答。

片子里两人十分卖力地尝试各种体位，女优高昂的声音让我们不停调低音量，娜娜说：“据说叫床的声音有秘诀，就是 room。”

“为什么是 room？”王莹也一窍不通。

“只要发 r、o、o、m 这四个音就够了啊，不就是 room 吗？”娜娜教学似的指导发音。

我们几个面面相觑，继而笑了起来，没人想再看那单一的活塞运动，徐林反应最大，她当晚都没吃饭，说想想就恶心。

我倒没觉得恶心，但也没幻想过有一天自己将会和谁去做那样的事。

杨澄的手扯住了我系得紧紧的浴衣带子，我感觉到某个硬硬的东西顶住了我的大腿，我紧张而又胆怯，抗拒地叫着杨澄的名字，可他根本不应我，我只好用力按住了他的手。

“怎么了？”他轻轻喘着气。

“等……等一下。”我微微挣扎。

“乔乔，我喜欢你。”杨澄撑起手，又俯下身子吻我。

“我……我还没做好准备……”我吞吞吐吐地闪躲着。

“交给我。”杨澄轻抚我的头发。

“我有点害怕……”

“没事的。”

“我没有过……”

“我知道。”

“那你呢？”

“什么？”

“你是第一次么？”

杨澄终于停了下来，我睁大眼睛望着他，他慢慢别过了脸。那个一直让我感到坚硬的压力渐渐消失了，他翻身躺倒在了我身边，我们两个人都安静着，氤氲的空气仿佛都凝固了。我知道了答案，他不是第一次。但我不想询问他和谁做过，也不想知道在我之前有多少女孩跟他这样亲昵过，我的心里凉凉的，不怒也不惊，反倒有些莫名的尴尬，只是想立刻离开这里。

“我……我还是回宿舍吧，已经两天都没换衣服了。”我结结巴巴的。

“好，”杨澄语气平淡，“我送你。”

“不用了！你再睡会儿吧！”我一边说着一边抱着衣服冲进浴室，赶紧反锁了门。

我换好衣服小心翼翼地走了出来，杨澄已经躺在床上盖好了被子，他背冲着我，我怯弱地说：“那……我先走了。”

“嗯。”他轻轻地答。

我松了口气，毫不犹豫地走出了房间，坐上电梯时，心还“咚咚”地跳得很快。

就像逃离了一场劫难，我发现自己竟然一点都不想跟杨澄做那样的事。

电梯迅速到了楼下，酒店大堂很嘈杂，服务台那里传来一阵骂声，我好奇地瞥过去，却一下子愣住了。我看见秦川正疯了一样拍着桌子朝前台的服务员大喊大叫。

“你们他妈到底查不查？杨，姓杨的杨，澄，三点水一个登山的登，我就不信查不到房间号！”

“对不起先生，我们不能随便提供住店客人的信息。”五星级酒店的服务员训练有素，很耐心地跟他解释。

“我是他朋友！我找他有急事！”

“对不起，请您跟他本人联系。”

“联系得上我还找你们干吗？出了事你们负得了责任吗？你不告诉我，信不信我一间间房间敲过去？”

“先生，如果您再这样骚扰以致影响我们正常营业，我就报警了。”

“好啊！你报警啊！警察来就能把杨澄给我叫下来了吧！你快报！赶紧报！我帮你报！”

秦川去抢服务台的电话，我走到他身后，一头黑线地拍拍他的肩膀，可他头都不回，还执意要拨电话，我只好用力拉住他。

“你他妈……”秦川回头见是我，眼睛都放出光来，“乔乔？！”

“你找杨澄干吗？”我黑着脸问。

“我找他干吗？我找你！”秦川扔下电话，捏着我的肩膀上下打量，一脸焦虑地说“你没事吧？”

“我有什么事？”我纳闷地问。

“那浑蛋没把你怎么样吧？”秦川焦急地口不择言。

我的脸腾一下红了，余光里看见周围的服务员和保安都在瞄着我议论，我气急败坏地打掉秦川的手：“你想什么呢！怎么可能！”

“怎么不可能？你别不知好歹！我酒醒了找不到你，给王莹打电话，她说杨澄带你到友谊宾馆了，我立刻就奔过来了！就怕他对你……对你怎么怎么样！”秦川也憋红了脸。

“你烦不烦！你以为别人都像你！快走吧！丢脸死了！我要吃早点！”我拖着他往外走。

“像我就好了！”秦川不服气地说。

“像你我就一头撞死！”

而秦川难得没有跟我抬杠，他长长出了一口气：“没事就好。”

“不知道你瞎操什么心。”我哼了一声。

“乔乔，有些事，我也会怕的。”秦川没有看我，他望着远方淡淡地说。

身边三环灰色的立交桥仿佛虚构了一座城，周围所有人如同蝼蚁，只有我与秦川是鲜活的、有生命的。朝阳之下，我和他并肩而立。那一刻，我觉得自己好像被什么击中了，心底的隐秘沸腾起来，我要用一百二十分的力气，才能抑制住那澎湃而出的某种感情。

后来想想，那年夏天我们的生活就像被上帝重新洗了牌，一切都和之前不一样了。

秦茜回家了，和秦川一起。他们这次再也没有逃跑的可能，因为秦奶奶病危了。那个一生风风火火的老太太，倒下的时候却悄无声息的。据说她正在做拿手的炸酱面，还念叨着要是谢乔那个小丫头在，肯定闻着香味儿就凑过来了。盘子掉了，她去捡的时候，就歪倒在了厨房里。脑溢血，很快，一周不到就没了。姚阿姨给“远在加拿大”的秦川打电话，两小时后他就出现在了医院里，还带着已经两年多没消息的秦茜。老太太走得很安详，左手握着孙子，右手握着孙女。医生给秦奶奶蒙上白布，她那嘈杂热闹的一生仿佛就被轻轻遮掩过去了。

出了病房门，秦川和秦茜还没擦干眼泪，就被姚阿姨一人赏了一巴掌。秦川招了退学回国的事，秦茜也招了私自办婚礼的事。姚阿姨冷静地听他们说完，瞬时做了决断，秦川立刻搬回家住，继续找学校念书。秦茜立刻回北京，至于谭辉，姚阿姨说她不认。在秦家，我一直坚信姚阿姨才是幕后终极大 BOSS，秦叔叔唯她马首是瞻，秦川那就是小玩闹，秦茜则基本上一直在剑走偏锋，飞蛾扑火。

秦川退了房子，我陪他一起过去简单地收拾了东西，除了酸菜鱼基本没什么可拿的。这间最初被我百般嫌弃的小屋，却让我格外不舍起来。墙上为了遮挡墙皮的《灌篮高手》的海报，马桶上 10 块钱的桃红色马桶垫，小商品市场30块钱两米买来的卡通窗帘，与加国牙膏很不匹配的塑料漱口杯，我专用的小熊拖鞋……我在内心里跟它们一一告别，跟那些秦川就在我身边的日子告别。

秦川整理好了箱子，我抱起酸菜鱼，一起关上了房门，下楼梯的时候，秦川回头看了一眼，“真有种搬家的感觉。”

“废话。”我没精打采地说。

“从加拿大回国的时候，我就跟逃跑似的，匆匆忙忙收拾了箱子，出了门头都没回。这回倒是奇了怪了，总觉得挺舍不得的。”

我被他说得眼泪都快掉下来了，秦川笑着捅捅我：“哟，这么多愁善感？不想让我走吧？”

“切，我是舍不得酸菜鱼！”我口不对心，“巴不得你哪儿凉快哪儿歇着去呢，别成天在我眼前晃悠！”

“谢乔，你有没有良心啊！你看下次你出事我再管你的！”秦川气急败坏地说。

我不理他，抱着酸菜鱼大步跑下去。当时我只是想，要是被他看到我真的已经难过地哭出来，那就太丢脸了。

后来秦川找了所远在顺义的国际学校，说是和英国某个大学合作办学，其实基本上就是花钱买了个半真不假的洋文凭。学校的食堂窗口他全盘给了大龙，没要他的钱，王莹也就此退出，她说权当玩了回票。

秦茜还是逃走了，姚阿姨的看管和谭辉的手段比起来太小儿科了。不过她没能把户口本偷走，姚阿姨说不单谭辉，这次连秦茜一起不认，就当那个女儿当年在医院里就没了。为这事秦叔叔少有地跟姚阿姨吵了一架，他大声嚷说那是他闺女，一定要找回来。我真为秦茜的亲爸遗憾，他这一辈子都体会不到这样的亲情了。

我和千喜谈了一次，我问了她当初杨澄的事。她很平淡地给我讲了经过，确实如任思羽所讲，杨澄是向千喜表白过。千喜说："那时候他总来找我，周围的人都在问我，包括你，你们都觉得杨澄喜欢我，到最后杨澄自己大概也这么觉得了，他就顺理成章跟我说他喜欢我。我记得很清楚，他看着我的眼睛，那样子就像在商场里看一件昂贵而美丽的商品，然后露出还算欣赏的表情，跟售货员轻松地说'我买了，给我包起来'。这和我经历的喜欢、想象的喜欢都不一样。甚至还不如老家追我的那个男孩子，他虽然愚蠢但是迫切，而杨澄却那么轻描淡写。什么是喜欢？不是觉得你好，恨不得立刻占有你，而是觉得你珍贵，想要保护你。所以，即使筱舟从来都不会跟我谈一点这样的事，但我愿意主动说出来想与他在一起。因为在他身边，我觉得自己是重要的，而不仅仅是昂贵的。"

"那我呢……你为什么当初不告诉我这些？"我沮丧地说。

"那时杨澄追你我就一直在反对，可是乔乔，你太单纯了，我怕伤害到你。而且我总觉得那时你在为自己寻找一个出口……我也好，王莹也好，我们说的话你都听不进。到今天为止我都要说，杨澄不适合你。不过反过来讲，他确实也没有我想的那么坏。乔乔，不管他与我之间是怎样，但我看得出来，他与你之间不是欺骗。"

我知道千喜说得没错，我其实也不能责怪她什么，无关乎她，杨澄的玩世不恭显而易见，只是我在经历冗长的暗恋和摇摇欲坠的友情之后迫不及待的一种选择。千喜最后说，我应该想一想，我到底想要什么。说到这里的时候，王莹进来了，我们就自然地结束了之前的话题。

看着王莹，我根本不敢想，我到底想要什么。

那个夏天就这么过去了，韩日世界杯落幕，我最爱的英格兰队被小罗的一脚吊射挡在了四强之外，追风少年欧文的进球也只能成为离开的悲歌。韩国队不要脸地逼走了意大利和西班牙，好不容易入围 32 强的中国队也一场未赢、一球未进、一分未得地铩羽而归。当时 B 大看球都看疯了，男女生宿舍聊的都是世界杯，中国队被巴西血洗那天，据说起码从楼上扔下来了三十个暖瓶，书本更是不计其数。而我看球却看得很孤独，因为我的男朋友在日本，我的好朋友在顺义。

我和杨澄的关系止步于那个清晨，之后他再也没有表现过一点想要发生点什么的念头，我们偶尔牵手，很少接吻。可我们还在一起，提到法系赫赫有名的杨澄，大家都会说他女朋友是中文系的谢乔。

我们会一起吃饭一起看电影，那年中国电影开始了大片时代，几乎所有人都看了张艺谋的《英雄》，一部颜色美过内容的电影，可我更喜欢那年的一部喜剧片《河东狮吼》。张柏芝在里面美死了，尤其她说那段长长的经典台词时。

“从现在开始，你只许疼我一个人，要宠我，不能骗我，答应我的每一件事都要做到，对我讲的每一句话都要真心，不许欺负我，骂我，要相信我，别人欺负我，你要在第一时间出来帮我，我开心了，你就要陪着我开心，我不开心了，你就要哄我开心，永远都要觉得我是最漂亮的，梦里也要见到我，在你的心里面只有我。”

娜娜能一口气把它全背下来，我不行，但是每次娜娜说这段，我都能隐约记起古天乐最后回复她的那些话。

“从现在开始，我只疼你一个，宠你，不会骗你，答应你的每一件事情我都会做到，对你讲的每一句话都是真话，不欺负你，不骂你，相信你，有人欺负你，我会第一时间出来帮你，你开心的时候，我会陪着你开心，你不开心，我也会哄得你开心，永远觉得你最漂亮，做梦都会梦见你，在我心里只有你。”

当时看的时候，我眼泪都下来了，我觉得好像身边有谁也是这样对我的，但那个人不是杨澄，不是应该爱我和我爱的。

那个人只是我最好的朋友。

第六章 Chapter six

荼蘼

初识时那么亲切，而分别的时候可能连声再见都来不及好好说。在相逢的地方告别，不知有谁就此丢失在生命里。

我是从那年冬天开始有了长大的自觉的。经历得多了，懂得多了，埋在心里的事多了，所谓成熟也就是要承担这些罢了。

不仅是我，那个时代大家都学会了承担。之前奔跑着的人们，已经开始气喘吁吁，有些人冲在了最前面，而那些徘徊在后面的人，连他们的身影都看不到了。秦叔叔的生意越做越大，他在北京买了十几处的门脸房，还在城外诚开了近千平的专卖。我们家也买了房，是我爸单位的指标，天通苑的经济适用房。

我们家现在的房子最初是以给单位交房租的方式租住的，后来说只要一次性交个几万块钱，产权就归个人，我妈算来算去，觉得还是租起来值，按照现有的租金，租一辈子也用不了几万块。但后来房价突然就涨上来，周围的同事纷纷买房，我妈才忙不迭地跟着交了钱，而那时已经比最初的价格高很多了，我妈拍着胸脯说幸亏没一直犯傻。城里的老房子也涨了，拆迁了一大批之后，老北京都搬到了五环外，而余下的那些院子就格外珍贵起来，我奶奶家的小院据说有人报了几百万，虽然没卖，但还是让我们全家欢欣鼓舞，奶奶一再说，落实政策那会儿把房子给跑下来算是跑对了。他们又提起我当初哭闹着死活不让小船哥他们搬走的事，这我也认了，对现在的我来说，在北京城里核心地界上有一处自己家的房产，显然比我那缥缈久远的初恋重要多了。

最辛苦的还是小船哥，李阿姨的病完全拖垮了他们家，他格外用功，每年都拿一等奖学金，保研是没问题的，交流到国外去都有可能，但他还在犹豫，是继续念书，还是赶紧工作来贴补家用。而这些疾苦永远离杨澄和王莹很远，他们什么都不用担心，也不用多么努力，却不管做什么都来得比我们轻松，而这就是我们面对的生活。有时候真的不能相信，我们居然是生活在同一世界同一国家同一城市的一群人。

杨澄的小圈子我始终进入不了，有时听杨澄和王莹聊起谁家倒腾了件什么事，谁家出了件什么事，很多我觉得高高在上遥不可及的事被他们轻描淡写地就说出来了。他们总比我们先知道很多消息，那年非典就是，12 月份的时候杨澄就跟我说小心别感冒，广东那边有很厉害的病毒，已经死了人了。他还给了我两盒板蓝根，我没当回事地扔在了宿舍里，根本想不到这东西将会多么珍贵。

秦川到顺义上学之后，就往我们学校来得少一些了，不过他还是固定每周都会出现，比回家都要勤。姚阿姨严格控制了他的经济来源，但是他和秦茜合伙投资大龙的 Dino 西饼店已经开始源源不断地赚钱了，大龙俨然一副老板的模样，忙得不亦乐乎，但他起码会有两天到食堂来，随便我点什么，都亲自做给我吃，而且不用划饭卡。

王莹和杨澄都是在家比在学校时间久的人，有时秦川来了，王莹也不在，他就陪我在教室上课，或是去图书馆自习，哪怕什么都不做，只是呼呼大睡，也会跟我待上那么一会儿。有时我记着笔记，一扭头看到他的睡颜，内心就会悄悄充盈起来。阳光中的微尘、横线格的笔记本、沉睡中的少年、窸窸窣窣的课堂、反着光的黑板，就是我大学时代最美好的投影。

开春以后娜娜他们宣传部承接了一个饮料品牌赞助的“闪亮之星”校园歌唱比赛，在高校中有些名气，孙燕姿代言，第一届冠军是个叫陈思成的男孩。为了表示对摇滚范部长的支持，娜娜全身心地投入到了准备活动之中。

“来吧来吧！只要报名就送一瓶冰绿茶。”娜娜腻在我们宿舍里。

“才送一瓶，真小气。”我不屑地说。

“要是获得前三名，就有奖金！如果全国总决选获胜，就能签孙燕姿同家经纪公司，出唱片什么的！”

“这个还可以，你给我报一个。”徐林嬉皮笑脸地凑热闹。

“你？少来！就《回到拉萨》那水平，不够丢人现眼的呢！”娜娜撇撇嘴。

“那你跑我们寝来忽悠干吗啊？”徐林愤愤地说。

“你们屋不是有千喜歌神嘛，”娜娜蹭到千喜身边，“怎么样千喜？我给你报名？”

“我又不想出唱片。”千喜头都不抬，继续看她的《文艺美学》课本。

“算帮我忙啦，而且要是得了名次，未来找工作什么的都是简历上很漂亮的一笔啊！”娜娜央求千喜。

这句话算是说到了千喜心坎里，她向来想得比我们都远，找工作、落户口，这样在我们看来很久以后的事，于她则一直考量着。

“那……我报个名吧。”

千喜到底被说动，娜娜拉到一个真正有实力的选手，山呼万岁。

B 大的学生会还是有些号召力，联合了周围几所大学，把比赛弄得有声有色。娜娜彻底燃烧起来，开场之前，学校四处都能看到他们贴的海报，其他学院几个有些名气唱歌好的据说这次都被他们找来了。这么一来千喜倒有了斗志，她一向好强，最不喜欢输。

千喜拉着我们一起选歌，娜娜强烈要求唱周杰伦的歌，大家为到底选《安静》还是新歌《最后的战役》而苦恼，徐林推荐唱 KTV 里很流行的那首歌《I Believe》——《我的野蛮女友》的主题曲，王莹立刻反驳，唱那些还得标注中文发音的韩文歌实在太小家子气，还是应该唱《Vincent》、《加州旅店》这样的经典外文歌才比较洋气。我出主意唱比较火的歌，这样评委们会有熟悉感，比如《勇气》啊，《唯一》啊什么的，可她们又都说俗。千喜问小船哥，他腼腆地说自己也不懂，只觉得她唱土菲的歌好听，而最终千喜就听了小船哥的。

比赛那天王莹从自己家拿了一条 Valentino 的裙子给千喜，据说要几千块钱，章子怡有一条一样的。千喜穿着有点大，我就和娜娜一起给她用别针迁了迁腰身。千喜平时从来不化妆，王莹也不化，少了她的大牌赞助，我们只好凑了几个宿舍的化妆品，有美宝莲，也有 UP2U、雅芳、安利，这个借唇彩，那个拿睫毛膏，才一起给她化了个类似王菲的晒伤妆。

托娜娜的福，一票难求的现场，我们找了前排的好位置，我拉着小船哥一起坐在中间，秦川也来凑热闹，还被我胁迫着买了一大束花。穿着昂贵的裙子，带着浓艳妆容的千喜，安静地站在麦克风前浅吟低唱了王菲的《开到荼蘼》和《百年孤寂》，可比肩天后的天籁之音，千喜一鸣惊人。

那天几乎所有评委都把票投给了千喜，她最终夺冠。满场欢呼，千喜站在舞台中心，灯光洒满了她，一片衣香鬓影，她美得就像当夜的女王。小船哥被我推着举着花走到台前，千喜欣喜地直接从舞台上跳了下来，小船哥紧紧抱住了她，千百人中，他们唯一缤纷。那美好的一幕成为当年很多B大学生难忘的记忆，很多年后还常被人提起，似乎青春时的所有光彩都在那一刻凝固了。那时我们以为只是命运一瞬，那时我们谁也不知道故事结局。

天气很快暖了起来，闪亮之星的喧嚣是那个躁动春天的开始。3月那阵子王莹很少住宿舍，有事才来，上了课就走。她听我们绘声绘色地讲了比赛的事，却一点都不兴奋，只数落我们说，别往人多的地方扎了，那个广东来的非典型肺炎很厉害。杨澄也这么跟我说过，他基本不来学校了，叮嘱我勤洗手，少出去逛。

到了 4 月，似乎这一场病比我们想象的都严重起来。上课的时候大家都互相给外校的同学发短信询问情况，什么消息都有，据说中财已经死了一个教授，北交一个宿舍都中了招，他们附近的学校都未能幸免，有建工的同学说 120 来学校拉人了，还有的说学院路已经有了病例，只不过还没公布。恐惧比瘟疫传播得更快，四处人心惶惶，课堂上要是有谁咳嗽，整个教室便会立即安静下来，所有人都恨不得屏住呼吸。渐渐地，大课时人越来越少，同学也都间隔着坐，据说有的课甚至缺席了一半的人。

我爸他们学校发了口罩，平时那种薄薄的消毒口罩根本不管用的，新闻讲最有效的是 12 层的纱布口罩。全市药店的板蓝根全部脱销，不要说最常见的冲剂，连片剂都没的卖了。时不时还会出几个祖传药方，同仁堂抓药的人络绎不绝，家家都在熬药，满楼道一股子中药味。所有带“消毒”字样的商品都成了紧俏货，后来连有消毒作用的白醋，都被抢购一空。

疑似病例、新增病例、死亡病例还在不停地增加着，和平时代以来最大的恐慌在北京四处弥漫。陆续有学校停了课，秦川他们国际学校就放假了，因为最初瞒报非典的事，很多外国人都不来了。那时他每晚都给我打电话，询问我们学校的情况，毕竟我们是在非典暴发的核心区，街外就时不时响起 120 急救的声音。我们聊学校里被隔离的最新消息，担心彼此家人的状况，释放内心的惴惴不安，忧虑什么时候才能度过这次来势汹汹的 SARS。

4 月底的时候，所有焦虑与恐惧一瞬爆发。不知从哪儿传来了封城的谣言，一时间北京的超市挤满了人，米、盐、饼干、方便面……食物和日用品都被抢空，晚去一步的人只能面对空空如也的货架。

从那天起王莹彻底不来学校上课了，而无论必修还是选修，上课的人都有一搭没一搭的，连老师们也都在恐惧着。已经有了学生和老师得了非典的传闻，最终这消息被证实，一起被证实的还有皂君庙的一座教师宿舍楼因多人感染而被封楼。

杨澄被限制在家里不让出门了，他跟我强调真的很严重，让我最好也回家。可我不像他和王莹，公然逃学也没事，反正学校找不了他们麻烦，普通的我们只能像困兽一样，焦躁、迷惘，不知所措。

娜娜最先情绪崩溃了，她在我们宿舍坐着坐着，就突然要收拾东西买票回家。我拉住她，她嘤嘤地哭起来。

“你别闹了，这么晚，去哪里买票？”

“我去北京站排队，不行咬咬牙买张机票，反正我是不要待在这儿了！”

“你回去了，学校的课怎么办？”

“大不了这学期就折掉，总比命丢掉要好！乔乔你别管我，我死也要死到老家去。”

“那你家人怎么办？”千喜打断我们，“火车站、机场都是人流密集的地方，你一路过去又要乘公交、地铁，就算打车，也不知道那出租车多少人坐过，比咱们学校不知道多多少染病危险。万一你把病毒带回了家里怎么办？现在只是你一个人危险，到时你全家人都危险！”

娜娜听完千喜的话，颓然坐在床上，徐林走到她身边，安慰似的揽住她的肩膀，她抽泣着，“我们该怎么办呀？到底该怎么办呀？”

“不知道……但总会好起来的。”

千喜说着小船哥经常说的那句话，夜空晴朗，校园里却静悄悄的，一切都细小微茫，在灾难面前的我们那么无力，谁也不知道究竟什么时候才能好起来。

我们没有等来更好的消息，谣传却越来越多，很多人说继中财和北交之后，B 大也要封校。学校里陆续有人离校了，宿舍楼下常停着来接学生的车，不停有人苍白着脸大包小包地往下拎东西，一副逃亡的模样。

京籍的学生走得最早，杨澄给我打电话提醒我，封校的事多半是真的，如今他也不能随意出门，让我早做准备。我爸也说我们学校比他们学校形势严峻，不行课业就放一放，先接我回去。可是我看小船哥、千喜、徐林、娜娜都守在学校里，他们大多没有所谓退路，总觉得自己就这么拎包走人有点残忍。

我跟秦川打电话说了大致情况和我的顾虑，被他劈头盖脸地痛骂了一顿："你丫神经病啊！赶紧给我收拾东西回家！你爸要是来不及接你，我就去接你！这种时候你还犹犹豫豫个屁呀！不是我说，王莹就是比你有决断！她不是你们室友你们朋友啊！不是说走就走了！谁会因为你回家觉得你残忍啊！我都懒得说你笨！有时候真不知道你脑子都转什么呢，怎么和正常人就那么不一样！"

"王莹是大小姐！我们宿舍的人都懂，她走了没事，学校都不敢拿她怎么样！我能和她比吗？”我不服气地说，“你那种比动物高级不了多少的脑袋凭什么说我！”

“少废话！赶紧的！立马回家！”

“知道了！”

我挂了电话，下定决心，繁乱的心绪也舒畅了一些，平常我总说秦川简单粗暴动物思维，但是关键时刻他确实比我有定心得多。虽然听了他一大段咆哮，但是在这种兵荒马乱人人自危的时候，知道还有一个人这么操心自己，不由浑身暖暖的。杨澄是我的男朋友，但他高高在上不知人间疾苦，从来没为我着过这份急。

我一路上琢磨怎么跟千喜她们开口，回到宿舍，她们竟然全都在，一个个脸色凝重，我纳闷地问："怎么了？"

"你没看到学校通知？"娜娜都快哭出来了。

"我刚才在路上打电话呢，什么通知？"我忽然有种不祥的预感。

"正式确定封校了。"千喜叹了口气。

B 大封校，出入全部严格限制，我们所有人都成了囚鸟。

宿管严格起来，每个宿舍定期消毒，同时派发温度计，记录每天的体温。大多课业都暂停了，包括本学期那几门很重要的必修课，教授们不怎么来学校，我们就随意地晃着。我和徐林一点书都不看，要么窝在宿舍看电视，要么就煲电话粥，几十块钱的 201 卡，一周不到就用光了。千喜和小船哥在学霸的路上一去不返，空无一人的自习室几乎成了他们专用，两个人一起自修了本学期的课程，千喜还陪着小船哥背了大半本 GRE 的单词。其实究竟是读研还是工作小船哥还没能最终下定决心。李阿姨长期住院，病情每况愈下，他不回家就是因为担心交叉感染。千喜坚定地支持他在这种时候专心学业，和我们一样，小船哥也会听她的。

秦川知道我还是被封在学校里之后跳着脚地破口大骂，但也无计可施。中间秦川跟我约着来了 B 大一次。校门前拦着路障，除了保安亭里的保卫，一个人影都没有，往常熙熙攘攘的人，就像隐遁去了似的。当时整个北京都是这样子，沉静空阔而紧张。我和秦川仿佛是那一刻唯一活动着的生命体，一点点靠近，贪婪地探知彼此存在的信息。

走到路障边缘，我们停了下来，中间大概还隔着 20 米的距离，我朝他挥挥手，他咧开嘴笑了。

“傻逼了吧？”

“讨厌！”

“又胖了！”

“讨厌！”

“看来还挺有精神头的啊！胖得底气都足了！”

“讨厌！”

“那我走了！”

“不要！”秦川佯装转身，我慌忙叫住了他。

我们短暂地沉默了一会儿，我喊住他却又不知道要跟他说什么，春天很明媚，日光很柔软，我只觉得就这么一直待下去也不错。

“还好吧？”还是秦川先开了口。

“嗯。”

“不错嘛，我以为你那点小胆儿，会吓得魂不守舍呢。”

“我很有种好不好！”

“哦，有种到我现在还记得你得急性胃炎那次，哭着抱住医生问会不会死。”

“少啰嗦！”我气红了脸，秦川说的是中考我跑步晕倒那次，当时第一个冲过来救我的，就是他。

“你可不要粗心大意啊，我奶奶老说二八月乱穿衣，现在就是容易着凉的时候，你早晚要添衣服。”

“我懂啦，现在还穿绒衣呐！”

“要是封校有了缓儿，立刻回家！”

“我知道！这次一分钟都不拖延！”

“有什么想吃想喝的跟我说，我给你送。”

“送不进来，”我指指门卫，“什么都拦在外头了。”

“靠！这么严？”

“特别严，你想，现在是封校状态，要是万一传进来，不直接变疫区了！”

“那学校里头没有疑似病例什么的了吧？”

“嗯，都过了这么长时间了，应该没事了。”

“还是要小心，有潜伏期！”

“你都懂潜伏期了。”我咯咯笑起来，总觉得这么细心叮咛的样子和秦川不搭。

“滚！我走了，不跟你聊闲篇儿。”

“你怎么来的？”我突然想起来问。

“坐公交啊。”他轻描淡写地说。

“坐公交！”我惊叫起来，“那多危险啊！最人杂细菌多的地方就是公交你知不知道！我真服了你！瞧你刚才说我说得头头是道，敢情还是什么都不懂！口罩呢？你戴口罩了吗？”

“没啊……那么闷，戴上喘不过气。”

“秦川！”

我怒吼的声音把在传达室睡觉的保安都惊了起来，他疑惑地推开门，看看站在路障线两端的我们，挥挥手说：“干什么的？你学生吧？快回校！在校门口闹什么闹，不怕得非典啊！”

“这就走，这就走，”我跟保安求情，“秦川，你等我一下，我马上回来！”

我转身跑回宿舍，从抽屉里翻出我爸给我的12层口罩，又跑到校门口。保安还在很警惕地盯着秦川，我喘着粗气：“您帮我把这个递给他吧。”

“不行，校内外不能递东西！”保安果断拒绝。

“哎呀算了，我不要！”秦川不合时宜地说。

“你闭嘴！”我狠狠瞪了他一眼，转身求保安，“求您了，他出门没带口罩……”

“不行！”

“得了得了，你扔出来，我接着。”秦川朝我招手。

“好！你接住了！”

不等保安反应，我就往前跑了几步，把口罩扔了出去。秦川接住口罩，刚要往兜里揣，就被我叫住。

“戴上！”

“上车再说。”

“现在就戴！快！”

“真烦！”秦川不耐烦地戴上，看他裹着 12 层的白纱布口罩的暴躁样子，我忍不住笑起来。

“走了！你小心！”

“你也是！下车洗手！”

“知道了！啰嗦死了！”秦川咆哮起来。

我站在原地，目送秦川渐渐走远，总算放下了心，他不知道，那是我最后一个 12 层的口罩了。

大概是为了让人们对未来始终怀有敬畏之心，不能妄加揣测，每当内心觉得没什么事的时候，宇宙造物的那个谁就会现身让你领略命运的威力。

在我们所有人都觉得校内不会出问题的时候，一个生物工程的男生突然发烧，被紧急隔离送医。本来趋于平静的校园，瞬时人心惶惶，校方对相关人员进行了排查和隔离，有消息说他一直在我们常去的三食堂吃饭，吓得我们宿舍再不敢过去了，连着去小卖部买了好几天的汉堡饼干什么的。

而我则在那个男生被发现后的第三天，体温升高。

第一次，36.8。我惴惴的，千喜和徐林都没发现我的异常，我依旧在需要上交的表格上填了正常的 36.5，但晚上却辗转反侧，很久才睡着。

第二次，36.9。不降反升的体温让我开始极度紧张，我不停地摸额头，又到小卖部偷偷买了一个体温计，在没人注意的时候反复自测，时高时低，但始终没能回到 36.5 的标准值。那天我几乎一宿没睡。

第三次，37.1。37 度的低烧值伴随着轻微的咳嗽一起来临，我彻底崩溃了。因为时不时地干咳，我不敢在宿舍里，只要有人的地方我都不敢去，非典时期咳嗽的声音就像炸弹，只要响起，周围的人都会惊恐地散去。

我默默坐在湖边，想可能已经在我体内的病毒，想我会被独自隔离的境地，想最可怕的那个结局，一边想就一边哭了起来。我知道我不能再逃避了，不能因为畏惧就隐瞒下去，而最终害了身边无辜的人。我决定去校医院主动提出隔离观察的要求，而在那之前，我下意识打了个电话。

其实恐惧是一种不能分享的孤独，朋友并非无话不谈，而家人又舍不得令他们一起担心。能倾诉这样事的人，一定是特殊的存在，于我而言，那就是秦川。“有没有运动减肥啊？”接起电话的秦川还在嬉皮笑脸地跟我斗嘴，而听到他鲜活的笑语，我的眼泪一下子就掉了下来。

“秦川，这次我大概真的完蛋了。”我哽咽着。

“喂，怎么了！乔乔你别哭，先告诉我到底怎么了。”秦川的声音都拔高了。

累积了许多天的惊恐倾盆而出，我慢慢给他讲了我的身体状况，混乱的叙述在他耐心的询问下渐渐有了条理，秦川沉吟了下：“乔乔，你别慌，先听我说。”

“嗯。”痛快地哭了一顿，我心里好受多了。

“你先不要去校医院，现在的形势去了一定会隔离，不管怎么着都至少被关 14 天。”

“可是万一传染了千喜和徐林她们，小船哥正准备研究生考试呢，他要是病了……”

“谁说你一定就是非典了？你刚才跟我说这么半天话都没咳嗽一声，先别自己吓自己了。再说，如果你真的是，那现在也来不及了，要传染早传染了。”

“那我怎么办？”

“你在湖边是吧？别吹风了，一会儿真吹感冒了。你现在先找个教室里坐好，看会儿书什么的，分分心。我马上过去找你。”

“你别来！来了又怎么样？也进不了校门。而且还要坐那么久的车，万一你再……”

“我不是有你给的口罩嘛！别操心我了，你踏实等着吧。”

“嗯。”

“见面再说，别胡思乱想了。”

“嗯！”我带着哭腔挂了电话，这次倒不是难过，而是所有焦虑有了去处的贴心。也许真是心理作用，那之后的两个小时我很宁静，昨天开始的干咳也消停了很多。秦川再打电话来的时候，已经快到吃饭的点了，我一边接一边起身，“到校门口了吗？我马上出去……”

“到你们宿舍楼下了，过来吧。”秦川气喘吁吁地说。

我一路跑回了宿舍。

也许是因为心里一直想着不可能不可能，所以那长长的一段路都如坠梦里，居然很快就跑到了，并丝毫不觉得累。

秦川就站在我们楼下，仿佛这场瘟疫从未发生，仿佛他还住在学校边等我一起去上一堂古文课，仿佛路旁的一株树，已经在那里站了百年千年。

秦川也看见了我，我们之间再没有路障，也不用大声地喊话，我笑着跑向他，可跑着跑着，就又停了下来。

“怎么了？”秦川纳闷地问。

我和他隔着几米，“别过来，万一我是非典，传染你……”

秦川二话不说，径直地走向我，一把把我拉入了怀里。

我们拥抱在一起了。

那是成年之后，不，也是生命以来，我们最亲密的一次接触。

我的整个世界都变了。

那个在我心里成长了很多年的小怪兽终于破壳而出，我清晰地听到它的声音，与它产生的共鸣不住回旋：

我喜欢秦川。

我喜欢秦川。

我喜欢秦川。

他总在我身边，不管是我沮丧的时候，还是欢愉的时候。也许实在是太久了，所以我把他与我的少年时光混为一谈，以至于所有为他产生的情感，都被我看作一种理所当然。直到那些想念那些心酸硬生生地超越伙伴之间应该有的程度，我才疑惑与逃避起来。而我自己都没想到，原来已经强烈到这种程度了，原来已经不能被否认了，原来我是这么这么地喜欢他了。

可是，似乎我懂得太晚了。

我把脸埋在秦川的胸口里，好像这样就能抵挡那呼啸而至的感动和感伤，好像这样就能不再直面我们的亲近与壁垒，好像这样就能一直融化在很遥远的时间里。

秦川大概以为我是吓坏了，他轻轻拍着我的后背，不住地说："没事了，没事了。"

渐渐有人从宿舍楼出来去吃饭，他人的目光使我迅速回到了现实之中，我放开了手，低着头不敢去看他的眼睛。

秦川抵住我的脑门："也不热啊！你就咋呼吧！吓我一跳！"

"你怎么进来的？"

"翻墙进来的。"

"没被发现？"

"你以为你们学校是中南海啊？哪儿管那么严！我找了个僻静的地方，一翻就进来了。"

"那现在怎么办？"

"先吃饭啊！我大老远跑过来，你都不请我撮一顿吗？"秦川大大咧咧地揽住我，他什么都不知道，于他而言一切未变，而对我来说，肩膀那里已经热腾腾地快着了火。

我们在食堂里随便吃了点，秦川一直安慰我，他说人的体温不是固定值，每天都会有浮动，36 度到 37 度之间都算正常，在没有其他症状的情况下，我即使到了 37 度，也不能判定和非典有什么关系。可这个时候，非典已经不是我最关注的问题了。非典意味着死，而我的爱情却从中而生。

“我说。”秦川突然凑到我耳边。

“什么？”我的耳朵也热了起来。

“你是不是快来那个了？”

“流氓！”我红着脸一把推开他。

“哎呀，你听我说，要是快来那个的话，体温也会升高的！”

“不用你管！”我恼羞成怒。

“你讲不讲理，我来之前特意到网上查了，跟你说真的呢！”秦川大声嚷起来。

“谁跟你说真的！”

我端起餐盘气鼓鼓地往外走，心里特别不痛快，因为我觉得在秦川眼里，我可能已经超越了性别，他从来都不把我当作一个女孩子看待。

秦川一点都不明白我的情绪反复，他以为我还在担心体温，就不停地逗我笑，想转移我的注意力，而我想的却是完全不能和他商量的事。我们一直逛到了晚上 10 点，校园里已经没什么人了，再怎么耗也到了要回宿舍的时间。秦川送我回到寝室楼下，又摸了摸我的脑门，温度比他的还要稍高一点。我随身揣着体温计，前两天恨不得每天都量几十次，今天见到秦川之后就一次都没有量过。秦川让我量着试试看，5 分钟后，结果出来，37 度。

“别多想了，明天，明天我再来，要是有什么变化，我送你去医院。”秦川扶定我的肩膀。

“嗯！”我点点头。

“好了，回去吧！我看着你进去。”

我转身往前走，宿舍楼门前很幽暗，就像是一个黑洞，走向它的每一步都有被吞没的不甘心。我想如果明天来临，我发烧了，之后我可能会死了，而在这之前我什么都没做，我才刚刚明确地感受到爱情，我都没和我深深喜欢的少年多说那么几句话，多待那么几分钟，多享受哪怕最后的一点平静，真是这样的话那么我这一生就太暗淡了。

我站定了脚步。

“秦川，我不想回去，今天晚上我想和你在一块儿。”我回身大声喊。

秦川愣了愣，然后很快坚定地答：“好！”

秦川就是一个时时刻刻都有主意的人。

虽然我说要和他在一起，可根本没想到有什么地方可去，而他就像提前设计好了似的，直接带着我回到食堂，打开门进了 15 号窗口。大龙他们是外包经营的，所以早就暂停营业了，临走前大龙把这里收拾得很整齐，最赞的是他留下了休息用的躺椅，我和秦川铺开，刚刚够我们两个人躺下。

秦川把他的外套脱下盖在我身上，我一直拉着遮住了半张脸，衣领处有秦川的味道，和小船哥的那种清爽的洗衣粉味不同，秦川身上有一股强生护手霜似的好闻气息。

“我看看有没有剩下的奶茶粉，给你泡杯奶茶。”秦川摸索着。

“不用，待会儿声音太大了，会把巡夜的人招来。”

“那你饿不饿？”

“一点都不饿。”

秦川趴在我旁边，戳戳我的脸，噗一下笑出来，“我突然想起来，小时候我奶奶就说你，胆小又惜命，现在看看真一点没说错。”

“切！”我在躺椅上翻过身，“那你不害怕？”

“怕什么呀。”

“要是我得非典的话，你可就百分百地被传染了！”

“传就传呗，咱俩一起去小汤山隔离，正好有个伴儿。”

“你不怕死？万一有去无回呢？”

“那就埋一块儿。”

秦川眨着眼睛，食堂昏暗灯光的一点明亮映照在他的眸子里，恍若天上繁星，我怔怔地看着他，觉得今生今世，有这么一人，这么一刻也算够了。

“秦川……”

“嗯？”

“要是我死了，我会想让你活着。”

“要是我死了，我会想让你也死了。”

我猛地转过头，秦川狡黠地说：“没有我你大概总有一天会蠢死，不如跟我一起到地底下拌嘴去。”

“讨厌！”

这么深情的话到底被他变成了插科打诨，我赌气地背对着他。

“真生气了？”秦川拍我的后背。

“我要睡觉！”

“那睡吧。”

过了一会儿，秦川的声音突然响起：“乔乔，你别害怕，我会陪着你的。”

我睁开眼睛，小小的 15 号窗口依然昏暗，可我却觉得我的眼前光明了，那一刻我真的不再害怕了。畏惧死亡其实是畏惧孤独、畏惧失去、畏惧分明遗留着重要的人却与这个世界再无关联。而现在我知道，即使此时万物沉寂，也总会有一个人在我身边的。

“秦川……”我又叫他，想立刻告诉他，我曾经那么软弱地不敢直视那份绵长的感情，可是现在因为有他，我才勇敢。

“秦川？”

他没有应我，我疑惑地慢慢转过身，才发现他已经沉沉睡去。这一天他太辛苦了，跑了这么远的路，担了这么多的心，一定累坏了。

我轻呼了口气，心想那就明天吧，明天再说也来得及。我把盖在身上的外套往他那边搭了搭，偷偷靠在他身边，不一会儿，也睡着了。

明天那么近，每天都会有。我们都很喜欢它，因为未知便意味着希望，可我们又都忘了希望之外的另一种失望的可能，所以其实明天分明是比今天、比现在、比此时此刻不靠谱的一个词，今天做不到的事，到了明天多半也没用。可那时的我，一点都不懂。

08

第二天清晨，我是被秦川吵醒的。

他拍着我的脑门大喊我的名字，我懵懂地睁开眼，稍稍想清前因后果，一骨碌爬了起来。

“怎么样？我发烧了？”我捂着额头，慌张地问。

“烧个屁！比我还凉！你快量量体温。”秦川把体温计塞给我。

等待了漫长的 5 分钟后，测量结果是 36.5，秦川欢呼出声，把另一边准备早点的食堂师傅们都吓了一跳。

我和秦川随便收拾了下，急忙灰溜溜地跑出食堂。阳光明媚，柳絮飘扬，这个春天又变得可爱起来，我深呼了一口气，大大伸了个懒腰。

“哎哟，浑身酸痛！”秦川撑着腰叫唤，“我就说没事吧，不够你闹哄的。”

“我又没让你来……”

“什么？”

“没什么！”

“那我回去了，这几天我姐正要给我打投资款呢，得背着我妈，不能被她发现了。”

“好吧。”

“你呀，照顾好自己，别让人那么不放心。”

“知道了。”

“走了。”

秦川揉着肩膀往前走，看着他的背影，我忍不住喊住他："秦川！"

"干吗？"

"……谢谢！"我大声说。

"谢个乔啊！"他不以为然地挥挥手，笑着走远。

我一直注视着他，噎在我心里的那句话还是没能说出来，警报解除，勇气也消失。回宿舍的路上，我想了很多事，也许因为周遭的一切都太熟悉了，所以这世界立时切实起来，庄重得令人很难与它对抗。我有男朋友，秦川也有女朋友，就是这样的现实。幻想中的疾病化为虚妄，而那深切的感情留了下来，我却无计可施。

我知道，我喜欢他，但什么都做不了。

我们 213 已经炸了锅，神秘失踪一夜的我把她们都震惊了。

徐林说我会不会突然高热被紧急隔离了，娜娜说我估计扛不住封校偷偷跑回家了，千喜说没准杨澄找到办法把我接了出去。可是继而她们发现，我什么东西都没带，连手机充电器都还挂在电源插座上，猜测立刻急转直下到了另一个方向。

徐林说我可能出了车祸，娜娜说可能被最近盛传的校内裸奔变态骚扰遭遇不测，千喜说等到 24 小时再没我的消息就赶紧通知家长加报警。

"还有 3 个多小时，"千喜看看表，"你再不回来就报警了。"

"哎呀我求你们了，太小题大做了吧！"我无奈地瘫坐在床上。

"夜不归宿还怪我们小题大做！"娜娜跳起来戳我脑门，"快老实交代，到底干什么去了？"

“拯救地球去了。”我朝她们眨眨眼。

“少来！你到底去哪儿了？”徐林围着我绕了两圈。

“哎，去食堂蹲了一宿。”我只好实话实说，但是秦川的事，我决定不告诉她们。

“胡说！”娜娜不信。

“真的！我昨晚上体温37度，怕连累你们就自我隔离了，这种大无畏的牺牲精神你们都不感动吗？”

“你就编吧！”娜娜蹭到我身边坐下，突然不怀好意地笑起来，“我又想到了一个可能性！”

“什么呀？”千喜好奇地问。

“没准在乔乔身上已经发生了很重要的、不可逆转的事。”娜娜神神秘秘地吊人胃口。

“什么很重要的、不可逆转的事？”我都被她说蒙了。

“你是不是已经和杨澄那个了？所以昨晚偷溜出去开房了！”娜娜抱住枕头坏笑着。

整间宿舍都轰然起哄起来，我气急败坏地否认，蹿到床上去掐娜娜，娜娜笑着满床打滚，千喜拉都拉不住。

“一群女流氓！”徐林大声叫。

“不过说真的，你是怎么跑进食堂去的，他们晚上不都锁门吗？”千喜笑着喘。

“锁门之前偷溜进去的。”我支支吾吾地说。

娜娜还在调侃我，我们坐在一起捅来捅去，可我的心思根本不在她们身上。我越发意识到了一点，即使是开玩笑，我和秦川都不会也不该被凑到一起。

春夏结束之后，来势汹汹的非典也跟着一起结束了。新闻中每天播报的相关病例一点点地下降，终于不再是铺天盖地的报道。之前消失的繁华就像从冬眠的洞穴中涌出来一样，寂静的城市又再次活泼起来。

学校恢复了课程，杨澄和王莹这样的逃兵也都返校了，一切都那么快地回归正轨，以至我常常有些恍惚，到底有没有那么一次大病，还是只是我内心的一次迷梦。而梦醒之后，那个梦中人却走出梦境留了下来。

那段时间我狠狠地瘦了，我不能面对王莹，不能面对杨澄，甚至有些不能面对秦川。秦川不是只属于我一个人的青梅竹马，而我也不是一个单身的可以去眷恋他的女孩子，我深深清楚这一点。我与他之间，即使是亲到咫尺的关系，也没有相爱的资格。可是我却在期盼、在幻想、在每一个夜晚都思念。我讨厌这样的自己，自私地滋长了不该有的爱恋，并让它荼毒开来。这是个不能说的秘密，没人能宽慰我，连秦川都不行。

我想和杨澄分手，却没胆量跟他开口，我怕他问我为什么，这是我明知答案却无法回答的问题。况且，我还怯懦，我不能面对自己一个人把我们四个人的平静都搅乱的困境。可是内心煎熬至极，每每难过得不得了的时候，我都想这就是惩罚，是我爱上秦川的惩罚。

也许是因为怀有愧疚，我对杨澄加倍地赔着小心，而他大概觉得非典时实在把我晾得太久了，尤其听说我曾经差点烧到那个温度线之后，对我也更好了。而我们又不像那种谈恋爱的好，互相恭敬而客气，看上去很关心对方，但丝毫不靠近彼此的生活，按娜娜的话说，我们突然相敬如宾起来。

而对王莹，我既内疚又嫉妒。秦川他们的西饼屋开第二家分店了，有了秦茜的资金支持和王莹的势力支持，一切都平稳顺利。他们常在一起讨论店里的事，就在我抱着手机犹豫要给秦川发条什么样的短信，怎样才能聊聊天又不暴露不突兀的时候，王莹可以很自然地拿起电话拨给他，讲几十分钟的这事那事。在他们世界之外的我难以抑制地心酸，继而又因为这种心酸而自我厌恶。

忙起生意的秦川风风火火，实体店毕竟和食堂窗口不同，他再没有了优哉游哉陪我的时间。而我对他又时而亲近时而疏远，让他感觉怪怪的。有一次他正经八百拉住我问："乔乔，你最近是不是遇见什么事了？"

我心想，我遇见的事就是喜欢上你，你自己摊上这么大的事你都不知道呢。嘴里却说："什么事啊？没事儿啊。"

"你确定没事？"秦川狐疑，"我这心里老有点不踏实……"

"怎么不踏实？"我忐忑地问。

"感觉你怎么跟我妈那么像，她是因为更年期，阴阳怪气的。你按说不应该啊。"

"滚！"

"你不会月经失调了吧？"秦川假模假式一脸认真。

"我月经失调你管得着么！"我被他气冒了烟儿。

结果几天后，他托王莹给我带了两盒同仁堂的乌鸡白凤丸，我哭笑不得，白又被娜娜调笑了好几天。

千喜倒是真担心我，她察觉我莫名地阴郁起来，甚至快要长出蘑菇了。可她那段时间也没空多管我，因为小船哥那边出了状况，李阿姨病情急转直下，入秋之后就进了重症监护室，病危通知书都下了好几次。小船哥医院学校两头跑，千喜一直陪着他，还帮他整理课业的论文，不要说跟我聊天，连和我们一起吃饭的工夫都没有，常常回到宿舍，就一头栽在床上了。

不停往返于大兴和B大之间的小船哥疲惫至极，偶尔遇到他，他会使劲向我笑笑，我问起李阿姨的病情，他还是说那句口头禅："明天也许会好起来吧，没事，乔乔，一定会好起来的！"

可是，李阿姨还是在那年年底去世了。

那场白事何叔叔办得很低调，李阿姨旷日持久的病到了终点，一切都有条不紊。虽然我们每个人都是向死而生，但和等待死亡又不一样。可能因为对这个悲剧早有预见，伤心也都麻木了。小船哥并没有见到李阿姨最后一面，她离开得急促，在小船哥赶去的路上，那个曾经给我做白兔糖、笑着说要我给她做儿媳妇的温和女人终于不再留恋这个世界。

小船哥申请了美国斯坦福的交流生项目，他奔着全额奖学金去，如果不是全奖，他们家根本负担不起。于是他和千喜又进入了新一轮的学霸状态，每天都像住在了自习室里一样。

千喜特别高兴小船哥的决定，她一向比我们都想得深远，小船哥最早要就业的时候她就一直反对，她跟我说："我们和杨澄、王莹不一样，他们的起点可能就是很多人一辈子都够不上的。像我们这样的普通人，要想还有未来可期盼，就必须努力刻苦，百千年来中国总归还给平民老百姓留了一条路，那就是读书。别的比不过，至少要比他们功课好，这才有机会走在前头。说实话，筱舟妈妈去世我松了口气，乔乔，你可能会觉得我不善良，可是我不愿筱舟被拖住，然后再过一遍他父母那样的人生。他不该那样，不是吗？"

"不不，李阿姨的病真的很可怕。我妈和我奶奶在家里聊天都说，她这一病把他们一家子都拖垮了。"我叹了口气。

那真是一个怕生病的年代，人们不敢生病，因为生不起病。家里要是窝了一个病号，那么全家多年的积蓄都会付诸东流。中国人是踏实精细过日子的民族，家家都攒钱。有个中国老太太和美国老太太的笑话，说美国老太太贷款买房，住了一辈子好房子，钱还完了，死了。中国老太太攒了一辈子的钱，终于够买个好房子，也死了。可我妈说这笑话就是狗屁，不合中国国情，攒钱难花钱容易，只要活着总有机会把钱一股脑花掉，生个病，买个房，养个孩子，这些老百姓总会遇见的事，就能掏干腰包。她跟我爸说，她要是得了什么治不好的病，绝对不往医院扔钱去，能活多久活多久，不能像李阿姨那样，连累了孩子。这话虽然残酷，但大家都是这么想的，所以我不责怪千喜冰冷，只是无力和无奈罢了。

而千喜也果然没说错，在小船哥千辛万苦拿了斯坦福的全奖之后，杨澄和王莹在家里的操办之下，双双准备去南加州深造了。他们办得那么轻松与随意，就连手续都好像比别人省了好几道。

一向大大咧咧的娜娜，在我们宿舍小声嘟囔："有时候想一想，真是不公平呐。"

"不都是这样吗，你没看系办老师都在说，还有一年多毕业，这时候能用得上的关系都要用起来，潜台词就是自己能拼自己上，不行就拼爹妈。"徐林靠在椅子上转着笔。

徐林说得没错，那时我们对未来已经有了不同的选择。千喜守住成绩，准备保本校研。我和徐林那吊车尾的成绩不管是保研还是考研都注定没什么戏，其实到了B大我已很清楚这一点，我的天分再怎么努力都只能够到这里一个边边，身边四处都是比我强大还比我努力的人，被他们优胜劣汰也是必然。

我爸妈虽然没有杨澄、王莹他们那么牛到"海"里去，但毕竟在北京这么多年，也算有点小小的人脉，上周末我爸带着我和文艺社的副社长一起吃了顿刚记海鲜，基本算是能搞定我的工作了。徐林也在她之前打工的一家杂志社找了实习生的活，课来得少，班上得多，按她的话说，先保住职位，再保住学位。娜娜还在考公务员、考研和就业之间游移不定，一会儿买了公务员的申论教材，一会儿又报了陈文灯的考研冲刺数学班，但她家里还是给她找了湖南卫视的实习，可能寒假之前就要去报到了。

我们聊这些的时候，千喜什么都没说，她认真地在写专业课论文，那上面清晰的字迹，仿佛就是她能把握的所有人生。

11

那年环球嘉年华开到了北京石景山，一下子成为年轻人消夏的唯一去处，学校里要是看见哪个女生抱着个大大的玩偶，不用说肯定是从嘉年华回来了。

杨澄给我打电话说让我挑一天，他开车来接我去玩。但其实我听得出来，他没什么太大的兴致，只不过认为这是男女朋友应该要做的理所当然的一件事罢了。倒是娜娜在旁边听到了立刻兴奋起来，说是早就想去了，忽悠着徐林一起去。徐林又叫了王莹，王莹自然拉上秦川一起，千喜看大家热闹一团都要去，干脆给自己放了一天假，也约上了小船哥。最后杨澄只好安排了辆金杯车，搞得司机还以为我们组了个旅游团。

记忆里上次这么多人一起玩还是刚开学的时候，那时秦川还在遥远的加拿大，小船哥刚刚和千喜在一起，杨澄要了我的电话号码，我还只是个大一小妞，对未来充满想象。而现在，秦川回来了，有了自己的生意和女朋友，小船哥拿到了斯坦福的全奖，即将奔赴大洋彼岸，杨澄和我居然还在一起，打破了三个月的魔咒，直冲三年警戒线，我也在明年就要毕业，马上要混入社会了。

时间真是世间最强大的机器，而在这么多不同之中，它始终没能改变的是我的心情，无论是那次圣诞联谊，还是这次嘉年华聚会，我都有一个不能说的秘密，都只能在暗处默默心酸。

我和杨澄坐在最前面一排，抬起眼睛就能从后视镜看到坐在后排的王莹和秦川，王莹打开了一包乐事薯片，秦川伸手去抓，王莹一把打开他，白了他一眼，递给他一张湿巾，秦川老老实实地擦了手，才获准拿薯片吃。我看着他讪讪的样子，忍不住笑出声来，杨澄在我身边一直听着歌，我们之间隔着微妙的一点罅隙，是我笑与不笑都不能震动的一点罅隙。

嘉年华是要使用游戏币的游艺，要先用现金兑换成游戏币才能去玩各种游戏，而那些大大小小的毛绒玩偶，就是相应的奖品。游戏币并不便宜，像杨澄、王莹、秦川这样花钱如流水的主儿，随随便便就买了好几百块钱的，杨澄自己留了一半，另一半都扔给我玩，王莹把自己的干脆都给了徐林和娜娜，只用秦川的。我知道千喜肯定舍不得让小船哥花这个钱，而小船哥肯定舍不得让千喜看着别人玩而自己玩不到，所以我摇晃到他们身边，假装嚷嚷："装了一兜币沉死了！千喜你帮我抓一把。"

"我有呢。"千喜推辞掉，她和小船哥总共只买了50块钱的游戏币，摊开手心就看得清清楚楚了。

"乔乔，不是我说，你把你那些都花光了，也不见得能中一个手机链，还是我来吧！我游戏天才啊！千喜，你喜欢那粉兔子是么？小船哥，走！咱俩一起上！"

秦川不由分说就交了游戏币，直接塞给了小船哥一个玩具手柄，小船哥还来不及拒绝，游戏就开始了。

我站在一旁，笑眯眯地看着秦川大呼小叫地玩，这就是他粗鲁中的纤细，是我们俩心照不宣的善意。小船哥很快就败下阵来，别说粉兔子，顶多只能赢一个超级迷你的小熊，千喜拉着他说不玩了，不要了，我立刻冲上去拦住他们："小船哥！你等会儿，换我来。"

我接过手柄站在秦川身边，他仍然是那副臭屁的表情，咧着嘴说："别拖我后腿啊！”

“切！这句话应该换我来说！”

游艺机器提示游戏开始，我们俩疯笑着一阵乱按，就这么折腾了好多局，不知浪费了多少游戏币，才终于赢了那个硕大的粉红兔子。我把它递给千喜的时候，她开心得不得了，小船哥欣慰地笑了。而看到他们的笑容，我和秦川默契地对视，他把那只小不溜丢的熊扔到我怀里说：“我也没游戏币了，只能把这个给你了。”

“熊真丑。”

“那还我！”

“不给！”我把小熊紧紧地抱在了胸前。

那边杨澄赢了一只更大号的熊，他很自然地拿给了我，抓玩偶的游戏也没什么意思，大家商量着玩点刺激的，秦川拉着我们去了那个著名的“极速大风车”，可我这种连过山车都不敢玩的，死活也不去排队，被娜娜和徐林嘲笑了好久，最后还是被秦川一路拖了过去。

队越排越近，巨大的风车矗立眼前，徐林抬起头，张了大嘴：“秦川，一会儿让我坐王莹旁边成么？我紧张，一紧张就得拉个人。”

“谁让你拉啊！”王莹嫌弃地瞪她。

“那我拉秦川也不合适啊！”徐林辩白。

“不要！我要拉着秦川！”娜娜娇声说。

“真花痴……”千喜捅捅我笑起来。

我却没有一点反应，只是白着一张脸，愣愣地跟着人群缓慢移动。

“乔乔，你没事吧？”小船哥担心地看着我，“要不算了，别玩了，我陪你下去等他们。”

“不行不行！不玩大风车嘉年华不是白来了，瞧把你吓得！要不你过来，坐我旁边，我罩着你！”秦川在一旁坏笑。

“乔乔，你就坐我边上吧。”杨澄淡淡地说。

气氛似乎有点微妙，可我根本来不及感受那么多，眼看着轮到了我们入场，我狠狠咽了口吐沫，懵懂间被杨澄拉着坐在了座位上。我左边是杨澄，右边是既担心我又不停安慰千喜的小船哥，秦川带着王莹、徐林、娜娜坐在了另一边。

风车升高，飞速转动起来，尖叫声此起彼伏，毫不夸张地说，我真的被吓呆了，在某一瞬间，我觉得我都快不能呼吸了，指尖僵硬地悬着，分明杨澄就在我身边，可我连抓他都做不到。就在这时，空中飘来我最熟悉的呼喊声。

“谢乔！谢乔！”秦川大声喊着。

“秦川！”我忍不住地回应他，“秦川！”

“爽呆了吧！”

“滚！”

“又要开始转了啊！”

“啊啊啊啊！秦川，我要杀了你！”

“哈哈，有本事你过来呀！”

“你等着！”

“走你！”

“秦川！王八蛋！蠢货！白痴！暴力狂！傻帽！神经病！秦始皇！”

风车转得更快了，我仿佛一下子开了嗓，一边大骂着秦川，一边玩命尖叫。我也说不清楚是发泄还是什么，在我心底里隐藏着的秘密的一万个委屈，在那一刻全部随着三字经释放在了半空中。后来千喜说，好多人都忘了害怕，光顾着听我骂人了，尤其骂到最后一句秦始皇的时候，大家都笑了起来。而我一点都没有意识到，直到风车停下来，我无意间看到身旁的杨澄，看到他特别冷淡的目光时，我才瞬间闭了嘴。杨澄没说什么，我和千喜手忙脚乱地解安全带，小船哥停下来帮忙，而他却头也不回地走了。

那天我们玩到很晚，嘉年华的夜景很美，闪烁的彩灯让一切绚烂起来。小船哥紧紧牵着千喜的手，王莹和杨澄聊着嘉年华和世界各地迪士尼的区别，徐林时不时地插话，问许多不着调的问题，比如哪个国家的唐老鸭屁股更大之类的，娜娜抢了杨澄给我的大熊，缠着秦川要他再去赢一个兔子，而秦川还在跟我拌嘴，我句句不让地顶回去，仿佛要吵到天荒地老才好。

我们这些人三三两两地走着，在不知不觉间，以最美丽的样子，走过了我们最美好的时光。

千喜终于确定保送 B 大研究生了，因为她成绩优秀，还争取到了奖学金。被我们取笑的常年霸占图书馆自习室的励志情侣，终于在毕业之前悠闲地过了一段日子。小船哥带千喜去了许多北京的公园，去了故宫、北海、陶然亭、玉渊潭。千喜惊喜地说，像紫竹院这样的公园，拿学生证买门票居然才几块钱，两个人在里面能溜达一天，人又少风景又好，简直太值了。

娜娜鄙视说他们迅速进入了老夫老妻的退休状态，恋爱谈成这样都恩爱得没意思了。可我觉得这就是最有意思的事了，像我和杨澄似的，固定的一两周见一次面，吃一顿饭，偶尔他也会带我去北京最时髦的酒吧和夜店坐坐，才是真正的无趣。本来我对 Banana 什么的很好奇，但去了一次之后就再也不想去了，里面光怪陆离的灯照得人都不现实起来，音乐快把我心脏震出来了，身边的姑娘个个大浓妆，即使是冬天也穿着短裙，就像都生活在搭建起来的虚幻世界里。我待了不到半小时就嚷着头晕要走，杨澄干脆叫司机送走了我，继续在那等他其他的朋友来玩。后来我听说秦川也经常去，想想他被浓妆大美妞们环绕的样子，我就气不打一处来，劈头盖脸地把他骂了一通，搞得他莫名其妙的。

娜娜对我在 Banana 的经历很感兴趣，吵着下次要和我跟杨澄一起去。她在湖南卫视实习的事已经定下来了，除了追追韩剧，狂迷《那小子真帅》，还把已经没用的考研书和公务员《申论》贴在海报栏卖一卖，也没什么其他的事，所以有大把时间都耗在宿舍里跟我们扯东扯西。

徐林也总在宿舍蹲着，她死磕的那家杂志社给她分在了娱乐版块，几乎天天都在憋署不上名的八卦新闻稿。年底正赶上周星驰新片《功夫》上映，她是星爷的死忠粉，满怀激情地写了一篇《从〈大话西游〉到〈功夫〉，从一个人扭头走到牵住她的手》。这种独辟蹊径的文艺范娱乐大稿写作方式居然一下火了，本来杂志社对徐林的去留一直悬而未决，这次立刻拍板，跟徐林签了实实在在的劳务合同，而也就是从此开始，未来赫赫有名的京城十大娱记徐林的名字正式出现在了报纸杂志之中。

我去文艺社的事基本上也确定了，年后开始实习，于是也放心地跟着娜娜一起整天窝在宿舍里，一起看攒了好多期的《康熙来了》，我觉得小 S 贱兮兮的很可爱，但娜娜就吐槽大 S 怎么看都没有她们说的那么仙女。

王莹不来宿舍了，我们一两个月都见不到她一面，她那视若生命的床单现在已经成了徐林的资料库，什么文件啊包啊都往上面堆。倒是秦川给我打电话时会提到王莹怎么啦，王莹去哪儿啦，不管怎么说，他们的生命都以我不能参与的方式坚韧地纠缠在了一起，这总让我失落，可我一点都不知道该怎么办，能怎么办。

后来想想，明明毕业触手可及，但我们却那么不以为意，大概是因为我们并不惧怕未来，也不在乎社会与现实，不相信它们能有多大的魔力，能把我们改变成什么样子。

冬天的时候，小船哥出发去了斯坦福。

我和秦川陪着千喜一起去机场送了他，那天北京很冷，连空气都阴沉着，路上千喜一直依偎着小船哥，轻轻跟他说着一些寻常的话。我很佩服千喜，我看出了小船哥对于远行的低落，我想千喜一定比我们都更要舍不得他，但她没有撒娇也没有落泪，只是用自己独有的温柔陪伴着他，抚慰着他。

秦川对出国的那一套手续都熟，又是大块头，我叫他来完全把他当作了搬箱子的壮劳力。千喜突然想起没给小船哥随身的包里装湿纸巾，急着到便利店买，小船哥说不用了，可她执意要去。

小船哥和我坐在机场休息区的一排座椅中，我茫然四顾："要走那么远才有便利店，湿纸巾没带也不碍事吧。"

小船哥凝望着千喜的背影："让她去吧，她是心里难过，又不愿意在你们面前表现出来。"

"啊？原来如此，她也真是的，早知道我和秦川去办行李，留你们俩好好说说悄悄话。"

"没事，她呀，总是这样，好强又倔强，永远要求自己最好，明明痛苦，还要装着坚强。"

"我以为千喜很强大呢。"

"是很强大，强大得让人心疼。"

"小船哥，你放心吧！你去了美国之后，我会替你照顾千喜的！"我拍着胸脯保证。

小船哥轻轻笑起来，“那还是不必了，她要是等你去照顾……呵呵……”

“小船哥……”我噘着嘴嘟囔。

“开玩笑的乔乔，其实我不太担心千喜，我不在她身边，她可能会失落，会难过，会寂寞，但一定还会努力过得好好的。倒是你，乔乔，我担心你。这大半年，事情太多，我也没顾上好好问你一句，你看你满脸都是心事。一个小姑娘，因为什么这么不开心呢？”

“小船哥，如果我开心，那么就会有好多人不开心怎么办？”我望着远处倒腾行李的秦川，伤感地说。

“乔乔，到底发生了什么事？”小船哥焦虑地问，我知道他真的在为我操心，他总是和煦地笑着，只有遇到真正的难事，才会把眉头皱得那么紧。

“没事儿，小船哥。我只是……有点茫然，不知未来什么样子，不知自己究竟该怎么办。”

“哈，我们乔乔长大了，”小船哥松了口气，他温柔地摸摸我的头，“乔乔，我相信你会有很好的未来，你是善良的女孩子，你会给别人幸福，不会去伤害任何人，不会有谁因为你不开心。乔乔，我们常常会不知道怎么办，不到最后一刻，我们都不知道彼此的结局。我妈去世之后，我想了很多，其实人就是生和死两个点，从前往后看都是大事，从后往前看都是小事。所有的困惑都是一时的，但可能你一生总有困惑，有的事很快就想明白了，有的事可能永远都想不明白，但是也无所谓了。所以，乔乔，总会好起来的。”

小船哥的话让我热泪盈眶，我想通了一件事，如果我喜欢秦川，会让秦川难过，让杨澄难过，让王莹难过，让我身边的朋友们都因此而不快乐，那么我做不到，我做不到为了自己的幸福而去伤害那么多人，我宁愿一生都不说这件事，宁愿只去做他的好朋友，默默做一辈子也可以。

“谢乔！你不要偷懒！来帮帮忙啊！”秦川在远处气急败坏地喊。

“知道了！好烦！”我大声地吼回去，终于能直视他的眼睛了，因为我比谁都希望他能一直开心地笑。

千喜买了湿巾回来，仔细地给小船哥塞在了随身的包里，像小媳妇一样又仔细叮咛了他许多遍，护照贴身放，签证要拿好，侧兜里有晕机的药，飞机上睡不着就读书，下了飞机不管几点都一定要给她打电话。

小船哥轻轻点着头，不知不觉地，站在一旁的我也难过起来，而千喜的眼睛里已经满是哀伤。我们只能送到安检口外，过海关还需要时间，不能再磨磨蹭蹭的了，小船哥背起背包，深吸了口气：“你们回去吧，我走了。乔乔，有事给我写 E-mail，川子，你要帮我照顾她。”

“放心吧，有我呢。”秦川难得正经。

小船哥拍了拍他肩膀，转身轻轻抱住千喜：“好好的。”

“好好的。”千喜微笑着说。

我们看着小船哥过了安检，为了看得久一点，我又向前跑了好几步，恍然间我想起他当年离开我家四合院的模样，他的背影和小时的记忆重叠，我少年时代的阳光终于远去了。千喜不像我，她站在原地没动，可是整张脸都垮了下来，我走到她身边，狠狠捅了她一下：“要哭我借你肩膀。”

她一点都没犹豫，马上把头埋在了我肩上，嘤嘤抽泣着：“乔乔，乔乔……我不是矫情，不是软弱，我是觉得我们可怜，我们只是想过得好一点，活得更像样一点，却必须离开彼此，我们那么相爱，却一直在为离开而拼命努力，这偏偏是我们的唯一出路。为什么？为什么只有我们必须这样子呢？”

“会好的，总会好的。”我红着眼圈宽慰着千喜，不自觉地说出了和小船哥一样的话。

小船哥走了不久之后，杨澄和王莹也很快出发了。

我们谁也没去送他们，人家是金枝玉叶，家大业大的，出国这么重要的事，根本没有我们这些边边角角人物插手的份儿。千喜还见过何叔叔和小船哥的一些亲戚，杨澄家除了他们的司机，我谁也不认识，秦川也没见过王莹的家人，我只是对她那位冷傲的妈妈有浅浅的印象，而开学之后她就再没出现过了。千喜说的一点都没错，我们始终是不一样的人。

娜娜很八卦地打听到了一个消息，任思羽也申请了南加州的留学项目，据说拼死拼活地考上了。娜娜刚说这个名字的时候，我都没反应过来，任思羽喜欢杨澄的事这四年很多人都知道，她从不掩饰，但又改变不了我和杨澄的关系。而我呢，按他们的说法就是特别大度，不管外面有什么流言蜚语都不为所动，也有不怀好意的人说，我太想嫁入豪门，所以什么都能隐忍。我不在意别人怎么说，因为我自己最清楚，爱情里没有大度，正是因为自私，所以才会产生独占的无比愉悦和失去的极致痛苦，所谓大度其实根本是不在乎。

分别之前杨澄陪我吃了一顿大餐，他订了美洲俱乐部，我第一次去，而杨澄显然是老客人了。优雅的客户经理带着我往里面走，我想他一定比我更清楚杨澄平日里的生活，他一定不相信我会是他的女朋友。

也许是离别在即，杨澄的话多了起来，他给我讲俱乐部里存的红酒，还挑了一瓶据说有巧克力香气的给我喝。水晶灯下的杨澄英俊贵气，我坐在他对面，怔怔地望着他，总有种不切实的感觉，似乎在看一场唯美的爱情电影，而不是在经历着我的爱情。

大概感受到了我的目光，杨澄抬起了眼睛，我顿时慌张起来，手忙脚乱地碰掉了叉子，服务生走过来帮我，可杨澄却先他一步帮我捡了起来。

“谢谢。”

“乔乔，”杨澄没有走，他半蹲在我身边，仰着头轻轻地说，“你等我回来，然后……我们就结婚吧。”

这一次，我把刀子也掉到了地上。

他笑了笑，再捡起来，和叉子并排摆在一起，转身走回了自己的座位上。

我没有回答，而他也再没说一句相关的话。

和往常一样，吃完饭他送我回宿舍，路上我一直心不在焉，我在想他刚才是不是向我求婚了，是不是认真的，是不是有一个人表示愿意许我一生一世了。我觉得我应该感动，这是多么重要的人生一刻啊，可是相反，我一点都没有，反而满满的都是感伤。因为我突然发现，我居然从没想过要和杨澄结婚，我们交往三年，一次这样的念头都没有。

我很伤心，为我们伤心。

到宿舍楼下，杨澄陪我一起下了车，天空有些微微飘雪，细小的雪片落在我的头发上，杨澄帮我戴上了羽绒服的帽子："回去吧，我到了给你打电话。"

"嗯。"

"那我走了。"杨澄后退两步。

"杨澄！"我慌忙喊住他，杨澄回过头，疑惑地看着我，我抿了抿嘴唇说，"我希望你过得开心，希望你能找到你真正喜欢、真正想做的事。"

杨澄愣住了，好像第一次见我似的，细细打量着我，眼睛里似乎有点闪光，但很快消失在了纷繁的雪里。

"但愿吧。"他说。

这就是我们的告别语。

杨澄和王莹出发那天，我和秦川一起泡在大龙的蛋糕店里。他们登机的时候，我正在毫不客气地吃一份黑森林和一份布朗尼，还要再点一个提拉米苏。

"乔乔……我不是小气啊，吃这么多甜的，是不是不太好？"大龙小心翼翼地问。

"又没有多大分量，没事，"我把面前的空盘子一推，"大龙，你帮我多放几根手指饼。”

“你就让她吃吧，看来小衙内一走，她对人生也自暴自弃了。”秦川时刻不忘损我几句。

“少来，是王莹走了，你食不下咽吧？”我酸溜溜地反击。

“我们从来不那么肉麻！”

“那你怎么送人家走的？王莹有没有掉眼泪？”

“她？掉眼泪？”秦川大笑三声，“她走之前我们倒是一直在一起，还待到半夜。”

坐在一旁的大龙先涨红了脸，压低声音说：“大哥，当着乔乔说这个不太好吧……”

“想什么呢你！处男还这么流氓！”秦川一巴掌拍过去，“我们对了一夜账本！她叔叔拿了东边一块地开发，她让我再去那边开一间分店！”

“真的？什么位置？”大龙听到生意的事眼睛就亮了起来。

“东三环，离 CBD 很近，据说要做北京最高端商圈，所以王莹建议我们跟进，做一家精品店。我觉得一定要强调原料新鲜，还有私人化的手工订制。我跟我姐说了，要她再追投一笔钱，王莹也会加钱进来，大龙你到时把现在两家店的现金整合一下，给你算技术股，我们一定做个全北京最牛逼的蛋糕房！”

说起这些的秦川神采奕奕，认真、仗义，又帅气，像是散发着光芒。

喜欢他，真的喜欢他啊。内心几乎要号叫出声响了，可是我紧紧闭着嘴，只是目不转睛地看着他。我要守护这份光芒，而不要做其中的一点阴影，这是我无比坚定的想法。

“你呢，到时负责好好吃，随意胖，最好小衙内回来一看，哟，你已经相思成猪了。”秦川捏起我的腮帮子。

“你别以为这么说我就不吃了，想省我这一份门儿都没有，你开再高端的店，我也必须永久免单！大龙再来一个拿破仑！多放奶油！我要五层的！”我打下他的手。

“乔乔，你还吃……”大龙惊恐地说。

“做吧做吧！”秦川笑着揽住我的肩膀，“说实在的，小船哥走了，小衙内也走了，我本来还担心你会难过什么的，现在看来……你这么有精神我也就放心了！以后还是得咱俩混呀！”

“我是谁，宇宙超级无敌可爱美少女！他们缺了我才会没精神呢！”

“大龙！拿桶给我吐一下！”

“滚！”

我们嬉笑成一团，说句没良心的话，我真的一点都不低落也不难过，我不想念任何一个人，只要秦川还在我身边就够了。

时差比我想象的更容易适应。美国帮很快进入了 American 节奏，我们这些 Made in China 党，也继续在毕业之前如鱼得水。

千喜的论文早就弄得差不多了，我的也写得七七八八，反正我对自己从来也没有那么高的要求，只求顺利答辩就好了。而徐林时间都用在了跑发布会和抢娱乐大稿上，什么王菲和李亚鹏好了，《神雕侠侣》总算杀青了，按她的话说脑子里只有这些乱七八糟的事。至于她的论文，交上开题报告之后就一个字没动过，眼见着导师都开始催她初稿，徐林才求爷爷告奶奶地请千喜帮忙，千喜没办法，只好帮她整理资料，徐林就像供菩萨一样，恨不得每天给千喜烧香磕头。

而另一个把千喜当成救苦救难观世音的是娜娜，她更夸张，直接打飞的从长沙回来，一进宿舍就扑到了千喜身边。

“千喜，你必须救救我，要不这次我就完了，真完了！”

“你这都什么跟什么啊？”千喜一片茫然。

“就是，别演了，刚一进门就一惊一乍的，好好说话。”我嬉皮笑脸地说。

“乔乔！你不懂！这次真是人生大事！”娜娜瞪大眼睛，“我们台去年做的那选秀《超级女声》你们还记得么？”

“张含韵那个嘛，‘酸酸甜甜就是我’，不是今年还要做么？”徐林立刻显示出娱记的职业性。

“对！就是这事！这是我们台的一个大项目，跟我一拨去的实习生个个摩拳擦掌的，这么说吧，把这事做好了，工作就定了，没做好，你就等着卷包走吧。”

“那跟千喜有什么关系？”我纳闷地问。

“当然有了！”娜娜骤然转身，双手合十，眼睛水汪汪地望着千喜，“我的简历里不是写了当年主办‘闪亮之星’的事么？我们领导居然有印象，那天特意跟我说：‘娜娜，你有这方面的经验，也有大学生的选手资源，这次要好好发挥啊！’潜台词不就是说我得好好表现吗，要是表现不好，那就可想而知了。但我除了千喜，有个屁经验屁资源啊！千喜，我的未来可全都靠你了！”

“不行不行，娜娜，你别开玩笑了，上次也就是在学校里扯开嗓门随便唱唱，这次你们是电视节目！我哪儿行呀！”千喜连连摇头。

“随便唱唱都能夺冠！千喜，你的优点是谦虚，缺点是太谦虚了！每回考试都说自己考得一般，每回都拿一等奖学金。哎，不说别的了，这次真是我命运攸关啊！”

“我真不行……哪有时间啊，再说，你也知道，我对这种事没兴趣。”千喜还是在拒绝着。

“现在不正是你最空闲的时候么，研究生也保了，男朋友也走了。千喜，不求别的，哪怕你报个名，参加个海选，进个初赛就行，这样就能算我的成绩了，求求你了，好千喜，千喜大人！”娜娜偎在千喜身边，使劲耍着赖。

徐林在旁边插科打诨："要不千喜你就去吧，万一这次夺冠了，我也能拿个独家专访什么的。"

“也对啊！你要是见到了何炅李湘，帮我要个签名什么的。”我跟着起哄。

“我是倒了什么霉，认识你们这群损友，”千喜长叹口气，“就报个名？参加一次？”

“就报个名！参加一次！”娜娜眼睛都快冒金光了。

“……好吧。”

“哦耶！爱你！”娜娜把千喜扑倒在床上。

那时我们都没觉得怎么样，除了千喜有些嫌麻烦，我们都认为这只是件好玩的事，而谁也不曾想到，此时命运是怎样地朝我们眨了眨眼。

千喜是在郑州赛区比赛的，主要还是因为娜娜抠门，负责报名却只舍得出距离最近的路费。那时我的论文基本算过了，正好没事，就拉着秦川陪千喜跑了一趟郑州。我总觉得不管怎么样，小船哥不在的时候，我们都应该帮他照顾千喜，虽然我也知道自己没什么照顾人的能力。

路上我和秦川依旧叽叽喳喳吵个不停，千喜则一直靠窗坐着安静地听歌，我知道她是在选歌，她就是这样认真的人，只要开始做，就要求自己必须做到最好，也许正是因为这样，娜娜才死乞白赖地拉她参赛。

海选现场比我想象的要热闹许多，和千喜这种赶鸭子上架的不同，更多的人是抱着明星梦来参赛的，化浓妆穿舞台服都不算什么，我还看见有穿着婚纱来排队的，还有秦川以为打扫卫生的大婶，居然也拿着选手编号。对比起来，素面朝天穿着格子衬衫牛仔裤的千喜是那一群奇装异服的怪人中，最有资格被称作女生的。

和娜娜说好到了联系，我们拨了很久才拨通了她的电话，她风尘仆仆地跑来，头发乱糟糟的，工作证也挂到了后背上，看来已经忙得顾前不顾后了。

“千喜，都准备好了吧？就 30 秒的时间，进去介绍一下自己就开唱，评委按铃就停，很简单的。对了你准备了什么歌？千万别唱《遗失的美好》《Super Star》《童话》《最初的梦想》《欧若拉》什么的啊，我起码已经各听了 200 遍了。”

娜娜正说着，里面就传来一段声嘶力竭的“我愿变成童话里你爱的那个天使”，娜娜无奈地摇摇头说：“看，又来了一坨。”

“这架势比‘闪亮之星’大多了……早知道这么人山人海的，我就不来了。”千喜撇撇嘴。

“你就当替我完成任务，我跟评委组他们都说了，B大歌神来了，”娜娜看看表，“不说了，你再准备准备吧，我先进去了！”

娜娜一阵风似的跑走了，留下我们三个在原地茫然四顾，秦川好奇地问千喜：“千喜，那你准备唱什么歌？”

“还是王菲的，《有时爱情徒有虚名》。”千喜笑了笑。

我就猜她一定会唱王菲的歌，因为小船哥说过，她唱王菲唱得最好。

而听到歌名，我们身旁突然传出惊讶的声音：“呀，她也唱《有时爱情徒有虚名》。”

我们不由一起回头望去，在我们斜后方站了两个女孩子，一个矮矮胖胖的，而另一个则精致清丽，她显然也是有备而来，比起周围那些乱糟糟的姑娘们，无论是妆容还是装扮都要考究得多，在人群中十分抢眼。

“晶妍，怎么办，人家认识工作人员，不知道有什么后台呢，跟她唱同一首歌好吗？”矮胖女孩说，她瞥了瞥千喜，趴在那个叫晶妍的美女耳边不知又说了什么，晶妍拿眼角扫了千喜一眼，淡淡哼笑：“别管别人了，鞋子有点不舒服，到车里把我拖鞋拿来吧。”

矮胖女孩连忙应声而去，我和秦川哪有老老实实听这些刺话的涵养，顿时怒气直线上升，秦川先提高声音：“咦，怎么还有人比赛带保姆的？”

“那叫助理，不懂了吧，只有混娱乐圈的才带呢。”我立刻搭腔。

“娱乐圈，啧啧，好高级，什么大明星？我怎么没听说过呀？”

“哎呀，你听说的都是大咖，那种N线小演员谁认识啊，也就自己把自己当个腕儿，花钱雇几个人前呼后拥的。也不能怪她们，从小没读什么书，没文化啊，真可怕。”

我说得解气，眼看那个晶妍脸涨成了猪肝色，狠狠瞪向我，而我也毫不客气地瞪了回去。

千喜站在一边，一句话没说，只是用手轻轻扇着风，但我知道娜娜这次不用操心了，千喜一定会一鸣惊人，因为她已经进入超级战斗模式了。

千喜几乎立刻就被电视台看中了。

那天晶妍比她先唱，实话实说，确实也不错，和那些鬼哭狼嚎的左嗓子们比起来，听她唱歌已经可以算是洗耳朵了。晶妍当时就顺利通过了，被她那个助理簇拥着出来，又是递水又是嘘寒问暖的，拽得二五八万。她们没立刻离开，说是要歇一会儿，其实我知道她们就是想看千喜的表现，之后不久就要轮到千喜了。周围有眼皮子浅的人围住她们问这问那，评委好不好说话、有没有技巧什么的，晶妍那个助理有一搭没一搭地答着，要是有谁靠得近了，马上左推右挡的，真像个明星似的，惹得我和秦川使劲翻白眼。

很快叫到了千喜的编号，千喜轻呼了口气，大步走了进去。我和秦川凑到门口，说是不紧张，也为千喜捏把汗，毕竟只要是比赛，就还是想赢的。开始简单的对话我们听不太清，但很快千喜的歌声就响起来了，和刚刚晶妍从头唱起不同，千喜上来就起高调进了主旋律。

不知不觉进入爱不释手的游戏，
点亮灯火，站在没有了你的领域。
不知不觉发现一切早安排就绪，
爱你的微笑，爱到担当不起。

清亮的嗓音一出，我感觉整个会场都渐渐安静了。比起晶妍刻意模仿王菲唱腔，千喜更注重自己的发声，而其中的婉转低回，显然更胜一筹。30 秒的比赛时间很快结束，我听到里面传来很热闹的议论声，之前昏昏欲睡的那些评委们，似乎争着抢着说话。我和秦川相视一笑，得意地击掌。

娜娜送千喜出来，我和秦川欢呼着迎过去，千喜因为兴奋而微微涨红了脸，之前的锋芒尽收，又变成了她一向内敛的样子。

“太棒了！太牛了！你们不知道，千喜一开口就直接把评委唱震了！这么多天，他们就没遇到比千喜唱得更好的！绝对种子选手，未来歌后啊！我们台已经给我下命令了，全程跟千喜！千喜，你真是我的贵人呐！”娜娜紧紧抱着千喜，开心地大叫。

“所以嘛，《超级女声》不在于你带多少助理，还是得看你有多大能耐。”秦川不忘记揶揄几句。

已经默默往会场外走的晶妍停了下来，她侧过身，冷冷地瞥向千喜，那目光让我一懔。从小到大，我和别人吵过架，也被别人讨厌过，我知道厌恶、反感、鄙视的目光是什么样子的，但晶妍不是，她的眼眸里所蕴含的恶意，要比我以往看到的所有的都深切。那种莫名复杂的感觉，让我忽然意识到，我们已经在校园的屏障之外，站在了深不可测的那个叫社会的黑洞边缘。

我还没缓过神，千喜突然被人叫住了，一个戴着黑框眼镜的女孩跑过来，拦住我们："肖千喜，请等一下。"

"咦，你不是那个……"娜娜显得很惊讶。

"对，我是卢老师的助理，是卢老师叫我过来的，他想留一个肖千喜的联系方式。"黑框眼镜女孩说。

"为什么？"我保护欲过剩地往前一步，"你们卢老师男的女的，可不要打歪主意，千喜是有男朋友的！"

黑框眼镜女孩一副对我不以为然的样子，看都不看我："我们卢老师是男的，也是香港顶级制作人，肖千喜，你应该知道吧，我们卢老师一手推出的歌手，能顶现在流行乐坛的半边天了。他是这次比赛的总评委，也是你运气好，今天他恰巧来了郑州，电话留不留？不留我回去了。"

"卢域！是卢域！"娜娜压低声音，兴奋地捏我的手，不等千喜回答，她就迎了上去，"现在是我负责千喜的对外联络，我马上把她电话留给你，还需要什么其他材料吗？对了，千喜是B大的哦，年年拿B大的一等奖学金，是天才美女歌手，还有啊……"娜娜把黑框眼镜女孩拉到一边，热情地不断吹嘘着千喜。

我茫然地看着千喜，她面无表情，既不欣喜也不敬畏，然而目光却一点点地坚定了。那一瞬间，我突然感觉她好像已经启程，要去很远的地方。

那年夏天整个中国都被《超级女声》席卷了。

本来我是因为千喜才关注比赛的，但是随着赛程的推进，我真的喜欢上了这个全民选秀活动。不只是我，身边所有的人都在看《超女》，都在议论《超女》。感觉虽然参赛的是那些能唱能跳的女孩子们，而实际上我们每个人都有份，守着电视看，拿着手机投票，打开电脑发帖。虽然我们还没有感知，但一种全新的娱乐模式已经在信息时代应运而生。我们来不及想那么多，只是不停地发短信支持自己喜欢的选手，并且不断地把同学、朋友甚至爸爸妈妈都拉了进来。

我就用我妈的手机发过短信支持千喜和李宇春，千喜那是自己人，理所应当地支持，李宇春则是我最喜欢的超女。她帅气的中性风很迷人，既有同性间的亲切，又有如同异性般足够产生魅力的距离。而面对摄像机，比起那些成熟的明星们，她很多不造作的自然反应和小急智，都特别可爱。徐林也是“玉米”，她们俩太像了，不管是气质还是行事方式，简直是世界上另一个自己。可惜我们已经大四，她在学校里属于飘着的状态，要是大一大二时有《超女》，那她早就跟着火了。

秦川钟爱张靓颖，他对我迷李宇春各种奚落挖苦，他经常说你们春春不应该来参加《超级女声》，应该参加叫超级不像女生的比赛，我则讽刺张靓颖那海豚音根本就是踩了鸡脖子。而在我和徐林四处为春春拉票的时候，秦川轻轻松松就能花好几百块钱给张靓颖投票，这种用贫富拉差距的行为，让我特别生气。我就拿着千喜说事，说要把他这种胳膊肘往外拐的不齿行径告诉小船哥去，在我的强烈谴责中，他只好也给千喜投了同样多的票来堵我的嘴。

千喜的晋级之路十分通顺，她也有自己的粉丝群和贴吧，叫“喜乐”。而那位在海选时就跟千喜杠上的女孩全名是林晶妍，秦川给她起了个外号叫“精盐”，而她的粉丝群还真就叫了“盐巴”，这事把我们笑了好久。林晶妍是千喜最大的竞争者，两个人一直鳞次而上。不过郑州赛区没有成都赛区那么火，即便是这样，千喜还是成了 B 大当年最有名的人。

一人得道鸡犬升天，我们 213 宿舍随之成了整个公主楼被围观的焦点，有的专程来看千喜，也有“玉米”“凉粉”“盒饭”什么的过来打探她们偶像的消息，经常有热情粉丝不敲门就闯进来，有一次正赶上徐林在换衣服，她这种连公共澡堂都不去的人，居然被陌生人看到了穿内衣的样子，气得她在楼道里跳着脚骂娘。

娜娜对她一手策划的现况特别满意，不用说，她在湖南卫视的职位搞定了，他们领导对她找来千喜这样有特点的女生非常满意，在淘汰赛阶段也一直卖力打造千喜的名校高学历天才美少女的形象。娜娜会偷偷跟我们八卦一些内幕，比如李宇春的超高人气，比如张靓颖在酒吧唱歌的经历，再比如林晶妍的大后台，某位神秘的广告赞助商。

“敢情她才是走后门儿傍大款的那个？”我从床上坐起来，“助理也是大款给配的吧。”

“那都是标配，你们没注意，还有房车跟着呢。”娜娜嗤笑。

“那对千喜不利呀！”我着急起来，“你们台肯定偏向自己广告商啊。”

“谁说的！我们台最公正公平了！只要是真唱得好的，像我们千喜这样的，肯定力捧啊！”娜娜忙不迭地拍千喜马屁。

说话的工夫，徐林又轰走了一个慕名前来的粉丝，千喜直发愁：“这样不好吧，学校对我什么印象啊，会不会影响读研啊……”

“什么什么印象！你是B大之光！以前他们清华有水木年华，现在咱们有超级女声！”娜娜骄傲地挺胸抬头。

“王莹同学起床了，发来贺电啊。”徐林对着电脑笑着说。

“她说什么？”我好奇地问。

“她说娜娜这次犯病犯得比较严重，把千喜也传染了。”徐林狡黠地眨眨眼。

“我们这是事业好不好！”娜娜揽住千喜的肩膀，“别理王莹！你看何筱舟，多支持你，整个QQ空间都是你的新闻和图片，在遥远的美利坚还给你拉票呢！千喜，你不会一听精盐有后台就怕了吧？”

“谁怕她。”千喜微微挺直了背。

为了躲风头，顺道准备论文答辩，千喜到我家里住了几天。

我爸妈都很喜欢她，尤其我妈，她跟我一起每期《超女》必看，而且四处跟人炫耀，就跟千喜是她亲闺女似的。我很烦躁，而千喜倒还好，她跟我说她妈一定不知道《超女》是什么。

千喜很少谈及她的家庭，除了四川峨边这样一个遥远的地名外，其实我对她家知之甚少。也许是因为她高中时那次年少懵懂情感引发的事故，也许是因为她并不显达的家境，也许是因为她没读过什么书的双亲，总之她不怎么说，我也就不怎么问。千喜温柔而随和，可我们所有人都知道，她有着坚韧不可逾越的底线。

千喜每天都会和小船哥在 QQ 上聊几句，不过因为时差的原因，回复通常要隔 10 个小时。就像娜娜说的那样，小船哥对千喜参加《超女》的事无限支持，他甚至连 QQ 头像都换成千喜比赛时的特写。我想这也可能是千喜勇往直前的原因，她确信，永远有人在她身后温柔守护着她。

卢域给千喜打电话那天，我们正在家看碟，那部电影的音乐总监就是卢域，千喜正跟我说他写了哪首歌，她的电话就响了起来。

“你好，肖千喜吗？我是卢域。”对方用蹩脚的普通话说。

“卢老师，您好。”饶是冷静如千喜，接到这样大人物的电话也有点紧张。

“你在北京是吧？不知今晚有没有时间？方便的话我们见个面吧。”卢域徐缓地说，大人物即使初次打电话也掌控着一切节奏。

“嗯……”千喜微微沉吟了一下，“我今晚有时间，不过……我可以带个朋友一起去吗？”

“好啊，一会儿我助理发地址给你，晚上见。”卢域挂了电话。

“他找你？什么事？”我忙不迭扑上去问。

“没说什么事，就说今晚一起吃饭，你陪我去吧。”

“我？我去做什么？”

“陪着我就行，我一个人心里没底。”

“嗯，也成。你说他那么大名气的人，找你干吗？”

“谁知道呢。”

“难道他想签你？千喜！那你可就出大名啦！”

“哪有那么便宜的好事！”

“他不会是看上你了吧……”

“怎么可能！别瞎猜了！”

正说着，千喜收到了卢域助理的短信，他们订的餐厅是苏浙汇，我和千喜都不知道苏浙汇在哪里，赶紧上网用百度查，又打114问电话，潜意识就觉得这顿晚餐是一件很重要的大事。

我和千喜特意提前到了餐厅，意料之外，那天卢域约了很多人，满满坐了一桌子，有创作人，有公司老板，也有看着面熟但记不起名字的演员和歌手。他们很快就觥筹交错起来，我和千喜不喝酒，像无意闯入人类世界的小鹿，好奇地看着眼前陌生的一切。卢域对千喜稍稍做了介绍，大家听到“超女”的名头，都一副恍然大悟的样子，问题接踵而来，大多也都是关于最热门的那几位成都小吃团的成员。

坐在卢域身旁的是一位不苟言笑的中年大叔，那些小演员小歌手都嗲嗲地叫他陈总，他不像卢域那样嬉笑怒骂游刃有余，对每一个人都疏远客气。大名鼎鼎的卢域对千喜没有我臆想中的那种兴趣，他甚至不提关于她唱歌的事，似乎只是喊一个人来凑饭局而已。相反，倒是陈总问了问千喜，多大年纪，什么时候开始唱歌。千喜礼貌地回答，卢域瞥见他们在搭话，就喊千喜敬陈总一杯："千喜，这可是我大老板，要我说你也别去什么《超女》，唱唱跳跳有什么意思，热乎劲过去就散了，直接签陈总的公司得啦。"

千喜举起果汁："谢谢卢老师，谢谢陈总，我不会喝酒，就用果汁敬一下大家吧。"

"果汁可签不了约哦。"卢域笑嘻嘻地说。

千喜垂下头，就那么举着果汁站着，既不想妥协又没想到解决的好法子，还是陈总解了围："人家是 B 大高才生，你以为像你一样，非要耗在这个圈子里。"

"还不是给你打工，要不你也送我去 B 大再念一轮。"卢域也举起酒杯，几个人碰杯，之后再没说什么话。

我无聊地一直玩手机里的敲砖块游戏，秦川正好发短信问我在哪儿，我说陪千喜跟卢域他们吃饭，秦川一下子关心起来，非要过来接我们。

大概九点多，我们吃完了饭，那些女孩子们嚷着要唱歌，千喜说要和我回家准备论文答辩，卢域也没挽留，我们就先走了。刚一出门，我就看见了秦川，他居然开了辆崭新的别克，我一下子蹦过去，东摸摸西摸摸："你的车？秦叔叔给你买车了？"

“没拿我爸妈的钱，这是我自己赚的。”秦川得意扬扬。

“成啊你！”我使劲拍了他后背一下，“出息啦！你们那个蛋糕房这么赚钱？那我以后更要敞开了吃，以前每次去都不好意思多要！”

“吃四块蛋糕还叫没多要？”

“记这么清楚！哼！奸商心在滴血吧！”

“少废话！上车！我带你们兜风去！”秦川打开车门，他扭头看了看苏浙汇，对千喜说：“那些老油条没出什么幺蛾子吧？”

“没有。”千喜笑了笑。

“话都没说两句，没劲透了。”我撇撇嘴。

“那最好，这些都是社会上的人，你们小女孩，少跟他们往一块混，别让人打了其他主意。”秦川皱着眉说。

“说得你多懂似的。”

“都像你，被人卖了还帮着数钱！”

秦川又和我吵吵闹闹起来，千喜坐在我旁边，夜色冲淡了霓虹，色块散开在她脸上，苏浙汇的招牌离我们越来越远，转个弯就消失了。

22

《超女》各个赛区的10强入围赛掀起了这场娱乐风暴的第一轮高潮。千喜和林晶妍毫无意外地入选，也许因为两个人都外形出众，还有粉丝学着“成都小吃团”组了“咸味喜乐饮料组”，她们不知道私底下两人老死不相往来，只为她们舞台上的美丽青春倾倒。而随着赛制的进行，各路选手大显神通，竞争也越来越激烈了。对于像千喜和晶妍这样的种子选手，多少会有些优待和指点，比如她们的选歌，也会接受相应的意见。娜娜就负责千喜这边，本来之前千喜一直选王菲的歌，而为了继续主推她的天才美少女形象，从十强赛开始她就开始选唱经典的英文歌，6 月的这场比赛，她特意准备了我们以前总看的《环球影视》的主题曲《Magic Boulevard》，一首动听的法语歌。

录直播那天，依旧是我和秦川陪着千喜去了现场。一进门，我们就遇见了晶妍和她的小胖助理。小胖助理见是我们，笨手笨脚地张开双臂围住晶妍，使劲躲着我们走，好像我们是热情粉丝，马上就要扑上去似的。我望天翻了翻白眼，秦川早忍不住揶揄：“这么想红也怪不容易的！”

小胖助理怒目而视，想回几句嘴，却被晶妍拉住了，她温和地笑笑：“算了，谁不容易谁知道。”

晶妍难得这么和煦，我却浑身都不自在起来，总有种不好的预感，不知她葫芦里到底卖的什么药。

娜娜很快把我们迎了进去，来不及多想，千喜已经准备上台，那天她排在晶妍之前，整个演唱都很顺利，舞美很棒，背光有淡淡的胶片电影的感觉，唱到最后一句“她的眼泪终于流了下来，在银幕上出现‘剧终’的时候”，全场观众都被她带入到了静谧的黑暗中，舞台上只有她裙子上的亮片闪闪发光，至今我都觉得那一瞬是超女比赛中的最美一幕。

千喜在排山倒海的掌声中鞠躬下场，晶妍和她并肩而立，形势对晶妍很不利，在千喜这么成功的表演之后，下一个演唱者一定会受到影响，如果平时，她会强撑着微笑，那些“咸味喜乐饮料组”只能看出她的可爱，只有我们才知道，她多么不甘。可是那天没有，晶妍温柔地朝千喜点头、鼓掌，仿佛她真的是千喜的挚友，是她歌声的知音。

这太不对劲了，而接下来，我终于知道所有不对劲来自哪里。

主持人和评委们大肆夸赞了千喜的演唱之后并没有马上请晶妍上台，她看了看提词卡，微笑着说：“下面这位选手，选择了一首有特殊意义的歌，为了能在这个舞台上演唱这首歌，她辗转 3000 多公里，途中甚至经历了山体塌陷。她是谁？她去了哪里？好，让我们先来看一段 VCR。”

现场大屏幕上，我看到了大山的模样，而晶妍的画外音随之响起：“大家好，我是林晶妍，这里是四川峨边，是我的好朋友肖千喜的故乡。”

我猛地看向千喜，在她脸上，我看到了瞬间崩塌般的愤怒。

我没想到，第一次见千喜的父母，竟然是在电视节目的直播过程里。从千喜的父母身上，我看不到丝毫与千喜的优秀相关的样子。他们和我常见的同学们的爸爸妈妈不同，没有城市人的优雅和从容，面对镜头他们袒露了乡下人的老实与惶恐。他们为千喜加油，但从他们懵懂的眼睛和前言不搭后语的语句里就可以知道，他们根本不懂这是个什么节目，也不明白眼前的漂亮女孩带来的这一群电视台的人是做什么的，他们只是被这些人摆布，按他们教的话说：“千喜，雄起！”然后再偷偷去观察周围人的脸色，唯恐自己做得不够好。

“《超女》进行到了现在，我感谢这个舞台，它让我实现了自己从小的梦想，也让我认识了我人生中最重要的，朋友，”VCR 播完，林晶妍一边说着话，一边走向舞台中央，“可是只要是比赛，就一定会有输赢，从入围赛开始，每一场都会有人说再见。谁也不知道自己会走多远，最后谁会站到那个最高的舞台上。于是，在今天的比赛之前，我想，如果有一天，我离开这里，那么我最想留下什么？最想唱一首歌给谁听？答案很快浮现。我要为肖千喜唱歌，唱一首来自她家乡的民歌《你听过吗？你见过吗？》。如果那一天终究到来，我们之间只能有一个人留下，我希望大家选择她。因为，她是我人生中，最重要的，朋友。”

林晶妍转过头，指向她身后的千喜，掌声潮水般呼啸而至，在这个光怪陆离的地方，分辨不出什么是真的什么是假的，梦想是一层亮晶晶的外衣，没人在乎扯掉它会露出怎样斑驳的肌理、怎样丑陋的模样。林晶妍笑得肆意，我几乎听到了她内心得意的号叫。而千喜冰冷地看着，她的眼睛罩着看不清的光亮，很久之后我才懂得，那是她与这个现实世界之间筑起的坚冰，万年不融。

那天的比赛，林晶妍第一次超过千喜，排位第一。

我和秦川径直冲到后台，千喜坐在角落里，正在拿着一张 IC 卡，不断地拨着手机号码，可能因为极度的气愤和无助，她总是拨错，IC 卡的号码又特别地长，她只能一遍遍地重复，而她手指的力度越大就越按错，整个手机都随着她颤抖。

“千喜！千喜！”我蹲下来，紧紧握住她的手。

“我想跟筱舟通话……我只想给他打个电话……”千喜已经哭出来了，眼泪大颗大颗地顺着脸颊滚落，可她自己根本没有发觉，还挣扎着要拿电话，要走到信号好的地方。

我紧紧地把千喜抱在怀里，我不能让任何人看到千喜这么颓败的模样。

相识这么多年，如果让我说对千喜来说最重要的是什么，那么答案就是何筱舟和她的骄傲。而现在，我就要代替何筱舟来保护她的骄傲。

肖千喜一直是个优秀的女孩，优秀得那么执拗，优秀得所有人都只能仰望。她美丽、聪慧、坚强、善良，她在最好的学校，拿最高的奖学金，交往最值得托付的男孩。当杨澄、王莹、秦川和我们都不得不依赖家庭，依靠来源于我们之外的那些力量为自己加分助推往前时，千喜什么都不用，她只依靠自己与这个世界交涉，然后赢。她家里不富裕，于是她拿着奖学金和各种比赛的奖金来供养自己；她男朋友没有钱，于是他们就互相做手工的礼物，情人节只去学校小餐厅，在嘉年华只买50块钱的游戏币剩下还要退回去，但仍坚持相守并以此为幸；她没有社会关系，于是凭全系第一的成绩免除学费直升本校研究生。她不遮掩她的贫穷，也不艳羡任何的富贵。她跟我说中国千百年来还留给了普通老百姓一条可以改变命运的路，那就是读书。她坚决地在这条路上走着，强大无敌。

而林晶妍戳破了这个强大的泡沫，她揭了千喜的底。

尽管很少提及，但我相信千喜并不以她的父母为耻，她没有那么卑小的内心，她受不了的是同情。林晶妍录的那段视频向全世界展示了她的原罪：粗鄙的山村、无知的家人、如蝼蚁般的过去。林晶妍立刻高高在上起来，恶意地告诉众人：看吧，看吧，你以为她了不起吗？她多可怜啊，她多不容易啊！

而肖千喜不需要可怜，更不要以此来博得一丝一毫的帮助。所有的同情都会让她的努力变得毫无意义，会让她一点一滴搭建起的骄傲土崩瓦解。

千喜在我的怀里，终于一点点地安静下来。林晶妍也来到了后台，人们纷纷向她道贺，有的赞她唱得好，还有的赞她善良。秦川冷笑一下，就往前冲，我焦急地喊："别再惹事了！你回来！"

"我得教教她，要不她一辈子都不懂事！"

眼见秦川拨开人群，千喜突然发出了声音："秦川！"

秦川停下来，千喜扶着我缓缓站起："不必了。我想好了，我要退赛。"

周围的人全部惊呆了，林晶妍甚至都不去掩饰她的得意和惊喜了，而千喜根本连看都懒得看她一眼，她昂着头，不等任何挽留，决绝地转了身。

千喜毅然宣布退赛。

娜娜特别沮丧，可她没阻拦千喜，甚至连劝都没劝。因为林晶妍是从娜娜这里知道千喜老家的事的，虽然娜娜没有恶意，只是单纯的大嘴巴，但还是被林晶妍利用，以致最终踩着千喜登上巅峰。

之后千喜再也没提《超女》的事，有人问起她便寥寥几句带过，至于为什么退赛，她的官方说法是不想影响接下来的研究生学习。而我清楚，她是不想让林晶妍以此永远俯视她，不想收到任何一张带有同情色彩的票，不想有人说一句她怪可怜的。

我们的论文答辩都很顺利，千喜毫无疑问得了优，而我和徐林、娜娜也受到了老师的优待，得了安慰般的良。那段时间公主楼每天都有人搬家，楼道里堆着丢弃的书本杂物，时刻提醒着人们离别在即。千喜暑假要回老家，行李寄放在研究生宿舍那边。我答辩的时候搬走了大部分物品，只剩下一点想等毕业时来拿。王莹落在宿舍的东西全不要了，娜娜大模大样地拿走了她全套的资生堂。而徐林因为没租到价格位置合适的房子，还一直赖在宿舍里，不过也只是每天回来睡一觉。

毕业典礼那天我悄悄回了趟宿舍，原先上到二楼就能听到娜娜的说笑声，如今只余下一层的寂静。我们 213 室锁着，我掏出钥匙打开门，看着空荡荡的铁架床，空荡荡的书桌，看着微尘降落，看着阳光洒满了所有空隙，有种突如其来的伤感。

我们初识时那么亲切，而分别的时候可能连声再见都来不及好好说。在相逢的地方告别，不知有谁就此丢失在生命里。

空落落的感觉很不舒服，我忙不迭地想找个人聊一聊，然后就不知不觉地打了秦川的电话。

“喂！干吗！”他那边乱糟糟的，似乎是外面。

“没事。”

“没事挂了！”

“你这人怎么这样！宇宙超级无敌可爱美少女主动给你打电话！你什么态度！”

“……好，我知道了，挂了！”

“秦川！”

“我这点钱呢！我操！又点错了！拜拜！”

秦川毫不客气地挂断了电话，我气得对着手机各种骂他三字经。娜娜来短信催着我过去合影，我合上手机跑下楼，到底也没留恋地去回一回头。

在西校门，穿着学士服的毕业生排着队照相，前面有人群发出欢呼，看过去似乎是男朋友捧了大束的花过来，娜娜叹了口气：“哎，瞧瞧人家，再看看咱们几个，有男朋友的没男朋友的都没法出现在人生这么重要的时刻，感觉这四年大学都白混了。”

“你你你！都毕业了有点出息行不行？没有男人陪就叫白过啊？”徐林手指戳到娜娜脑门上去，“捧个花微笑有个屁意思，咱们照点特殊的，一起摆个美少女战士代表月亮消灭你的 Pose 怎么样？”

“《红磨坊》范儿露大腿照也行呀！”娜娜眼睛转起来。

“或者千手观音！”千喜笑着说。

“都来都来，所有都摆拍一遍！”

我正跃跃欲试，电话响了起来，上面显示着秦川的名字。

“喂！”我没好气地接起来。

“请帮我找下宇宙超级无敌可爱美少女。”秦川在那边嗲声嗲气地说。

“干吗！”我憋住笑。

“我现在有空了。”

“可我没空了！”

“切！明明很闲嘛，露大腿还是算了，你那腿跟蚂蚱似的，再说了，你在B大门口露大腿，你们校长不得一路追杀你啊？”

“你来了？你在哪儿？”

我惊喜地举着手机四处环视，一眼就看到了不远处的秦川。他太好认了，因为人群中只有他一个人一边夹着电话一边手忙脚乱地捧着四束超大的花。

“千喜，这是小船哥托我给你的，他说……说什么我忘了，你上QQ问他吧！”秦川把一束花递给千喜。

“谢谢。”千喜欣喜地笑起来。

“这个是王莹托我给你们的，她说你们俩毕业100次都肯定没人送花。”秦川又分别递给了徐林和娜娜。

“太美了！”娜娜欢呼。

“谁稀罕花啊！”徐林一副不情愿的样子，但还是老老实实地接了花扛在肩上。

“这个……”秦川把最后一束花给了我。

“这是杨澄托你给乔乔的？”娜娜兴奋地插嘴问。

“小衙内？他在美利坚才不会有这种闲心呢！”秦川转向我，含混地说，“喏，我给你的，人家都有你没有岂不是很没面子。”

“要你管！”我瞪了他一眼，而看着满满一把粉粉紫紫的百合，我还是忍不住笑了。

之后秦川帮我们拍了各种奇葩版本的四人合影，虽然是告别的一天，但我们谁也没有难过。傍晚秦川载我回家，靠着车窗，回望越来越远的大学，我想就这么拜拜吧，不管谁走谁留，反正我身边有一个人，我永远不会跟他说再见。

毕业到底意味着什么，在毕业那天一定不会懂。要过很多年，在彻头彻尾地失去之后，在深切地知道再也回不到从前的时候，在许多美好的宝物纷纷变成曾经而无处安放的那一刻，才会发觉，其实你一早就跟它们告了别。

第七章 曾少年

Chapter seven

恍然间，我仿佛回到了我们的 18 岁，在大学的食堂里，一个漂亮的男孩说他梦到了我，然后就吻了我。这真是一场长长的梦。

进入社会之前，我对“社会”这两个字有点莫名的恐惧。那源于二十几年的人生经历之外，我懂得上学是什么样子，但不懂工作是什么样子。很多成年人都竭力描绘它的复杂，又没有一个能说得清，能分明地告诉一个22岁的女孩，7月毕业之前的日子和之后的日子到底有什么不同。他们也懒得说，因为反正他们不会再踏入校园，而我们早晚要走入社会。

我就这样带着半分茫然半分敬畏来到了文艺社。

文艺社是新中国成立初就成立的老资格出版社，因此社址在北京二环里，以至工作后我就暂时住回了灯花胡同的小院，有种扑腾半生回到原点的感觉。周围都是寸土寸金的高楼大厦，在它们的俯视中，文艺社执拗地老派着。灰灰的墙，半壁爬山虎，白漆的牌子上写着国家领导人题的社名，第一天站在文艺社的面前，站在我未来开始的地方，我有点说不上来的沮丧，这儿和我所有的想象都不同。我不知道多少人畅想过“长大后”这个伟大的时间状语，又有多少人实现了小时候的豪言壮志，我想可能大多数都没有，我们就像被庞大海水覆盖的水滴，没有挣扎出一个泡沫，就消失掉了。

我被分在了宣传部，我的领导是朱主任，一位快50岁的大叔，他人很和气，按社里其他人的话说就是一副无欲无求的退休相。到他这个地步，没有升的可能，也就没了争的斗志。大概是20世纪五六十年代遗留下来的毛病，凡事朱主任都爱拿“社领导说”做开头，一片红心向着社长的感觉。作为宣传部主任，他永远背着一个相机，有机会就给社长照相。这马屁拍得有点惨不忍睹，但他仍然乐此不疲。

这些都是我们部门比我早来两年的张姐告诉我的，社长的履历、社助的文凭、谁有背景、谁离过婚、谁和谁好过……我来了不到一个月，整个社里的关系就在她的帮助下全搞清楚了。朱主任和张姐都对我不错，他们叫我“小谢”，这是我从小到大没有过的称呼，以前要么被老师同学喊作谢乔，要么被室友发小喊作乔乔。开始时朱主任还为此讲了个笑话，他说每次叫我，都想叫小乔而不是小谢，小乔初嫁了嘛。这笑话很蠢很冷，但我还是自然地配合着笑了，就像我自然地配合着成为小谢一样。

说起来我的工作真不忙，每天最重要的事就是给办公室打一壶开水，然后保证一天的供应。这活之前是张姐做的，我来了之后就换成了我，过两年社里再来新人的话，就会再换成他。整个文艺社都是以这样的节奏工作着的，刚开始我也充满干劲，想做点什么，想去开拓新的选题，拜访很牛的作家，而很快我就被拖入了这种固有的节奏中。就像是一个崭新的齿轮被装入一块陈旧的钟表之中，它能做的只是慢慢变锈。

我读了那么多年的书、我引以为傲的大学、我积累了许久的畅想，从那一刻起都失去了效力，对我来说，社会教会我的第一件事就是，它会剥去十几年教育给你穿上的那件外衣，然后肆意地重塑你。

我被塑造成了一个坐在堆满书的办公室里，每天早上准时打一壶开水，然后坐下来看网上的各种新闻，在本社出版的图书之外顺便读读《鬼吹灯》

什么的天涯热帖，然后到点关机下班回家的小编辑。

而徐林和娜娜的工作与我完全不同，她们每天都很忙，徐林不辞辛苦四处接活，四处跑发布会，恨不得满北京的娱乐版都是她的稿子。娜娜在台里天天开会，做前期盯后期，她跟我说现在她的偶像是哪吒，因为三头六臂、多手多脚。我们明明在同一个社会形态里，却过着这么截然不同的生活，不知道是不是用政治题里常说的中国特色才能最终解释。

我忍不住跟秦川抱怨作为一个社会新人却有力气没处使的小沮丧，秦川安慰我："她们是娱乐圈的人，和你又不一样。"

"可是很充实啊！我现在都不知道每天做的事有什么意义。"

"乔乔，那你想做什么呢？"

他把我问住了，我对现在不太满意，可究竟什么能让自己满意我又说不出来。上学的时候我不羡慕任何人，不管他们有多大的成就，我也只是简单地说一句"好厉害"而已。虽然没有任何凭据，但我天然地认为我的未来是无限的，无限到所有已知的成功都不能打动我的地步。那时我们都这样，这大概就是未知的魔力。而当所有的未知尘埃落定，不光洁亦不明亮，巨大的茫然便立即袭来。

"我不知道自己想做什么……"

"那就对啦！你的脑子，要是能弄明白自己想干吗我才奇怪呢！"

"秦始皇！"

"怎么了？不知道想做什么有什么的，你以为学校老师教的那些梦想照进现实的东西就是一定的吗？梦想是用来存在的，但不一定是用来实现的。对，有梦想是会活得有趣一些。这世界上本来就有人生下来就知道自己想要什么，有的人一辈子都不知道。那又怎么了？天才和普通人不是都活着吗？所有种群都是被少数优秀者带领前进的，前者可能改变世界，后者没这个能力，不过没关系呀，他们享受前者改变的世界就好了。”

虽然每次秦川讲起道理来我都很想笑，但又总不知不觉地被他说服，我好奇地看着他：“那你是前者，还是后者呢？”

“当然是前者啦！”秦川又一副我是天才拯救世界的表情。

“呸！我才不信！那你告诉我，你想干什么？”

“哎呀，早晚你会知道的！”

“那现在怎么办？”

“现在，你就乖乖地看着我，一直跟着我好了。”秦川笃定地说，他说的这些其实挺糊弄的，但是我莫名地很满意这个答案。

我过的每一天都是寻常日子，本来我以为除了徐林和娜娜，我不会和那个看上去绚烂多姿的圈子有什么交集了，所以当徐林一个接一个电话打过来的时候，我还以为又来了什么狗血的八卦。

“喂。”

“怎么这么半天才接电话！”

“我打热水去啦。”

“最近跟千喜联系了么？”

“就上个月回学校找她吃了顿饭，怎么了？”

“她还念研究生呢吗？”

“当然念了！你没事吧？问这么多有的没的，到底怎么了？”

“我刚收到消息，她和卢域签约了！”

“什么？！”

“原来你也不知道啊，我刚给她打电话发短信都没有回信，她这是什么打算啊？你小船哥知道吗？”

“我问问去，随时联系！”

这消息太震惊了，挂了徐林的电话，我半天都没反应过来。给千喜打一样是无人接听，给小船哥 QQ 留言，也没见回复。因为千喜退赛的缘故，后来我就没有太关注《超女》，只知道我最爱的李宇春夺了冠，而那位浑身上下全是心眼的林晶妍也走了挺远。我没和千喜再谈论起这事，我们都觉得那只是她的一次表演，就像在学校“闪亮之星”的舞台上唱歌一样，并不构成她的人生。

大概过了两个小时，千喜才回电话给我，她说她去上课了，忘记带手机。我在电话里噼里啪啦地问了她一堆问题，她笑着说跟徐林问的几乎一模一样，干脆约着一起吃晚饭，到时她一并回答。迁就娱乐满城飘的徐林，我们约在下午一家发布会旁边的湘菜小馆。我和千喜准时，徐林迟到了一会儿，她说不赖她，是今天那位大咖迟到，所有人只好等。

我迫不及待地问千喜到底怎么回事，千喜徐徐地说：“《超女》结束后卢域给我打了电话，问我有没有兴趣签他们公司，我拒绝了，我说我本来就没有音乐梦想，去《超女》只是帮朋友忙，我还是个学生，还要念书。他倒也没多说，无非是觉得可惜那些话。后来他又找我，这次直接找到了学校里，还有上次乔乔见过的那个陈总也一起来了。他们要请我吃饭，我没去，又不想欠他们人情，人家大老远特意跑来了，就请他们到小餐厅吃了一顿。陈总问了问我功课，又问我研究生毕业想做什么。我有点被他问住，乔乔，徐林，你们不知道，我其实一点都不喜欢文学，每天背那些功课烦得要命，当初只是为了保证能上 B 大，我才考了咱们专业。读研究生也只是觉得就业时文凭会更硬一些，至于以后要做什么，我根本不知道。”

说到这里千喜顿了顿，我没想到那么目标明确的千喜也会遇到和我一样的困惑，即使出发的地方不同，但到了人生中间的这个中转站，所有人都会停下来茫然四顾。

“我勉强地回答，毕业再说，会努力找个好工作。陈总又问，找好工作是为什么，我有点生气了，觉得他这么说太居高临下咄咄逼人了，既然这样我也毫不掩饰，就干脆直说为了赚钱，赚钱为什么？为了过好日子。他笑了笑说，哦，那不得了，我以为你要为社会主义建设奋斗终生呢，如果是那样我就没办法了。既然想过好日子，为什么拒绝一个好机会呢？你学习的目的是财务自由，那我现在告诉你，你唱歌就可以达到，别小看这个行业，你的美丽、你的嗓子、你的运气，如果缺少一项，它都不会为你打开大门。他把我说愣住了，继而把我说服了，就这么简单。”

“你说的陈总，不会是皇冠的老板陈天河吧？”徐林深吸了口气问。

“对，就是他。”千喜点点头。

“我的天！”徐林拍着桌子叫起来，“你请陈天河、卢域去吃咱们学校小餐厅？！我都想立刻写个新闻稿了！”

“他很厉害吗？”我不明所以。

“娱乐大鳄，真正的娱乐大鳄，”徐林凝重地说，“不过千喜，你想清楚了吗？你明白你要进的是一个什么样的圈子吗？就这么说吧，我今天下午参加的发布会，一个大咖带一个新人，新人早早就到了，没有专用的休息室，就和媒体一起混着站，大咖迟到，所有人都等，他姗姗来迟，大家还笑脸相迎。发布会结束，有个小规模群访，大咖和新人站在一起，我们所有人都把带 Logo 的麦往大咖手里塞，新人那里一个麦都没有，大咖实在拿不下了，随手递给新人一个，恰巧就是眼下最火那家网站的。结果呢？没采访两句，那家网站的记者就直接走过来把麦从新人手里拿走，又塞回到大咖那里。你们能想象当时那新人多尴尬吗？可是没人管她，也没人觉得这有什么不对。这就是娱乐圈，一个只跟红顶白的地方，一个对名利的追逐毫无掩饰的地方，一个面子光鲜里子黑透了的地方。千喜，你要来吗？来到这里处处事不由己，你不怕后悔吗？”

“徐林，我决定了。我可能会错，但我不会后悔，”千喜握住茶杯取暖，“乔乔，你可能还不知道。筱舟过了这一年还不会回来，他有机会留在斯坦福的研究所，这是个好机会，虽然我们又要好久见不到面，但是他离我们光明的未来又近了一步。而现在，我们就是缺钱。所以我必须努力，我想早一点，早一点到达那个地方，哪怕走条荆棘丛生的捷径也乐意！”

我和徐林都沉默了，我们都分明地感觉到了宿命的悲壮力量，并为小船哥和千喜祭出努力而慨叹。我想说句加油，但又觉得特别矫情，不如就这样安静坐着。我拿起水壶倒茶，才发现水已经凉透了，可千喜还紧紧握着她那只茶杯，仿佛真的能取暖一样。

对于千喜的决定，小船哥一向支持。他比我们都了解千喜，更深知她坚强的力量。他给我QQ留言说，千喜一定会很棒的，没人唱得比她好。总有一天，一切都会好起来，而在那之前，他们都在努力以更好的姿态迎接那天到来。

也许是受了他们的鼓励，那之后我也不再无所事事，开始准备考个在职的研究生。虽然每天还会泡在论坛里，但如果看到不错的帖子，就会立刻贴上去问有没有出版打算，也因此，我签下了来到社里之后的第一个稿子，一部青春文学小说。那时我什么都不懂，和同样菜鸟的作家一起跑到设计师家里盯着出封面大图，不厌其烦地修改版式花样，天擦黑才能回家。辛苦归辛苦，当我拿到样书的时候，我突然觉得自己还挺像编辑的了。

每一次出图，每一次修订，我都会发给秦川看，他时而吐槽时而鼓励，时而深夜陪着我上网盯稿子，直到我不小心睡着，头敲到键盘，在QQ对话框里打出一串不知名的字符。有时候会产生错觉，仿佛那部小说是我们俩的作品，而能与他分享这样的时刻，让我备感美好。

其实那段时间秦川挺忙的，好歹他也快混到毕业了，论文再怎么胡拼乱凑，也还是要弄出一篇交差。我对商科一窍不通，他明明上了学，但也不比我强，我们两个人瞎写的论文，居然混了过去，以至后来我嘲笑他好久，说他的文凭起码应该分我半个，一点都不值钱。秦川不以为然，他说从来没觉得文凭值钱，念了四年商科不如开间商铺。他的蛋糕连锁店确实经营不错，但秦川和大龙却商量着把 CBD 的那间盘出去，因为秦茜急着用钱。

这几年我都没见到秦茜，关于她的消息只是零零星星从秦川那里听来一些，那个“金刚池”还开着，但生意越来越不好做，据说已经转手给了别人。时代奔流向前的时候，总会留下楔口容纳那些灰，有的成黑，有的成白，但不管怎么样，这些不能摆在明面上的人们，终归要在岁月中消失无痕。

秦川说一辉最辉煌的时候，连警察都不放在眼里。有一次他在歌厅里和一帮警察碰上了，两伙人都是出来玩的，但谁看谁都不顺眼。警察知道他，但碍于他上面有人，拿他没有办法。一辉也瞧不起他们，半夜酒大了，他和一个警察在卫生间碰到，那个人说话不客气，骂骂咧咧的，说早晚有一天要逮到一辉，一辉火了，三两下把那人打趴下，掏出枪抵着他太阳穴说来啊你现在就来抓我，据说那警察当场尿了裤子，最终两边的人都来劝和，才算完了。

我听得目瞪口呆，感觉就像香港黑帮电影，而秦川并不以为然，他说一辉也不可能一直这样下去，他走的毕竟是偏门邪路，走到头就是穷途，没有长久的道理。秦茜和一辉一定更有这样的自觉，所以才不做金刚池另外开店。前后加起来还有些其他兄弟的开销，急着要钱都找到秦川这里了。

我以前总觉得秦川简单，但后来我慢慢感觉到，其实他一直有着自己独特的思考，不知不觉间他那个江湖老大的梦已经烟消云散，他勘破了浮华中的那道迷障，深切地为他姐担心。而显然秦茜还深陷其中，有些事大概想得到也做不到了。那年年末，她来了趟北京，带走了秦川那间小店的所有现金，总共 100 万，然后就急急忙忙地回了上海，匆促得让我有种不好的预感。

曹象儿被捕的消息是我先看到的。

那天我到社里照例打了热水，打开新浪，头一个先看娱乐新闻，千喜要首发单曲，娱乐版给推了不错的位置，稿子是徐林写的，各种溢美之词看得我只想笑，这篇文章要是被学校时的她看到，估计要讽刺挖苦360遍都不重样。而在千喜的新闻下面几行，就有《超女》巡回演唱会的消息，其中也提到了林晶妍，说是她接了部台湾偶像剧，要演女二号。

看完娱乐八卦，点开社会版，第一条消息就是“上海扶正压邪大手笔，曹象儿为首特大流氓犯罪集团覆灭”。我恍了恍神，仔细在记忆里搜索这个名字，终于想起来当年秦茜讲她和一辉在上海落脚就是依仗了曹象儿。我一下子慌乱起来，拿着手机冲出办公室打给秦川，他还没睡醒，我拨了好几遍他才懒洋洋地接起来。

“几点啊……你学他们过美国时间呀！这么早打电话太不人道了吧？”

我焦急地说：“曹象儿，你还记得么？帮你姐找她亲爸的那个上海黑社会？他被抓了！”

“什么？”我听到秦川那边一通乱响，大概是猛地起床碰翻了什么。

“你看新闻！新浪就有！你姐和一辉没事吧？”

“我给我姐打电话，先挂了！”

之后我一边浏览网页，一边坐立不安地等秦川消息，我搜了很多相关新闻，有一篇写了曹象儿“七宗罪”，虽然没有谭辉和秦茜的名字，但其中赫然提到了金刚池。我更担心起来，又不敢去电打扰秦川，等到他终于跟我联系上的时候，已经到了晚上。秦川说他在机场，刚买了到上海的机票。

“秦茜……”

“我姐！”

我刚说了个话头就被秦川截住了，我意识到不能提一辉和秦茜的名字了，于是含糊地问：“没事吧？”

“嗯，还好。不说了，我过安检了。”寥寥几句秦川就挂了电话，我更加忐忑，虽然他们还没出事，但显然也没有多好。

晚上回到灯花胡同，我照例给小愉辅导功课。我家小愉妹妹已经从大舌头的小丫头长成了口齿伶俐的小少女，小愉就住在原先秦家那间南房，记忆中秦川家的样子已经完全消失了，秦茜贴着郑伊健海报的地方，如今变成了魔法少女小樱，秦川的那些黑乎乎的球印也都覆盖在了一层崭新的白漆之下。唯一留下痕迹的就是门框那里细细的凹痕。那是我和秦川比个儿留下来的，小时候每隔一段时间姚阿姨就喊我们过来，贴着墙根站好，然后拿本书比着在门框画一条线，再用钢卷尺量我们的身高。那时的我和秦川还没有 22 公分的差距，我们俩差不多高，每次比个儿都想着法儿地偷偷踮脚尖、伸脖子，就是希望能比对方高一点点。如今看到那些紧紧相邻的细线，我忍不住微笑起来，继而又惆怅，不知这些美好过去，能带我们抵达怎样的未来。

“姐，你没事吧？扶着门框一会儿要笑，一会儿要哭，这是什么情况？学紫薇吗？”小愉纳闷地看着我。

“你赶紧写作业！”我尴尬地咳咳，板着脸走到她身边，“又玩手机！”

“哎呀！我正跟班长发短信！发到了最关键的时刻！”小愉手指不停。

“发什么发到最关键的时刻？”我好奇地凑过去看。

“表白啊。”小愉说得无比轻描淡写。

“什么？你才多大！表什么白！”我把她的手机夺过来看。

愉公主：“我还不能答应你。”

班长：“为什么？”

愉公主：“因为我不想伤害其他人。”

班长：“没有任何人能阻拦我了！小愉，我爱你。不要理会那些扔向我们的砖头，我要把它们一个个捡起来，长大以后，用这些砖头给你盖一座宫殿。”

我瞠目结舌手脚僵硬地放下手机，默默扭头看着小愉：“谢愉同学，对13 岁的少男少女来说，显然你们懂得太多了。”

“得了吧姐，你 13 岁的时候不也什么都懂了吗？奶奶说那会儿秦川哥就老来找你，往家打电话！”小愉讥笑我。

“那不一样！秦川是我发小！”

“姐，说真的！你怎么不跟秦川哥好啊，他那么帅，家里又有钱！”

“庸俗！我才看不上他呢！”

“虚伪！每次秦川哥给你打电话你都眉开眼笑地聊半个小时，那个杨澄来电话，一分钟你就挂了。”

“那……那是因为国际长途贵！”

“切！那刚才呢，瞧你一副坐立不安爱抚门框的样子，肯定是想起秦川哥了吧？我也纳闷，我们小孩子没办法，你们都是大人了怎么还磨磨叽叽的！我要是你，喜欢就说，想他就去找他！”

小愉的话犹如空中的一道闪光，令我猛地清明，我拉开房门就往外走。

“姐，你干吗去？”小愉在我身后问。

“我忘了跟奶奶说，明天要出差！”

“去哪儿啊？”

“上海。”

担心他就去找他，这是我唯一能做的事。

第一次去上海是逃离，而第二次则是奔赴。一路我仿佛都在冲，直到冲到静安希尔顿酒店 1103 房间的门口，我都还没喘匀气。秦川打开门，屋内的阳光倾泻而出，晃了我的眼，以至我似乎产生错觉，秦川脸上的惊喜表情，仿佛想立刻拥抱我一样。

秦茜也在房间里，她还是那么美，即使身处风暴之中，也没能遮掩她的娇艳。她的美貌会让人忍不住去揣测她的人生，而我相信大多数人都猜不到竟然会是这样一种。她坐在落地窗前，笑着跟我打招呼，我也冲她笑。电视里正在播曹象儿的背景资料，就着电视声，她点了支烟，缓缓给我们讲这几年一辉和她还有上海的那些事。

她说他们当年来到这里，以为这里就是江湖。而实际上，没有江湖，江湖只在电视里、电影里、小说里，他们不过是走了一条窄路，遇见对脾气的便拉着一起走壮胆，对面有人要过来，两拨人就摆一摆，能说通互相侧着身子过了，说不通就只能凭各自的本事，最终只能剩下一拨人继续走。而不管往哪边走，都以为总有个头儿，其实没有，最初你就走错了，既然上错了车，注定下错了站。这两年他们都乏了，秦茜说她喜欢鲜艳，喜欢白天，喜欢金灿灿的，喜欢一切看起来光明的东西，因为那便是她生活的对岸。可他们这行是靠人与人打交道做起来的，原先一辉说，钱有用光的时候，交道没有，你来我往，大家就能一起往前走。可反过来说，谁也不能随便停下来，钱可以挣可以还，而交道用了，怎么还？一辉费了好大力气才把金刚池脱手，就是曹象儿接的盘，这也正是他们与这起案子最紧密的联系。

电视里正在说曹象儿犯的一件命案，秦茜哼笑着说，瞧，人是有多复杂，他帮过我们，也害过别人。毕竟曹象儿做得太大了，想踩刹车都踩不住，当初有多风光，多前呼后拥，现在就有多狼狈，多墙倒众人推。

“秦茜姐，不会有事吧？”我并没有太懂她说的这些，只是为我幼年的伙伴深深担忧。

秦茜揽住我：“没事乔乔，起码现在我还坐在这里跟你聊天不是吗？小船怎么说的来着？一切都会好的。”

“姐，一辉确定9点来接你？”秦川看看手机。

“嗯，他到了给我电话。”

“他要是没来怎么办？”

“那我就哪里都不去了。”秦茜的眼神第一次飘忽起来。

“你们要去哪儿？”我疑惑地问。

“跑个路。”

“还会回来吗？”

秦茜笑笑，没有说话。

三星手机灯一闪一闪的，电子数字变成了 21:00，整个房间都很安静，我仿佛听到了每一秒钟流过的声音。我懵懂地感觉到这一分钟意味着什么，可能是她与一辉的一次普通相聚，也可能是很久很久的别离。时间和我们开了个漫长的玩笑，它似乎故意停下脚步，来凝固秦茜脸上的哀伤。

大概整点快结束时，秦茜的手机终于响了。

秦茜长长地呼了口气，她按掉电话，果断地站起身，“我走了！”

“姐……”秦川慌忙开口，但又不知说些什么。

“好啦！别啰啰嗦嗦的！”秦茜一巴掌打在秦川头上。

“你们安顿好给我信儿！”

“嗯，12 点前肯定回给你，那时就没问题了。你，别想那些乱七八糟的，我看你读书不行，做生意还有一套，一定多赚点钱攒着给我养老啊！还有，好好跟乔乔在一块，那什么狗屁部长女儿，赶紧给我甩了！”

“姐！”秦川羞恼着嚷，我也跟着脸红起来。

“真走啦！”秦茜走到门口，大方地朝我们挥挥手，“出门这么多年，倒是学会了一件事——害怕。”房门咔嗒一声关上，我觉得好像还有一句要紧话，却怎么也想不起来。直愣愣地望着门口站了半天，还是秦川把我拉到了窗边，我们看着秦茜走出大门，上了一辆深色的车，绝尘而去。

秦川摸索着开了灯，我忍不住眯起眼睛时才意识到整晚我们都待在黑暗里。秦川捡起他姐的半包烟，一口口地抽着，我不知怎么安慰他，只好默默地站在他身边。

“谢谢乔乔。”秦川突然说。

“谢你个乔呀。”

“上次我们来上海，还是为她结婚的事呢！”

“是啊，你喝得一塌糊涂的！那条伴娘裙是我最漂亮的裙子，为了扶你，都皱成抹布了！”

“好像咱俩那天睡在一起了？”

“滚！”我咬文嚼字，“只是不小心躺在了一张床上！”

那天清晨，那个穿着西装扑闪着睫毛怔怔看着我说乔乔我们在一起的少年，全都清晰地在我脑子里。我讶异自己居然记得那么清楚，恨不得连他吹拂的呼吸都能立刻感觉到，又气恼秦川的健忘，让所有一切变得不重要起来。

秦川把头抵在我的后背上，我的每一根骨头都因为感受到他的存在而僵硬，我刚要抖开他，他就忙不迭地说：“让我靠一会儿，就一会儿！”

我慢慢松弛下来，感觉他的额头在轻轻地颤抖。

“要是能回到那会儿就好了，”秦川低声说，“我其实也挺害怕的。”

“我知道。”

“你才不知道！”

“喂！我可是大老远打飞的过来陪你的！”

“我刚才想，幸亏你不是秦茜。”

“你说什么？”

“我有一段时间想，你要是秦茜也挺好的。”

“切，你就是说我没她好看呗！不用你提醒，从小到大我已经对这件事没有异议了。”

“没法跟你聊天……”

“你好好说嘛！”

“你是秦茜的话，我就可以一辈子都在你身边，一辈子跟你紧密相连，一辈子相亲相爱，一辈子心甘情愿的……把你当成亲人。”

我没有答话，安静地看着月光映出我们的影子，我仔细想他说的每一个字，总觉得里面包含了特别重要的东西，让我的心脏跳动越来越快，他透过我的脊背大概都能听到了。我想问问他，到底还记不记得那年在上海他对我说过的话，如果，只是如果，我们再重复一遍，那么五年后的这次我一定会给他个回答。而就在这时，好像宿命的轮回一样，他的电话响了。他从我后背跳开，我亲眼看着我们的影子从一个迅速变成两个。

“我姐！”秦川兴奋地接起来。

我看了看表，是 12 点前，我想秦茜肯定没事了，可是有点不对，秦川在我的对面，脸色一点点地灰白，连平时最亮的眼睛都失去了光泽。

一辉死了。

他不是不死鸟，也没有圣衣。他死在了逃亡的路上，距离他们安排好的轮渡不过 1000 米的距离，那个光明的对岸他最终没能到达，永远留在了黑暗的夜里。可笑的是，一辉不是死于追捕，不是死于追杀，不是死于内讧。他死在一群十六七岁的孩子手下，而起因不过是两瓶矿泉水。那天他们快到轮渡前，秦茜说买点水，一路上不知颠簸多久，现在不比平时，为了不打草惊蛇，他们谁也没带，所以也没人帮忙准备那么多。

一辉停车到路边的一家小铺子前，看店的是个十几岁的少年，染着黄头发，还打了一个耳钉。他正和几个朋友喝啤酒，一辉叫了他几次，他都没理，最终不情愿地扔给了一辉两瓶水，一瓶直接滚在了地上。一辉捡起了水，那帮小孩毫不在意地仍在说笑着，一辉掸了掸土，指着他们的脸点了点。

秦茜说她后来无数次地回想那一刻，回忆一辉的那根手指，她绝望而又救赎地想，是不是不那么做一切就不会发生，如果他当时克制一点，他就还会有命跟她一起活到现在。但她又深知，这个如果是不成立的，它是推翻一个人过往一生的如果，按照这个逻辑回溯，那么就没有上海，没有九龙一凤，没有他们最初的相遇，自然也就不会有最终的死别。

那个小孩挥着砍刀出来的时候，秦茜冲出了车。当时她就觉得完了，因为从那帮孩子的眼睛里看不到一丝一毫的害怕，因无知而无畏，因无畏而残忍。他们其实就和当年在 JJ 迪厅里的一辉和秦茜一模一样。

秦茜眼见着一辉的脖子被砍开了一道口子，动脉血喷涌而出高达半空，秦茜尖叫着跑过去，她依然很能打，因此后背上也挨了三刀，但是没用了，她这次已经不能拯救一辉了。后来据现场的警察说，当时一辉和秦茜都在血里，他们以为是死了两个，走近才看到，秦茜还睁着眼睛，死死按着一辉的伤口，而那里已经没有一滴血流出来了。

姚阿姨和秦叔叔半夜赶到了上海，当即与警方沟通。我和秦川就像两个失魂落魄的木偶，陪着躺在病房里的秦茜。她是皮外伤，虽然伤口很大需要缝合，最终会留下疤痕，但是没有生命危险。危险的是她的情绪，面对这样的人生惨剧，她没有歇斯底里，没有痛哭流涕，她很安静，不说话也不睡觉，静静地看着窗外，仿佛那里有一切她想知道的答案。

就这么过了三天，大多数事尘埃落定，死了的死透了，活着的也要从这场死亡中剥离。那天我在病房里小声接电话，一边应付社里一边应付家里，秦茜突然就说话了，她说："乔乔，你回去吧，你们都回去吧，我没事的，反正这次再也不会有人翻窗户进来接我走了。"

秦茜在我面前号啕大哭，她的人生从 16 岁那个绚烂的医院窗口打开，又在 24 岁这个灰暗的医院窗口关闭。那天我终于想起了一直盘旋在我脑海里，但又总是溜到记忆角落的那句话，吴大小姐说："你不要同秦茜换，她没有你命好。"

从此我再没见她化过妆，再没见她戴那些金灿灿的饰品，再没见她穿黑颜色以外的其他颜色的衣裳。

秦茜的事杨澄帮了忙，在此之前我从没感受过他家的背景和力量，我也没想他能怎么样，只是病急乱投医地跟他说了一嘴，这事秦川都不知道，他肯定不愿接受杨澄的惠及。可到底杨澄家手眼通天，这么简单的一句话，秦茜就被从整个事件中摘了出来。她不但只成了一名普通的受害者，而且一辉的事还和曹象儿的案子分开而论，只作为一件故意伤害致死的事故。那几个凶手因为全部未满 18 岁而被量刑轻判。在四九城，在上海滩，喧嚣一世的不死鸟一辉，彻底离开了这个世界。而秦茜，她与一辉在一起的那么多年就这样悄悄地被抹去，像是从没发生过一样。

到美国后杨澄一直跟我联系着，他不像小船哥，要计算往返的机票钱，只要心情好他就会回国待几天，约我吃吃饭，看看电影，再和我不认识的他们那个层次的朋友去全国各地转转。最欢迎他的就是娜娜，她常拜托我让杨澄从国外带这带那，包啊化妆品啊什么都有，她在最时尚的湖南卫视，早就对这些比我懂得多了，同样是媒体，我在国内最传统的出版社里，接触最多的只是领导们要传达的精神。在这些东西中间，杨澄每次都会夹带给我的礼物，有时候干脆娜娜要的，他也给我照样带一份。

我并不经常想念杨澄，我们在彼此生活之外分别过得很好，所有的交往就像是一种驾轻就熟的习惯。我可以半个月没有杨澄的消息，而当他打电话过来时，我们又可以随意聊得仿佛昨天刚见过面一样。到了 24 岁本命年，我家里人开始格外关心起我的恋爱情况。小愉多嘴，我们家里人大致都知道了杨澄的存在，又因为他从未出现，充满了对他的各种猜测。我妈总是试探地想问，都被我糊弄了过去。我永远不可能和我爸妈说，我和杨澄好了很多年，但其实我并不爱他，我爱的是他们从小看不上的秦川，而现在秦川又是我同宿舍好友王莹的男朋友。我们这代人和父母辈的交流一直特别奇怪，我们毋庸置疑地彼此深爱，但又从来不在乎对方到底怎么想，我们之间就像有两条通道，各自向对方输送亲情，而中间从无交集。

这些事我最多和千喜聊，当然还要排除掉秦川那一部分。她念到研二已经很轻松了，更多的精力都花在了她的演艺事业上。陈总和卢域对千喜很好，给她在东三环租了一套小公寓，也没有安排和那些刚出道的歌手一起四处走穴。总的来说前期的发展不温不火比较稳定，这是千喜签合同时就要求的，因为她一定要顺利地硕士毕业。卢域愁眉苦脸地说千喜想要的太多，对此千喜不置可否，她跟我说，不管他们怎么想，反正她一辈子的目标不是唱歌，她是要赚够了钱飞到美国去的，到那边唱歌管什么用，所以必须要有过硬的文凭，那是卢域他们不懂的未来。

千喜和小船哥可与我和杨澄不一样，他们几乎每天都要通电话，聊QQ，或是网上视频。我在千喜的公寓里时就常能遇到小船哥打电话来，然后千喜就跑到一边去接。他们什么都说，小到家里的灯泡瓦数，大到千喜出席的某个活动，有一次千喜去给百事可乐的新品站台，对方封了一个大红包，里面装着一万块钱的出场费，千喜当晚就给小船哥打了电话，两个人高兴得像孩子一样。我在旁边看着不由深深地羡慕，我也想要一个属于两个人的未来，但我很清楚，那真是一种奢望。

杨澄回来的消息是千喜偶然告诉我的。

小船哥用在美国研究所的劳务费给千喜买了一只 LV 的包，她要参加一个湖南卫视的活动，据说林晶妍也去，小船哥想怎样都不能让千喜在那个女孩面前跌了份儿。小船哥托杨澄把包给千喜带了回来，那天我下班找千喜的时候，她正在摆弄那个老花 Speedy 包包。

“你晚上不跟杨澄吃饭吗？”千喜问我。

“杨澄？”

“对啊，他中午刚来给我送了包，你不知道他回来？”

“嗯……他没说。”

“不是每次回来都打电话约你吗？”

“可能这次要先忙别的事吧。”

我有一点点奇怪，但又没觉得有什么特别所谓，反正我们不是那种对对方所有事都了如指掌的情侣，我想他既然回国了就总是要找我的。

的确，我很快就被人找了，不过来的不是杨澄，而是任思羽。

我们大概有四年多没见面了，上一次她找我，我还有愤怒、难过、心酸等一堆恋爱中的少女情绪，她也同样有嫉恨、不甘、哀怨的情敌范儿。而现在，面对面坐着的我们都是一脸的不悲不喜，她知道我和杨澄已经过了这么些年，我也知道了她从未离开。

“你知道吗，在美国，我和杨澄经常在一起。”

“嗯，可以想象。”

“我们一起吃饭，一起运动，一起逛街，一起看电影，一起去图书馆，一起和同学开 Party，一起到欧洲玩，一起开车穿过整条 66 号公路。”任思羽眼神飘忽而神往，脸上忍不住露出了淡淡的微笑。

“真好啊。”我感叹地说，任思羽也许觉得我是因为妒忌而在反讽他们，其实我没有，我真的觉得这样特别好，是谈恋爱应该有的美好样子，是我和杨澄之间没有过的样子。

“通常时候我们很好，当然，也会有其他的女孩对杨澄有意思，但是我不担心，因为我知道对杨澄来说我已经成了最特别的，她们再美丽再聪慧再新鲜又怎么样呢？我们有从大学到研究生、从中国到美国相伴的长长的时间。爱他这一点，没人比得过我。她们终归会知难而退的，况且，她们都知道杨澄有女朋友，”任思羽的声音低沉下来，她哀伤地盯着我，“她们都知道你，杨澄的女朋友在中国，叫谢乔，所有人都知道。

“杨澄在我面前从不避讳你，在其他人面前也一样，他自然地提起我女朋友怎么样，别人诧异地看着我，我只能若无其事。偶尔你有电话打来，他都不会走到另一旁去接。你们说不了多少话，也没什么相互惦念的内容，看不出丝毫相爱的样子，但你就是永远存在。这仿佛成了我们之间的规则，是我和他在一起就必须接受的事。可是，为什么呢？只是因为我爱他吗？因为我特别爱他，所以他所有不好我都可以接受，他花心，没事，我大度；他无所事事，没事，我努力找各种有趣的事和他一起做，但我为什么还要接受你？你是不能被伤害的，那么我就是注定要被伤害的吗？”

我们都安静下来，她的目光里没有一点攻击的意味，最初意气风发站在我面前，告诉我她和杨澄多么相爱的那个女孩子不见了，经过这么多年，她一直努力奔向一个方向，甚至奔袭了半个地球，穿越了两个国家。可是那个终点还是离她那么远，他们中间还是隔着一个我，她困惑了，她望向我，而我也给不了她答案。

“谢乔，我怀孕了，”任思羽下定决心似的说，“我与你，这次必须要有选择，要有答案了。”

“杨澄知道吗？”我有点茫然，那是我和杨澄从没发生过、是我从没想象过的事。

“知道，”任思羽垂下眼睛，过了好一会儿才接着说，“他让我把孩子打掉，所以我们一起回国了。”

我倒吸了一口凉气，任思羽伏在桌子上嘤嘤哭了起来：“我所有朋友都说他是浑蛋，说我应该甩了他，应该找个新男朋友开始新的生活。我也想啊！但我做不到啊！对，我就是爱他爱得没有原则，明知他有女朋友还是心甘情愿地做小三，被搞大了肚子来找正牌女友谈判……我只是想，一直都是我什么都知道，而你什么都不知道，这次我们公平一点，一起来面对吧！我的爱情很失败，但你的爱情也已经一团糟了！”

“我会和杨澄分手的。”我的声音格外冷静，清晰地从我口中发出再传回到我耳朵里，连我自己都觉得奇怪，任思羽泪眼婆娑地看着我，一直昏暗的眼睛终于透出了光亮。

“我不是为了你，我也不觉得你那是什么爱情。只是……我想跟他分手了！”

和杨澄最后的那次见面没在任何的高级餐厅里，他来奶奶家找我，我们坐在胡同小口的花坛前，原来从那拐过去就可以到吴大小姐家了，现在后面围起来盖了一座孤零零的公寓楼，只有墙边还有一点曾经小巷的痕迹。

我们很长时间都安静地坐着，谁也不知该开口说些什么。在一段恋情的最后，大概总有些眷恋。我们已经在一起五年多了，按说一定会沉淀下来值得怀念的事，可是我什么都想不出来，除了最初在校园里他给我的那个初吻，其他的一切都那么模糊。我看着杨澄，他也是一脸茫然的表情，两个没有回忆的恋人，我突然觉得我们真可怜。

“杨澄，我们分手吧。”

“乔乔，你要离开我了吧。”

我们几乎一同开口，然后分别点了点头。

“我没想到她真的会来找你，我也没担心过。我一直以为即便你知道了我们的事，分开的也一定会是我跟她。”杨澄垂下头，他的样子很无辜，我相信他说的是真心话，因而对他更加怜悯。

“杨澄，你真是……太自以为是了。”

“乔乔，你还记得我出国前跟你说的话吗？”

我记得，在美洲俱乐部，他捡起我掉在地上的叉子，优雅地跟我说让我等他回来，然后我们就结婚。

“我说的是真的。我是想跟你结婚的。”

“为什么？杨澄，你为什么娶我，你爱我吗？”我忍不住问。

“因为……你不爱我。我知道你不爱我，所以不会缠着我，不会问我晚上跟谁吃了饭，不会责怪我怎么两天没有来电话，不会限制我，不会干涉我，不会要求我做这做那，不会发那些烦死人的小脾气。”

“所以呢？我们在一起五年，但没有一点回忆，没有一点！你不知道我喜欢什么，我需要什么，我爱吃的菜，喜欢的电影，最近听的歌，工作开不开心，有没有什么烦恼，你统统不知道。”

“乔乔，我们不是一直都这样子吗？我们这些年从没吵过架，我们生活得很愉快，就这么结婚，不是挺好的吗？”

“如果我们结婚，这样过一辈子，那么其实未来睡在你身边的那个人自始至终对你来说就是个空白！杨澄，你不觉得可笑吗？”

“你觉得婚姻会是什么样子呢？你怎么就敢说，那些互相理解互相欣赏互相进入对方生活像小狗撒尿一样迫不及待在别人身上标注自己的人就会比我们过得好呢？乔乔，所有离婚的人都曾是相爱的人！”

“对，我不敢说。我不知道彼此相爱的那些人最后会在一起还是比我们更惨地分道扬镳。但是我知道，而且我确定，陪你一生的不应该是不爱你的人。只有相爱的人才能在一起，只有相爱的人才应该结婚，”我看着杨澄认真地说，“我当时和你谈恋爱，是因为我喜欢你。我现在跟你分开，是因为我不喜欢你了。所以杨澄，我们不能在一起了。”

杨澄怔怔地望着我，似乎在看一个陌生的女孩，这个女孩想了很多他从没想过的事，和那个只要打个电话发个短信约个吃饭的地方就会乖乖说好的谢乔太不一样了。

“杨澄，证明一个人爱没爱过就是看他有没有付出过。爱和被爱不一样，那是另一种幸福的感觉。设想一下，你遇见这样一个女孩，你每天清晨醒来，会自然而然地想，她在哪，她在做什么，你吃到好吃的东西，会想给她也带一份，你到了美丽的地方，会想一定要带她来，你和朋友们在一起时，会想叫她一起，你听到有趣的笑话会迫不及待讲给她听。你遇见烦心的事，会想跟她聊一聊，你病了不舒服，会想回到她身旁，哪怕什么都不做，只安静地待一会儿就好了。你会想念她，这种想念太强烈了，以至于必须日日夜夜在一起才能缓解，所以你必须要娶她，只有结婚你才有了保留这些直到永远的权利。杨澄，结婚是唯一的选择，是只能，是不得不，是必须，是肯定的而不是反问的。上次你走，我祝你能找到真正喜欢做的事，这一次，我祝你找到真正喜欢的人。如果有一天，你找到她，我一定会为你高兴，可能还会有一点点难过，因为在我们的最初，我就想成为那个女孩，可惜最后我不是。”

在我说这一大堆话的时候，我哭了。我以为我没事，我以为和杨澄分开我会很坦然，我以为比起我们在一起的偶然我们的分手是必然。但是我忽略了时间，忽略了它不知不觉施予人生的力量，忽略了爱情最细小的碎片也能划出的伤痕。

杨澄轻轻地抱住了我，我看不见他的表情，不知道他是不是也像我这样悲伤，但我能感觉到他的温柔，那种带有深深遗憾的温柔。

“一起吃晚饭吧，”看我平静下来，杨澄说，“这次你说想吃什么，不管多远我都带你去。”

“不用了，我和奶奶说了要回家吃饭，”我擤擤鼻子，“你走吧，我也回去了。”

“好吧……”杨澄站起身，比以往都要深情地看着我，“乔乔，以后要有什么事，随时可以找我。”

“嗯，谢谢。”

“那……拜拜。”

“拜拜。”

我不知道人一生中会说多少次再见，哪次是承诺下一次的相遇，哪次又是真正的告别。我与杨澄的这一次是真的拜拜了，背过身的时候，我又忍不住流下了眼泪。

“乔乔！”杨澄突然叫住我。

我回过头，他走过来，俯下身子吻了我。恍然间，我仿佛回到了我们的18岁，在B大的食堂里，一个漂亮的男孩说他梦到了我，然后就吻了我。

这真是一场长长的梦。

我和杨澄分手第二天秦川就心急火燎地找到了我。

“你和小衙内分手了？真的假的？怎么回事？”我在副驾驶的座位上还没坐稳，他就劈头盖脸地问。

“你怎么知道的？”我惊讶地看着他。

“王莹说的呀！杨澄给她打了电话，把她急得够呛，也不知道你们是闹别扭还是怎么着，说这次特别认真，她已经订了明天回国的机票了。”

“还真是好事不出门坏事传千里……”我抚额擦汗。

“到底怎么回事？王莹说是你提出来的，我怎么从来没听你说过这个打算？你不会背着小衙内移情别恋了吧？我看你们社都挺歪瓜裂枣的，没一个比得上小衙内啊，谢乔，我告诉你，你别乱找个不靠谱的啊！”

“你不是很讨厌杨澄吗？当初我和他好的时候你各种讽刺嘲笑，巴不得我们立刻分手，怎么现在真分了倒替他说话了？”我奇怪地问。

“那……那是因为我对小衙内还比较了解啊！他虽然说不怎么样吧，但好歹我知道他能糟成什么样。你要是再找一个……不行不行，这事想想都可怕。”秦川使劲摇了摇头。

“神经病……”我白了他一眼。

“你们为什么啊？”

“没什么，我想分手了。”

“我操！你看看！我就说吧！还是你这边出问题了！每回都这样！你到底又喜欢上谁了？”

“我喜欢上一个白痴！”我觉得已经没法跟他交流了。

“哪个白痴？”

“……”

我靠着窗边，忍不住笑了起来。

王莹下了飞机，家也没回，时差也没倒，秦川开着车直接把她从机场拉到了我的面前。

“谢乔，你不能和杨澄分手！”王莹斩钉截铁地说。

“我们已经分手了。”

“我知道，杨澄马上打电话告诉我了。但是你们不能这样，为什么一定要分开呢，你们不是一直很好吗？已经好了那么多年了……”

王莹絮絮说着，我忍不住打断她：“王莹，我们之间没感情了。”

“感情？”王莹惊异看着我，“谢乔，你想什么呢？杨澄跟我说过，他想要和你结婚的！结婚对我们这样的人意味着什么你懂吗？他向你打开了他的全部世界！这难道不是感情吗？你知道有多少人排着队想嫁给杨澄吗？我不是炫耀，杨澄家是什么背景的你也清楚，全中国有几个这样的人？和他结婚一定是改变你、改变你所有未来的一件事。而且杨澄愿意！他愿意就这么一辈子！”

“你也不能那么说，杨澄愿意是他的事，谢乔没准就是不愿意照你们那样子去改变她的人生呢。”秦川突然插嘴。

“秦川，你说什么呢？这对谢乔不好吗？一个女孩子，安逸、富贵、可以做她想做的任何事，没有丝毫后顾之忧，能这样终其一生，难道不是最好的事吗？”

“是很好，”我接过王莹的话，“有时候我自己也想过，嫁给杨澄就好像中了500万的彩票一样，夫家位高权重，老公英俊多金，生活在云端之上，一眼望到头去，连我自己都会笑一笑。可是不对，王莹，我们在一起这么多年，越接近这个被所有人都羡慕的结局，我就越觉得不对。可能你们对婚姻就是这么看待的，找个不讨厌的人，像合作伙伴一样经营一段亲缘关系。这对你们来说真的无所谓，因为你们从小就和我们不一样，你们见识太多的大事了，对你们来说和婚姻比起来，其他那些才是更重要的。可我不是，我就是个普通人。被所有人羡慕的婚姻里面却住着一个始终不爱我的老公，这样的生活我不想要。王莹，我想要爱，想被爱，想老了的时候望着身边的人，觉得有他真好，这一生哪怕辛苦，也是欣慰。”

我们几个人都安静了会儿，大概觉得大势已去，王莹绞着手指叹了口气：“谢乔，我想不出还有谁比你更合适杨澄，想不出……他的女朋友不是你，那会是什么样子。”

“哇噻王莹，没想到你平时挑剔得不得了，原来你这么看好我！”我笑着打哈哈。

“去你的吧！你就甘心便宜那个任思羽！”王莹愤愤地说。

“什么任思羽？”秦川反应过来，看着我问，“之前找过你的那个女的？怎么回事？”

我没有接话，这是个地雷一样的话题，我可不敢把秦川这个巨型 TNT 扔进去。

“到底怎么回事？乔乔，你究竟为什么和小衙内分手？”秦川瞪着我们，“你们要不说我就去问他本人了！”

“哎呀，就是她又来找我了一趟。”我含糊地说。

“就这么简单？我不信！”秦川这一次偏偏难得地聪明。

“她怀孕了。”王莹替我说了出来。

“我操！”

秦川狠狠骂了一声，他猛地拽起我，我吓了一跳，慌忙问：“你干吗呀！”

“你有毛病啊！你他妈还在这坐着听别人叨逼叨！”秦川回过头愤怒地盯着王莹，“王莹，你也跟着杨澄那个王八蛋疯了吗？他都这样了，你凭什么还劝乔乔跟他好？他有什么资格想和乔乔结婚！你们牛逼，别人就是傻逼吗？太他妈侮辱人了吧！”

“你吼我干什么！我他妈想让杨澄把那个任思羽肚子搞大啊！我比你更生气你知道吗？”王莹也烦躁地喊起来。

“你转告杨澄，别让我看见他，我管他们家是谁谁谁，我打死丫的！”

秦川撂下狠话就把我拖出了餐厅，我一路跌跌撞撞的，几乎跟不上他的步子。他铁青着脸，直接把我塞进了车里，我一边系安全带一边说：“你冲王莹发什么火啊，她也是在为我着急嘛。我谈了这么久的恋爱糟糕收场也就算了，别惹得你们也跟在后面吵架。”

“缺心眼。”

“哎哎，你别那副表情，又不是我被别人甩。告诉你，直到最后他都还想跟我在一起呢，是我果断跟他玩儿去的！特别帅气！真的，我想我以后也可以跟我孙子吹，说你奶奶当年可牛了，放弃了入住中南海的机会，拒绝了一个国家领导人的后代，求婚都没答应，多有范儿啊！哇塞，顿时觉得自己是有故事的人了！”

“傻帽儿。”

“不过……我得先再找到男朋友，然后有了老公，生了儿子，才能有个孙子……中间差一步都不能完成这个壮举。”

“二百五。”

“要是从此以后就没人再跟我求婚了，我彻底就虾米了……”

“我啊。”

“啊？”

“不是说好了么，30 岁，要是没人要你，我就娶你。”

“你说的啊！”我带着哭腔笑起来。

“嗯！”他特别笃定。

我没想到我会那么快地联系杨澄，而且还是求他办事。

秦川把杨澄打了，打得很凶，凶到直接进了拘留所。我硬着头皮给杨澄打了电话，他似乎早有预料，接起来就说秦川的事他管不了，我好说歹说他才同意和解，即便这样，他也还是让秦川在里面蹲够了七天。

王莹也帮我一块儿求了杨澄，但她对秦川真的动手这件事很生气，所以她没去接秦川出拘留所。那天门口只有我一个人，在里面待了一个礼拜出来，秦川多少还是有点狼狈和沮丧，可能也是觉得这次闹大了，他故意梗着头不看我，我狠狠一胳膊戳到他身上：“你能不靠野蛮和暴力生存吗？”

“不能！”秦川白了我一眼。

“在里面有人欺负你吗？”

“我不欺负别人就不错了！”

“……幸亏这次没出大事，要是你把杨澄打破了相，他还不得想辙关你个三年五载。”

“我恨不得把他打得丧失生育能力！让丫再四处花去。”

“……我是该骂你还是该谢你？”

“你骂下试试看！”

“那谢谢。”

“谢你个乔啊！”

秦川昂首阔步地走在我的前面，我笑着跟上他。

搞定拘留的事后，我给杨澄发了短信道谢，他回我说要是有可能他真想关秦川一辈子，那样的话没准我就跟他有一辈子了。

我没有回复，我心虚。

杨澄和王莹一起回了美国，而我仿佛被龙卷风刮过的生活也终于平静。

我们分手的事渐渐大家都知道了，小船哥很担心我，但又离我那么远，实在无计可施。他让千喜多陪陪我，可千喜忙得一点时间都没有。她在湖南卫视的活动上唱了同名最新单曲《千喜》，那首歌居然一下子火了，大街小巷都在传唱“你是我一千年的欢喜，也是我一千年的寂寞”。这一局千喜扳得漂亮，直压林晶妍成了当年发展最好的年轻女歌手。而陈总和卢域显然也不会放弃这个机会，不管千喜打什么小算盘，在如此火热的势头下，她只能奔流向前。

娜娜一边为千喜开心，一边又为我和杨澄的事感叹。按她的说法，我这辈子都不可能再找到一个像杨澄这种条件的了，而杨澄也就是因为在大学里遇见我，才会猪油蒙了心地想到结婚。我们本来就是两只不同海域的鱼，上帝粗心才会把我们凑到一起。而一旦分开，我们一定一条向东一条向西。故事结局如同故事的开始，必然一个游戏人间，一个平庸到底。我没想到娜娜也能说出这样的话，我以为她会在花痴美男的路上一去不返，可是据说她谈了一个本台的编导做男朋友，两个人见过家长，已经到了谈婚论嫁的程度。

徐林对此不以为然，她笑话我的幼稚，她说所有少女梦都会在某一天苏醒，漫画里的男主角终会化作生活里七七八八的路人甲乙，偶像剧完结，家庭剧上演。粉红色的是泡泡，五味杂陈的才是人生。所以，我和杨澄散了，娜娜要婚了，千喜混出来了，我们的频道全都不一样了。

离开了杨澄，我也不知我的频道接下来该上演什么剧目，最终会如何收场。

虽然分手了，但我倒没感觉特别失落，那段时间秦川天天来找我，他担心我一个人会胡思乱想，就带我唱歌，陪我逛街，一起看店，或者干脆吃吃喝喝。每天走出我们社门，就能看到他的车。我们社张姐干脆给他起了个外号，叫“A4 男”。

秦川卖了最初那辆别克，新入手的白色 A4 也是他自己赚来的。秦茜回北京后就一直跟着秦叔叔，她接管了他们家在北四环那家超大家居卖场。秦川跟他姐商量引进大龙的西点店。秦家人虽然脾气普遍暴躁，但真的做起生意来都一板一眼的。秦茜根据卖场面积、人流量、消费者习惯、购买力等元素仔细测算了小店的位置和大小，并且把西点店升级为了一个甜品店和一个简餐店。大龙和秦川研究更换了新的餐单，其中可以选择插不同国家国旗的儿童餐和从台湾引进的奶茶咖啡都特别受欢迎，甚至还有人为此特意跑到他们的卖场来尝鲜。

张姐以为“A4 男”就是我的男朋友，我照例给她解释了一遍我们的关系。

而在撇清似的讲述中，我不知不觉地露出了骄傲的神情。和我青梅竹马一同长大的男孩，是一个善良、勇敢、仗义、敢作敢当的人，是每当我难过伤心都会立刻出现在我身边的人，是可以为了朋友和亲人毫不吝啬付出的人，是看上去粗鲁但总有独到的判断和思考的人，是虽然脾气不太好但在你需要他的时候又特别温柔贴心的人，是于我而言最重要的人。

“真是个好男人啊！”张姐感叹。

“是啊。”我收回所有向往，笑了笑。

他很好，却是不属于我的人。

娜娜速度特别快，年底扯了证，隔年 4 月就举办了婚礼，成了我们这些人中第一个新娘。

她在长沙办的婚礼，我、徐林、王莹和秦川都打飞的去了，千喜没能到，她在韩国给一个电影录新歌，实在赶不回来。那时虽然满大街都是千喜的歌，她无时无刻不在，但对我们来说，她又显得从未有的遥远，我几乎半年都没见过她的面了。

娜娜的老公是个其貌不扬的男人，个子不高，微微有点发福，戴着宅男标配的黑框眼镜，笑起来一团和气，比起娜娜当年迷恋过的杨澄、秦川、摇滚范儿文艺部长全都差远了去。可是他对娜娜很好，在她看见我们兴奋地跑过来时，他一路跟着她提着裙摆，嘴里不停嘟囔着小心，仿佛娜娜是个宝贵的瓷娃娃。

“娜娜，你其实还是很懂男人嘛。”王莹微微笑着说。

“那是！”娜娜得意地昂着头。

到了新娘扔花球的环节，徐林不感兴趣，王莹纯属凑热闹，只有我兴致勃勃。

秦川笑话我：“你这么积极干吗？连个男朋友都没有还想做下一个新娘？被你抢到都显得不准了，把花球留给真正需要的人嘛。”

“要你管！”我狠狠瞪着秦川，“没准我出门就遇到新男友了呢！”

我死拉活拉地把徐林也拽进了未婚姑娘行列，徐林挣扎着嚷：“我不去！干这种丢人的事会是我的人生污点！”

“哎呀又不是让你为自己抢，你个子高嘛，要是花球到你的方向，你就打给我！这样我就又多了一个机会，拜托拜托！”我双手合十拜托她。

“至于那么恨嫁吗？那干吗当初那么贞烈地跟杨澄分手。”王莹狠狠白了我一眼。她这次回来也带来了杨澄的消息，任思羽没能保住孩子，自然流产了，他们还在一起，而同时，在没有了女朋友的限制之后，杨澄的女伴更多了起来。

“所以着急找下家嘛！”我摩拳擦掌，朝背冲我们的娜娜大喊，“这边！这边啊娜娜！”

娜娜笑着高高抛起了百合绣球捧花，挂着粉色丝带的花球真的飞向了我们这边，我欢呼地跳起来，徐林抱着手不屑地站着，但那束花却越过了我们径直砸在了王莹身上，她吓了一跳，不知所措地用手去挡，结果人、花、丝带全部缠到了一起，等她反应过来时，娜娜已经在台上高叫着让她上去了。

“我最好的朋友，我们的大小姐，王莹！”娜娜举着话筒介绍，“下一个轮到你啊！”

“借你吉言。”王莹无奈，淡淡笑着。

“她男朋友也在现场哦！”娜娜鼓掌起哄，“求婚！秦川求婚！”

所有人的目光全部看向秦川，我也跟着望过去，平时天不怕地不怕的秦川突然局促起来，又搔头又摆手，而一向傲娇的王莹也生生红了脸。

周围人都是一副盼着好事成双的样子，我想我看上去可能和他们差不多，也拍着手，也在笑，也嚷嚷着求婚啊求婚。可是，整个婚礼现场的声音都离我很远，我仿佛沉入了深深海底，与周围所有人都隔着水波的纹理。在我视野里只有秦川和王莹，难得与他们有一段的距离，可以旁观得这么清楚，他们每一个细小的表情我都收入眼底。那些羞怯那些温柔那些只有情侣间才有的微妙默契是那么清晰，清晰得我根本没办法视而不见。我感觉某种东西正从我身体里抽出，我就像一个呛了水的人，无法呼救，不能呼吸，就那么绝望地一直一直沉了下去。

我有多绝望，就有多爱他。

我有多绝望，就有多明白不能再这样爱他。

我是从娜娜的婚礼回来后开始准备相亲的。

拜小愉妹妹所赐，我和杨澄分手的消息顺利传到了我家大人们的耳朵里。于是他们集体意识到了一个问题，那就是我已经25了，但是没有对象，似乎成为了时下最流行的剩女。这是他们没法相信也绝对不能接受的事。

在我奶奶的指挥下，从我爸我妈到我叔我婶，全家总动员，纷纷向外推广我这个有滞销风险的大龄待嫁女青年，以至那段时间我的交际圈一下子广泛起来。

我见过一个网络编辑，不修边幅，长的就是一张宅男脸。那天的约会基本变成了网游科普大会，他跟我详细地介绍了《魔兽世界》里的国王、矮人还有精灵。可惜浪费了他唾沫横飞的一个多小时，我基本什么都没听进去，尤其在知道他开始玩《魔兽》是为了追一个女孩，玩了两个月他就只玩《魔兽》不追那个女孩了之后，我果断结束了这顿晚餐，并且表示了不用再见的决心。

我还见过一个大学老师，他已经35岁了，笑起来露出一整排的白牙，他说他一直都只用高露洁，接下来他又详细说了他决定用到老的妮维雅、金利来、诺基亚和杜蕾斯，他说如果我们在一起，他也一定今生不换。我不知不觉地打了个冷战，并没有因为和高露洁、杜蕾斯并列在一起感到荣幸，从餐厅出来我就果断删除了他的电话。

除此之外我陆续见了将人生希望寄托于老房子拆迁的银行柜员、没有意见永远询问“你觉得呢”的北海幼儿园后勤部主任和第一眼对我无感就开始向我推荐全家寿险的保险经纪人。

我对他们没有一点想继续交往的好感，他们对我也一样。在和他们接触之后，我骤然发现了自己的前男友是多么的高端大气上档次，第一次感觉自己能和杨澄交往五年还真是走了狗屎运，在我以后的人生里，注定再也遇不到这样的人了。相亲几乎摒除了爱情的意义，就是两个被评估社会价值接近的人的一种经济会面，其实对我们的介绍人来说，至少从可视的条件上来看，我和那些我看不上眼的人是差不多的。

我不过就是这样的一个女孩罢了，我不过就要和类似这样的人中一位结婚罢了，我不过就会这样过完一生罢了。

虽然我很沮丧，总觉得我不该这样活在世上，但现实没给我留下别的出路。

那段时间我和秦川见得很少，他即使把 A4 停到我们社门口也接不到我，我总说约了人吃饭。他在知道我相亲之后特别不屑，也难为他想到那么多拐弯抹角的词来揶揄我和吐槽我的相亲对象，我每一次不成功的经历都令他笑得特别欢，而我只要和谁约了下次见面，他就刨根问底个不停，恨不得连那人的小学同学都打听出来。

我和一位华电的工程师约会就是被秦川搅黄的。那天我们在后海的听海汀吃饭，这个工程师我觉得还不错，虽然人不帅有点闷但至少不让我难以忍受。按我妈的话说，不是同学不是朋友，两个陌生人见面能有多喜欢？只要不讨厌就好了，不讨厌就可以见下一次，有下一次就有可能发现他好的可爱的一面，发现他可爱就有可能爱上，爱上就有可能结婚。于是就在我和工程师见的第二面，在听海汀楼上，“碰巧”就遇到了秦川。

“哎呀！这么巧！”秦川的惊喜表现得太过夸张，生生把埋头吃饭的工程师吓了一跳。

“秦……”我扶着脑门，还没说完就被他打断了。

“你好你好，我是谢乔发小，我叫秦川。哎，干脆咱们凑一桌吧！你们这也没点什么菜啊，不是我说啊，约会可不能这么小气！服务员！加菜加菜！”秦川毫不见外地张罗起来，工程师莫名地看着我，我则狠狠地瞪着秦川。

“你们是发小，那就是从小一起长大的吧？”工程师礼貌性地搭话。

“是啊！出生前就在一块，我们俩妈睡同一张产床。这么说吧，我的这辈子基本上就相当于谢乔的这辈子，”秦川给我夹了一块盐烤臭豆腐，“吃啊，你不是最爱吃这个么？别在别人面前装淑女啊。”

“秦……”我紧紧握住筷子。

“你还挺了解谢乔嘛。”工程师笑了笑。

“太了解了！”秦川大言不惭地说，“尿床到 9 岁啦，跟着小流氓们混社会啦，暗恋花痴帅哥啦，因为懒暑假一个礼拜没洗头啦，在家完全不干家务啦，哎呀，她所有的事我全知道！”

“我什么时候跟着小流氓混社会了！”我恼怒得声音都抖起来。

“初中啊，你在学校里没人理，不就是跟着我和大龙混。”秦川吊着眼睛说。

“呵呵……还真没看出来。”工程师显然听不下去了。

“你别听他……”我赶紧解释，可秦川又一巴掌拦住我。

“谢乔，这就是你不对了，既然相亲就有成为一家子的可能，你怎么能掩盖自己的历史呢？就说你确实问题不少吧，但也不能骗人啊！这可骗得了一时骗不了一世。”

“秦始皇！”我拍着桌子站起来，“你滚去一边行吗？我们要两个人吃饭！两个人！”

“算了算了，要不你们俩先吃，咱们下次再约。”工程师忙不迭地擦擦嘴，站起来说。

“也行，那下回见面聊？”秦川一副好走不送的样子。

“好好。”工程师拎起包立刻下了楼，临走前都没跟我说声再见。

望着工程师的背影，我气得脑袋都快炸开冒了烟，而秦川就像没事人一样，津津有味地剥着盐烤蛤蜊吃，我使劲克制住掀桌子的欲望，瞪着他说：“秦川，你怎么知道我在这？你到底要干吗！来扯什么屁！”

“是小愉通知我来拯救你的啊！你看看那个人，什么屃样儿啊！请你吃顿饭居然就点两个菜，要我早走人了！男的抠门最可怕了。”秦川头头是道。

“我减肥！我乐意！”

“还有，他发际线那么高，我看不出两年就得谢顶，这个可不行，先不说秃头好不好看，那可是影响下一代的，你看查尔斯，戴安娜那么棒的基因都没能扭转过来，威廉王子眼瞅着就要秃！回头你带着老公和孩子出来，一水儿没头发，这你受得了我都受不了啊。”

“那是聪明！爱因斯坦还头发少呢！”

“拉倒吧！你也好意思！他跟爱因斯坦得差出一亿个我吧。乔乔，不是我说啊，人生大事，你不能这么饥不择食啊。”秦川晃着腿，不以为意地说。

他的话就像一桶凉水浇到我头上，我心里酸酸地想，我喜欢你呀，可你有王莹，你能和我好么？我抹了把脸，委屈得眼泪都要掉下来，一言不发站起身就往外走。

秦川慌忙追上来："怎么了？真生气了？对不起对不起！我不是说你不好，我是真看不惯那男的，你不能这么凑合自己呀。"

"那我怎么办？"我转身望着他。

"等到30岁……"秦川笑呵呵的。

"30岁又怎么样？我等你到30岁，然后呢？你会娶我？你能娶我？"我紧紧盯着秦川，"别说那种小孩儿过家家的大话了！你有王莹！在朋友的婚礼上，抢到花球大家会喊着让你求婚的王莹！你的正牌女朋友王莹！我算什么？我对你而言究竟是什么？我们到底要男婚女嫁啊！秦川，我认真跟你说，不要再这样在我身边了，我会当真，我会真的想跟你一辈子在一起，不是好朋友那种，是爱人，是到老到死都能在一起的人！"

也许是这些话太激烈了，我大口大口地喘着气。秦川什么都没说，他愣愣地看着我，我甚至能看清他眸子里我微微发抖的影子。我计算不出我们彼此沉默的时间，大概够一只沙漏流完我半生的眷恋那么久，我咬着牙扭头跑了，高跟鞋碰触地面是那一刻唯一的声响，秦川在我身后并没有喊住我。

后来几天我和秦川都没有联系。

我想可能我把他吓到了，毕竟那些话突破了我们之间二十几年划得清清楚楚的界限。回想起来，关心也好，惦念也罢，秦川对我始终都保持在“最好的朋友”范围内，没有做过出格的事。而这一次，我大概踩中了本来就永远不该碰的雷区。男女之间，有了情爱妄念，就没有了朋友的可亲。

我们的确是彼此生命里很重要的存在，就是因为重要，所以才格外小心翼翼，生怕走错了方向，最终错过、失去、去往不同的地方。恋人会纠缠不清，好朋友不会；恋人会分手，好朋友不会；恋人会受伤，好朋友不会。

有好几次我都想打个电话给秦川，就像什么都没发生一样，嘻嘻哈哈地说“怎么样？被我吓着了吧？还敢再捣乱我相亲吗？小心真的赖上你哦”之类的玩笑话，就这么让这事无声无息地过去。但每一次拿起手机，我都还是拨不出去那个号码。因为我知道，那根本不是玩笑，我说过的每一个字都是真话。有点委屈，有点不甘，有点伤感，于是我就干脆懒懒傻傻地把头埋在了我们经年累月堆积的叫作友情的沙子里。

我最心烦意乱的那几天，正好社里有个老作家要去乡下采风十天，这种活儿本来谁都不爱去，又要陪老人家，又没什么好玩好逛的。而我正恨不得跑到一个没什么人烟的地方好好静静心，立马就跟朱主任主动请了缨。朱主任高兴得不得了，一个劲儿地夸奖我懂事有上进心。

临出发前我在家里收拾行李，小愉偷偷蹭进了我的房间。那天从听海汀回来我就黑着脸不理她，她猜到我和秦川吵了架，见到我也绕着走。

“姐……”小愉小声叫我。

“干吗？我去绵阳的事又要通报给别人吗？”我冷冰冰地说。

“不不不！”小愉使劲摇着头，“这次肯定保密。”

“他给你什么好处啊？让你这么多事！”

“……秦川哥答应送我最新的游戏手办……”

“我真想办了你啊！”

“姐！这事真的不赖我！”小愉拼命解释，“我怎么会主动跟他说呢？是他来问我的，问你最近约会了什么人，哪个见面比较多，晚上在哪里吃饭。”

“然后你就说了？”

“我看他关心你嘛……”

“他关心个屁！”

“真的，姐！我跟你说，据我观察，秦川哥一定喜欢你！他担心你相亲嫁了别人，所以才委托我监视你的！”

“还监视！”我望天翻了翻白眼，“他有女朋友你懂不懂！告诉你，你要再跟他狼狈为奸，我就告诉你妈你跟你们班长早恋！”

“谢乔！”

“谢愉！”

“我再也不管你了！随便你怎么样吧！胆小鬼！错过秦川哥你就后悔去吧！”

“那最好了！”

小愉摔门而出，我合上行李箱平躺在床上。我家老房子的天花板白茫茫的，上面没有什么能给我的友情或我的爱情一个判定的答案。

我和老作家先去的地方是四川绵阳的安县，那是他的故乡，是个安静峻秀的小县城。四川人天生闲适，我们住的那家旅店的老板娘每天都泡在麻将桌前，也不见她怎么照顾生意，倒是特别喜欢聊天。住了几天，我家里做什么，有没有男朋友，她已经都清清楚楚了。在这里看不到忙忙碌碌的热闹景象，人们散在街头的茶馆和麻将馆里，摆摆龙门阵，一天两天这样晃悠过去，百年千年也这样晃悠过去。

可能近山，又是乡下，手机常常没有信号，开始我还觉得不方便，后来也就习惯了，甚至觉得这样最好，省却了我对秦川到底有没有联络我的担心。可见爱情不是人生的必需品，过于向往的内心充盈和得不到乃至失去的巨大失落之间足够放下很久时间很远距离的退避三舍和小心翼翼。

老作家每天带着我四处闲逛，他给我讲千佛山顶的唐代老祖庙，和我一起在姊妹桥拍照，领我看 1 亿 5000 万年前从海底浮出的罗浮山。我们去的那天满山粉蝶飞舞，围着我打转，他笑着说天有异象，我有大喜。

后来我们又转道去了重庆，我问老作家，是不是要回母校西南政法大学看看，他说不是，只是当年他初恋的女孩留在了这里，所以总觉得亲切，只要回渝就想来瞧瞧。他说起他们的故事，那女孩梳着长长的麻花辫，他常常跟在她后面，走过山，走过桥，走过了许多年华。后来他到重庆念书，女孩挑着担子走了远远的路来看他，却没找到他，大学太大了，处处都是和她不同的人，是个她踮起脚也够不到的世界。她知道这个男孩一定还要去更远更广阔的地方，他不会再回到安县，不会再跟着她走那条细细窄窄的山路了。于是她不见他，也不再和他联系，独自留在重庆打工，很快就嫁了人。有一次他回来，看见那女孩在他们学校边的小巷子里，把着一个白胖的娃儿撒尿。她都没有抬头看他，以为他只是个过客。

我有些唏嘘，追问了他许多如果，如果他当年在学校里遇见茫然又自卑的她，他们会不会在一起？会不会过不一样的人生？会不会有不同的故事结局？

“小谢，人生哪有那么多的如果和会不会，人与人之间归根到底就是一次遇见和一次别离。如果遇见和别离只隔了一霎，那么就是陌路人；如果遇见和别离隔了一生，那么就是枕边人。”

我沉吟着，想我与秦川，我们从出生起算遇见的话，那么会隔多久时间，到哪一次算是别离。就这么想着的时候，整间屋子摇晃起来。

地震了。

15

2008 年 5 月 12 日下午 14 时 28 分。

那时我还意识不到发生了什么，只是本能地逃生，街上站满了人，有的人只穿了背心短裤就跑了出来。震感很强烈，最厉害的那半分钟里，连站都站不住，我清楚地看到街对面高高的洲际酒店幅度很大地左右摇晃。大家惶然不知所措，人们相互询问猜测着，来得及带走手机的人都在拨着号码，但是谁也打不出去。

老作家很焦急，不停地给安县老家拨电话，人类的科技和文明却如此地不堪一击，没有任何通信信号，没有手机，没有电视，没有网络，在灾难面前，最先失去的却是我们平日里最为仰仗的。我们恢复最原始的状态，能依赖的只是身旁与我们一样的人们。

老作家说连通信都中断，说明地震一定非常厉害，我心里也着了慌，北京离四川这么远，应该没事，但又特别担心，想赶紧联系家人。而之前与秦川的各种纠结和小情绪在灾难面前也烟消云散，我只是想，要是电话通了，一定要打给他，要听到他的声音。

过了大概一个小时，我的手机短暂来了信号，但信息拥堵，周围的人全都在打电话，一时怎么也拨不出去，还是我妈抢先打了进来。她带着哭腔，显然已经急坏了，我之前还没觉得怎么样，但静下来越想越害怕。她说是汶川地震，很严重，七点几级，北京都有震感，奶奶家那边平房里的人都站到街上来了。她问我这边怎么样，我说重庆还好，她让我收拾好东西，一定注意安全，要尽快通知社里情况，但不用等单位同意，赶紧回来，她给我买机票。就在我们互相安抚着的时候，秦川的电话打了进来，我跟我妈匆忙道别，转到他的来电，一接起来，就听见他大声地喊我的名字。

“谢乔！谢乔！”

“秦川！秦川！”

我们呼唤着彼此，以印证对方在这世界上存在。

“有没有事？”

“没事……”

“别害怕。”

“嗯。”

“等着我。”

“什么？”

“等着我，我去找你！”

信号断了，我们的对话停留在一句古老的承诺上。

我不知世间多少男女曾经这样许诺过，又有多少人等到了对方，多少人两散天涯。我想起我和秦川的所有过往，我们前后脚来到这个世界，好像这从最初就注定了我们永远前后脚地在追在找在等。小时候，我在我们的小院里等他在窗根下面喊“乔乔！出来玩！”；上中学，他在我们学校门口等着我一起放学回家；念大学，我在北京他在加拿大，我等他回国；毕业了，他说等到我们 30 岁，没人要我他就来娶我。我们就这样一直小心翼翼地互相等着，不敢走得太近，又不愿走得太远，保持安全的距离，然后肆意让友情越来越贪婪。

也许本来我们会这样等一辈子，然而直到“5・12”那天我才发现，人生是那么脆弱，根本不够强大到容纳那些自以为是的秘密和等待。汶川死了很多人，就那么半分钟的工夫，很多曾经和希冀就一股脑地消失了。人们口耳相传的那些数字，都曾是鲜活的，都曾是有故事的，都曾与这世界紧密相连却又即刻无影无踪。如果我没有来到重庆，我在安县，可能我就是那些数字里的一个，关于我的一切，我的成长，我的亲人和朋友，我的没说出口的隐忍的爱情，就都会变成冰冷的阿拉伯数字 1。

真可怕啊。

房间有余震，我放在桌角的一瓶倒立的矿泉水微微晃着，而每一次的颤动都让我的等待更加安定和沉静。我从来没以这样的心情去等待过秦川，我觉得这是命运替我做的一次抉择。我想等他来的时候就告诉他，我等他好久好久了，等得终于不想再只是等了，等得忍不住抛开所有忧虑和困惑，等得想立即告诉他，我是那么那么爱他。

我庆幸自己还活着，还有机会让他知道这件事。

秦川晚上到了我的酒店。

我打开门，他径直冲了进来，紧紧抱住了我。

在他怀里我一下子就哭了，说不清是因为地震来临的害怕，还是因为他来临的动容。秦川轻轻拍着我的头，我们拥抱了很久，就在我将要起身的时候，他贴着我耳边说："乔乔，你别动，听我说，这些话今天不说，我就要憋一辈子了。"

"嗯。"我轻声答应。

"谢乔，下午地震的时候我在商场里，我想给你选个礼物，小愉跟我说你去了四川，这几天就要回来了，我想到时去机场接你，给你个惊喜。北京有震感，很突然地晃了晃，售货员尖叫着蹲在柜台下面，商场的人都跑了出来，街上站了好多人。一会儿有人说是四川的汶川地震了，7 级多。我一听就惊住了，赶紧给你打电话，结果打过去是暂时无法接通。你知道么，当时我的心就往下一坠，整个人都空了。后来那一个小时我没干别的，就一直一直给你拨电话，拨到后来我都看不清手机键盘的数字了，满脑子都是你。

"我想起我们小时候，你总跟着我屁股后头满胡同地跑，我一回头就能看见你的小花裙子和羊角辫。我想起咱们玩三个字，你不小心说了‘我爱你’憋红了脸看着我，我现在还记得当时的感觉，又害羞又觉得高兴，那感觉太怪了，怪得我干脆恼羞成怒生了气，好几天我都不敢去找你，因为一见到你脸就发烧，心里扑通扑通的，跳得厉害，可我不懂为什么。我想起上初中，我在你们校门口站着，就想能时不时地看你一眼，可你那时不理我，我也不理你，只有当你从我身边路过的时候，我会故意大笑几声或是大声咳嗽，希望你能看过来一下。看到你被人欺负，我当时就想把那人给拆了。后来我们天天在一块儿了，我高兴得不得了，我也知道你喜欢小船哥，每次看你眉飞色舞提到他，我都觉得心里闷闷的，可我不懂为什么。我想起高中时，我出事那次，我被我爸和我妈关在家里，为了能给你打一个电话，我把我们家门都踹破了。我始终没联系上你，我知道自己事情闹大了，我妈骂我不管不顾，是，我是不管不顾，我就是想见你。最后我几乎相当于被我爸绑上了去加拿大的飞机，在半空中我很想你，可我不懂为什么。我想起你上大学，你终于在 QQ 上回了我的信，我高兴得都要跳起来了，我每天都给你发短信，给你宿舍打电话，似乎知道你在干吗就是和吃饭睡觉一样必须做的事。圣诞节的时候，我听到你在电话里哭的声音，立刻就订了回北京的机票。宝嘉跟我吵，说为什么要为一个好朋友做到这种程度，她哭闹的时候我翻到了箱子底的一张照片，那是咱俩中学时的合影，在学校里，我像哥们一样揽着你的肩膀，你傻笑着比着 V 字。那张照片是出国前我自己装在箱子里的，因为怕压坏了，所以里三层外三层地包了好多塑料袋。我看到那张照片，看到我鳖脚包的那些塑料袋，一下子就绷不住了。乔乔，那时我懂了，为什么那么喜欢跟你在一起，为什么不管在哪里都想向着你的方向。因为我喜欢你，我特别喜欢你。”

秦川抱着我的胳膊紧了紧，好像怕我溜掉似的，我轻轻抓住他的背，他又缓缓地讲起来。

“你还记不记得我们在上海？我姐结婚那次，我们在同一个房间醒来，我看着阳光把你的脸庞照亮，我觉得我的生命也一起亮了。我那天没跟你开玩笑，我说的是真的，乔乔，我说过的，我们在一起吧。后来宝嘉自杀，我赶回加拿大，等我回来的时候，你已经变成了杨澄的女朋友。我们就这么错过了，真奇怪，明明是我们从小一起长大，明明我们在一起的时间比任何人都要长，明明我们比谁都互相了解，可是其中却有小船哥，有孙泰，有杨澄，有刘雯雯，有宝嘉，有王莹，有那么多七七八八的人加进来，偏偏就是我们两个不在一起，就好像彼此绝缘一样。可是不是那样啊！根本不是那样啊！我敢说，我比你所有喜欢过的男孩都更喜欢你！喜欢到以为即使你在别人身边我也能安静地当你好朋友的程度！我真是个大傻叉，如果不在一起，就应该从你身边消失才对，不然只会越来越喜欢你。我住到你们学校旁边，承包食堂的摊位，陪你上完全不懂在讲什么的古文课，就是想给自己找一个还能坚定地陪着你的理由，虽然不是男朋友也能一直出现在你左右的理由。那时每天晚上都会打电话给你，我有个很蠢的念头，就想确定你回了宿舍，总担心杨澄会把你带出去。那次我们喝醉酒，我醒来听王莹说杨澄和你一起去了友谊宾馆，我疯了一样跑到酒店去，直到看到你安然无恙地出来，才大大松了一口气。呵呵，我以为那样就不算失去你，却还没弄明白，其实自己根本没有得到过你。很多年过去了，我也不知道为什么会变成这样子，好像你男朋友的位置总是有人，好朋友的位置总是空缺，于是我就自觉地退后一步，老实地蹲在那个习惯的位子上。习惯了隔着伸手够不到的距离保护你，习惯了在相爱的界限之外看着你，习惯了谈起你只说是发小是最重要的朋友。可是这些，都只是因为我习惯了爱你。我就想说这些，地震的时候我心都凉了，我想即使活着的时候没在一起，死我也要告诉你，谢乔，我爱你。”

眼泪已经把我的眼睛都糊住了，鼻涕也流了出来，大概蹭到了秦川的肩膀上，可是我不管，只是肆意地哭着，仿佛要把这些年憋在心里的爱都哭出来给他看。倒扣在桌子上的矿泉水瓶突然掉在了地上，又来了一阵余震，秦川立刻把我扑倒在了身下，余震并不厉害，只晃了一分钟，我抬头看着他，他也望着我，然后就吻了下来，细细碎碎地、深情款款地吻了下来。

我闭上了眼睛，紧紧握住了他的手，黑暗中我摸到了他手背的一小块凸起，我知道，那是一块经年的烟疤。

“我爱你。”

我最终这么回答。

2008 年那场旷古的不幸，成了我们这一代独特的成人礼。之前一直被这个社会尽情贴着自私、任性、叛逆、不懂事标签的我们，在巨大灾难的失语面前，忽然默默地走到了最前面。在灾区救援的绝大多数官兵和志愿者都是 80 后，他们搭建起集结成了守护这个国家最年轻的力量，恍若一夜长大，承担了地动山摇的崩塌之后落在肩头的责任。

社里组织赈灾捐款，我捐出了自己一个月的工资，张姐跟我说不要那么多，朱主任才捐了 1000 块钱，我这样做让领导面子上不好看。可我没理她，我就是想为让我涅槃重生的地方多做一些，这是我的任性和坚持。秦川也组织了他们公司的捐款，他自己捐了一万，同时开掉了一个只捐 50 块钱的美国人。我们俩就是这么默契地不讲理。

我和秦川是搭乘第二天的航班回到北京的。

走之前我们把身边的财物都留给了老作家，让他帮我捐给安县，他家里人终于有了消息，只是轻微的受伤，没有大碍，但安县却受灾严重，我们之前住的小旅店塌了半边，那位喜欢打麻将总是跟我搭话聊天的老板娘被压在了下面，最终也没有被救出来。

飞机在万米高空之上，我沉沉地睡了一觉，一场大灾恍若一场大梦，醒来时我慌忙望向身旁的少年。他还在，眉目清秀，侧着头酣睡，自然地靠着我。我安了心，想想从今往后我们终将要在一起了，心里充盈着从未有过的幸福感受。

秦川后来跟我说，我在听海汀前跟他说了那些话之后他一宿没睡，他觉得一定要先有一个交代。他琢磨了几天，给王莹去了电话，老实地跟她讲了这些年都发生了什么，他又是怎么想的。王莹很淡定，对于她自己恋情的终结，还没有面对我和杨澄分手来得激烈，最后只简单地说了句“知道了”。秦川说他与王莹比起情侣更像是伙伴——最好的搭档、最默契的合伙人。在多年的相处之中，他们彼此默认了这一点，寻找到了适宜的相处之道，而这种关系不会因为他们角色的转换而变化。不管是他和王莹，还是我和王莹，除却岁月加给我们的情感注脚，永远不会变的是我们的最初——我们是好朋友。

没有我想象的尴尬和伤害，朋友们很自然地接受了我们在一起的事实，好像这是一件早晚注定的事。

秦茜姐知道我们的事后毫不客气地揍了秦川一顿，以此警告他必须永远对我好。秦川被他姐打得一点脾气都没有，只能在一旁抓狂。小愉妹妹奸笑着分享了我们的恋情，看着她和秦川击掌的样子，我总有种被莫名卖掉的感觉。我爸妈对我和秦川的事表示了惊讶、不解和一点点的不安，而我那位万般皆下品唯有读书高的奶奶则一直静默，令我感觉距离秦川再次进到我家小院还是有点遥远。

徐林说她早就觉得王莹和秦川是花架子，王莹懂个屁爱，比起谈恋爱两个人分明更爱赚钱。娜娜欣喜地发来了一长串的恭喜，她说难为我们装了那么久，明明刚上大学时她们就认定每天准时打电话的秦川是我男朋友，我还死鸭子嘴硬不承认，结果证明根本就是浪费豆蔻年华，耽误彼此时间。千喜依然忙在高高在上的云端，我没特意告诉她，但给小船哥打了电话。不管什么时候，他对我而言都是个特别的存在。

“真好，”小船哥笑着说，“乔乔，川子一定很喜欢你，小时候起他就一刻不离在你身边了。”

“他那是喜欢欺负我好吧……”

“乔乔，他对你最好呀。”

“小船哥也对我好。”我撒娇着说。

“是啊，但不一样，我希望你能过得最好，而秦川能让你过得最好。”

“嗯，也对。”

“乔乔，祝你幸福。”

“谢谢小船哥。”我淡淡地笑了，他永远不会知道，他曾经遗落在我少年时代的彼端许多许多年，是我那时最明亮的梦想，是我以为那个叫作“幸福”的词。

秦川继续每天都到我们社接我下班，我跟张姐说“A4 男”已经正式成为我的男朋友。我们还像往常那样相处，他吐槽我能吃，我毒舌他粗鲁。但在他急刹车时自然伸出胳膊挡住我的那一刻，在我拧矿泉水时发现瓶盖已经被他拧开的那一刻，在他骂骂咧咧不情不愿但还是背着我的包陪我一起逛街的那一刻，在他晚上特意跑到我家门口只为给我送一份好吃的打包外卖的那一刻，在走在人群中他拉住我的手的那一刻，所有幸福都回归到了它们应该在的地方。

没什么事做的时候，我就泡在他们卖场的西餐店里，大龙照例会做一个加大版的蛋糕给我。透过透明玻璃，我能看到秦川正在做家具生意，那次遇见难缠又事多的客人，秦川他们做活动，卖家具送巴西龟，那个客人在各种挑剔贬损砍价之后问乌龟能活多久，秦川说不出意外的话能送您走，结果客人闹起来，秦川也彻底爆发，我亲眼见到他把已经填好的家具订单当场撕了，一副不卖了的样子，把我笑得不行。

大龙来到我对面坐下：“老大就这样，从小到大一点没变。”

“这是基因问题……他这一辈子都改不了。”我摇摇头，窗外客人大闹，已经把秦茜都找来了，秦茜先一巴掌呼在秦川后脑勺上，随后直接叫保安把那位叫嚣着投诉的客人拖了出去。

“喜欢你这点也没变。”

“得了吧，交过那么多女朋友。”我哼了一声。

“其实我可能比你们都先知道老大喜欢你这件事。”

“为什么？”

“记不记得你初中时收到的那封情书？我写的那封。”

“记得记得！大龙你那时候很纯情嘛！”我笑嘻嘻地拍拍他肩膀。

“那天你没去，但老大拉我去蹲点了。”

“什么？我怎么不知道？”

“他怎么好意思告诉你。说实话，我从来没看到他那么认真过，12 月底多冷啊，他眼都不眨地盯着，整整坐了 3 个多小时！我们等在那里的时候，他一直在恶狠狠地骂人，说要是那小子敢来就立刻把他打走，让他一辈子想起谢乔就觉得是噩梦。”

“……暴力狂……”

“我当时一边无奈地想肯定等不到这个人啊，又一边庆幸地想，幸亏没有告诉他这件事，不然一定会被他打死……而就这么忍冻挨饿的时候，我突然反应过来，为什么别人喜欢你他却会那么恼火呢？”

“是啊！”

“因为他喜欢你，连他自己都还没意识到的深深喜欢你。”

“切。”我大大吸了一口奶茶，忍不住笑起来。

“后来的几天他还列出了好几个怀疑对象，让我侦查一下所有跟你说话的男生……”

“不会吧……”

“嗯，当时还揍了几个完全没关系的人……”

“真可怕……”

“这件事要保密啊！不能告诉他，不然我真的会被他杀了！”

“知道了！知道了！”

“乔乔，和老大好好的。”

“你也是！不能因为有了我这个悲惨初恋就不找女朋友了啊！”

“……我有女朋友啊……”

“啊啊？！”我惊讶地大叫，大龙喊出在操作间做蛋糕的胖女孩，两个人在我面前甜蜜地拉着手。

“大龙！可以嘛！很好呀！”

“还好了。”大龙腼腆地垂下头。

“要是你不总吃大份蛋糕就更好了。”女孩在一旁嘟嘟囔囔地说。

我愣了下，然后我们三个人一起大笑起来。

远处的秦川疑惑地看着我，嘴型在问怎么了，我朝他挥挥手，意思是没你事该干吗干吗，秦川气得立刻朝我们走过来，但刚走两步就被秦茜姐拉着脖领子拽了回去。

我们笑得更厉害了。

我觉得吴大小姐说得对，我真是个好运气的人。

徐林晚上快 10 点给我打电话这事真的很奇怪。

虽然大学时我们天天见面，能轻松背出彼此的电话号码，晚上带什么夜宵也要互相发短信问一下。但到了成年的阶段，这种密切的关系就轻而易举地被工作切断了。平日里我与朋友们的联系，远不如朱主任和张姐多。不过我与徐林她们联络再少也是朋友，与张姐他们联络再多也只是同事。人与人之间情感繁杂，相处起来其实一直以最初建立的关系为准，除非发生爱情，不然很难穿过人际的屏障。

我有些纳闷地接起电话，徐林急促的声音传来："最近有没有千喜的消息？"

"好久没跟她联系了，她现在那么火，天天忙得不得了，还是在娱乐新闻的署名处看到的比较多，怎么了？"

"那何筱舟呢？你总会联系他吧，他们俩现在怎么样？"

"小船哥我一直联系啊，前一阵还打了电话，但没提千喜的事，到底怎么了啊？"

"我跟你说，你别惊讶。我手里拿到了一组狗仔拍的照片，皇冠的老总陈天河跟千喜一起半夜归家，被人家拍下来了。我刚才给千喜打电话，她一直没接，我托了关系，希望能把这个新闻压下来，但是没戏，人家狗仔投了几家报纸和网站，我们不登别人也会登，明天就会见报了。"

"不可能吧！"我被她说得蒙蒙的。

“明早你看到新闻就会知道是不是真的了！千喜怎么回事？她这是要做什么啊？”

“我给她打电话试试。”

“你快打吧！但我估计她也不一定接。要是她接了的话，你跟她说让她赶紧跟公关团队想想办法，这圈子水太深了，我看她是陷进去了。”

挂了徐林的电话，我立刻拨给了千喜，她果然没接，但过了大概几分钟，她给我回了过来。

“千喜！”我很着急，“你怎么不接徐林的电话？出事了你知不知道，到底……”

“徐林要跟我说的事我知道，先别说那些，你在哪儿？来找我一趟吧。”

“我在家，你在哪儿？”

“长城饭店，天上人间知道吗？到了给我电话，我下去接你。”

千喜未见一丝慌乱，我却因为那个大名鼎鼎的名字而心里打了鼓。只要在北京，就一定听说过天上人间，这个带着仙气的地方有着各种神秘传说，而所有传说都指明那里是个纸醉金迷的欢场。千喜怎么会在天上人间？那里到底什么样子？是不是如同传说中的那么奢靡？是不是放眼望去全是美貌佳人？是不是人人非富即贵一掷千金？带着一脑袋问号，我打了车出发，路上我给秦川打电话，他破天荒地没接，我心里更不踏实了。

千喜在大门口接了我，很久不见，她更瘦也更美了，可能是喝了酒，腮边微微带了一层粉红，眼角眉梢尽是风情。第一次来这种地方，我多少有点怯场，进门处站了两排女孩，我和千喜都算高了，可她们看上去比我们还要高一个头，穿着闪亮修身的礼服，个个身材苗条，模样妖娆。

我小声跟千喜说："不用买票么？我记得以前看天涯的帖子说，进门要100块钱。"

千喜"呵呵"笑起来，挽住我，"不用！乔乔，你怎么还傻乎乎的！"

我们一起上了二层一个包间，里面灯很昏暗，超大的房间坐了不少人，有一个很漂亮的姑娘正在和一个大叔对唱《如今才是唯一》，看上去和我们平时去K歌的钱柜什么的也差不太多，只不过装饰更豪华罢了。千喜拉着我找了个沙发的空隙坐下来，我们对面的一个女孩立刻给我倒了一小杯洋酒，她蹲跪在一个大靠垫上，穿着职业装似的剪裁精致的制服裙，裙子很短，可以清楚地看到白皙的大腿，我忙摇着手说："我不喝酒，请给我杯水。"

她笑了笑，拿出一个我都没见过的外国矿泉水的玻璃瓶，给我倒了一高脚杯的水。

"谢谢。"我客气地接过来。

千喜从果盘里挑了一颗圣女果扔到了我的杯子里，我疑惑地看着她，她说："看好自己的杯子，这样好认。"

说着她举了举她的酒杯，里面有半颗小青柠。

身旁一位中年大叔端着酒杯过来，千喜娴熟地跟他干了一杯洋酒。

中年大叔瞥见了我："哟，又来了个新的美女，这是谁呀？"

"我大学同学。"千喜笑着介绍。

"那也是高才生啊！美女来喝一杯吧。"中年大叔眯着眼举起杯。

"她不会喝酒，我替她喝。"千喜拦下来，又干了一杯。

我瞪大眼看着她，从来没想到以前喝杯啤酒都脸红的她会那么能喝。千喜被另一边的人叫住，赫然就是那位一同被狗仔拍到的皇冠老板陈天河，他们很熟络，陈天河似乎给千喜介绍了谁，我眼见千喜很快又喝了一满杯。他们可能谈什么，一起携手走了出去，千喜给我使眼色，让我等一等她。

我只好坐在沙发上，整个房间四处都是面目模糊的红男绿女，有的唱有的喝有的玩色子有的只是迷迷瞪瞪地左右摇晃，旁边的中年大叔不再理我，搂着那个穿制服的女孩，我看着他凑到人家的耳朵边，手也不老实，移到了她腰部往下的位置。我皱了皱眉，突然对这个看上去奢华的陌生世界有了股莫名的厌恶。

我一口气喝了一大杯矿泉水，穿制服的女孩立刻有眼力见儿地给我添上。

“谢谢。”

“没事，”她礼貌地笑了笑，“你是学生吧？”

“已经毕业了，都工作两年多了。”

“看着不像，你很显小。”

“你也很显小啊。”

“我刚大学毕业。”

“你哪个学校的？”我好奇地问。

“北航。”她熟练地答。

中年大叔喊她去玩“血战到底”，我看他们面前摆了满满一盘小酒杯，大概有一打，每杯都斟满了洋酒，两人玩骰盅，输的就要干一杯。制服女孩输多赢少，很快就败下阵来。

“没事吧？”我看她喝了那么多酒，有点担心。

“没事。”她摆摆手，但身体已经有些摇晃了。

“我有同学在北航，你哪个学院的？”

“文学院。”她拍了拍脸说。

北航是工科学校，哪有什么文学院，我知道她撒了谎，就不再追问了。

“你是不是纳闷我为什么做这个？”她酒喝多了，话也多起来，“你以为我会说家里有人病了或者要给弟弟赚学费什么的吧？不是，根本不是。我告诉你啊，就是因为赚钱快、赚钱多，我一双鞋子，就比你这一整身都贵你信不信？我就是虚荣啊，谁不喜欢有钱呢？”

制服女孩呵呵笑着，我不知该回她什么，她娇艳的脸在我面前晃来晃去，映出一片鬼魅。

“你以为我是小姐？我不是，我们叫公主，给你们递擦手毛巾的叫少爷，喏，那边穿裙子的才是小姐。”制服女孩指点着给我讲，“小姐赚得最多，都想下水捞几年钱回家找个什么都不知道的老实人嫁了，做个良家回头是岸。但是她们花销特别大，其实也都攒不下来什么。而且在北京待惯了，谁愿意回去？我告诉你，有和客人谈恋爱的，结局都很惨。人家知道你是小姐，没人对你真心。我们大概是最被人瞧不起的了，可其实白天出门，我们和你们又看上去差多少呢？”

她絮絮说着，我只觉得口干，不停喝水，她给我添水，看了看我的杯子，笑着说：“你朋友还挺疼你的，你知道为什么酒杯里要放个小东西吗？就是怕灯火暗，被人换了杯子下了药，让人吃干抹净都不知发生了什么。她是歌星是吧？可到这里还不是要陪老板们喝酒，和我们有什么区别？”

制服女孩又被叫去喝酒了，我看她一杯接着一杯地喝，衬衫纽扣绽开都没知觉。另一边两个男人争着付小费，推搡间手里厚厚一叠钱都散开了，屋子里飘着粉红的人民币，小姐们笑着捡起自己那一份，其中一个老板醉醺醺地到我面前，点了 1000 块钱说：“拿着拿着。”

“我不是小姐。”我咬着牙说出这几个字，转身冲出门，躲在了隔壁卫生间里。

我用凉水冲了好几把脸，洗漱台是墨绿大理石的，水晶镜也镶着金边，这个连卫生间都很考究的地方，让我越过人间，窥到了天上的样子，可惜云端之上却不是仙境。

千喜给我打了电话，问我在哪儿，我说在卫生间，过了一会儿千喜敲门进来，“我找你半天，你怎么躲到这里来了？”

“千喜，这是什么地方你知道吗？那些人就是嫖客和小姐！”我不满地嚷着。

“乔乔，你怎么会有这么迂腐狭隘的想法？世界这么大，只是有和我们不同的其他职业而已。”千喜丝毫不以为意。

“拿钱、陪喝酒、被吃豆腐！这是什么职业啊！千喜，你现在怎么这样子？你看着这些真的觉得一点都无所谓吗？还有，你和那个陈天河到底是怎么回事？你们都被拍到了！徐林给你打电话你也不接……”

“接有什么用？”千喜打断我，“接就能不登吗？谢乔，我现在很艰难你知道么？我告诉你那组照片怎么来的吧，是林晶妍找人拍的。我们俩一直在争，从《超女》比赛那会儿她就爱干这种卑鄙的事，我怎么能输给这种人！对陈天河我心里是有数的，他只是我要借势的靠山，我必须扳回这一城！你去问问徐林，在这个圈子里单打独斗多么难，没有人帮衬着，谁买你的面子！”

“就那么重要吗？你不是终究要去美国吗？你不是要去找小船哥吗？新闻出来了小船哥会怎么想！他一个人在那边，会多难过你想过吗？”

“你小船哥能帮到我吗？能不让明天的报纸登出我的负面新闻吗？能让我胜过林晶妍吗？他在那么远的地方，乖乖地搞着他的课题研究，他知道我多辛苦吗？我半夜想哭，给他拨电话，要输起码 20 个数字的 IC 卡号码还不一定能拨通，等能联系上他的时候眼泪都干了！”

“千喜，你就不怕自己后悔吗？！”

“我不会做后悔的事。”千喜咬着牙说。

我们在狭小的卫生间里对峙，后来想想，那时我们就像小孩子和大人吵架，她面容沧桑，而我一派天真。我们谁也不能修改命运，只是在奔赴终点的时候，激烈交汇了一下而已。

“好吧，好吧！那我走了。千喜，你还叫我来干吗呢？让我仔细看看你现在这种不管不顾的样子吗？”我冷冷地说。

“我只是……”千喜顿住，“想在这个时候见到个朋友……”

“你在这个时候，应该想小船哥才对。”我背冲着千喜，头也不回地走出了这个所谓的“天上人间”。

从高高的台阶上下来，巨大的水晶灯映着的一切都那么不真实。我突然有点困惑，这分明是北京，是我从小长大的地方，然而却有着那么一拨人，他们在繁华的中心、，在奢靡的顶端，在同一个时空里，过着我完全无法想象的生活。他们的北京和我的北京不是一个城市，那是一个平行世界，我在这一边，千喜却跑去了那一边。我深吸了一口气，记忆中北京星空下那种清新的味道没有了，我闻到了高级古龙水和昂贵脂粉的气息，腻得想一口吐出来。

我站在路边打车，旁边有一个从天上人间出来的姑娘，她一看就是酒喝了不少，摇摇晃晃的，时不时干呕两下。可能是不愿载醉鬼，一辆出租越过她停到我面前。我想起刚才的制服女孩，微微动了点恻隐之心，拉开车门转身说："你先上吧。"

姑娘睁开蒙眬而又水亮的眸子看了我一眼，踉跄着上了车，连句谢谢都没说。那张娇俏的脸很快就混入了北京的夜色里转瞬无踪，不知会驶向哪里。晚风微凉，我无奈地抱起肩膀，半大没有出租过来，就在我有点后悔地想不知多久才能再打到车的时候，我突然看见了停在路边的一辆无比熟悉的白色 A4。

秦川的车。

我几乎屏住气走了过去，车里没人，我给他打电话，没接。望望天上人间的霓虹灯牌，再看看眼前我能倒背如流的车牌，我一脚就踹了上去。警报器很灵，响声大作，不久保安就走了出来，他疑惑地看着我，我努力控制着怒气，“把车主叫出来吧！不来我直接砸车了。”

从天上人间里走出来的秦川气势汹汹的，一副谁敢惹老子的样子。直到他看清了车边的我，才一下子泄了气，手忙脚乱细声细语地说：“乔乔，你……你怎么啦？”

“秦川秦始皇，你够有本事的啊，敢背着我到天上人间找小姐了。”我冷哼一声。

“哎呀，不是，我找什么小姐啊，我是……”

“你是不是刚才一直在里面？”

“是……”

“是不是故意不接我电话？”

“不是不接，是没听见，他们都在唱歌……”

“还唱歌！”

“真不是你想的那样！”

“你好好玩，再见！”

我果断地转身就走，秦川忙一把拉住我：“乔乔你别走，你听我说啊！”

“我现在一句话都不想跟你说！你滚去唱歌啊！”

“还唱个屁啊！谢乔！你等等！”

“趁我还没有操刀砍你之前，离我越远越好！”

“我真不是来这玩的！我姐也在啊！”

“我奶奶还在呢！你当我傻子啊！”我忍不住大吼，可回过头我却愣住了，一身素衣的秦茜正黑着脸走到我们背后，还不等秦川有什么反应，她就一脚踹在了秦川腰上。

“姐！你干吗！踹这里真的会死人啊！”

“谁让你把乔乔带到这种地方的！”

“谁会带她来这儿啊！”秦川突然反应过来，紧紧抓住我问，“对啊，谢乔！你怎么在这儿！？”

“秦……秦茜姐，你怎么也在？”我结结巴巴的。

“都快 12 点了！大半夜的你怎么跑到这里来！快说！”秦川扯着嗓门嚷嚷。

“你管我！”

“谢乔！”

吵闹了半天我才弄明白秦川和秦茜确实是来这里谈生意的，天上人间的老板是秦茜的客户，据说之前跟一辉就认识，这次在他们店里订了一批价值上百万的家具。

秦茜对他们的家族企业进行了革新，开发了一个叫拉索的副牌，专做奢侈品家居。这还是她和姚阿姨去迪拜度假的时候偶然想到的主意，她们住在七星级的帆船酒店，秦茜留意到那里的陈设都华美精致，晚宴时就问了一直向她大献殷勤的酒店经理，这都是什么品牌的家具。经理告诉她是意大利的顶级品牌 Colombo Stile，意味历史和权力，举世无双独一无二。她动了心，假期回来就订机票飞了意大利，托关系约见了法拉利家族的二儿子。那位二世祖瞬间倾倒在了东方美人的神秘气质之下，忙前跑后地帮忙联系 Colombo Stile 的老板。不过那个老板对中国并不以为然，一点不在意秦茜的代理请求，对庞大的中国内地市场也根本不感兴趣。秦茜想约他见面，他高傲地说正在拉斯维加斯，没空回意大利，要是想谈就到赌城找他。秦茜一根筋的性格再次爆发，干脆飞到了拉斯维加斯，按秦川的话说，她和那位老板的见面就是一部电影。秦茜找到他的酒店，连约了三天都被那老板放鸽子。第四天，她直接穿着黑色礼服进了赌场的 VIP 厅，意大利老板一见秦茜惊为天人，于是她成了全亚洲唯一拥有那个品牌代理权的商人，合同期限永远……

我听得下巴差点掉下来，原来全世界都在看脸，所以秦茜天生注定了会一直赢。秦川说这次天上人间订的就是这个意大利牌子的沙发，是一单大买卖，老板今天特意请秦茜，他不放心就跟着来了，没想到恰巧被我撞见。

回家的路上我跟他讲了千喜的事，讲我们的分歧，讲我涌上心头的伤心难过。

“你也不要怪千喜，她一个小女孩，在那么虎狼的圈子里，总要变得坚硬一些，有的事可能也是不得不。人要走的路，是不一样的。”秦川一手开车，一手摸了摸我的头。

“我不怪她，我只是……担心小船哥。”

“你不会还对小船哥不死心吧？”

“你神经病呀！”

“开玩笑……说真的，你不要明天看到新闻就迫不及待地给小船哥打电话，他那时应该不想和任何人说这件事，哪怕只是关心和问候。”

“哦……”

“千喜……应该不会去美国了。”秦川淡淡地下了定论。

我望着窗外，夜晚的北京空荡荡的，整座城市犹自沉静美好，似乎所有繁华喧嚣都与它无关，痴迷其中的不过是人们的妄念罢了。

“喂，还有——”秦川突然说。

“什么？”

“下次遇见这样的事，一定要有我陪着。”

“切。”我假装不屑地扭过头。

“说，知，道，了！”

秦川一把揽住我的脖子，霸道地吻了上来，时间刚刚够一个红灯。

毫无意外地，千喜和陈天河的绯闻占了第二天娱乐新闻很大的一版。双方都没有回应，千喜的演艺活动似乎也跟着停止了一段时间。直到汶川地震的七七祭，千喜素颜穿着一件纯白长裙，手捧小雏菊，以清亮透心的四川乡音吟唱了一曲《心经》。这段精心策划的视频在网上被疯狂大量转载，千喜纯洁的容颜和悠扬的歌声抚慰了人们备感伤痛的心。大家更深地记住了这个干净的女孩，至于她曾同谁深夜晚归，已经不重要了。

我知道，千喜赢了，她扳回了这一城。

我听了秦川的话，过了很久才给小船哥打电话。也许是因为内心纠结，拨 IC 卡号码时，输错了好几次，那一刻我忽然理解了千喜的说法，有一些心情可能就在这遥远的距离里消失了。

“乔乔。”小船哥的声音听起来还好，和往常没什么不同，这让我一下不知该说些什么，线路里莫名地沉默起来。

“最近怎么样？和川子还好吧。”还是他先找到了话题。

“天天吵，他烦死了！”

“看来挺好的，你们还是老样子。”

“小船哥，你呢，你好吗？”

“嗯，还可以，乔乔，我基本上能拿到永久居留的身份了。”

“真棒！小船哥就是厉害！”

“只有你觉得我厉害。”

“哪有！小船哥，我长这么大，你是我见过最优秀的男人了！”这件事我很笃定，也因此更为小船哥惋惜，他比秦川、比杨澄都更加真诚地对待这个世界，却始终亦步亦趋、气喘吁吁。我始终没想通为什么，似乎他就偏巧处在了世间的夹缝里，在某个失衡的点上。而让我最感动的是，有的人一路平顺，有的人天生就可以毫不费力地上坡，但即使没有任何向他倾斜的光明之路，但他从未放弃过，他一直在努力，在慢慢向上走着。

“谢谢乔乔。”

“小船哥，我又变成两个啦。”我笑了笑，沉吟一下，“你今年会回来吗？好久没见你了，我们都很想你。”

“今年啊争取吧，其实回去也没什么事做，倒不如在这里好好做做课题。”

“也要……见见千喜呀。”

“她很忙的，不容易。”

小船哥跟我说，他和千喜很早前就联络得少了，有的时候一个月才通两次话。不知从什么时候起，打过去的电话不是没人接听，就是助理接。她站在越来越高的地方，被越来越多的人环绕，就好像她在一个圆圈的中心，而小船哥则在这个圆圈之外。说这些的时候，小船哥并没有埋怨，也没有沮丧，他口中的千喜，还是像我们当年一起读大学的样子，是个坚强、善良、好胜的学霸，是内心强大的姑娘。只是有一些淡淡的伤感，很多年后我才感悟到，那种感觉就像是读了一本很长的小说，快翻到结局时，总会既安然又惆怅。

2009 年夏天，千喜举办了第一次个人全国巡回演唱会，名字叫作“千年之喜”。

小船哥终于回国了，他买了 3 张最好的票，请我和秦川一起去看。去之前我们谁也没有和千喜打招呼，就像是普通的歌迷一样，坐在工体最前排的 VIP 区。舞台上的千喜光芒万丈，就像是夜空中最闪亮的星星，而我们则潜在微茫的夜色里，只能情不自禁地抬首仰望。

千喜唱的第一首歌是她当年在《超女》的成名曲《有时爱情徒有虚名》。坐在舞台下面，听着那段熟悉的旋律，我突然有了种宿命的感觉，她清清楚楚地唱着:“不知不觉进入爱不释手的游戏，点亮灯火，站在没有了你的领域。不知不觉发现一切早安排就绪，爱你的微笑，爱到担当不起。”

我想他们始终相爱，只不过已经爱得担当不起。

小船哥那一晚听得非常认真，好像是一场盛大的落幕，他要铭记住千喜所有的样子。所有歌都唱完了，千喜安可了两次。一切终结，小船哥和我们一起跟着人流缓慢往外走着。快到出口的时候，人群忽然骚动起来，我们疑惑地回头，才发现千喜竟然又站回到了舞台上。

“不知为什么，今天想再唱一首歌，献给这个我从小就喜欢的城市，感谢它为我造梦，感谢它让我遇见过我最喜欢的人。好的事不用经历你就知道会很好，比如爱情，比如财富，而坏的事往往要走过一遭才会知道有多坏，比如离别，比如失去。有些事这辈子不后悔，但下辈子，绝不这么过。”

千喜握着话筒清唱，她唱的是赵传的歌，《我终于失去了你》。

我终于失去了你，
在拥挤的人群中。
我终于失去了你，
当我的人生第一次感到光荣。
当四周掌声如潮水一般的汹涌，
我见到你眼中有伤心的泪光闪动。

那一刻，小船哥和千喜中间大概隔了成千上万的人，他们都不知道，这首歌其实只唱给一个人，曾经她是他的全部欢喜，他是她的唯一听众。在歌声中小船哥一步一步渐渐走远。我扭过头，看着舞台上的千喜，不知为什么，虽然那么远，可我就是觉得我看到她掉下了一滴眼泪。

晶莹清澈，转瞬即逝。

十几天后，小船哥回了美国，我和秦川一起送他到机场。以前千喜为小船哥买纸巾的便利店里，贴着她代言饮料的大幅广告。如果一切如初，她一定也会来机场送行，我可能还会兴致勃勃地拉她到宣传画前，给她拍合照什么的。可如今，只有我和小船哥尴尬地看着她的笑脸。

小船哥叮嘱我好好的，我舍不得地拉住他："小船哥，你什么时候回来？"

"大概会久一点。这次回去我想要转一转，起码要去纽约看看。"

"小船哥，你在美国那么多年，都没去过纽约吗？"

"没。有过好多次机会，但是我都没去，那时我跟千喜约好，要等着她来，我们一起到纽约，在肯尼迪机场乘机，拍照片、比V字，去想去的任何地方。"小船哥低头笑了笑。

我心疼他，大概是看到我脸上难过的表情，小船哥揉揉我的头发说："乔乔，人总会有些愿望落空的，否则许愿时大家就不会那么虔诚了。"

"喂喂！你们干吗呢！分开半米站！"远处照例帮忙托运行李的秦川大声喊。

我狠狠冲他翻了个白眼，小船哥则假装听话地后退半步。

"乔乔，我啊，其实也没那么想得开，我想以后我的所有梦想里都不会再加上另一个人的份了。因为一旦那个人不见了，梦想就没了意义。但是看到你和秦川，我很欣慰，我知道，虽然我不是那个被幸福眷顾的人，但我最珍爱的小妹妹是，在她的梦想里，一定一路有人陪伴。"

“小船哥，肯定也会有人陪着你，陪你去纽约，去肯尼迪机场，去世界上你想去的任何地方，让你的愿望全部实现。是你教我的，一切都会好起来，不是吗？”

“嗯！”

小船哥露出了大大的笑容，我的太阳似乎被云彩遮住，显得有点疲惫，但没关系，他仍然是太阳，仍然发着光。

送走小船哥，我和秦川去了超市。我们一路都在谈关于千喜的事，我讨厌说谁对谁错，只不过隐隐地想，如果小船哥不出国，他在北京陪着千喜，那么是不是一切就不会发生。如果千喜知难而退，没有那么急于去改变命运，那么是不是他们真的会携手到老。他们分明为对方拼了全力，却最终还是迷失在了这个多变的世界里。小时候我以为所有的爱情都只有两种结果，爱或不爱，但长大后我才知道，爱情不过是包裹在人生里的礼物，可能被投递在完全不能负荷它的年华里，不是谁收到它都能把它安然存放到永远那么远的地方。

一针一线缝十字绣的是千喜，被万千人欢呼膜拜的也是千喜；为了她一直努力的是小船哥，诀别她远走他乡的也是小船哥。

这不是爱情的模样，这是人生的模样。

“千喜住的房子常年恒温。她出门在外会跟着四五个工作人员，有人拿包，有人拿电话。她出现在公共场合就要戴着墨镜口罩。她出场费就有上百万。我不觉得这样的日子有什么好的，就为了过分辨不出春夏秋冬的生活？过看似高高在上却嘈杂的、如履薄冰的生活？过被狂热的人追逐、像捉迷藏一样的生活？过逛超市都不去看一看价签的生活？然后放弃爱情，放弃一切正常的幸福和快乐。她真的赢了吗？赢了林晶妍但是赢了曾经那个自己吗？换作是我，我绝对不干！”我一边对照牛奶的保质期一边说。

“谢乔你知道你最好的一点是什么吗？”

“什么？”

“就是万年不变的傻啊！”

“滚！”我恼怒地把牛奶砸到秦川头上。

“我又没说不好！”秦川捂着头，“永远算什么，重要的是跟在它后面的那个词——不变！如果什么都变了，永远又有什么意义。”

我怔怔地看着眼前的少年，仿佛穿透了多年时光，而他，始终没变。

“别以为胡说八道几句心灵鸡汤我就原谅你说我傻！”我拿起牛奶又敲到秦川头上。

“你就是傻啊！”

“想死啊你！”

就在我观察能把购物篮里的哪样东西抡到秦川头上的时候，突然有人在一旁轻轻地叫：“谢乔……秦川？”

我回过头，一个美貌的孕妇正歪着头看我们，她的样子裹挟着我的回忆呼啸而至。

“刘雯雯？！”我立刻叫出了她的名字。

“我远远看到就觉得是你们！一点都没变啊！”她笑眯眯地说。

“你倒是变了啊！”我指指她的肚子，兴奋地弯下腰，“几个月了？”

“6 个月啦！”

“真棒！”

“你们果然还是在一起了，”刘雯雯狡黠地看着我们，“当年我就猜到会这样了。”

我害羞地看看秦川，和刘雯雯相视一笑。

没一会儿，她的老公就找了过来，出乎我们意料，她老公竟然是个肌肉发达的带文身的光头男。

“这是我的中学同学谢乔，这是……她男朋友。”

刘雯雯简要地介绍，光头男很酷地向我们点头致意。寒暄几句，他们说还要再去买一些婴儿用品，我们就道了别。

“她老公……是黑社会的吗？”秦川瞠目结舌。

“说不定他们就是新一代的九龙一凤……”我咽了口口水。

“她口味还真重啊。”

“她从小就重口味呀。”

“你什么意思？”

“就喜欢小痞子什么的呗！怎么，看到初恋有什么感想？”

“滚！她才不是我初恋！”

“那你初恋是谁？我怎么不知道！”我原地站定，认真起来。

“是个傻子！”

“秦始皇！”

“怎么了！小时候你大胆向我表白你忘了吗？直接说的‘我爱你’哦！”

“我那是嘴滑！咦？等一下！你的意思是从那时起你就爱上我了？”

“少来！还不是因为你先勾引我！”

“你今天真的很想被砸死对吧？”我颤巍巍地举起一大桶鲁花花生油。

“算你狠！”秦川老实认输。

那天我觉得人生真的很奇妙，从前朝夕相处的亲密恋人，以后可能只是一张广告招贴画。从前以为一辈子的敌人，以后反倒亲切地成为老同学。从前费尽心机想得到的男人，以后不过是同学的男朋友。我们和别人都在彼此的世界里变换着角色，轮流唱罢登场。而我深感庆幸，在我和秦川之间，不管是小时候还是长大后，对方是最重要的这一点，从没改变。

冬天的时候，王莹回国了。

那时关于她家的事已经传遍了街头巷尾，什么说法都有，简而言之就是她爸爸政治上出了问题，很严重，她们全家都在被调查。

今时不比往日，王莹低调地住在徐林那里，我没有主动跟她联系，一是她家出了那么大的事，我想她并不想见太多人；二是对于她和秦川的那些年，我心底里总有些隐隐的愧疚。

我没想到王莹主动找了我，她用陌生号码给我打来电话，问我有没有空，能不能来接一下她。当时我正在上班，但立刻答应了她，我犹豫了下，没给秦川打电话，因为王莹叮嘱我，不要告诉任何人。

我在徐林家楼下看到了王莹，她模样清瘦，拖着一只大大的行李箱站着，可能因为穿得少了些，她紧紧抱着肩，看起来格外让人心疼。我下了出租，着急小跑到她面前，怀里的钱包、钥匙噼里啪啦掉了一地，王莹在一旁看着，笑了笑，“谢乔，你还是老样子呀。”

我狼狈地捡起东西说：“你也是，大小姐！都不伸手帮个忙吗？”

“你怎么打车来？没开车吗？”

“我那点工资刚够吃喝，买个车轱辘啊！”

“糟糕……早知道还不如找秦川。”王莹唉声叹气。

“喂！”

“先打车吧。”

我指指她的行李，“怎么？你要出远门？”

“去找个旅馆住。”

“徐林呢？她不在家了？”

王莹沉默着，我以为她们起了争执就没再多问，外面北风一阵阵地刮得人心凉，我赶紧走到路边重新叫车。

这次王莹没有去住以前和杨澄常来常往的那些贵得要死的五星级酒店，她选了北四环一间没什么名气的省级酒店，让我用身份证登记了入住，虽然不清楚她身上到底发生了什么，但我还是感受到了她经历的萧瑟。

我和她一起上了楼，她随意地把箱子丢在角落，疲惫地靠在了床上。

“乔乔，你今晚能不能陪我住？”她仰望着天花板，“不知道为什么，现在特害怕一个人。”

“好呀！”我毫不犹豫地答应，王莹是大小姐，是睿智得尖刻的人，是从来不会撒娇的人，而她现在柔弱的样子，让人只想用尽全力保护她。

王莹跟我说了两句她家的事，具体的政治我不懂，大致相关贪腐，她父母被双规，叔叔一家也被带走调查，事情比想象的还要严重。

“你还记得吗？我叔叔当时在东三环拿了块地，秦川和大龙的分店就开在那里，幸亏秦川为了他姐的事早出手盘掉了，不然没准也被查了。”王莹随口调笑。

“那你没事吗？”

“还不至于到株连九族的份儿上，不过我现在算是没有家了。”

“就没有什么办法了吗？”

“我也是想找办法的，但你也知道，世态炎凉，当初求着我爸的人，现在一个个自顾不暇，这么大的事，谁敢顶上来呢？树倒猢狲散，墙倒众人推。以前天天玩在一起的人，现在听到我的名字都嫌晦气，乔乔，我一直觉得自己万事看得透，其实差得远呢，不跌到泥土里，你永远不会懂什么叫人世间。”

“杨……杨澄呢？他们家不是很厉害吗？你们从小一起长大，家里大人也都熟，不能帮帮忙吗？”

王莹叹息地摇了摇头：“已经到了这步田地，谁都没有回天之力了。”

“那你有什么打算？”

“不知道，生活还没问题，虽然房子资产都被封了，但至少我这里还有些积蓄，别的……现在都不敢想了。”

“王莹，有什么需要帮忙的你就说啊！”

“指着你？瘦死的骆驼比马大，你放心吧。我眯一会儿，你别走啊，每次睡醒了那一下最难受，分不清什么是真的什么是假的，特别失落，真跟一场大梦似的。”

“嗯，你睡吧！我不走。”

可能是心太累了，王莹很快就睡着了，她蜷缩着像个婴儿，眉头皱着，紧紧握着双手。我跟家人打了招呼，就说看美国来的朋友，今晚不回去了，又另外给秦川发了短信，他让我好好陪王莹，别的没再多说。那一刻我突然想，如果不是我，秦川现在大概会帮王莹顶起这一大摊事，没准一切都会稍稍好一些。

我实在还是很自责。

黑暗中不知过了多久，我迷迷糊糊地被电话铃吵醒，是徐林打来的，我接起电话刚说了句“喂，徐林”，王莹就猛地从床上坐了起来，使劲朝我摆手，我只好对电话里焦急的徐林支吾地说没有王莹的消息，匆忙挂断了电话。

“你和徐林怎么了？她特别着急的样子。”

王莹眼睛空空地望着远方：“我不能再住她那里了。”

“为什么？”

“因为……她喜欢我。”

王莹的话一下子把我震住了，我呆呆地看着她，脑子里一字一句地过“她喜欢我”的意思，想来想去也只有那一种而已。

徐林喜欢王莹。

不是同室好友的喜欢，是关于爱情的喜欢。

王莹说她也不清楚怎么会慢慢变成这样子，徐林对她很好，这我们都知道，而只有她自己才能体会到那种好的微妙。

“我来到 B 大那天其实很紧张，你想象不到，我从小就生活在我们特定的圈子里，倒不是瞧不起谁，只是我和杨澄这样的人玩惯了，对普通人家的孩子，一点都不了解，不知该怎么相处，于是就干脆独立起来。住宿舍对我来说真是件特别可怕的事，本来我妈说开学走走过场，以后都走读。结果我一来就遇见了徐林这种浑不吝的。起初我可讨厌她了，我是有点洁癖，但她也太不讲卫生了吧！你也知道我说话很毒的，对她更是一点都不客气，而她竟然毫无所谓，每天都屁颠屁颠地跟在我后面，王莹长王莹短，弄得我烦得不得了。可莫名其妙地，我竟然慢慢就习惯了，后来不仅习惯，还欣然跟她成了朋友。我估计要不是徐林，我可能早就和你们闹翻，走读回家了。”

“还真是，那时你真的傲娇得让人抓狂啊！”

“这些我都没觉得什么，直到我住院，当着你们的面，我说出我喜欢秦川那次，当时徐林就坐在我旁边，她买了一袋子零食正在吃，你别看我平时总数落她，其实她在我面前已经很小心翼翼了，弄皱了我的床，她会铺平，娜娜跑到我们宿舍来，她会特意盯着不让她用我的毛巾。可是那天，她把一袋子零食都撒在我床上了，我生气地瞪她，却看到她一脸忧伤的样子。我心里咯噔一下，那种表情我很懂，我自己也有过。

“我知道这样不行了，我对她是没有那种感情的，后来有一段时间，我每天和秦川商量学校食堂的事，也是为了疏远她，让她死心。可我发现，她一点没在意，还是成天嘻嘻哈哈的，四处打杂工，不是向我推荐安利，就是抄千喜的笔记。我想一定是自己多心了，就放心跟她继续做好朋友。

“我出国那天，徐林到机场送我了，我没想到除了家人竟然还会有朋友过来。你知道，连秦川都没来的。我们也没说什么，她跟我开着玩笑说，让我以后给她运东西，她来做美国代购。临入关之前，她瞅准了我那几年一直挂在脖子上的玉观音，跟我说我不懂，男戴观音女戴佛，非要我留给她。她跟我从来不客气，我也没觉得那是多稀罕的玩意，就摘下给她了。那天她很高兴，一直目送我和杨澄入安检，使劲挥着手跟我道别。

“到了美国之后，我们联系也不多，·无非就是说说国内你们几个的事。我和秦川分开，她骂我傻瓜，她真的比所有人都了解我，胜于杨澄，也胜于秦川。再然后我就回来了，去得那么风光，回来时却这么狼狈，国内那么多朋友，可我只想见她一个。今非昔比，我爸出事之后，我碰到的冷遇多了，你看，我现在住这么个酒店里，躺下就能睡着，哪儿还有那么多讲究？可是你知道么，我到徐林那儿的第一天，她就把床给我腾了出来，床单、枕套、被子、褥子、毛巾、浴巾、拖鞋、餐具……全是新的，她自己过得那么邋遢，却为我准备得那么齐全。那天晚上我哭了，我家出事后我经常哭，委屈得哭、被欺负哭、因冷漠哭、绝望得哭，但是在徐林这里，我感动哭了。全世界都遗弃你的时候，都认为你一文不名的时候，她居然还把我当作公主。

“半夜，她起来帮我压被角，我装睡着，不敢去直面她对我的好。她站在我床边，看了我很久。当时我突然紧张起来，那种感觉又来了，我怕她做出什么无可挽回的事。可是半天她都没有动静，我眯着眼睛偷看……”

王莹深吸了口气，眼圈红着：“你猜她在干吗？她默默闭着眼睛，在亲吻挂在她脖子上的吊坠，没错，就是我留给她的玉观音。那天我才明白，她没有一天不喜欢我，只是为了让我舒服，她把所有感情藏了起来，把自己放在最隐蔽的角落，卑微得连一个沉睡的吻都不敢索要，只是一直默默守护着我……乔乔，你知道我为什么走了吧？我回报不起，我不能害了她。”

我心里酸酸的，我从没想到，那个帅气得像男孩子的徐林，竟然会有这么细腻的情感，会有那么绵长的爱恋。我突然理解了她不去公共澡堂的尴尬，这么多年她一直没有男友的原因，不管去哪里她永远和王莹一起的心思。

我为她感动，也为她遗憾。

“王莹，其实我一直想跟你说对不起……”

“为什么？”

“如果不是我，你和秦川……你们还会在一起吧，你现在总还有个依靠。”

“谢乔，”王莹挑起眉毛看着我，“你真的少根筋吧？”

“什么？”

“你不知道吗？我从来没喜欢过秦川啊。”

“什么！”我几乎从床上跳了起来，瞠目结舌地看着王莹。

“不过你对不起我也是对的。干脆今天都说了吧，我喜欢的人不是秦川，而是杨澄，”王莹看着我，“我喜欢杨澄。”

这次，我彻底愣住了。

王莹说她从小就喜欢杨澄了，想想也是，一起长大的同伴是一个那么英朗高贵的男孩子，哪个女孩会不动心呢？只不过王莹聪明，她不像周围那些对杨澄着迷的女孩子，一个个飞蛾扑火到他的怀抱，然后再被他无情地遗弃，从此连朋友都做不成。王莹就做他的朋友，跟他吃喝玩乐，就是不跟他谈恋爱。于是她就这样留在了杨澄身边，和他上同一个中学，同一个大学，再一同留学。这种平衡差一点就被我打破了，王莹说知道我和杨澄在一起的时候，她都快疯了。而过了一段时间，她发现我们也没怎么样，无爱的我就像另一个无爱的她，比起杨澄找那些像任思羽一样不靠谱的大妞儿们，跟我在一起反而让她放心。而说喜欢秦川那种话，不过是她愤愤的报复，她想让杨澄不痛快，倒没想到从此会让我和秦川错过那么多年。

“杨澄知道吗？”

“他怎么会知道！就是因为没有爱，所以我们才能在一起这么多年啊。”

“可是我觉得不对……”我嗫嚅着，“王莹，你和杨澄都想错了，你们都以为不爱的人才可以在一起，不是这样的，只有相爱的人才会渴望天长地久，才会想要永不分离。只有相爱的人，才应该在一起！”

王莹静静地望着我，目光清亮如水，我也坚定地看着她，她最终笑了笑：“也许吧。”

“你就没想跟杨澄说过吗？”

“以前没说，现在就更不可能说了。乔乔，你真是不懂啊。我和杨澄的人生，就是我们两家政治生命的衍生物。要么像他那样高高在上，要么如我现在一败涂地。我们家已经败了，即使他爱我都不能接受我啊，更何况我们从来没到达过能称之为爱的程度。他没有跟我断交，还很关心我爸的情况，我已经很感谢很感谢了。这个世界上，不是喊了爱就能得到，不是付出真心就有回报，真的有永远的不可能。我和杨澄就是这种。”

也许是说了太多话，王莹很快又睡着了，而我很久都醒着，心里难得地坦然。我回想我们少年时的样子，彼时的我们每一个人都那么真切而又小心翼翼地爱着，那些年被隐藏的秘密，在被岁月抛光之后，只留下我们可爱的样子。那些曾让我们痛苦的无望的爱、隐秘的爱、伤痛的爱、遗憾的爱，如今都变成了最让我们感怀的记忆。不管命运会把我们带到什么地方，不管我们的成长留给时代什么痕迹，我们的生命中都已经镌刻了彼此的存在，我们自己就是互相承载的容器，在我们消失之前，一切都不会失去。

我忍不住给秦川发了短信，难得撒娇：“我想你了。”

“乖。”他很快回道。

王莹没待几天就去了英国，是杨澄帮她安排的，订了机票和寓所。杨澄真的一点都不知道她的想法吗？我觉得未必如王莹所想，不然以杨澄的性格，他那么自我，怎么会为她做到这个地步。我永远都记得，王莹住院时杨澄开车连闯红灯的样子。

我之后守口如瓶，没有和徐林提一点王莹跟我说的话，而这次徐林也没去机场送她，只是那个玉观音她一直挂在胸前，始终碧绿光洁。

秦川依然每天都接我下班，只不过没了白色 A4，换成了公交倒地铁。他把车卖了，并且提出了所有存款，他把这一两百万都给了王莹，说是当年原始股东的红利。这次“A4 男”变成了“跑男”，不过也无所谓，因为秦川在我们社里的称谓已经彻底变成了谢乔的男朋友。

和相爱的人在一起，是我这一生做过的最重要的决定。

终章

Final

幸好，我遇见你。

幸好，我没弄丢你。

幸好，我能到老都陪着你。

幸好，曾经的我爱过年少的你。

21世纪第一个10年很快过去了，而我们似乎对这变化的世界迟钝了。虽然生活还是在为这个时代做着注脚，但是最新鲜的那部分显然不再是我们。

彻夜追的动画美剧，不知什么时候就弃了；以为一辈子不会离开的电脑，已经被智能手机代替了大半；手机屏幕越来越大，却越来越少拍自己；小愉妹妹痴迷的据说特别火的EXO，我叫不出一个人的名字，总以为H.O.T、东方神起和Super Junior才是韩国天团；去KTV唱歌，翻来覆去还是周杰伦、孙燕姿，可热播表都是没听过的歌；再也刷不动夜了，要是熬了夜，会没精神整整一天；根本不看国产电视剧，看了没水准的电影，也没冲动去豆瓣打个零分了；港片再也无法让人提起兴趣，连星爷都不再演戏了；常混的论坛一个个凋零，QQ空间万年不更新了，人人网的状态还停在多年前吃了一碗炒肝上；从博客到微博再到朋友圈，很多人已经变成了点赞的看客；开始吃胶原蛋白和葡萄籽，可竟然还是长了细纹和眼袋；爸妈变老了，退休的他们每天都会发“检测你是不是亚健康”“人生中需要知道的十件事”这种保健或是心灵鸡汤的微信链接；2004年和我们一样风华正茂的少年刘翔，2012年在伦敦摔在了第一个栏前，而我只是作为地铁里的看客，跟周围的人一起发出整齐的叹息；以前总觉得 90 后和 00 后是小屁孩，但现在做什么项目首要想的就是怎么讨好他们；西单很多年不去逛了，蓝色港湾和三里屯也不再那么喜欢，更习惯海淘、淘宝；购物车里自己的东西变少，老人孩子生鲜家居占了一多半；在外的称呼再不是哥哥姐姐，大多数变成叔叔阿姨。

很多以为一辈子不会忘的事，已经不会刻意记起了，没那么勇敢了但是更加有担当，比起追寻更想要守护，守护身边触手可及的小小幸福。

我进入了稳定的节奏，虽然有点不甘心，但是我们的少年时代还是悄然远去了。而在少年和成人之间，我们仿佛还在经历着一个曾少年的阶段，有点怀旧，有点初老，有点坚强，有点理性，还有点好的愿景。

科学家说，人永远都觉得年少时的歌最好听、电影最好看、零食最好吃、朋友最可爱，那是因为青春里的所有感知都最鲜活，会令所有的以后黯然失色。15 岁到 30 岁发生的事，人们将会记住一生。所以我们每个人都有过最珍贵的记忆，因为我们都曾少年。

小船哥留在了美国，他独自去了很多地方，纽约、洛杉矶、休斯敦，在他的朋友圈里，我看到了每一个地方的照片，还有他比着 V 字的纤长的手。正直、诚恳、善良、优秀的他，继续用恍若太阳的光照耀着美利坚人民，他是斯坦福研究所里最受欢迎的华人青年，是令所有人都尊敬的 Dr.He。

千喜还在她的世界里奋斗着，时而有她出任电影女主角的消息，时而又有她和其他女星红毯斗艳的新闻，不管怎么说，她已经是天后了。北京最热闹的三里屯，常年有她巨大的广告牌，美得不可方物，强大得不可一世。只是我每次仰望的时候，看着她深邃的眼眸，总觉得里面有遗憾的颜色，不多，就那么一点点。

徐林不再做记者了，她抡的最后一篇娱乐大稿写的是千喜，题目叫《她是一千年的欢喜，也是一千年的寂寞》。她成立了一家宣传发行公司，俨然成了徐总，我曾到她的公司去了一次，里面有好几个模样甜美的妹子，她们都对徐林很崇拜，还说在她手下很安心，至少不会遭遇潜规则，而我心里想，妹子们很傻很天真，世界那么大，发生什么可不一定哦。出门前我看到了她公司的 Logo，是一尊素描的观音，静立安详。

王莹的爸爸在调查期间被查出患了胰腺癌，3 个月后就去世了。这对她的家族如同一次拯救，其他人陆续放了出来，一场喧嚣悄然落幕。王莹在英国生活得很好，据说又修了艺术史，做艺术品收藏的生意。她始终没有回国。

杨澄的消息是我偶然在新闻里看到的，一家大企业上市，他赫然站在敲钟人之列。从荧幕上看，他的样子依旧那么帅，令我有些恍惚，在我的生命里怎么可能会和这样的人有过交集，我不知这是不是他喜欢做的事，也不知他有没有找到喜欢的人，那些对我来说已经是遥远的另一个世界的事了。我拿起遥控器，随手转了台，等着看最新一季的《奔跑吧兄弟》，这才是我的人生。

娜娜还在芒果台做节目策划，非常豪气地帮我拿到了《我是歌手》的入场券，可惜我的演技不佳，没感动到落泪合唱，所以没轮到一个镜头。她比任何人都关心我和秦川的事，会发出“你们认识了一整个人生，终于把该做的都做了”这样让我抓狂的感慨。前年娜娜生了宝宝，一边在朋友圈晒娃，一边晒节目晒明星，绝对是幸福的花痴辣妈。

秦茜姐继续她以美貌攻占世界的强大人生，拉索已经被她做成了全国最大的奢侈品家居，在东三环那片寸土寸金的地儿，她开了全亚洲最大的卖场，里面随随便便一把椅子都要几十万，装饰用的施坦威古董钢琴都价值 2000 万。那里就像富丽堂皇的城堡一样，而她就是不可一世的女王。只不过这个女王只爱黑色，一直素衣。

秦川在把全部家底都给王莹之后，开始了人生的第三次创业。与秦茜注重高端市场不同，他更看重互联网的巨大潜力和直销的模式。他找到了在中关村做软件公司的辛伟哥，共同开发了线上卖场，成为了家居界的第一电商，甚至每年利润和拉索不相上下。这次到我们出版社楼下的车，变成了路虎。

我还是老样子，终于成了社里的老人，从小谢变成了谢姐。我专做小说，都是我自己喜欢读的，销量也还不错。头两年是穿越最火，后来是古言，现在是青春文学，改编成了好几部电影，不过都被吐了槽。偶尔我也会帮帮秦茜和秦川的忙，他们两个学渣英语一窍不通，我只好报了速成班替他们做简单的翻译，秦叔叔和姚阿姨对我大加赞赏，说文化人就是不一样。

我们家终于接受了秦川，做出这个决定的竟然是我奶奶。某个雪天秦川照例送我到家门口时，我奶奶打开了院门说："外面怪冷的，进来坐坐吧。"从此他就和我奶奶彻底结盟，甚至不惜背叛一直为他打探消息的小愉妹妹。小愉妹妹正在叛逆期，按秦川附和我奶奶的话，为了她的"欧巴"们已经六亲不认了。当年我们追星时顶多买买磁带，而她已经发展到了机场接机、包酒店房间这样令人发指的地步。我们家口耳相传的那一套读书理论，在小愉妹妹身上彻底失了效，比起我这个 B 大的姐姐，她更爱做生意的姐夫。因为可以借他的信用卡，在淘宝上买买买。

嗯，还有，我和秦川结婚了。

毫不意外地，在我 30 岁生日那天他向我求了婚。

也怪难为他的，虽然他深思熟虑地想给我惊喜，但是从那天早上他语气干瘪地打电话说白天要办事开始，我就预感到了要发生什么。同样蹩脚的是他的同伙们，娜娜在朋友圈发了带地址信息的照片，本来应该在长沙晒娃的她，居然跑来了帝都；从大学起就不知逛街为何物的徐林，竟然约我一起去王府井转转；呆萌的小船哥发了微信说祝我生日快乐，特意强调不能回来给我过生日；秦茜姐一早就让司机送来了一件 Chanel 的高级定制裙子，叮嘱我一定要穿上……

于是，当我和徐林一路无话地走到王府井教堂，被陌生人突然叫住要求帮忙看看他们挂的横幅正不正的时候，我已经僵硬得笑不出来了。

那个横幅上写着：“乔乔，嫁给我吧！”

分别拉着横幅的大龙和小愉妹妹因为要躲躲闪闪，所以一个失手，横幅掉落在了准备捧花出场的秦川身上……

我的男朋友从条幅中气恼地钻出，一脸要杀人的表情走到我面前，憋红了脸也没能跪下去，掏出了戒指半天说不出台词。

“好。”

我干脆地回答，拿起戒指，直接套在了无名指上。

身边响起来欢呼声，我的朋友们都出现在了视线里，举着 DV 的小船哥、眼含热泪不停拍照的娜娜，还有雍容华贵抢我镜头的秦茜。我面前的男人露出了幸福的笑容，他低头吻了我，我闭上了眼睛。

指环贴着肌肤，带着岁月的微凉。绵长的时光模糊了我们的模样，过去和未来大概有一生一世那么长。

幸好，我遇见你。

幸好，我没弄丢你。

幸好，我能到老都陪着你。

幸好，曾经的我爱过年少的你。

END

图书在版编目（CIP）数据

曾少年 / 九夜茴著. — 南京：江苏凤凰文艺出版社，2015

ISBN 978-7-5399-7939-7

Ⅰ. ①曾… Ⅱ. ①九… Ⅲ. ①长篇小说－中国－当代
Ⅳ. ①I247.5

中国版本图书馆CIP数据核字(2014)第285567号

书　　名　曾少年

著　　者　九夜茴
责任编辑　孙金荣
特约编辑　罗雪峰　彭亭亭
文字校对　孔智敏　郭慧红
封面设计　金牍設計室 DO-DESIGN STUDIO
封面插图　邦乔彦
出版发行　凤凰出版传媒股份有限公司
　　　　　江苏凤凰文艺出版社
出版社地址　南京市中央路165号，邮编：210009
出版社网址　http://www.jswenyi.com
经　　销　凤凰出版传媒股份有限公司
印　　刷　北京市兆成印刷有限责任公司
开　　本　880毫米×1230毫米　1/32
印　　张　16.25
字　　数　367千字
版　　次　2015年8月第1版　2015年8月第1次印刷
标准书号　ISBN 978-7-5399-7939-7
定　　价　48.00元（全二册）

FONGHONG
凤凰联动出品